Para Rian Johnson —
Por fazer o melhor Star Wars *e porque*
sei que você teria se certificado de que Ben Solo sobrevivesse

AUTORA BEST-SELLER INTERNACIONAL

SARIAH WILSON

A QUÍMICA DO *Amor*

Diretor-geral
Alessandro Gerardi

Gerente editorial
Marcia Batista

Produção editorial
Letícia Nakamura
Raquel F. Abranches
Victoria Viana

Tradução
Marcia Men

Preparação
Bárbara Waida

Revisão
Ana Paula Souza
Bia Bernardi
Nathalia Ferrarezi

Arte
Barbara Garoli
Renato Klisman

Projeto gráfico e diagramação
Francine C. Silva

Ilustração da capa
Bilohh

Dados Internacionais de Catalogação na Publicação (CIP)
Angélica Ilacqua CRB-8/7057

W72q Wilson, Sariah
A química do amor / Sariah Wilson ; tradução de Marcia Men. — São Paulo : Universo dos Livros, 2025.
336 p.

ISBN 978-65-5609-774-9
Título original: *The chemistry of love*

1. Ficção norte-americana I. Título II. Men, Marcia
25-1837 CDD 813

Universo dos Livros Editora Ltda.
Avenida Ordem e Progresso, 157 — 8º andar — Conj. 803
CEP 01141-030 — Barra Funda — São Paulo/SP
Telefone/Fax: (11) 3392-3336
www.universodoslivros.com.br
e-mail: editor@universodoslivros.com.br

Capítulo um

Havia três coisas que eu detestava de verdade — me atrasar, a cor laranja e ter que limpar meus béqueres depois de fazer um produto anídrico (porque aquelas ceras endurecidas eram quase impossíveis de retirar).

Hoje eu estava atrasada para o trabalho, e a única coisa que poderia ter piorado a situação seria chegar no laboratório e descobrir que minha próxima tarefa seria criar um protetor labial. Um protetor labial laranja.

Meu chefe ia ter um faniquito. E faria uma cena enquanto eu teria que continuar ali de pé, só ouvindo em silêncio... Balancei a cabeça. Não. Talvez eu pudesse entrar escondido e Jerry nem notaria que eu havia chegado atrasada.

Mesmo enquanto pensava isso, eu sabia que não se realizaria. Alguma coisa ia acontecer. De novo.

O vigia na mesa da recepção acenou para eu passar pela porta de segurança sem mostrar o crachá. Normalmente, eu pararia e bateria um papo com Daniel, mas, em vez disso, estava ocupada demais fazendo minha imitação do Coelho Branco de *Alice no País das Maravilhas.*

Eu estava tão, mas *tão* atrasada. E eu nunca me atrasava.

Daniel franziu a testa, como se sentindo que havia algo errado. Eu me perguntei se ele soltaria alguma piadinha, mas apenas sorriu.

— Bom dia, Anna! — disse ele, enquanto autorizava minha entrada.

— Bom dia! — respondi, tentando reter alguma vaga aparência de dignidade enquanto andava rápido para os elevadores.

Ainda podia ouvir mentalmente as palavras da minha avó quando as portas do elevador enfim se abriram e me deixaram entrar. Ela havia notado minha demora e dissera: "Chegar atrasada é um desrespeito com você mesma e um desrespeito com seus colegas, mesmo que não esteja trabalhando num laboratório de verdade".

A lembrança me fez suspirar pesadamente. Era um laboratório de verdade, apesar do que ela pensava, e eu não estava tentando desrespeitar ninguém. Acabei dormindo demais no meu primeiro dia de volta ao trabalho depois das duas semanas de recesso de fim de ano, que, de alguma forma, passaram voando. Num dia eu estava deixando o escritório sem nada além de tempo à minha frente, e no outro já era véspera de Ano-Novo, e eu estava sentada com meus avós no sofá, assistindo à contagem regressiva na TV antiga deles. O papagaio preferido do meu avô, Feather Locklear, repetia na sala atrás de mim: "Feliz Ano-Novo! Feliz Ano-Novo!", e me dei conta de que não estava de fato feliz com a minha vida.

Minha vaga sensação de insatisfação também se devia em parte aos comentários mordazes e constantes da minha avó por eu ser uma química de cosméticos (ou, como ela gostava de dizer, por desperdiçar meu diploma da faculdade ao me tornar uma "lacaia da maquiagem") em vez de optar por um trabalho importante, como o de cientista ambiental.

Que era o que ela fazia para ganhar a vida.

Eu estava extremamente feliz com a profissão que escolhi. Estava menos feliz com o laboratório onde trabalhava. Ainda era um laboratório de verdade, mas tinha seus inconvenientes. Sem dúvidas, tinha lá seus pontos positivos, como minha colega química e melhor amiga no mundo todo, Catalina Diaz. Ela estava lá havia seis meses (comparados aos meus quatro anos), e sermos as únicas duas mulheres de nosso departamento fortaleceu rapidamente nossa amizade.

Isso e nossa devoção a *O Senhor dos Anéis* e à cultura nerd em geral.

Mas trabalhar na Minx Cosmetics não acabou saindo bem como o esperado. Eu tinha tantas ideias, coisas em que queria trabalhar e experimentar, mas meu chefe, Jerry, recusava todas as minhas propostas.

Ele era o tipo de cara que vestia um terno completo por baixo do impecável jaleco, em vez de roupas confortáveis, como o restante de nós, e sempre cheirava levemente a formaldeído. O fato de exalar esse cheiro em particular deveria dizer tudo o que é necessário saber sobre ele.

A inovação radical não era muito a praia dele, apesar de estarmos na divisão de pesquisa e desenvolvimento da empresa.

Divisão que era liderada por Craig Kimball, nosso delicioso vice-presidente.

Pensar nele me fez suspirar, o estômago se agitando. Alto, com cabelos bem loiros e olhos claros sorridentes, ele era gentil, engraçado e encantador — e eu tinha me apaixonado por ele.

Catalina gostava um pouco demais de apontar que Craig e eu nunca havíamos tido uma conversa que durasse mais de dez minutos, mas isso não era um impeditivo. Eu sabia que poderíamos ter algo especial — só precisava encontrar a coragem para conversar com ele outra vez.

Talvez pudesse contar a ele como desejava fundar minha própria empresa de cosméticos, onde seria livre para experimentar e tentar todo tipo de novas combinações químicas.

Como neurocosméticos. Eu adorava a ideia de que pudesse existir uma interação entre o sistema nervoso e a maquiagem — que seria possível influenciar o humor, acalmando ou inflamando os nervos, tudo enquanto os produtos deixavam a pele radiante.

Era por isso que eu estava atrasada — tinha ficado acordada até tarde lendo um artigo de um bioquímico alemão sobre canais de cátion do receptor de potencial transitório e como a estimulação desses canais TRP poderia curar ferimentos mais depressa e causar a regeneração da pele.

Coisa fascinante mesmo.

As portas do elevador se abriram, me deixando no saguão do nosso andar. Peguei o corredor com iluminação fluorescente, em direção ao laboratório.

Quanto mais eu pensava nisso, mais queria mexer com neurocosméticos. Eu queria poder fazer experimentos no meu laboratório em casa, mas ainda precisava comprar um misturador de alto cisalhamento, e o menor e mais barato que pude encontrar saía por 3 mil dólares.

Que eu não tinha.

Havia cogitado pedir para Jerry se eu podia ficar depois do horário de trabalho, mas sabia que ele jamais permitiria que eu conduzisse experimentos pessoais nesse tempo livre.

Ontem à noite, depois de terminar de ler o artigo, me senti inspirada. Pensei sobre o fato de que o novo ano tinha acabado de começar, então achei que estava na hora de tomar algumas decisões.

Primeiro, decidi encontrar um jeito de fundar minha própria empresa. Eu faria cursos de administração, aprenderia a procurar investidores, faria o que fosse preciso. Particularmente, eu tinha pavor de mudanças, mas queria tanto isso que esperava mesmo conseguir.

A segunda coisa que eu queria fazer era dizer a Craig como me sentia em relação a ele. Outro pensamento apavorante, mas eu estava apaixonada por ele havia dois anos e, depois de passar outra temporada de fim de ano com meus avós e seus vários pássaros, estava pronta para algo a mais.

Um relacionamento de verdade com o homem perfeito.

Escaneei meu crachá no sensor e ouvi a porta do laboratório destrancar. Caminhei depressa para minha estação de trabalho, ignorando os olhares fixos dos outros químicos. Eu odiava essa sensação desconfortável.

Essa era minha terceira decisão. Nunca me atrasar de novo.

Nunca me colocar numa posição em que Jerry pudesse me repreender friamente.

Cheguei à minha bancada de trabalho e coloquei a mochila na última gaveta, em cima do meu jaleco dobrado. Lembrei que estava mascando chiclete, como sempre fazia quando me sentia ansiosa ou precisava me concentrar, e tentei ser discreta ao me debruçar para cuspi-lo na lata de lixo. Outra coisa que Jerry odiava: que mascássemos chiclete durante o trabalho.

Eu me sentei e tinha acabado de fechar a gaveta quando senti alguém de pé ao lado da minha banqueta.

— Anna! Finalmente. Aqui.

Catalina depositou um béquer na minha mesa de trabalho, cheio de um líquido transparente e inodoro. O que me fez lembrar que, na minha pressa de manhã, deixei minha garrafa de água em casa.

Fiz uma careta. Eu tinha uma tendência a me distrair com meus projetos e pular o almoço e todos os líquidos — com certeza me desidrataria se não tivesse água em minha mesa.

— O que é isso? — perguntei a ela.

— Eu trouxe um pouco de ciclopentasiloxano pra você.

— Por quê?

Catalina me olhou como se eu tivesse sido reprovada em Química Analítica Básica. Ela era a única pessoa em minha vida que já me olhara assim.

— Por causa do projeto em que você estava trabalhando antes do recesso? O mítico batom totalmente natural e livre de química, feito das lágrimas de um unicórnio e pó de pirlimpimpim? Aquele que se desfez em pedaços depois que você o assou?

Ah, sim. Eu vinha trabalhando numa nova formulação que fora solicitada por um dos desenvolvedores de produtos. Um batom de longa duração que a empresa pudesse vender como sendo orgânico e sustentável, sem nenhum dos –itos ou –atos que os consumidores nos disseram que não queriam/tinham medo. O que sempre me pareceu um tanto estranho, considerando-se que a indústria cosmética é uma das mais reguladas no país inteiro.

— Ciclopentasiloxano é uma substância química — lembrei Catalina.

Ela revirou os olhos.

— Por muito pouco.

Eu entendia a irritação dela. Era algo que discutíamos com frequência. O tipo de maquiagem que nós deveríamos criar — era um pouco como alguém te trazer o cupcake mais macio e delicioso que você já provou e daí dizer: *Agora me faça algo exatamente igual a isto, só que tem que ser sem glúten, vegano, sem açúcar e sem gorduras.*

Não havia como.

Embora minha meta fosse sempre chegar tão próximo disso quanto possível.

— Mas ainda conta como substância sintética — falei.

Ela balançou a cabeça como se discordasse de mim.

— Acrescentar isso à sua mistura vai fazer com que o batom deslize com mais facilidade e evitar o despedaçamento.

Catalina tinha razão, mas eu precisaria encontrar outra forma.

O batom que se despedaçava não havia acontecido apenas por causa da ausência de um elemento de silicone. Eu estivera extremamente distraída naquele dia. Quase trombei de frente com Craig na copa.

Eu nunca o vira ali antes — era um pouco como sair para uma caminhada e encontrar um cavalo selvagem na trilha. O animal deveria estar ao ar livre, sim, mas você não esperava encontrar uma criatura tão magnífica em uma de suas caminhadas diárias. Tirou meu fôlego.

E, mesmo depois de eu piscar lentamente várias vezes, Craig ainda estava lá, todo fofinho e alto, e foi como se meu cérebro não conseguisse computar que estávamos compartilhando o mesmo espaço, que ele estava na mesma sala onde eu comia meu iogurte grego (quando me lembrava).

Ele sorriu, acenou com a cabeça e então foi embora, enquanto eu continuei lá, me sentindo como se tivesse sido atropelada por um caminhão de entrega.

— Baralho — disse Catalina, olhando para mim. A meta dela era não falar mais palavrão, então vinha usando a palavra substituta sugerida por meu avô. — Você está pensando nele de novo, né? — Catalina levou uma das mãos à cintura. — Você fica com essa expressão pateta na cara toda vez que pensa naquele desperdício de espaço.

Eu não sabia se devia negar a acusação verdadeira ou defender a honra de Craig. Por algum motivo, Catalina não gostava de Craig e tentava encontrar defeitos nele.

— Ele não é um desperdício de espaço — protestei.

Ela revirou os olhos.

— Olha aquele cabelo. É gel demais. Parece que ele caiu num tambor de *boy bands*. Cabelos não deveriam ter a mesma consistência de uma corda de piano.

— Isso não é...

— Sem mencionar que ele dirige uma picape, o que definitivamente é um sinal de alerta.

— O quê? Não é, não.

Catalina balançou a cabeça.

— Se não é um sinal de alerta, é ao menos um ponto negativo. Porque o tamanho de uma picape é inversamente proporcional ao tamanho da masculinidade dele.

— Falso.

— Talvez seja anedótico, mas eu mesma conduzi um estudo minucioso sobre o assunto. É verdade. E a picape de Craig é imensa. Estou só dizendo.

Agora eu realmente tinha que defender a honra dele. Não que tivesse experiência em primeira mão, mas essa parecia ser uma acusação injusta. Entretanto, pela expressão no rosto dela, eu sabia que não conseguiria trazê-la para o meu lado. Ela não precisava gostar de Craig, mas, no mínimo, podia me apoiar.

— Queria que você embarcasse no fato de eu estar apaixonada por ele.

— Desculpe, mas não consigo. Estou no cais, vendo você seguir diretamente rumo a um iceberg gigante.

Meu relacionamento com Craig não era o *Titanic*. Antes que eu pudesse responder, vi um movimento nos limites da minha visão periférica.

Era um de nossos colegas, Zhen, se levantando de sua bancada de trabalho na outra extremidade da sala. Catalina seguiu meu olhar e suspirou, feliz. Ela tinha um crush enorme nele há muito tempo, e ele era um dos poucos caras no laboratório que eram legais com a gente.

— Ele e eu teremos os bebês mais inteligentes — cochichou para mim, enquanto ele vinha na nossa direção.

Eu me perguntei se ele fazia alguma ideia de que estava prestes a ser totalmente conquistado. Sempre que minha melhor amiga botava os olhos num homem, ela conseguia ficar com ele.

Era uma habilidade que nós não compartilhávamos.

— Espera aí. Pensei que você estivesse namorando aquele cara, o Steve.

— *Namorando* é uma palavra muito forte. Estávamos mais nas vizinhanças de um namoro — disse ela. — Mas, seja lá o que fosse, acabou. Decidi que para mim chega de namorar bonitões. Eles são horríveis.

— Pra mim também. — Quer dizer, nunca namorei de fato um bonitão. Mas tinha a esperança de que isso fosse mudar no futuro não tão distante.

— Zhen é bonito, mas não daquele nível que você precisa ativar o rastreio de localização no celular dele. Além disso, é inteligente e bacana. Seria bom um pouco disso na minha vida.

Seria mesmo. Na minha também.

Catalina jogou o cabelo escuro e comprido por cima do ombro, posicionando-se num debruçar dramático sobre minha bancada de trabalho. Eu passei o béquer que ela me deu para a esquerda, de modo que ela não o derrubasse por acidente enquanto estava, como diria meu avô, exibindo sua plumagem. Ela compreendia todos os meandros de uma dança do acasalamento, enquanto eu era irremediavelmente incompetente nessa área em particular.

Para minha surpresa, Zhen não parou para conversar conosco e virou para a esquerda no último segundo. Ele conseguiu resmungar uma palavra distinta ao passar: *jaleco.*

Ops. Catalina e eu trocamos um olhar preocupado. Aquilo era um código, significando que Jerry estava com um humor terrível. Geralmente, ele tolerava o que considerava nossa falta de disciplina e respeito ao laboratório por não usarmos nossos jalecos. Eles eram tão irritantes, impossíveis de manter limpos, e as mangas eram tão largas que estavam sempre me atrapalhando, de tal forma que posso, talvez, em certas ocasiões, ter derramado alguns materiais não muito seguros por toda a bancada.

Catalina saiu apressada para sua bancada de trabalho enquanto eu abria a última gaveta para pegar meu jaleco. Todos os outros químicos estavam colocando os deles também.

Meu jaleco estava, definitivamente, sujo. Tentei esfregar uma das manchas mais óbvias de um pigmento vermelho-vivo. Peguei um béquer, o enchi de água na minha pia e, com os dedos, fui aplicando a umidade em qualquer cor que eu tivesse conseguido imprimir de forma permanente na minha lapela, mas não dei sorte.

Joguei a água fora e, então, reconsiderando, enchi o béquer de novo para poder beber um pouco. Tomei um longo gole e tinha acabado de deixar o béquer na mesa quando ouvi a porta de Jerry se abrir.

Quando cheguei, evitei olhar para a sala dele, usando uma lógica infantil de que, se não o visse, de alguma maneira, por magia, ele não saberia que eu chegara atrasada. Conforme os sapatos muito bem polidos dele cruzavam o piso de concreto selado com resina epóxi, meu coração começou a bater um pouco mais depressa.

É, eu estava encrencada.

Levantei devagar, torcendo para que ele talvez parasse em algum ponto e me chamasse para sua sala. Os passos dele, porém, nunca hesitaram; em vez disso, ele veio direto até minha bancada de trabalho.

Eu grunhi. Já devia saber. Comigo, era sempre uma humilhação pública.

Ele me olhou, carrancudo.

— Srta. Ellis? Você e eu temos um problema.

Se eu estava paranoica sobre os outros me encarando antes, agora não restavam dúvidas de que isso estava acontecendo. Por algum motivo, eu era a única química que Jerry disciplinava no meio do laboratório. Com todos os outros, ele lidava com privacidade, em sua sala. Já eu...

Meu sofrimento seria visto por todos.

Ele parecia particularmente zangado hoje. Seria só o lance do atraso? Eu havia feito outras coisas que não eram lá muito boas. Joguei fora uma boa quantidade de béqueres difíceis demais de limpar, afirmando que estavam lascados. Mas todo mundo fazia isso.

Meu chefe não sabia disso, né? Será que havia câmeras de segurança por aqui? Meu olhar se moveu para os cantos do teto. Será que alguém vinha nos filmando esse tempo todo?

Tá, eu estava exagerando um pouco.

Mas Jerry também estava.

— Problema? — ecoei.

Eu odiava essa sensação. Nunca fui muito boa em confrontos, e falar com Jerry sempre me dava essa sensação pegajosa, como se eu tivesse sido recoberta por resíduo de sabão que não tinha como enxaguar.

— Isso. Não gosto nem um pouco que você chegue atrasada.

As palavras dele eram contundentes, furiosas. Mais uma vez, eu não sabia por que eu parecia gerar tanto veneno nele. Outras pessoas chegavam atrasadas; eu com certeza não era a primeira. Jerry geralmente parecia aborrecido quando isso ocorria com outras pessoas, mas comigo não era apenas aborrecimento.

Ele sempre fazia eu me sentir feito uma criança pequena chamada até a mesa do professor com a intenção de virar um exemplo para o resto da classe.

Eu odiava isso. Odiava mesmo, de verdade. Podia sentir o rosto esquentando — desejando ter a coragem para dizer algo em resposta, para denunciar a desigualdade com que ele me tratava em comparação a meus colegas. Catalina me lançou uma careta em solidariedade, mas eu estava por minha conta ali. Minha pulsação estava toda esquisita.

Houve um momento em que realmente me permiti saborear a perspectiva de me defender, mas acabei pegando a rota da mansidão.

— Desculpe por isso. Eu estava…

Jerry, porém, me interrompeu.

— Seu trabalho com frequência fica aquém do esperado, forçando seus colegas e eu a taparmos o buraco.

Aquilo me fez recuar um pouco, surpresa. Eu sabia que era uma das melhores químicas do laboratório. Sempre me davam as tarefas mais difíceis, porque os gerentes de produto sabiam que eu conseguia cumprir. Abri a boca para dizer algo, mas ele prosseguiu.

— Todo mundo conseguiu chegar ao trabalho, mais uma vez tapando o buraco deixado por você. Eu não entendo por que continuamos tendo esses problemas.

Já era ruim o bastante ele me acusar de entregar um trabalho abaixo do esperado, mas será que ia mesmo continuar insistindo no negócio do atraso? Eu nunca tinha chegado tarde antes, em todo o tempo que trabalhei ali.

Queria me defender, mas sabia que não me ajudaria em nada. Ele parecia me detestar de verdade, e eu não sabia bem o porquê. Eu trabalhava bem. A despeito do que ele dizia, era raro eu me atrapalhar.

Isso parecia muito pessoal, e eu não sabia como reagir. Uma parte de mim queria desesperadamente se demitir. Para ser honesta, eu sempre quis isso — trabalhar por conta própria. Contudo, sabia que não era a melhor decisão. Eu não tinha uma rede de segurança. Estava presa ali. Engoli o nó em minha garganta.

— Não vai se repetir.

— Certifique-se de que não. A essa altura, seu emprego está em risco. Não quero continuar tendo essas conversas com você. Temos uma inspeção esta manhã e eu não posso… digo, *nós* não podemos nos dar ao luxo de fazer feio na frente da alta gerência.

Ele me deu uma última olhada feia e então se afastou de minha bancada. Uma inspeção? Da alta gerência?

Será que isso queria dizer que Craig viria para cá?

Minhas emoções passaram da humilhação para a expectativa vertiginosa tão rápido que fiquei até um pouco nauseada. Essa situação precisava ser discutida. A quais membros da alta gerência Jerry se referia?

Depois que ele tornou a fechar a porta de sua sala, eu inclinei a cabeça para o almoxarifado, enviando uma mensagem para Catalina. Nós guardávamos todos os nossos materiais e suprimentos ali e na câmara fria.

Ela se encontrou comigo na câmara fria, fechando a porta pesada após passar. Virtualmente à prova de som. Ela me deu um abraço rápido, perguntando se eu estava bem. Assenti com a cabeça.

— O que foi aquilo? — perguntou, os olhos faiscando de raiva. — Ele passou de todos os limites! Eu nunca vi Jerry ser tão…

Mas não era isso que eu queria discutir. Eu empurraria aquelas emoções raivosas lá para o fundo para poder manter minha decisão e focar nas coisas que podiam me fazer feliz.

— Uma inspeção. Quem você acha que vem? Jerry falou alguma coisa antes de eu chegar?

Ela franziu a testa para mim.

— Não, nosso ilustre líder não falou nada. E sei que você quer que eu chute que será o Craig, mas acho que pode ser o GQ do Lago Ness.

Catalina e eu apelidamos o CEO da Minx Cosmetics de GQ do Lago Ness, porque nunca o vimos na vida real, assim como o Monstro do Lago Ness, e ele era ridiculamente bonito na única foto que vimos no relatório trimestral, na qual parecia um modelo na capa da revista GQ. Presumia que ele tivesse um nome de fato, mas nós o chamávamos de GQ do Lago Ness havia tanto tempo que eu não fazia ideia de qual era esse nome.

Havia um boato de que ele era parente de Craig, mas imaginei que tinha que ser uma conexão distante. Eles não se pareciam em nada.

— Por que ele viria para cá? Ele tem mais com que se preocupar. — O GQ do Lago Ness, pelo visto, era bom no que fazia, porque o faturamento da empresa só crescia a cada ano, num mercado altamente competitivo. — Craig, por outro lado, tem que se preocupar com o que nosso departamento está fazendo. Ele é um líder mais mão na massa.

— Ahã, eu sei onde você quer que ele bote as mãos dele.

— Ha ha.

Então Catalina pôs as mãos em meus ombros, me virando de frente para ela. Eu era uma cabeça mais alta do que ela, mas me senti um pouco intimidada.

— Você não conhece o Craig. Eu ouvi algumas coisas... e acho que você deveria passar longe dele.

— Eu dou conta — falei, indisposta a acreditar em qualquer coisa ruim sobre meu futuro marido. — Boatos são apenas isso: boatos.

Ela não parecia convencida.

— Se pelo menos uma fração deles for verdade, eu explodiria esse laboratório todinho antes de permitir que ele saísse com você.

— Aprecio sua disposição a escolher a violência em meu nome, mas sou uma adulta. Você não precisa me proteger — falei.

Ela havia me dito mais de uma vez que eu era feito um cordeirinho recém-nascido, andando por aí com as pernas bambas, e que ela se sentia compelida a me proteger da dura realidade.

Embora eu a amasse por isso, também era capaz de fazer minhas próprias escolhas.

— Não diga que eu não te avisei — disse ela, deixando os braços caírem.

— Se você tiver razão, te dou carta branca para me dizer que eu estava errada e você estava certa.

Isso me valeu um sorriso.

— Vou te lembrar disso.

— Eu sei. Mas nós provavelmente deveríamos voltar ao trabalho — falei.

Tecnicamente, eu ainda não tinha trabalhado em nada e não precisava deixar Jerry ainda mais zangado ficando na câmara fria. Especialmente quando ela não tinha nenhuma informação útil.

Como se pudesse ler meus pensamentos, Catalina me fez parar, colocando a mão em meu braço.

— Tem certeza de que não quer conversar sobre o Jerry?

Aquela sensação pegajosa de resíduo de sabão havia voltado. Empurrei meus óculos de volta para o topo do nariz.

— Não. Só estava tentando reunir mais dados sobre a inspeção. Você sabe o quanto gosto dessas coisas.

Abri a porta da câmara fria e arquejei.

Ali de pé, no meio do almoxarifado, como se eu o tivesse invocado, estava Craig Kimball.

Capítulo dois

— Olá — disse Craig com um sorriso. O sol reluzia sobre seus cabelos loiros e seus olhos azul-pálidos cintilavam, de alguma forma. Ele parecia um anjo, vindo para me resgatar. Meu coração borbulhou de excitação.

Eu tentei falar.

Nada aconteceu.

Só eu ali de pé, olhando boquiaberta para ele, como um peixe que acabava de ser tirado da água.

— Oi! Eu me chamo Catalina Diaz e esta aqui é Anna Ellis.

Minha melhor amiga veio ao meu resgate, e eu francamente nunca a adorei mais. Embora eu não soubesse muito bem por que ela sentiu que precisava me apresentar. Nós já nos conhecíamos. Ele me conhecia.

— Craig Kimball — disse ele, como se não estivéssemos cientes. Como se eu não pensasse nele a cada dia.

Como se eu não me lembrasse do que ele fez por mim dois anos atrás.

E minha lembrança do fato me fez emitir um ruído esquisito de engasgo em resposta a ele.

Agora a minha cara estava corando pela segunda vez no mesmo dia, mas por uma razão totalmente diferente.

— Vocês são nossas duas moças cientistas — falou ele com uma piscadela.

Catalina se arrepiou ao meu lado enquanto respondia:

— Na verdade, somos apenas cientistas. Não é necessário nenhum qualificador.

Eu me sentia completamente fora dos eixos. Ainda havia aquele restinho de pavor e embaraço pela palestrinha de Jerry, e agora eu não conseguia nem recuperar o fôlego com Craig de pé ali na nossa frente, de braços cruzados, sorrindo para mim.

Para. Mim.

Eu podia perceber que Catalina estava irritada, mas não sabia bem o porquê. Estava ocupada demais me concentrando na forma como a boca de Craig se movia, como ele parecia acariciar as palavras saindo dela.

Eu me forcei a prestar atenção.

— Ah, espero que você não leve isso no mau sentido — disse ele. — Mas é que é tão impressionante que vocês duas estejam alcançando o sucesso no que é tipicamente um campo dominado pelos homens.

Ah. É por isso que Catalina estava aborrecida. Eu queria dar a ele o benefício da dúvida e presumir que não tinha nenhuma má intenção no que havia dito, mas também entendia por que ela se sentia na defensiva — com frequência nós éramos tratadas como inferiores. Não apenas ali no trabalho, mas também nas conferências. Como se não tivéssemos o mesmo nível de educação e habilidade que nossos colegas homens.

Craig pigarreou, como se percebesse que tinha cometido uma gafe, e mudou de assunto.

— Em que vocês estão trabalhando? — perguntou ele.

Minha língua ainda parecia grande demais para a boca, mas, se não dissesse alguma coisa logo, ele poderia pensar que eu era esquisita.

Mais esquisita do que provavelmente já pensava que eu era.

— Hã, nós estávamos, hum, buscando material.

Eu tinha falado! Palavras reais tinham sido ditas!

Esqueçamos o fato de que eu não havia respondido à pergunta dele. Eu só conseguia ficar ali de pé, sorrindo para ele feito uma abóbora de Halloween meio fora da casinha.

Catalina me lançou um olhar que dizia com todas as letras *Por que você gosta desse sujeito?*, e eu dei de ombros como resposta. Não havia como fazê-la entender. Ela simplesmente não o conhecia.

Na verdade, eu também não, mas podia atestar pessoalmente o fato de que ele era um cara legal.

Ela balançou a cabeça e anunciou:

— Vou voltar para minha bancada de trabalho e produzir um pouco de nitroglicerina.

Eu compreendi a intenção dela, apesar de suas preocupações serem equivocadas. Ela deixou o almoxarifado e eu fiquei sozinha com Craig.

Sozinha, e conversando com ele.

— Ela disse nitroglicerina? — repetiu Craig, parecendo achar graça.

— Glicerina vegetal — falei, sem querer explicar o que minha melhor amiga queria dizer. — Ela está fazendo um hidratante orgânico. Pessoalmente, prefiro trabalhar com maquiagem. É o que mais gosto de criar. Agora, por exemplo, estou trabalhando num batom que será de longa duração e totalmente natural. E com cores bem vibrantes também.

O olhar dele se moveu e ele deu uma espiada pela sala. Seria aquilo nessa expressão... tédio?

Pensei que estabeleceríamos uma conexão por causa do nosso amor por cosméticos. Era culpa minha. Estava nervosa e falando coisas com as quais ele não se importava. Eu tinha uma tendência a fazer isso às vezes.

Hora de contar uma história de que as pessoas normalmente gostavam.

— Sabe, falando em nitroglicerina, eu tive um parceiro de laboratório na faculdade que queria ver se conseguia produzi-la e acabou explodindo todas as janelas do nosso laboratório.

Funcionou. Eu tinha a atenção de Craig outra vez, mas agora ele parecia preocupado.

— Está tudo certo, ele ficou bem. Só ficou com as sobrancelhas e a frente do cabelo queimadas, mas estava longe o bastante quando tudo explodiu.

Essa era a única história empolgante que eu tinha em meu passado. Eu sabia o quanto isso deixava claro que minha vida era uma tristeza, mas estava simplesmente feliz por ter conseguido atrair a atenção de Craig de volta.

— Esse tipo de coisa acontece aqui depois do horário de trabalho? Vocês se ocupam produzindo explosivos para o mercado ilegal?

Eu impliquei isso de alguma forma?

— Meu parceiro de laboratório fez isso, mas não foi por dinheiro. Ele apenas era curioso. Mas não, nós não produzimos explosivos aqui. E nunca vamos produzir. A menos que alguém descubra um jeito seguro para as pessoas os utilizarem na redução de rugas e linhas de expressão.

Eu esperava uma risada dele, mas Craig apenas assentiu.

— Você queria me mostrar aquele negócio do batom?

— A fórmula? Claro. É só me acompanhar, ela está no meu computador.

De algum jeito, consegui chegar até minha bancada de trabalho sem tropeçar em meus próprios pés. Eu tinha uma consciência profunda dele caminhando logo atrás de mim e sentia vontade de beliscar a mim mesma. Estávamos tendo nossa segunda conversa de verdade!

Cheguei no meu notebook e abri a fórmula. Ele se postou à direita da minha bancada de trabalho, e o fato de que estávamos respirando o mesmo ar me deixou inacreditavelmente feliz.

Ele apanhou uma amostra dourada e cintilante de sombra que eu tinha na bancada.

— O blush mais recente?

Será que ele não tinha visto o dourado e o glitter? Uma pessoa só usaria algo assim nas bochechas se estivesse indo para uma noite de disco.

— Não, é uma sombra. O pessoal do marketing diz que está craquelando, então vou ter que...

Minha voz foi silenciando quando ele começou a fazer a coisa mais horrível que se possa imaginar.

Ele começou a estalar os nós dos dedos, um por um. Ruidosamente, cada estalido nítido explodindo minha alma e fazendo meus ouvidos quererem sangrar. Eu detestava aquele som com cada fibra do meu ser.

Uma vozinha cochichou que minha alma gêmea jamais estalaria os nós dos dedos perto de mim. Isso era bobagem; eu não podia acreditar que sequer tinha pensado isso. Estava prestes a pedir para ele por favor parar com o ruído de virar o estômago, mas percebi o quanto aquilo poderia soar estranho.

— Aqui — falei, entregando a ele meu computador e torcendo que pudesse distraí-lo.

Por sorte, pegar meu notebook o impediu de mexer com os coitados e castigados nós de seus dedos. Ele me deixava tão nervosa, e me dei conta do quanto a opinião dele sobre meu projeto era importante. Queria que visse o quanto eu era inteligente, que ficasse impressionado comigo. Eu sabia que, pela aparência, jamais o conquistaria, então teria que me conhecer para poder se apaixonar pela minha personalidade às vezes cativante.

No entanto, ele não estava dizendo nada, e meu estômago começava a se encher de nós. Eu me flagrei querendo explicar minha linha de raciocínio para ele.

— Tenho que tomar cuidado para que a formulação atenda a todos os parâmetros veganos e me certificar de não ficar impaciente e aumentar o equilíbrio do pH depressa demais. Quer dizer, todos os químicos cosméticos são culpados disso.

— Ah, sim, todos nós já passamos por isso.

Seria isso sarcasmo? Eu me remexi na banqueta. Ele tinha aquela expressão entediada no rosto de novo. Empurrei os óculos mais para cima no nariz, preocupada que eu pudesse embaçá-los por acidente enquanto respirava com mais dificuldade do que o normal. Avisei ao meu cérebro que esse momento não era tão importante quanto meu sistema nervoso central aparentemente achava. Precisando me acalmar, peguei meu béquer com água e tomei um gole.

Não, não era água. *Não era água.* Ciclopentasiloxano.

Eu me inclinei para a frente e cuspi tudo na pia. Peguei o béquer que havia enchido com água mais cedo e enxaguei a boca, duas, três, quatro vezes seguidas.

— Você está bem? — perguntou Craig, e fiquei tocada com a preocupação dele.

Eu também estava pensando no fichário de dados de segurança na última gaveta da minha bancada. Não sabia se havia mais alguma coisa que eu precisava fazer nessa situação, mas tinha quase certeza de que eu não ia morrer. Eu sabia que o ciclopentasiloxano podia, potencialmente, interferir nos hormônios, mas não tinha chegado a ingerir a substância.

Entretanto, se tirasse o fichário de lá, Craig saberia o que eu tinha acabado de fazer.

— Sim. Estou, sim. — Talvez tivesse acabado de danificar de maneira permanente parte do meu sistema endócrino, mas tudo bem. — Eu só... — Eu não queria confessar meu engano colossal. Estava tentando conquistá-lo com minha inteligência e minha sagacidade, não o fazer pensar que eu não conseguia distinguir uma substância química de água.

O que era verdade, mas ainda assim.

Ele colocou o notebook na mesa. Não disse nada sobre minha formulação, e mais uma vez senti o ímpeto de preencher o silêncio.

— Sei que não é lá muito empolgante, mas é o que me passaram. Eu adoraria a chance de trabalhar em algumas das coisas que propus para o meu chefe. Acho que tenho muitas ideias potencialmente boas.

Com isso, a expressão dele mudou.

— É mesmo? Você compartilhou essas ideias?

Como eu poderia dizer a Craig que Jerry era um idiota que não conseguiria identificar uma boa ideia nem se ela subisse na cara dele e o sufocasse como uma daquelas larvas de alienígena?

— Ainda não. Temos uma longa lista de coisas para realizar, e tento me focar nisso.

Eu esperava ter sido diplomática o bastante.

Aquela sensação ansiosa retornou enquanto eu esperava uma resposta dele, e estendi a mão pela mesa até ela aterrissar num frasco de álcool em gel. Eu o apanhei. Se algum dia eu ficasse famosa e meu biógrafo perguntasse sobre esse momento, jamais conseguiria explicar por que fiz uma piada de tiozão.

— Ei, o que um álcool disse para o outro? — Fiz uma pausa. — Etanóis!

Craig piscou lentamente para mim, e a humilhação total e completa que me dominou, desde a raiz dos cabelos até as pontinhas dos pés, me fez desejar entrar debaixo da minha bancada de trabalho e esperar pela morte do universo.

E então ele falou, passando por cima da minha piada de acabar com o mundo, e eu não sei se isso deixou as coisas melhores ou piores.

— Essas ideias, você deveria passar no meu escritório e dividi-las comigo. Estou em busca da próxima grande novidade. Algo que vá colocar a Minx Cosmetics no mapa.

Obviamente. Todos nós queríamos isso. Era o motivo de estarmos ali: criar a próxima grande inovação que mudaria nossa indústria.

Craig continuou falando, quase como se lesse minha mente:

— Sei que todo executivo em toda empresa de maquiagem ao redor do mundo está procurando pela mesma coisa. Mas falar é fácil, difícil é fazer, certo? É só que meu pai... — A voz dele foi se apagando e ele suspirou. — Preciso encontrar algo que o deixe contente comigo. E a KRT também.

Eu sabia que a Minx Cosmetics era uma subsidiária de um conglomerado muito maior, a KRT Limited. Será que o pai dele tinha algum envolvimento naquela empresa?

Deixando isso pra lá, eu me perguntei como alguém podia ficar descontente com Craig. Parecia impossível.

Ele acrescentou:

— Então, se você inventar algo ótimo, eu quero que traga diretamente para mim, tá bom?

Algo em seu tom soou... estranho. E ele deve ter visto isso no meu rosto, porque de súbito se debruçou na minha bancada, tão perto que, se eu me movesse um pouquinho para a direita, estaríamos praticamente nos beijando.

Só de pensar nisso meu cérebro deu um curto-circuito e se esqueceu do que tinha começado a me preocupar.

Os olhos dele se acenderam, um sorriso paquerador lampejando em seus lábios.

— Você vai na festa hoje à noite?

— A festa da empresa? — perguntei, sem fôlego.

Claro que era a festa da empresa. Do que mais ele estaria falando? A Minx Cosmetics sempre tinha um grande evento em janeiro, depois de todos regressarem das festas de fim de ano, para celebrar os sucessos do ano anterior.

Eu tinha zero planos de ir. Odiava festas e estar perto de muita gente. Minha ideia de uma noite perfeita era ficar em casa assistindo a filmes e/ou jogando jogos de tabuleiro. Ficar de pé e ser forçada a trocar papo-furado parecia algo que a Convenção de Genebra deveria proibir.

Ele assentiu com a cabeça.

— Espero que você vá. — De alguma maneira, ele conseguiu se mover ainda mais para perto, e, quando meus nervos começaram a entrar em pane, eu não sabia se era por causa dele ou pela possível ingestão de ciclopentasiloxano. Ele murmurou, a voz grave: — É uma pena mesmo que a empresa tenha aquela regra que proíbe relacionamentos entre funcionários.

Eu respirei fundo de súbito. Regra que proíbe relacionamentos entre funcionários? Como é? Desde quando? Eu nunca tinha ouvido falar nela. Parecia algo que Jerry adoraria nos lembrar, várias e várias vezes.

E, um microssegundo depois, entendi a implicação de Craig e meu coração saltou até a garganta de empolgação. De que se não houvesse uma regra... que nós... que ele e eu poderíamos...

Era como um sonho se realizando.

Eu não era de quebrar regras... mas talvez, dessa única vez, estivesse disposta a abrir uma exceção.

— Vou, sim! Com certeza estarei lá. Eu adoro festas! — Torci para que ele não notasse o quanto minhas palavras eram falsas. Sempre fui uma péssima mentirosa.

A porta de Jerry se abriu barulhentamente, me dando um susto. Em minha névoa de excitação e esperança, me esquecera por completo do meu chefe reprovador.

E se ele viesse para cá?

E se Craig testemunhasse Jerry me tratando feito uma idiota incompetente? Isso seria horrendo. Minha inteligência sempre foi o traço de que mais me orgulhei em mim. Eu não queria que Jerry fizesse com que Craig me olhasse de outra forma. Isso seria um pesadelo total. Cheguei a literalmente morder a língua para não acabar falando besteira.

Estava dividida entre o desejo de manter Craig por perto para podermos conversar e a vontade de dizer para ele fugir antes que meu chefe estragasse tudo. Apesar de eu estar fazendo muito bem o trabalho de espantá-lo sozinha, com minhas encaradas e minha ingestão de substâncias químicas.

Jerry pigarreou e Craig olhou de relance por cima do ombro.

— É melhor eu ir embora. — Ele se voltou de novo para mim. — Guarde uma dança para mim, e podemos conversar mais sobre essas suas ideias. Combinado?

— Combinado!

Ele queria uma dança comigo? Eu não podia imaginar nada melhor.

— Te vejo mais tarde — disse ele com uma piscadinha, e meu coração quase explodiu em deleite.

Eu assisti enquanto ele caminhou até Jerry e, juntos, eles entraram na sala de Jerry, fechando a porta.

Mandei uma rápida prece a seja lá quem for o santo padroeiro dos químicos cosméticos, na intenção de que eu não fosse o assunto principal da discussão entre Craig e Jerry, e então tirei da gaveta meu fichário de dados de segurança o mais discretamente que pude. Corri com os dedos até o ciclopentasiloxano e vi que precisava enxaguar a boca (feito) e garantir que eu ainda estava respirando (feito também). Tudo bem comigo.

Catalina se aproximou com uma caixa, que colocou em minha mesa.

— Tenho algumas coisas para você experimentar. Um novo rímel, uma máscara facial orgânica incrível com mel e mirtilos, um autobronzeador que não escorre, um batom de longa duração que supostamente é à prova de beijo e livre de sulfatos.

Fiquei olhando para ela sem dizer nada, o cérebro sem trocar de marcha a tempo. Ainda estava surtando por causa de Craig, do que ele e Jerry estavam conversando e se eu havia, sem querer, causado minha própria esterilidade, e ela estava me trazendo coisas para testar? Se bem que, para ser justa, testar os produtos uma da outra era algo que ela e eu costumávamos fazer — sempre me pareceu irônico que, em nossa indústria, existam mais homens fazendo produtos de beleza para mulheres e que eles não testem pessoalmente suas próprias criações. Catalina e eu éramos singulares nesse quesito.

Mas testar brilhos labiais e delineadores não queria dizer que eu sabia como aplicar maquiagem. Criar os produtos e aplicá-los eram duas habilidades totalmente diferentes, embora todos esperassem que eu fosse capaz de fazer ambas as coisas.

Apanhei o batom e então o devolvi à caixa. Era uma pena que, sempre que eu tentasse me maquiar, independentemente de quantos tutoriais eu visse no YouTube, o resultado me lembrasse com frequência de Picasso.

— Só me diga o que achou quando tiver a chance — disse ela.

— Você não vai mesmo me perguntar sobre Craig? Nós acabamos de ter uma conversa muito importante. Transformadora.

Ela soltou um ruído como se não acreditasse em mim.

— Foi, sim! Você saberia se estivesse junto.

— Contraponto: a única outra pessoa que estava junto saiu correndo.

— Não saiu correndo — resmunguei. — Ele tem um emprego. Está trabalhando. Você simplesmente não entende.

Considerando que Craig estava naquele momento distraindo Jerry, usei essa oportunidade para atualizá-la sobre tudo. Talvez, se eu lhe desse todos os detalhes, inclusive os mais humilhantes, ela visse o quanto essa conversa com Craig havia sido memorável.

Porém, ela não reagiu como eu esperava — oferecendo um encorajamento no mesmo nível da minha empolgação. Em vez disso, perguntou:

— Isso quer dizer que você, Senhorita Introvertida, vai mesmo comparecer na festa da empresa hoje à noite? Devo ficar de olho para ver se quatro cavaleiros virão também?

Catalina estava fazendo piada, como se não compreendesse que isso era importante.

— É claro que eu vou. Craig basicamente me pediu para ir com ele.

— Acho que não. Talvez você esteja exagerando de leve.

Se eu estava, meu plano era continuar exagerando até segunda ordem. Em vez de dizer isso a ela, respondi:

— Bom, no mínimo, acho que foi relevante ele querer dançar comigo. Talvez as coisas entre nós mudem esta noite.

— Anna, eu te amo, *pero no hablo* delirante.

Catalina geralmente só recaía no portunhol comigo quando eu a exasperava demais. Sua declaração foi como um choque. Ela nunca me dissera nada assim antes.

— Desculpa — acrescentou depressa. — Não quero ser desmancha-prazeres. Você não é delirante. Eu não devia ter dito isso. E deveria ser mais encorajadora. Mas acho que você merece coisa melhor do que Craig. Só estou cuidando de você.

— Eu sei — falei. — E aprecio muito. Mas é melhor nós voltarmos ao trabalho antes que Jerry demita nós duas.

Ela assentiu e voltou para sua bancada. Empurrei as mangas do jaleco para cima e abri o notebook. O notebook que Craig estava segurando até agora há pouco. Minhas impressões digitais estavam tocando as dele. Era quase como se estivéssemos de mãos dadas.

Até eu tive que grunhir ao pensar isso. A veneração da minha falecida mãe às comédias românticas tinha deturpado meu cérebro.

Olhei de relance para minha tela e vi que havia um ícone de e-mail recebido. Por um segundo, cultivei a esperança de que Craig talvez tivesse me enviado uma mensagem, mas sabia que isso não era possível. Ele estava numa reunião e teria que fazer algum esforço para conseguir encontrar meu e-mail. Provavelmente mandaria aquela assistente agressiva dele, Gretchen, procurá-lo para ele.

Não que eu pudesse culpá-la por ser tão protetora. Se eu fosse a assistente administrativa de Craig, também o protegeria.

Mas isso significava que, se eu recebesse um e-mail dele, haveria uma boa quantidade de esforço por trás da mensagem. Esse pensamento me fez sorrir.

Quando abri a caixa de entrada, vi que era uma mensagem de Jerry. Meu sorriso sumiu do rosto enquanto eu continha um gemido. Aquela irritação rapidamente se transformou em raiva quando vi que o e-mail dele estava cheio de críticas sobre minha formulação atual. Eu não a enviara para ele. O que quer dizer que ele tinha pegado o meu notebook, procurado a formulação e agora estava criticando todo o meu esforço.

Eu sabia com cem por cento de certeza que ele não fazia isso com mais ninguém, e, naquele momento, isso foi enfurecedor. Sabia que estava chegando perto com essa formulação, sabia que funcionaria, e Jerry havia praticamente escrito VENHA ME VER em letras gigantescas por cima de tudo. Eu não era uma criança e estava cansada de ser tratada feito uma.

Com as mãos tremendo, eu mal levantei a cabeça quando a porta da sala de Jerry se abriu e Craig saiu.

Pensei em todas as pequenas injustiças que Jerry havia cometido, em como recusara minhas ideias sem nem desviar o olhar da tela de seu computador, em como não nos deixava usar o laboratório e os materiais da melhor maneira possível, em como repetidamente me envergonhara na frente de todos os meus colegas.

Meu progresso estava sendo impedido ali. Eu me lembrei de como, apenas algumas noites antes, resolvera ser feliz e admitira para mim mesma que nada em minha situação atual estava me fazendo feliz. Eu desejava ser mais forte. Mas o único jeito de ser mais forte era... simplesmente sendo forte. Fazendo uma escolha.

Eu era a pessoa responsável por tomar as decisões sobre minha vida e minha potencial felicidade. Não era, por acaso, a mestra do meu próprio destino? Capitã da minha... eu queria dizer nave espacial, mas isso parecia errado.

Certo ou errado, o único jeito de fazer com que as coisas mudassem era mudando-as.

Conforme meu corpo ia se dando conta do que eu estava prestes a fazer, meu coração começou a martelar e meus membros pareciam pesados, como se quisessem me forçar a permanecer na banqueta.

Em vez de ir diretamente para a sala de Jerry, virei para a esquerda e parei na mesa de Catalina. E não sabia muito bem se queria que ela me convencesse a dar pra trás ou a seguir em frente.

— Estou prestes a fazer algo altamente irracional — falei.

Ela estava despejando um pouquinho de azeite de oliva num béquer.

— Algo pior do que beber ciclopentasiloxano?

— Pior. — Engoli em seco. — Como você gosta de dizer, hoje vou escolher a violência.

Ela fez uma pausa e arqueou as sobrancelhas para mim.

— Você não vai colocar tetra-hidrozolina no café dele, né? Porque você sabe que colocar colírio na bebida de alguém não dá diarreia. Isso é uma lenda urbana. Embora Jerry mereça passar um dia inteiro na privada.

Eis uma imagem de que eu não precisava.

— Não. Eu não vou dopá-lo. Vou entregar meu aviso-prévio para ele.

Capítulo três

Eu honestamente esperava que Catalina discutisse comigo. Que me dissesse que aquela era uma ideia terrível e que eu deveria ser uma boa operária e voltar para minha mesa.

Para minha surpresa, porém, ela disse:

— Devia mesmo fazer isso. Se eu tivesse mais experiência prática, iria embora num instante. Qualquer laboratório tem que ser melhor do que este. Existem dúzias de empresas de maquiagem na área de Los Angeles. Você pode arranjar outro emprego. Um melhor.

Eu podia arranjar outro emprego. Era rotineiro ter headhunters entrando em contato comigo pelo meu perfil no LinkedIn. Devia haver algo à minha espera lá fora.

Não apenas isso, e por mais que não quisesse admitir nem para mim mesma, isso queria dizer que eu seria capaz de passar por cima daquela regra irritante que proíbe relacionamentos entre funcionários. Não haveria nada para impedir Craig e eu de ficarmos juntos. Eu o amava, ele parecia interessado em mim, e eu ia ajeitar o terreno para nós.

Mas eu nunca contaria a mais ninguém que tinha pensado isso. A coisa com Craig não era minha motivação principal, mas, sim, o modo como eu tinha sido tratada por Jerry. Aquele seria meu momento, no qual eu triunfaria sobre meu chefe terrível. Viveria minha fantasia de demissão. Retomaria a minha vida.

— Me deseje sorte — falei, forçando meus pés a se moverem adiante.

— Boa sorte!

Cada passo dava a sensação de caminhar em areia movediça com sapatos de ferro. Meu eu antigo não queria isso — era melhor ficar esperando e torcer por coisas melhores, em vez de fazer acontecer.

Era isso o que eu sempre havia feito, e foi assim que terminei aqui. Hora de sacudir a minha vida.

A porta de Jerry ainda estava aberta, e entrei na sala dele sem bater. Ele levantou a cabeça brevemente e depois voltou a olhar para a tela de seu computador.

— O quê?

Se ele tivesse sido ao menos um pouquinho cortês ou humano naquele momento, talvez eu tivesse reconsiderado. Em vez disso, reuni toda a minha coragem, repeti a palavra *feliz* como um mantra interno e então falei:

— Estou lhe dando meu aviso-prévio de duas semanas.

Isso chamou a atenção dele.

— O quê? — disse Jerry outra vez, como se não tivesse me ouvido.

Então eu repeti:

— Estou lhe dando meu aviso-prévio de duas semanas.

Pronto. Estava dito para o mundo ouvir. Não havia como recolher as palavras agora.

Visualizei os próximos minutos em minha mente. Ele me perguntaria por que eu estava me demitindo, e eu poderia dizer todas as coisas horríveis que ele tinha feito, o quanto não tinha me valorizado como funcionária nesses últimos quatro anos e que Catalina tinha razão: eu merecia coisa melhor, sim. Deixei todas as potenciais respostas enfileiradas em minha mente, prontas para voar.

Jerry se recostou em sua cadeira, me analisando. Como se eu fosse uma borboleta que ele havia prendido num quadro, ainda tentando bater as asas, mas presa no lugar.

— Bem, eu acho que não há motivo algum para prolongar isso. Se você está se demitindo, pode limpar sua bancada hoje mesmo.

Agora era eu quem dizia:

— O quê?

Aquilo era repentino demais. Quer dizer, pedir demissão por impulso definitivamente se encaixava bem no topo da escala de espontaneidade, mas pensei que teria tempo para entrar com calma em minha nova vida, mais brilhante. Procurar outro emprego enquanto ainda ocupava esse aqui.

Também pensei que teria a chance de finalmente (FINALMENTE) dizer tudo o que pensava, mas fiquei tão atrapalhada com as palavras dele que não consegui pensar em nada para dizer.

— Me entregue o seu crachá e pegue suas coisas — disse ele, enfatizando o primeiro som de cada palavra. Ele retornou ao seu computador, como se eu não tivesse importância nenhuma para ele. — Espero que não esteja torcendo por uma carta de referência.

Eu esperaria por uma escalada solitária no Monte Everest antes de esperar por uma carta de referência daquele homem terrível. Desprendi meu crachá do bolso da frente e o depositei na mesa dele. Percebendo que meu momento para falar havia chegado e passado, voltei para minha bancada de trabalho. *Minha ex-bancada de trabalho*, me corrigi mentalmente.

Eu não trabalhava mais ali.

Embalar as poucas coisas que eu tinha em minhas gavetas levou um tempo até que bastante curto. Eu estava no piloto automático, e então Catalina estava ali, me fazendo perguntas, mas havia um zumbido em meus ouvidos, e eu não conseguia distinguir sons. Peguei a caixa de produtos que ela queria que eu testasse. Ainda podia ajudar com aquilo.

— Anna, o que houve? — As palavras dela finalmente soaram compreensíveis.

— Ele me disse para ir para casa. Para não esperar as duas semanas e terminar tudo hoje mesmo — falei, tanto para ela quanto para mim mesma. Para que ela soubesse e eu registrasse o que tinha acontecido. Minha voz soava abafada para mim.

Aí Daniel, o segurança, estava lá com uma expressão muito desconsolada no rosto. Eu não deveria me surpreender por Jerry ter chamado a segurança para mim, mas me surpreendi.

— Lamento por isso, Anna — disse ele. — Tenho de escoltá-la para fora da propriedade.

— Certo. Eu entendo.

Ele só estava fazendo seu trabalho. Algo que eu não faria mais.

Eu estava desempregada.

Catalina perguntou:

— Você está bem?

— Estou. Ligo para você mais tarde — falei para ela. Por algum motivo, foi nesse momento que me dei conta de que não estava apenas deixando a Minx Cosmetics, também estava deixando Catalina. Lágrimas encheram meus olhos. — Eu não vou mais te ver todo dia!

— Nós vamos conversar e trocar mensagens todos os dias, igual fazemos agora. E quando você começar sua própria empresa de sucesso, pode me contratar. Eu serei seu braço direito.

Se eu fosse capaz de rir, teria rido. Aquele era um sonho tão desvairado. Um que eu desejava, mas que não tinha a habilidade de transformar em realidade.

— Anna, nós precisamos mesmo ir — disse Daniel, soando muito lastimoso.

— Tudo bem. — Eu não queria colocá-lo em problemas. Abracei Catalina. — Nós nos falamos em breve.

— Com certeza!

Senti o olhar de todos os outros químicos no laboratório ao sair de lá pela última vez. Minha garganta parecia quente, travada. Eu não ia chorar na frente de todas aquelas pessoas. O mínimo que podia fazer era não dar a Jerry a satisfação de me fazer perder o controle no meio do laboratório.

Daniel me acompanhou por todo o caminho até o estacionamento, abrindo as portas trancadas no prédio para mim com seu crachá.

— Você vai encontrar outra coisa — disse ele quando chegamos a meu carro. — Cuide-se, tá bom?

Eu assenti com a cabeça, ainda não confiando em mim mesma para falar. Quando ele voltou para dentro do saguão, abri meu carro e coloquei a caixa no banco do passageiro. Dei a volta para o meu lado e entrei, fechando a porta.

O que foi que eu acabei de fazer? O que foi que eu fiz?

Isso era tão anormal para mim. Eu não era impulsiva! Nunca tinha me demitido de um emprego até então. Claro, esse era o único emprego de verdade que já havia tido, mas até aquele dia eu nunca me demitira!

Enquanto a adrenalina e o choque começavam a passar, apoiei a cabeça no volante. As mãos ainda tremiam quando me perguntei se tinha cometido um erro imenso. Cogitei seriamente voltar correndo lá para dentro e dizer para Jerry que eu não estava falando sério. Que tinha exagerado na minha reação e faria qualquer coisa para ter meu emprego de volta. Até um corte no salário, se fosse preciso. Embora eu não soubesse como eles poderiam me pagar menos ainda — tinha quase certeza de que ganhava menos do que todos os outros químicos, incluindo os recém-contratados. Não havia sequer recebido um aumento em todo o tempo em que trabalhei lá.

Nem fui corajosa o bastante para me manifestar, para me defender. E olha só aonde isso me levou.

Não, eu estava certa em pedir demissão. Precisava ir para casa e planejar meus próximos passos. Dei partida no carro e engatei a marcha, saindo da minha vaga aos poucos. Fantasiei por um segundo em dar ré até bater no BMW de Jerry, mas me contive.

Já estava quase fora do estacionamento quando pisei no freio com tanta força que fiquei surpresa por não fazer o carro capotar de uma vez.

Em tudo isso, eu havia me esquecido de algo muito importante.

O que minha avó ia dizer?

* * *

Passei várias horas cumprindo tarefas para me distrair, indo almoçar e tentando fazer com que meu regresso para casa coincidisse com o horário em que sabia que meus avós estariam fora. À tarde, minha avó atendia aos alunos na universidade e meu avô saía com seu clube de observadores de pássaros. Sua coleção de aves resgatadas me saudou quando cheguei em casa. Feather Locklear me informou pela milionésima vez que "Os Yankees são uma droga!", mas não ofereceu nenhum comentário por eu estar em casa mais cedo. Nenhum dos pássaros se importava se eu estava empregada ou não, desde que eles continuassem recebendo seu alpiste com fartura.

Minha avó, por outro lado... Eu não estava nem um pouco ansiosa para contar a ela.

Entrei no meu quarto e estava tão frustrada e aborrecida com tudo o que acontecera naquela manhã que considerei, seriamente, limpá-lo. Mas as coisas nunca tinham ficado tão ruins a ponto de eu me sentir motivada a retirar minhas roupas do chão.

Joguei a caixa com meus objetos pessoais no chão e desabei de costas na cama, os braços escancarados como se eu fosse desenhar um anjo na neve. A exaustão penetrava meu cérebro, sem deixar espaço para os outros pensamentos. Imaginei que fossem todas as emoções descontroladas que eu vinha experimentando somadas ao fato de ficar acordada até tão tarde na noite anterior para ler. Eu tivera alguns pontos bem baixos hoje, mas talvez esta noite fosse dar em algo diferente. O mais alto dos pontos altos. Craig e eu dançando na festa da empresa, na frente de todo mundo. Fechei meus olhos por um instante para imaginar os braços dele ao meu redor e, quando dei por mim, estava escuro lá fora.

Meio tonta, virei para olhar para meu despertador. A festa começaria dali a meia hora. Eu chegaria atrasada.

De novo. Pela segunda vez hoje.

Corri até o armário para fuçar em minhas roupas. Lembrei que se tratava de um coquetel. Eu não sabia o que isso implicava, mas pensei que provavelmente queria dizer um vestido.

Eu não tinha nenhum vestido. Literalmente, nem unzinho sequer. Jamais tivera ocasião para vestir um. Minha avó tinha uma vendeta pessoal contra a indústria da moda, especificamente contra vestidos, e eu sempre preferi calças mesmo. Elas vinham com bolsos.

Não havia tempo para ir comprar um vestido, sem contar que, da última vez que conferi o saldo da minha conta bancária, eu tinha 3,27 dólares. Corri pelas minhas roupas, como se passar cada cabide de um lado para o outro fosse revelar um vestido que eu havia me esquecido de ter comprado.

Fui até os últimos cabides, onde então encontrei um vestido.

Um vestido que eu comprara para fazer cosplay como Arwen, a personagem meio-elfa de *O Senhor dos Anéis.*

Eu não podia. Ou podia?

Pegando meu celular, liguei para Catalina. Ela atendeu sem nem dar alô.

— Estava esperando você me ligar. Como está? Tudo bem? Você chegou a entrar na internet hoje para procurar outro emprego? Porque eu encontrei uns dois que acho que...

— Preciso da sua ajuda — falei. — A festa está para começar e eu não tenho nada para vestir, e tenho quase certeza de que não vai ter uma senhora mágica aparecendo aqui com uma carruagem de abóbora e alguns camundongos falantes para me ajudar a fazer um vestido.

— A festa? — ela ecoou minhas palavras. — Você ainda vai para a festa da empresa? Mesmo tendo se demitido?

— Vou.

Falei num tom que, esperava, fosse calar essa linha de raciocínio. Tecnicamente, eu não trabalhava mais na Minx, mas precisava encontrar Craig e falar para ele sobre meus sentimentos. Teria acesso a ele muito mais fácil num hotel do que no escritório. O escritório em cujo edifício eu não tinha mais como entrar.

Além do mais, como já contara a ela, ele tinha basicamente me convidado para ir, e eu não ia perder essa oportunidade.

Ela entendeu o recado e voltou para o motivo pelo qual eu havia ligado.

— Nem um único vestido? Um de formatura? Algo que você vestiu para a colação de grau?

— Nenhum baile de formatura, e eu vesti calça jeans nas minhas duas colações.

— Você vai ter que sair para comprar alguma coisa — disse ela.

— Minha conta bancária está fazendo eco — falei para ela, segurando o traje na minha frente enquanto olhava para o espelho. — A única coisa que eu tenho é aquele vestido para o cosplay.

Ela hesitou.

— O verde-claro da Arwen?

— Ele mesmo.

— Tá bom, tá bom, podemos combiná-lo com acessórios para deixar mais moderno.

— Isso é uma mentira, e você sabe que eu não tenho acessórios.

— Eu sei! — disse Catalina com um gemido. — Nenhum acessório ajudaria. Eu estava tentando melhorar as coisas. Aguenta aí, vou procurar a fantasia on-line. Eu te ofereceria algo meu, mas não daria certo.

Ela tinha razão: Catalina era uns bons vinte centímetros mais baixa que eu. Seria como usar um band-aid em torno dos quadris e chamar isso de saia. Talvez eu pudesse confeccionar alguma coisa. Dei uma olhada de relance para meus lençóis, mas não tinha como. Era essa fantasia ou nada.

— As mangas de sino precisam sumir — falou ela. — A parte mais próxima do seu pulso. Acho que se você tirar essa parte de baixo e deixar a parte de cima rendada, que chega até o cotovelo, vai ficar bom.

— Certo. Um minutinho. — Tentei puxar as duas partes da manga, mas nada aconteceu. — Eu não consigo! Acho que costuraram esse negócio com titânio.

— Você tem um descosturador?

— Eu lá pareço o tipo de pessoa que teria um descosturador?

Olhei para o relógio de novo. Meu tempo estava se esgotando, eu já estava estressada com essa coisa toda.

— Procure uma tesoura e corte a linha que conecta as duas partes. Não corte o tecido. Isso ficaria horrível.

Ela disse isso como se soubesse que o negócio todo ficaria horrível e seria difícil deixar muito pior do que já era.

Abri a primeira gaveta da minha escrivaninha e vasculhei as bugigangas até encontrar uma tesoura. Segui as instruções e a manga se desfez.

— Funcionou! Mas a parte rendada parece desfiada.

— Suponho que pedir para que você faça a barra nas bordas cortadas te faria dar um piti?

— Tudo bem. Eu vou dar um jeito. Vai funcionar. Certo? — Tinha certeza de que ela podia ouvir o desespero na minha voz.

— As pessoas provavelmente ainda vão se perguntar qual é o problema com você, mas não será tão ruim quanto se você ainda estivesse com as mangas de sino.

— Assim é que se fala! — declarei, empurrando uma pilha de roupas para fora da minha mesa até encontrar o que estava procurando. Peguei o grampeador. — Vou aceitar *não tão ruim quanto seria*. Vejo você depois, e aí te conto como as coisas saíram com Craig. Que talvez seja meu novo namorado.

— Você ainda acha que isso vai acontecer? — perguntou ela. — Qual é o seu plano?

— Vou me aproximar dele, puxar conversa, talvez contar uma ou duas piadas, e daí vou dizer que deixei meu emprego por causa dele e que gosto dele.

Ela arquejou.

— Não diga que você se demitiu por causa dele. Isso é... pegar pesado demais.

— Tecnicamente, não foi por essa razão que me demiti.

Certo? Fora algo nobre que tinha a ver com a maneira como eu estava sendo tratada. Não tinha nenhuma relação com Craig e a regra que proíbe relacionamentos entre funcionários. Tipo, absolutamente nenhuma.

Mas então por que eu havia dito isso?

— Você não acha que ele vai achar isso romântico?

— Não acho, não. E mais, não diga que gosta dele. Você tem que deixar que ele tome alguma iniciativa aqui.

Craig já tomou a iniciativa. Ele me pediu uma dança e ficou pertinho de mim, bem pertinho mesmo. Resolvi ignorar os conselhos dela. Eu faria o que tinha funcionado nove de cada dez vezes na minha imaginação. O décimo cenário era ele me beijar assim que eu entrasse no salão.

O que provavelmente não aconteceria, mas eu tinha fé em tentar fazer o que acreditava que fosse me fazer feliz.

Com a bagunça que havia feito no resto da minha vida, eu não podia pensar se ia dar certo com Craig ou não. Tinha que dar.

— Certo — falei, mais para ela largar do meu pé do que qualquer outra coisa. Catalina podia ser muitíssimo persistente.

— Divirta-se. E, se aquele babaca sem noção gostar de você vestindo essa fantasia, então ele é um sujeito melhor do que eu acreditava que fosse. Boa sorte!

Joguei meu telefone na cama e comecei a me empenhar ao máximo para consertar as barras das mangas. Eu podia fazer isso. Era uma cientista de verdade. Podia fazer um padrão que mantivesse duas bordas juntas.

Acabou que isso era bem mais difícil do que eu previra, considerando-se que o tecido rendado tinha buracos demais, mas consegui.

Deslizando a fantasia por cima da cabeça, eu a puxei até o lugar certo. Ficou mais ou menos. Podia ter sido pior. Não era tão ruim assim.

Ou talvez minha melhor amiga estivesse correta e eu andasse mesmo meio delirante.

Cogitei deixar os cabelos soltos, mas havia uma marca no meio deles, do elástico que eu usara mais cedo, então prendi tudo no alto num rabo de cavalo. Calcei um par de sapatilhas e analisei meu reflexo. Dei meia-volta e vi a caixa na minha cama, aquela com todas as minhas coisas do trabalho. Foi um lembrete breve e fantasmagórico de como eu conseguira virar toda a minha vida de cabeça para baixo.

Ignorando essa sensação, vasculhei-a até encontrar os protótipos de rímel e batom que Catalina me dera e resolvi testá-los. Imaginei que mal não faria.

Até que fez, quando espetei acidentalmente o globo ocular com o pincel do rímel. Não uma, mas quatro vezes.

Depois de ter feito tudo o que podia, coloquei meus óculos de volta e desci as escadas. Meu avô estava tendo uma conversa com Parrot Hilton e, pelo fedor acre pairando no ar, minha avó tinha tentado fazer o jantar mais uma vez. Ela vinha fazendo isso há décadas — me perguntei em que altura ia desistir e admitir sua derrota.

Eu queria me esgueirar por eles, mas me esqueci do terceiro degrau e ele rangeu tão alto que foi como se estivesse deliberadamente tentando me fazer ser flagrada.

— Anna? — chamou minha avó.

Tentando evitar a Inquisição Espanhola que se aproximava, falei:

— Eu vou chegar tarde. Não sei que horas.

Talvez Craig e eu daríamos um passeio de madrugada. Caminharíamos de mãos dadas à beira d'água (esqueça o fato de que não havia nenhum píer ou rio perto de nós) até encontrarmos um adorável banco de parque, onde nos sentaríamos e conversaríamos até o sol nascer. Aquilo me fez suspirar, feliz, e me ocorreu que Catalina estava certa. Eu de fato assistia a muitas comédias românticas.

Minha avó estreitou os olhos para mim.

— Você tem responsabilidades. Um emprego no qual finge fazer ciência de verdade.

— Não tenho mais! Eu me demiti! — As palavras escaparam numa explosão. Cobri a boca com a mão. Eu não pretendia dizer isso. Porque sabia o que estava por vir.

Ela sentiria prazer demais com isso, e haveria muitos crocitos de triunfo. Como na vez em que Crow DiMaggio tirou a tipoia de sua asa.

Para minha surpresa, em vez disso, ela exigiu uma explicação.

— Como assim, você se demitiu?

— Assim, no sentido literal da coisa. Sabe como eu normalmente acordo de manhã cedinho e vou para a Minx Cosmetics? Não farei isso amanhã nem em nenhum outro dia do futuro próximo.

Algo em conversar com minha avó sempre fazia eu me sentir como uma garota de dezesseis anos, e eu odiava isso.

Em vez de me dar uma bronca por não cuidar das minhas responsabilidades, minha avó fez outro pivô e conseguiu parecer levemente contente.

— Isso significa que você decidiu levar sua carreira mais a sério e se dedicar a um emprego de verdade, que usará sua formação e sua inteligência?

Minha avó era uma cientista ambiental com especialização em solo (uma pedóloga, como ela gostava de nos lembrar. Que era, como aprendi aos oito anos de idade na escola, algo bem diferente de uma pedófila. Meus pais receberam um telefonema muito interessante naquele dia).

— Eu já estava usando minha formação e minha inteligência, e voltarei a usar. Sou séria quanto à minha carreira como química cosmética. Vou arrumar outro emprego na mesma área.

Ela franziu os lábios e então se lançou numa minipalestra sobre eu ter que provar meu valor, o que eu já fiz, muito obrigada, independentemente do que ela ache. Então prosseguiu para o quanto era mais difícil para as mulheres na área de STEM e que precisávamos nos empenhar o dobro dos homens para sermos consideradas como tendo metade da competência (ela não estava errada, mas de jeito nenhum eu lhe daria a satisfação de concordar com ela) e como eu tinha que manter a porta aberta para as mulheres que viriam depois de mim. Mais uma vez: ela estava certa, e eu já vinha fazendo isso.

E, se algum dia conseguisse fundar minha empresa, contrataria todas as químicas cosméticas na área da grande Los Angeles.

Uma parte minha queria ignorar o que minha avó dizia, mas, considerando que ela era uma professora universitária, eu me preocupava com a possibilidade literal de um teste mais tarde.

Quando ela fez uma pausa para tomar fôlego, eu disse:

— Eu sei, vó. Tenho que ir. Estou de saída para uma festa.

— Uma festa? — Ela pareceu mais chocada com isso do que quando eu disse que havia me demitido.

Machucou meu ego só um pouquinho o fato de ela parecer tão incrédula. Nós não tínhamos um relacionamento fofo e amoroso, principalmente porque ela não era uma pessoa fofa e amorosa. Ela era muito séria, focada e gostava muito, muito mesmo de terra.

Eu sabia que ela me amava e que me pressionava porque, um, não queria que eu "fracassasse", como julgava que minha mãe havia feito, e, dois, se eu fosse bem-sucedida, então ela sentiria que não tinha deixado meus pais na mão e que ela e o meu avô tinham feito um bom trabalho ao me educar.

Meu avô entrou na sala com Parrot Hilton no ombro. Parrot Hilton soltou uma longa fileira de palavrões que representavam de maneira adequada meus sentimentos naquele momento. Fora Feather Locklear, quem a ensinara a xingar, um comportamento que tentávamos extinguir, e meu avô arrulhou para a ave, redirecionou a atenção dela e a convenceu a parar. Às vezes eu pensava que meu avô era parte pássaro. Só fui perceber que *cérebro de passarinho* era um insulto na adolescência. A habilidade de se relacionar tão bem com pássaros me parecia um superpoder.

— Você está linda — me disse meu avô, beijando meu rosto.

Ele não poderia ser mais oposto à minha avó nem se tentasse. Vovô era um ornitólogo que passava a maior parte de seu tempo dando aulas ou ajudando uma fundação local de resgate de pássaros. Minha avó tinha uma fixação com o chão, literalmente, e ele estava sempre olhando para o céu.

Foi como eles se conheceram, na realidade. A minha avó cavou um buraco enorme para retirar várias amostras de solo, e o meu avô estava acompanhando o voo de um trinta-réis-miúdo da Califórnia e, como não prestava atenção para onde estava indo, caiu no buraco e quebrou a perna. Eles se casaram seis semanas depois e tiveram minha mãe após um ano.

— Obrigada, vô. Certo, estou indo!

— Espera — disse a minha avó. — Temos que discutir...

Seja lá o que ela tenha dito, foi perdido quando fechei a porta da frente. Eu deveria ter escalado para fora pela janela do meu quarto, para evitar toda essa bobagem. Agora eu definitivamente chegaria atrasada.

Tirando minha avó e suas expectativas da minha mente, foquei no que me aguardava no futuro.

Esta noite girava em torno de possibilidades e de encontrar um novo rumo adiante. Tudo ia mudar.

Eu teria um novo futuro, brilhante e feliz.

Com sorte, com Craig ao meu lado.

Capítulo quatro

O evento ia acontecer no salão de bailes de um hotel próximo. Quando cheguei na festa, ela já estava a todo vapor. Eu me sentia terrivelmente envergonhada, como se as pessoas estivessem me encarando. Não sei se era por causa do vestido ou se Jerry havia divulgado a notícia de minha demissão.

Eu me perguntei por um instante se meu ex-chefe poderia me expulsar caso me visse ali. Pretendia manter a discrição e evitá-lo. Tinha que me concentrar em encontrar Craig, revelar a ele meus sentimentos, e daí, com sorte, iríamos embora juntos.

A ideia de realmente executar isso fazia meu estômago saltar. Uma garçonete passou por mim com uma bandeja de taças de champanhe. Coragem líquida seria muito útil. Estendi a mão para os drinques e peguei dois.

— Para um amigo — falei.

Por que eu fiz isso? Por que senti que precisava inventar alguma história? Como quando eu ligava pedindo delivery de comida chinesa e dizia ao restaurante que meu pedido era para uma família de quatro pessoas, quando na verdade planejava comer a coisa toda sozinha e passar o fim de semana num coma culinário.

Talvez eu devesse acrescentar um pouco de honestidade às minhas outras resoluções.

— Na verdade, os dois são para mim.

— Bom pra você — disse a garçonete, assentindo com a cabeça. — Seja lá quem ele for, você merece coisa melhor.

Ela se foi antes que eu pudesse protestar. Se eu fosse supersticiosa, pensaria que o universo estava tentando me alertar.

Vi Craig de pé num canto com um grupo de pessoas. Tomei as duas taças rapidamente e as coloquei numa mesa próxima. Teria que me certificar de comer alguma coisa depois. Não havia comido nada desde o almoço e não queria ficar bêbada.

Craig se afastou do grupo, e vi a minha oportunidade. Ele saiu para um pátio grande e eu o segui. Ele estava numa ligação e me perguntei por quanto tempo eu poderia ficar ali de pé antes que a situação se tornasse esquisita.

Repassei em minha mente o que eu ensaiara para dizer a ele, retorcendo as mãos uma na outra. Estava frio lá fora, mas eu mal sentia.

Ele encerrou a ligação e se virou como se planejasse voltar para dentro de imediato.

Meu coração bateu forte no peito. Agora ou nunca.

— Craig?

Ele olhou para mim cheio de expectativa, e esperei um momento, caso meu décimo cenário imaginário se realizasse e ele me beijasse antes que eu pudesse dizer qualquer coisa.

Nah.

— Oi — falei, sem saber como começar, apesar de todos os meus ensaios.

— Oi. — Ele hesitou, e então seus olhos se iluminaram. — Espera, eu me lembro de você! A moça cientista. Catalina, certo?

Isso foi meio como levar uma punhalada.

— Não, essa era a minha amiga. Eu sou a Anna.

Esperei que ele dissesse mais alguma coisa, mas não disse nada.

O telefone dele tocou.

— Desculpe, só um instantinho. — Ele sorriu, e eu desejei ser o motivo do sorriso. Começou a escrever uma mensagem, os polegares voando pela tela. — É um colega meu que estudou na USC e acha que pode falar mal da minha *alma mater*.

— Eu também!

Craig pareceu confuso.

— Eu estudei na USC. Lembra?

A confusão dele aumentou.

Tentei outra vez.

— Você me fez uma chupeta...?

Agora ele parecia preocupado, e me dei conta de que havia outras conotações para essa expressão.

— Dois anos atrás. Meu carro ficou sem bateria no estacionamento. Você levou sua picape para junto dele e fez uma chupeta.

Eu havia ficado até tarde naquela noite e a bateria do celular tinha acabado. Pensei que fosse a última pessoa lá, mas aí Craig passou em sua picape e perguntou se eu precisava de ajuda. Ele foi meu cavaleiro num Ford branco brilhante.

Ele poderia ter chamado outra pessoa para vir me ajudar, mas ficou e garantiu que eu fosse embora em segurança. Craig me perguntou qual faculdade eu tinha frequentado e respondi USC, porque eles tinham um excelente programa de química cosmética. Ele fez uma piadinha sem graça e beirando o inapropriado sobre a mascote da USC, da qual me senti obrigada a rir porque ele estava sendo tão gentil... Tivemos uma ótima conversa depois disso, e eu me apaixonei rápida e perdidamente por ele.

— Ah, é! — disse ele, mas vi em seus olhos e notei em sua voz que ele não fazia ideia do que eu estava falando. Tinha sido um momento seminal para mim, e ele não tinha sequer registrado.

Meu coração se apertou dolorosamente e coloquei a mão numa janela em busca de apoio.

O telefone dele bipou dessa vez, e ele olhou para o aparelho.

— Tenho que ir. Preciso me encontrar com alguém. Espero não me perder. Está bem escuro lá dentro! — falou ele num tom brincalhão.

Eu deveria ter ficado quieta. Já me sentia tão tola, mas tive que ir lá e piorar tudo.

— Que a luz de Eärendil te guie.

Craig me lançou aquele olhar, aquele que eu vira tantas vezes ao longo da vida, e tive vontade de me chutar. Ainda incapaz de ficar quieta, acrescentei:

— Sabe, que seja uma luz para você em lugares escuros, quando todas as outras luzes se...

Mas ele já estava indo embora, jogando um "tchau" por cima do ombro. Lá se foi aquela dança. E quando é que eu ia parar de fazer referências a *O Senhor dos Anéis* para pessoas que não tinham ideia do que eu estava falando?

Parte dos meus cenários imaginários incluíam Craig amando os filmes tanto quanto eu. No mínimo, esperava que ele tivesse assistido.

Nada disso estava saindo como eu planejei. Fiquei ali de pé, tremendo de leve conforme o frio começava a penetrar minha pele, imaginando o que deveria fazer em seguida.

Alguns minutos se passaram, e finalmente voltei para dentro, sentindo-me muito incerta. Alguém deu tapinhas no microfone do DJ. Era Craig.

E ele se encontrava ao lado de uma mulher que parecia ter sido desenhada por um garoto de quinze anos cheio de tesão. Ela era maravilhosa. Cabelos loiros, curvas perfeitas, pele e dentes brilhantes.

Craig estava com o braço em torno dela. Eles pareciam a Barbie e o Ken.

Meu estômago tombou até os joelhos.

— Com licença! — pediu ele. — Eu gostaria da atenção de todos, por favor!

O rugido baixo dos convidados se aquietou.

— Obrigado! Isso vai levar apenas um momento. Já que nossas famílias estão aqui, e os funcionários dessa empresa são como minha segunda família, eu só queria anunciar para todos que pedi a Leighton em casamento e ela aceitou!

O salão todo irrompeu em aplausos e vivas, mas eu só fiquei ali, imóvel.

Craig estava noivo.

Noivo.

A garçonete de antes passou por mim com uma garrafa de champanhe.

— Posso ficar com isso? — perguntei a ela.

Ela me entregou a garrafa cheia de empatia, mas eu abri caminho pelas portas do salão de baile e procurei pelo banheiro mais próximo. Entrei e desmoronei contra a parede oposta, escorregando até o chão. Tomei um gole farto de álcool.

Craig estava noivo. Eu cheguei tarde demais. Também era patética e estava muito, muito ridícula nessa fantasia idiota. Eu realmente tinha pensado que ele me veria e cairia de amores. Que nós teríamos nosso felizes para sempre.

Daí vieram as lágrimas, e o rímel que Catalina havia feito definitivamente não era à prova d'água. Não de lágrimas, pelo menos. Embora seja provável que ela não tenha previsto alguém tentando expelir todos os seus fluidos internos pelos olhos. Amanhã, teria que dizer a ela para aumentar a quantidade de dimeticona copoliol para deixar o rímel resistente à umidade, quando eu...

Eu não veria Catalina amanhã.

Retirando meus óculos e colocando-os no colo, eu bebi e chorei, bebi e chorei, até ficar totalmente bêbada.

O que era mais uma coisa a acrescentar na lista de coisas idiotas que havia feito hoje, porque eu não sabia como voltaria para casa. Eu não podia chamar um Uber, considerando minha falta de grana. Tentei ligar para Catalina, mas meu telefone não estava funcionando direito e eu não conseguia digitar o número dela. Meus avós estavam completamente fora de questão.

A porta do banheiro se abriu e ouvi uma voz masculina dizer:

— Você está bem?

— Eu pareço bem? — falei, chorando. Aquela me parecia uma pergunta estúpida.

Fez-se uma pausa. Eu não conseguia vê-lo de fato porque o rímel escorrendo borrava minha visão. Isso e o fato de que eu estava sem os óculos.

— Você está ciente de que está no banheiro dos homens?

— Eu estou no banheiro dos homens?

— Os urinóis não foram dica suficiente?

Eu não estava prestando atenção em nada além do fato de que o amor da minha vida estava prestes a se casar com outra pessoa.

— Eu não vi. Estou muito bêbada! — protestei.

— Dá pra ver. Tomou umas a mais?

— Foi — concordei. — Umas ou uma garrafa inteira a mais.

Ele não respondeu de imediato e então perguntou:

— Quer que eu vá proteger a porta?

Tentando piscar, perguntei:

— Por que a porta precisa de proteção?

Outra pausa.

— Quer dizer, eu poderia ficar lá fora e impedir as pessoas de entrarem. Para você poder... chorar em paz.

— Eu não quero ficar sozinha — falei e me dei conta de que era verdade.

Eu geralmente preferia ficar solitária, mas naquele momento não era o que eu queria. Não podia telefonar para Catalina, já que meus dedos não estavam respondendo e porque haveria tantos *eu te avisei* para todo lado. Minha avó me diria o quanto estava desapontada e que eu tinha que parar de viver a minha vida por um homem, o que nem era o que eu estava fazendo. Meu avô me diria para fazer carinho na Meryl Cisca até eu me sentir melhor, mas isso não ajudaria.

— Isso é... muita coisa — disse o homem, e percebi que havia dito tudo em voz alta em vez de apenas na minha cabeça, como pretendia.

— É, é muita coisa, sim. Eu sou uma bagunça. Só queria conversar a respeito com alguém que não vá julgar a mim ou a ele.

Outra pausa.

— Ouvi dizer que é mais fácil falar com desconhecidos. Você poderia me contar.

— Puxe uma cadeira e sente no chão — falei, indicando um azulejo perto de mim. Levantei a mão ao registrar o quanto o piso estava repugnante. Eu teria que queimar esse vestido e esterilizar minha pele quando chegasse em casa.

Em vez de se sentar ao meu lado, ele entrou numa das cabines. Um momento depois, papel higiênico foi empurrado em minha mão. Eu estava uma confusão de ranho, rímel e lágrimas. Assoei o nariz várias vezes e daí usei um pouco do papel higiênico ainda seco para limpar o rímel dos olhos. Era provável que eu estivesse com uma aparência ridiculamente ruim.

Ele se sentou no chão perto de mim e eu notei que tinha um cheiro... bom. E de súbito me ocorreu me importar com quem ele era. Torci para que fosse um vovozinho gentil. Enquanto continuava a limpar o rímel, eu cantarolava por dentro: *Por favor, seja um sexagenário. Por favor, seja um sexagenário.*

Pisquei algumas vezes e então coloquei os óculos de volta no lugar. Meus olhos levaram um segundo para retomar o foco. Ele não era um sexagenário. Era jovem, bonitão e bem grande, e tudo isso era ruim.

— Por que o seu rosto é tão simétrico? — choraminguei.

Ele tinha cabelo escuro e eu não conseguia dizer se era castanho-escuro ou preto. Maçãs do rosto salientes, um maxilar com o qual eu poderia cortar silicone rígido, e olhos escuros.

— Oi? — disse ele, soando perplexo.

— Simétrico? — repeti, como se ele não tivesse me ouvido. — As pessoas não te dizem isso?

— Ah, você disse *simétrico*. Claro, eu ouço isso o tempo todo — disse ele num tom brincalhão.

— Sério?

— Não.

Soltei um som de descrença.

— Pois deveria. Todo mundo que te encontra deveria te dizer isso. Você é irritantemente bonito. — Apesar de eu estar bem embriagada, podia ver que ele era um espécime masculino perfeito. Então me dei conta de que eu podia estar influenciada por essa embriaguez e, talvez, na vida comum, ele fosse muito menos atraente. Mas tive muita dificuldade em acreditar nisso. — Você é atraente de um jeito que deveria ser estudado em laboratório. Talvez pudessem fazer uns clones de você. Todo um pelotão.

— O que você faria com esse exército de clones?

— Não seria executar a Ordem 66 e exterminar todos os Jedi, isso eu posso te adiantar.

Ele sorriu, e era um sorriso brilhante, do tipo que um modelo num comercial de pasta de dentes teria. Percebi que ele tinha entendido minha piada. Era uma sensação tão incomum, sentir que eu fui vista. Em geral, a única pessoa que entendia minhas piadas era Catalina.

Mas aquele sorriso... pareceu horrivelmente familiar.

Foi aí que percebi quem ele era.

— Você é o GQ do Lago Ness — murmurei.

— Talvez você esteja mais bêbada do que eu pensava — disse ele, soando preocupado.

Agarrei a lapela do terno dele. A parte vigilante do meu cérebro reparou que era um terno muito bacana e provavelmente caro, e que ele tinha o tipo de ombros que o preenchia de uma forma muito satisfatória.

— Você é o CEO da empresa. Havia rumores de que você existia, mas nenhum de nós o tinha visto de fato. Nós pensávamos que você era como uma criatura míssi... — Isso não estava certo. Tentei de novo. — Uma criatura mídi... — Não. Convenci minha língua a formar o som correto. — Uma criatura mítica. E a parte da GQ era por causa da simetria do seu rosto. Você se chama Mark alguma coisa.

— Marco, na verdade. Prazer em conhecê-la. — Ele me ofereceu sua mão, que parecia grande e forte, e eu pensei que poderia realmente gostar de apertá-la.

Então falei, rindo:

— Ah, não, muito obrigada.

Ufa. Essa passou perto. Não queria ser desleal ao Craig.

Que está se casando com outra pessoa, meu coração partido me lembrou. Eu podia ficar de mãos dadas com quem quisesse.

Ele abaixou a mão, e senti uma pontada de decepção quando perguntou:

— E você...?

— Eu estou bêbada? — falei, então entendi o que ele quis dizer. — Ah, sim. Eu me chamo Anna. É um apelido para Anastasia.

Eu não sabia por que estava contando isso a ele. Nunca compartilhava meu nome inteiro com ninguém.

— Como a princesa Romanov?

Fiquei surpresa por ele fazer essa pergunta, como se tivesse olhado dentro do meu cérebro e do meu passado, e soubesse exatamente o que perguntar.

— Minha mãe dizia para as pessoas que ela tinha escolhido esse nome por causa do seu amor pela literatura russa. Ela era bibliotecária. Mas isso era mentira. Ela me deu o nome por causa de uma das marcas de maquiagem preferidas dela.

— Ainda bem que ela não te chamou de Urban Decay ou de Hard Candy.

Minhas sobrancelhas subiram até a testa. Olha só esse cara, dando os nomes de maquiagens dos anos 1990 como se tivesse estudado o assunto na escola, enquanto Craig não conseguia diferenciar um blush de uma sombra.

Aquela sensação de estar sendo desleal voltou, e tentei afastá-la literalmente acenando a mão.

— Você estava planejando ir a alguma festa à fantasia depois desta? — perguntou ele.

Que tipo de pergunta esquisita era essa? Quem dava uma festa à fantasia em janeiro?

— Não, este é o único vestido que eu tenho. O que é bem triste, reconheço.

— Isso nas mangas são grampos?

Coloquei a mão na manga mais próxima dele.

— Escuta, Sujeito Irritantemente Bonito, meu vestido está bom assim. Muito bom!

— É por isso que você está chorando? Alguém te disse alguma coisa sobre o seu vestido?

— Não. — Meus olhos se arregalaram, subitamente paranoicos. — Alguém falou alguma coisa *para você* sobre o meu vestido?

Os olhos dele se desviaram de mim e constatei, com desespero, que alguém havia falado. Eu estava tentando manter minha humilhação privada, e pelo visto, sem querer, tinha tornado-a bem pública. Pigarreei.

— Não é por isso que estou chorando. Embora esteja meio que me dando vontade de chorar mais agora.

— Por favor, não — disse ele. — Por que você estava chorando antes? Se não se incomoda de eu perguntar.

Se ele pretendia me distrair para que eu não irrompesse em soluços, não era uma boa ideia retornar ao que havia me trazido até aqui, para começo de conversa.

— Foram várias coisas. Não estou mais empregada porque me demiti do trabalho hoje. Da sua empresa. Eu era sua funcionária e não sou mais. Sou uma química cosmética. E das boas. O que você saberia se tivesse uma gerência melhor, que respeitasse os funcionários e reconhecesse o trabalho deles.

— Uma química? Que pena. O seu departamento costuma entregar um trabalho excelente. Nós te perdemos para a concorrência?

Ele não tinha ouvido minha crítica ao Jerry?

— Não. Meu chefe era um cretino sexista e desrespeitoso que me tratava mal. Eu também me demiti por causa da regra que proíbe relacionamentos entre funcionários da empresa. — Talvez tenha precisado de duas ou três tentativas para dizer *proibição de relacionamentos entre funcionários* corretamente.

Marco franziu a testa de leve.

— Não existe regra que proíbe relacionamentos entre funcionários. Você só precisa comunicar seu relacionamento para o RH.

Isso não podia estar certo. Eu estava bêbada, mas não tanto a ponto de me lembrar erroneamente de eventos de hoje mesmo. Eu sabia o que Craig havia dito.

— Acho que você está enganado.

— Geralmente não estou. CEO, lembra? Eu conheço as regras da companhia.

Pisquei lentamente para ele. Talvez ele tivesse razão. Mas daí o que tinha acontecido no laboratório mais cedo não fazia sentido nenhum.

Quando não falei nada, ele perguntou:

— É por essa razão que você está chateada? Você tinha alguém em mente que queria namorar e achou que não podia?

Ele não falou, mas pude ouvir sua implicação — que eu cometera um erro enorme se tinha sido por isso que me demitira.

Decidi ignorar a pergunta dele, que tinha chegado um pouco perto demais do alvo.

— Eu estava chorando porque o amor da minha vida vai se casar com outra pessoa.

— Craig? — perguntou ele, incrédulo.

— Isso mesmo, Craig. — Por que ele tinha que soar tão chocado? — Craig Kimball — acrescentei, só para o caso de ele estar falando de outro Craig que também tivesse anunciado seu noivado essa noite.

Os olhos escuros e penetrantes de Marco estavam me deixando meio tonta. Mas aquela sensação acabou quando ele perguntou:

— Você está apaixonada pelo meu irmão mais novo?

Capítulo cinco

Irmão dele?

Como é que é?

Como isso era sequer possível? Eles não pareciam ter nenhuma conexão genética visível.

— Meio-irmão — disse Marco, e me dei conta de que eu tinha de novo falado em voz alta as palavras que pretendia manter em minha cabeça. — Mães diferentes, o mesmo pai.

— Ah. — Eu não sabia o que dizer quanto a isso. Então é claro que pensei em algo sem sentido. — Acho que isso significa que você vai ser o padrinho de casamento dele.

Ele inclinou a cabeça para trás, apoiando-a na parede, e esticou as pernas. Notei que ele tinha um pomo de adão bem bonito. Isso não era algo que eu já tivesse reparado antes num homem. Ele respondeu à minha afirmação, dizendo:

— Eu acho que não deveria haver um casamento.

— Você acha? — Por que isso me dava esperança? Provavelmente porque Marco parecia o tipo de cara que resolvia as coisas. Talvez ele soubesse algum jeito de impedir que o casamento acontecesse.

— Acho. Sou contra a coisa toda.

— Por quê? Você também está apaixonado por ele?

— Meu irmão? Não, não estou apaixonado pelo meu irmão.

Dã, é óbvio que eu sabia disso. Meu rosto estava corado, mas isso podia facilmente ser por causa do álcool.

— Eu queria dizer *por ela*. Está apaixonado por ela?

— Não. Mas dois meses atrás ela era minha namorada.

Diante daquilo, arquejei alto. Tão alto que o som ecoou pelas paredes azulejadas.

— Ela te traiu com o seu próprio irmão?

Ele passou uma das mãos pelo cabelo, afastando-o da testa.

— Espero que não, mas não tenho certeza.

Minha mente fez a importante distinção de que tinha sido a noiva de Craig quem traiu Marco. Não Craig. Talvez ele nem soubesse que Marco e Leighton estavam juntos! Isso não tinha como ser tão ruim quanto soava.

Craig não era assim.

No entanto, ainda me sentia mal por Marco.

— Uau. Sinto muito.

— Por quê? Não é culpa sua.

Encolhendo um ombro, eu disse:

— Talvez se eu tivesse convencido Craig a se apaixonar por mim antes, isso não teria acontecido.

Aquilo fez Marco sorrir de novo, e notei faíscas formigando em minha barriga. Aquele efeito claramente se devia ao champanhe borbulhante, não a qualquer outro motivo.

Enquanto eu tentava me convencer desse fato, Marco disse:

— Pergunta rápida: foi Craig quem te falou sobre a regra que proíbe relacionamentos entre funcionários?

Eu não gostei do tom dele. Como se ele tivesse acabado de entender algo de que eu não ia gostar.

Tentando defender Craig, falei:

— Foi. Ele disse que nós não podíamos namorar. — Isso não foi exatamente o que ele disse, mas imaginei que era próximo o bastante.

— Porque ele está noivo.

— Não — falei. Embora fosse de se imaginar que esse tipo de coisa surgiria numa conversa cheia de flerte como a que tivemos. — Por causa da regra.

— Mas você não trabalha mais na Minx Cosmetics. E nunca existiu essa regra.

— Exatamente! — Uma parte ínfima do meu cérebro se preocupava com o fato de nunca ter existido essa regra quando Craig disse que isso era algo sabido, como se fosse algo com que eu devesse me preocupar. Ignorei essa parte e tentei juntar os pontinhos para Marco. — Eu meio que me demiti por causa do Craig. É o mais grandioso dos gestos. Isso tem que significar alguma coisa para ele. Eu sei que tem. Você percebe aonde eu quero chegar com isso?

— No banheiro dos homens, com uma garrafa de champanhe?

— Isso! Quer dizer, não. Você não está entendendo. Craig e eu temos uma conexão especial. — Da qual precisei lembrá-lo mais cedo, mas ainda assim estava lá.

— Eu acho que ele também tem uma conexão especial com Leighton.

— Leighton. — Dei uma bufada. — Até o nome dela é bonito. Eu queria zombar dele, mas estou bêbada demais para pensar num jeito de caçoar. Além disso, seria maldade fazer isso, e, segundo todos os relatos, não sou uma bêbada cruel. Só conversadeira.

— Não diga! — Ele parecia estar se divertindo.

— É meio nojento que você e seu irmão tenham namorado a mesma garota.

— Mais nojento do que ficar sentado no piso de um banheiro de hotel? — disse ele com um sorriso que não lembrava nem um pouco o de Craig. Eu achava difícil crer que eles fossem irmãos.

E, de algum jeito, também havia me esquecido de que estava num banheiro. Eu estava gostando de conversar com Marco.

— É surpreendente que ninguém tenha entrado aqui esse tempo todo.

— Eu tranquei a porta. Você parecia precisar de um pouco de privacidade.

Talvez fosse o champanhe falando, mas aquilo pareceu o gesto mais meigo.

— Isso foi muito atencioso da sua parte.

Nossos olhares se encontraram e havia algo no ar, como se eu estivesse à beira do precipício de um momento importante. Eu não sabia o que era e não queria isso. Precisava recuar de seja lá o que estivesse acontecendo naquele instante.

Marco pareceu ter o mesmo impulso e trouxe Craig e Leighton de volta à conversa.

— Namorar a mesma mulher acontece. Especialmente em nosso círculo.

Meu cérebro estava meio nublado e eu não sabia muito bem o que ele queria dizer com *círculo*, porque os únicos tipos em que conseguia pensar eram concêntricos e ortogonais.

— Você não parece um CEO — anunciei.

— Você não parece uma química cosmética — ele provocou de volta.

— Acho que estou ofendida.

— Eu também.

Mas era difícil me sentir muito chateada com ele sorrindo para mim como se me achasse um deleite. Talvez eu devesse acrescentar isso à minha lista de características da Anna Bêbada. Conversadeira e um deleite.

Também propensa a chorar e ficar toda catarrenta.

Uma névoa esverdeada de náusea inflou no meu estômago.

— Não me sinto muito bem.

Ele imediatamente se pôs de pé e me ofereceu a mão.

— Deixa que eu te ajudo a levantar.

Pesei minhas opções — eu teria que tocar aquele homem sexy ou rastejar feito uma idiota sem dignidade pelo piso para alcançar uma privada.

Escolhi o mal menor. Quando ele pegou minha mão, foi como daquela vez em que eu tinha oito anos e realizei um experimento com uma tomada, uma chave de fenda e uma pilha de nove volts. Um choque elétrico intenso se abateu sobre mim. Fiquei contente por ainda estar sentada, senão o toque dele teria me derrubado.

Tentando ignorar as sensações cantando nas minhas terminações nervosas, pigarreei e disse:

— Eu estava certa. Suas mãos são fortes e macias. Elas também são simétricas?

Burra. Isso não ia ajudar em nada. *Não fale sobre como as partes do corpo do homem são sexy!*, falei para o meu cérebro, mas ele não parecia estar no clima para me ouvir.

— Provavelmente. Poderíamos pegar uma régua e obter as medidas exatas, se você quiser.

Ele me levantou devagar e, quando cheguei a uma posição ereta, meu corpo oscilou na direção dele. Com a outra mão, ele me segurou pela cintura para me manter imóvel.

Fiquei ali enquanto aquelas bolhas do champanhe efervesciam dentro de mim. Ele era um homem grande. Assomava sobre mim, e isso era como achar um alfinete num palheiro. *Alfinete num palheiro*. Repeti as palavras por dentro. Aquilo soava errado. *Palha num alfineteiro?* Não. Como era a expressão mesmo?

— Cuidado — disse ele enquanto eu tentava fazer meus membros se manterem firmes. — Você não quer cair e bater a cabeça. Isso daria muita papelada.

— Caso eu me machuque mesmo, por favor, diga aos paramédicos que meu sangue é O positivo.

Ele me virou então, passando um braço em torno da minha cintura e me ajudando a ir para uma das cabines.

— Se isso acontecer, vou dizer aos paramédicos para mantê-la longe de qualquer chama. Porque, se você derramasse sangue, ele se acenderia feito fogos de artifício no momento.

— Boa ideia. Agora, acho que estou pronta para vomitar.

Aquilo o fez acelerar e me ajudar a chegar à privada. Enquanto eu me agachava, percebi que não tinha pensado em Craig nos últimos cinco minutos.

Acordei na sala de estar dos meus avós no dia seguinte, sem nenhuma lembrança de como tinha ido parar ali ou por que vestia uma fantasia. Jimmy Talon e Dame Judi Finch cantavam a plenos pulmões, e eu soltei um grunhido ao perceber que minha cabeça latejava e minha boca parecia ter sido preenchida recentemente com bolas de gude cobertas de vômito. Eu me empurrei até conseguir me sentar e rapidamente vi que isso era um erro. Descansei a cabeça contra as mãos e me perguntei o porquê de nunca ter me dado conta do quanto pássaros são ruidosos. Era um ruído de fundo que eu tinha aprendido a ignorar, exceto, aparentemente, quando estava com uma ressaca esmagadora.

Havia algo na minha testa. Levantei a mão e tirei de lá um Post-it. Olhei para ele e vi a caligrafia da minha avó. "Precisamos conversar."

Eu não precisava conversar. Tinha vinte e seis anos. Eu podia ficar fora até tarde numa noite de semana e beber se quisesse. Ela não precisava me dar uma palestra sobre os perigos de ficar bêbada. Eu estava bem ciente da reação química e de como meu fígado quebrava o álcool em acetaldeído e depois em ácido acético e que fui capaz de superar a habilidade do meu corpo de fazer essa quebra da forma apropriada. Logo, bêbada e de ressaca.

Minha cabeça latejava enquanto eu desejava, mais uma vez, poder me mudar e morar sozinha. Provavelmente poderia fazer isso se parasse de comprar equipamentos de laboratório de segunda mão.

Ou se eu tivesse um emprego de verdade outra vez.

Pegando minha bolsa do chão, parti para a escada e os eventos da noite anterior voltaram à minha mente tão depressa e com tanta intensidade que desabei contra a parede por um momento.

Craig. Noivo.

Eu, bêbada, chorando e abrindo meu coração para o irmão dele, Marco. Cada uma das coisas idiotas e embaraçosas que eu fizera encheu meu cérebro, e tive que reviver tudo por alguns segundos, inclusive Marco me trazendo para casa em seu carro enquanto eu comia punhados de batatas fritas no banco de trás e dava meu endereço com a voz embolada.

Ainda bem que eu não precisava vê-lo de novo.

Consegui chegar ao banheiro e tive ânsia de vômito algumas vezes, mas nada saiu. Meu cheiro era repugnante. Ainda bem que eu não dormira mais próxima dos pássaros, senão um deles teria ficado chapado só pela proximidade, por causa dos vapores que eu tinha certeza de que estava excretando.

Joguei a bolsa na cama e tirei o vestido. Abri o chuveiro, tomei o que provavelmente era uma quantidade alarmante de acetaminofeno, e daí entrei sob a ducha e fiquei lá por um bom tempo.

Quando saí, meu corpo não doía tanto quanto estava doendo mais cedo. Olhei para meu despertador. Já eram 11h30. Eu não me lembrava da última vez que havia dormido por tanto tempo. Obviamente, eu estava precisando.

Coloquei meu pijama mais confortável. Uma parte de mim pensava que eu deveria abrir meu notebook imediatamente e começar a procurar por outro emprego, mas sufoquei meu lado lógico e passaria o dia remoendo meus erros e minha tristeza, e começaria a busca por emprego amanhã.

A caixa na minha cama ainda estava lá, e decidi que eu deveria fazer ao menos uma coisa produtiva. Como experimentar a máscara facial de Catalina. Minha pele provavelmente precisava de um pouco de rejuvenescimento.

Peguei a máscara, tirei os óculos e a apliquei. Catalina não disse algo sobre ingredientes naturais? Mirtilo? Eu não conseguia sentir o cheiro.

Meu estômago roncou e me perguntei como era possível estar nauseada e com fome ao mesmo tempo. Atravessei o quarto e abri meu closet. Levantei a mão até a prateleira do alto para pegar o recipiente do meu esconderijo secreto de petiscos nada saudáveis. Minha avó me daria uma bronca sobre hábitos alimentares sadios e meu avô pegaria um pouco escondido se ficassem sabendo. Peguei um saquinho de batata chips e me ajeitei na cama.

Ouvi os pássaros se agitando e meu avô os acalmando no térreo. Ele estava em casa? Eu não tinha noção nenhuma do cronograma diário deles, pois geralmente estava no serviço. Ele devia ter vindo almoçar e talvez estivesse dando alguns remédios. Eu me perguntei se ele viria aqui para cima. Um ou dois minutos se passaram e ele não veio.

Meu celular estava na bolsa e eu o peguei, conectando-o ao carregador perto da cama. Havia algumas mensagens de texto de Catalina perguntando como as coisas tinham ido ontem à noite. Eu devia a ela um telefonema.

Ela atendeu de imediato.

— Você não está com Craig agora, está?

— O quê? Não. Estou comendo batata chips e experimentando sua máscara facial. Aliás, não estou percebendo o mirtilo como um dos ingredientes. — Nem pelo cheiro, nem pela sensação.

— Obrigada por avisar — disse ela. — Vou dar uma olhada nisso mais tarde. E aí, como foi a noite de ontem?

— Craig está noivo. — Não havia outro jeito de dizer isso além de simplesmente dizer. Pensar no fato de que Craig estava noivo de outra mulher fazia uma pontada me atravessar. Era como se alguém puxasse um dente da minha boca. Doía e doía, minha mandíbula sofria, e eu ficava cutucando o lugar com a língua como se houvesse algo lá, mas não havia. Como eu não estava a fim de ficar me arrastando nessa dor, tentei mudar de assunto. — Eu chorei por causa disso num banheiro quando descobri e, mais importante, conheci o GQ do Lago Ness.

— Conheceu? — disse ela com um arquejo, por sorte ignorando minha informação sobre Craig. Eu não estava pronta mesmo para discutir isso ainda. — Como é o elusivo Nessie?

— O nome dele é Marco e ele foi... — Qual era a palavra certa? Ele foi gentil, engraçado e prestativo. — Bacana. Ele me deixou desabafar e ouviu. Ah! E segura esta: ele é irmão do Craig.

— *O quê?!* — berrou ela, e foi tão alto que ouvi os pássaros no térreo reagirem. — Eles são parentes? Não é possível. O CEO é competente de verdade.

Revirei os olhos.

— Craig é competente. Ele é bom no que faz, ou não estaria naquele cargo.

— Existe uma coisinha que eu gosto de chamar de nepotismo — disse ela. — Você deveria dar uma olhada nisso.

O que ela estava insinuando? Que Marco dera um emprego para Craig?

— Não posso acreditar que eles sejam irmãos — prosseguiu ela. — Isso tem uma carinha de *trocados no nascimento.*

— Mesmo pai, mães diferentes.

Houve uma batida na minha porta.

— O que é? — gritei, sem querer levantar.

A porta se abriu e um borrão em formato humano que não reconheci entrou no meu quarto.

Não era meu avô.

Tive um momento de puro pânico enquanto estendia a mão para a mesa de cabeceira, me atrapalhando com o conteúdo numa tentativa de pegar meus óculos. A voz de Catalina soava ao fundo.

— O que está acontecendo?

Meus dedos encontraram a armação e, quando enfiei os óculos na cara, vi que era Marco Kimball.

Ele era tão alto. Minha memória embriagada havia, aparentemente, apagado essa informação. Aquilo não me parecia algo que eu esqueceria; sendo também alguém bem alta, tendia a notar isso nos outros. Ele era muito, muito alto. E largo. Era como se ocupasse o quarto inteiro só de ficar ali de pé.

Por um segundo, não soube o que estava acontecendo. Meu cérebro não conseguia compreender essa realidade.

— O que você está fazendo aqui? — perguntei.

Ele pareceu acanhado.

— Seu avô me deixou entrar e disse que eu podia subir.

Um aviso teria sido bom. Meu avô provavelmente pensou que estava me ajudando, enviando um desconhecido aqui para cima enquanto eu estava de pijaminha, com máscara facial no rosto e coberta de migalhas de batata.

Catalina disse:

— Anna, você está me assustando. O que está acontecendo? Wolfgang Duck vomitou uma porção de lagartas outra vez?

— Marco está aqui — falei debilmente. — Tenho que desligar.

Ela soltou um ruído agudo e ininteligível.

— Minha nossa! Você trate de me ligar de volta assim que der — disse ela. — Eu quero todos os detalhes sórdidos e que você explique por que o CEO da Minx Cosmetics está no seu quarto! Anna, você me ouviu? Estou falando sério! Ou você pode deixar o telefone ligado, assim eu posso escutar o que está acontecendo. Não desligue. Só largue o telefone e…

— Tá bom, tchau — falei e desliguei o celular com ela ainda me dando comandos.

Enfiei o celular no bolso. Marco estava perto da porta, como se temesse o que estava vendo e pudesse fugir a qualquer segundo.

Não que eu pudesse culpá-lo. Tudo em torno dele era, provavelmente, apavorante. Era fácil esquecer como a aparência da sua casa para um desconhecido. Eu estava acostumada com a bagunça, o cheiro e como tudo era velho. Daí um sujeito irritantemente atraente, rico, que parecia bacana chegava e, de súbito, eu tinha que sentir vergonha pelo fato de ser pobre e relaxada. Aquilo me deixou desconfortável, porém, por incrível que pareça, não senti que Marco estivesse me julgando. Apenas observando tudo.

Eu estava me julgando o bastante por nós dois.

Uma voz dentro de mim sussurrou: *E o que Craig acharia do seu quarto?* Aquilo deixou a sensação de desconforto umas mil vezes pior.

Tentei suprimir aquela emoção enquanto analisava o homem na minha frente. Vendo-o ali à luz do dia, ele era muito mais bonito do que eu imaginara que fosse naquilo que me parecia um sonho febril induzido pelo álcool.

Meu pulso acelerou e eu não sabia muito bem explicar por quê. Ou por que meu estômago se agitou de prazer quando ele sorriu para mim.

Eu estava apaixonada por Craig. Nada disso fazia sentido algum.

Enquanto eu tentava classificar minhas estranhas reações, ele gesticulou para mim.

— Pijama no meio do dia?

Aquele insulto/gracejo chocou meu sistema, especialmente considerando-se a reação estranha do meu corpo à chegada dele.

— Eu sei que horas são e posso passar sem o julgamento. Estou separando um dia para mim, muito merecido, e estou confortável.

— Desculpe — disse ele com um sorriso autodepreciativo que o deixou com uma aparência... fofa. — Eu não deveria ter dito isso. Estou um pouco nervoso.

Marco estava nervoso? O que poderia ser ruim o bastante para deixar alguém como Marco Kimball, CEO da Minx Cosmetics, nervoso?

Aquilo por si só já induzia à ansiedade, e uma sensação de mau presságio inundou meu sistema nervoso.

Eu tinha a impressão de que isso não seria nada bom.

Capítulo seis

Ele estava prestes a dizer que Craig havia fugido para se casar. Tinha vindo até o meu quarto bagunçado para destruir minha vida em pessoa. Eu simplesmente sabia.

— Você está aqui para me dizer que Craig está casado agora? — perguntei baixinho.

Marco franziu a testa de leve e disse:

— Não. Ele anunciou o noivado ontem à noite. Não está casado ainda.

Soltei um suspiro de alívio. Marco estava olhando ao redor, quase como se fazendo um inventário, e quis perguntar para ele se podia ajudá-lo a encontrar alguma coisa.

Antes que eu pudesse, ele pigarreou e disse algo óbvio:

— Então, este é o seu quarto?

Ahã, o lugar em que você entrou na minha casa, onde eu durmo, é o meu quarto, sim, pensei, sarcástica. Guardei essa parte para mim mesma e falei:

— Isso. É aqui que o trágico acontece. — Ficamos ali olhando um para o outro até eu perceber o meu engano. — A mágica! É aqui que a mágica... Quer saber? Deixa pra lá. Você já viu que eu moro com meus avós e os pássaros deles, e testemunhou meu habitat natural. Trágico estava correto.

— Lapso freudiano? — perguntou ele.

— Verdade freudiana.

O olhar dele pousou rapidamente em meu rosto e desviou, e me lembrei da máscara.

— Só preciso lavar o rosto para tirar isso aqui — falei. Eu havia esquecido de colocar um timer e não sabia há quanto tempo estava com aquilo no rosto. Vinte minutos? Trinta? — Pode se sentar.

Ele olhou ao redor.

— Onde?

Foi uma pergunta muito educada, apesar de pessoalmente humilhante, e muito boa de se fazer. Pulei da cama e abri um caminho para ele pelo chão. Agarrei uma pilha de roupas que estava em cima da cadeira.

— Ouvi dizer que tem uma poltrona aí debaixo — falei para ele, tentando fazer piada, mas fracassando. Entreguei a pilha de roupas para ele. — Você pode jogar isso no closet. — Depois eu organizaria tudo.

Quer dizer, provavelmente não, mas ele não precisava saber disso.

A porta do closet guinchou quando se abriu e ele perguntou:

— O que é isso?

Eu estava tão concentrada no fato de Marco estar ali e na bagunça que tinha me esquecido dos meus segredos no closet. Talvez ele não tivesse uma visão periférica muito boa e não tivesse visto nada humilhante.

— A que você está se referindo?

— À TV com tamanho suficiente para ser usada numa sala de cinema e ao Legolas de papelão em tamanho natural. Qualquer um dos dois.

O ator que interpretou Legolas em *O Senhor dos Anéis* tem atualmente idade suficiente para ser meu pai, mas naquela época? Ele era uma delícia.

— Acho que o Legolas é autoexplicativo. Superfã dele. Foi um presente do meu avô no meu aniversário de dezesseis anos.

Marco levantou uma sobrancelha para mim e parecia estar se segurando para não rir.

— Loiro de olhos azuis. Acho que você tem um tipo.

— Craig não tem orelhas pontudas.

— Meio que tem, sim.

Balancei a cabeça.

— Ele não tem... — Eu me interrompi enquanto trazia à mente a imagem dele. Talvez tivesse, só um pouquinho. Hã. — A questão não é essa. Craig não é um elfo nem dispara flechas. — Eu sabia a diferença entre realidade e fantasia.

— Dispara, sim. Ou disparava. Nós dois praticamos arco e flecha competitivo quando éramos mais novos.

Por que isso o deixava ainda mais gostoso?

E por *o deixava* eu quis dizer Craig. Não Marco.

Certo?

— E a TV? — questionou ele enquanto eu tirava as roupas de seus braços e as jogava no chão do closet.

— Minha avó não acredita em televisão.

— Ah, mas elas existem, sim — me assegurou ele. — Eu já vi.

— Ha ha. Quero dizer que ela acha que apodrece o cérebro da gente e não queria que eu assistisse. A TV em preto e branco que ela tem no térreo mal funciona.

— Eu vi… aquela que parece ter sido montada durante a presidência de Eisenhower.

— Meus avós a compraram numa venda de garagem antes de eu nascer, então é possível. — Peguei o resto das roupas da poltrona e as joguei no closet também, empurrando-as com o pé para poder fechar as portas. — Eu arranjei um emprego de meio-período no ensino médio e, assim que poupei o suficiente, comprei essa TV e a escondi no meu quarto. Amo ver filmes, e eles são muito melhores em alta definição.

Acenei com a mão para a poltrona, indicando que ele se sentasse. Em seguida, virei para fechar as portas do closet, precisando empurrá-las com força usando o ombro.

— Que tipo de filmes você está vendo às escondidas? — perguntou ele, enquanto se sentava. — Chuto que *O Senhor dos Anéis* e *Star Wars*.

— Acertou os dois — falei. — Também sou doida por uma comédia romântica. — Quase me sentei na cama, mas me lembrei da máscara. — Espere aí, eu já volto. Sinta-se… — Eu ia dizer *em casa*, mas ele parecia muito deslocado num mar de bagunça.

Não completei o pensamento e corri para o banheiro. Fechei a porta e respirei fundo algumas vezes. O que raios ele queria? Por que estava aqui? Estávamos batendo papo à toa, sobre coisas irrelevantes, enquanto havia algo importante a ponto de trazê-lo até a minha casa. Coloquei meus óculos na bancada e abri a torneira para enxaguar o rosto. Depois de terminar, peguei uma toalha cinza-clara para enxugar o rosto e passei os olhos por ela.

Que se encontrava coberta de manchas marrom-alaranjadas. Meu estômago se revirou.

Nããããão!

Colocando os óculos de volta, olhei para o meu reflexo.

Eu não tinha usado a máscara facial, tinha aplicado o autobronzeador que Catalina mandara para casa comigo.

E o deixei atuando por uns vinte minutos a mais do que deveria.

Nunca tinha visto esse tom de laranja na natureza. Eu parecia um maldito Oompa-Loompa. Soltei um grunhido de incredulidade.

A voz de Marco soou abafada, mas ainda pude ouvi-lo.

— Sei que provavelmente não se deve perguntar isso quando alguém solta um som desses no banheiro, mas você está bem?

Eu deveria ter ligado o exaustor. Não queria que ele nem ninguém me visse assim. Imaginei se deveria mandá-lo embora. O problema era que eu ainda queria ouvir o que ele tinha a dizer. Era óbvio que ele não viera até a minha casa para perguntar sobre o Legolas. Não queria que ele fosse embora antes de descobrir o que estava acontecendo. Meu desejo intenso de ficar sabendo das coisas não me permitiria.

Sério, era melhor parecer uma boba na frente dele do que ficar me perguntando para sempre o que ele poderia ter dito.

Pigarreei.

— Então... eu não usei uma máscara facial. Era um autobronzeador. Ele não estava rotulado e eu não conferi.

— Um erro comum. — Sarcasmo ou apoio? Eu não tinha como ter certeza sem ver o rosto dele.

— Estou de ressaca! — o lembrei.

Eu meio que esperava que ele fizesse alguma piadinha, mas houve apenas o silêncio. E então ele disse:

— Você pode usar um esfoliante para clarear o efeito. Ou pode fazer uma pasta misturando fermento em pó, suco de limão e água. Acho que vai ajudar.

Saindo do banheiro, voltei para o meu quarto para poder encará-lo. Eu já sabia disso tudo. Mas como ele sabia?

Ele piscou várias vezes quando me viu, mas não sorriu nem gargalhou.

— Não parece... hã... quero dizer que você... uau.

— Eu sei. Está feio. — Fui até meu laboratório químico particular e puxei o lençol que utilizava para proteger o equipamento e a mesa. — Eu não tenho nenhum esfoliante à mão, mas tenho os ingredientes. Não deve ser muito difícil de fazer.

Marco se levantou e veio se postar perto do meu ombro.

— Seu próprio laboratório químico. Uma baita estrutura. E tudo tão... limpo.

— Eu cuido bem das minhas bancadas de trabalho — falei para ele. Era uma necessidade na minha linha de trabalho.

— Parece meio deslocado aqui. Como aquele joguinho de "encontre a figura que não pertence ao conjunto".

A proximidade dele me afetava de uma maneira inesperada. Abri um compartimento onde guardava os suprimentos e peguei um dos recipientes no topo.

— Acho que sou uma daquelas pessoas que é melhor com suas necessidades profissionais do que com as pessoais.

— Eu entendo — disse ele.

Abri o recipiente, e não era o sal marinho em grãos finos que eu esperava encontrar. Era glitter.

Marco deu mais um passo para perto de mim, como se quisesse ver o que havia no pote, e seu cheiro delicioso e um calor inesperado me desconcertaram. Num segundo, o glitter estava na minha mão; no outro, estava por todo o chão.

— Ah, não — falei com um gemido. — Vou encontrar glitter pelos próximos dez anos. Esse negócio é metastático.

— É a herpes dos suprimentos de beleza — concordou ele. — E agora meio que parece que uma fada bêbada vomitou aqui. Ainda bem que você tem essa camada de roupas para formar uma barreira protetora sobre o carpete.

Aquilo foi engraçado, mas eu não podia rir. O glitter, de algum jeito, ainda estava caindo, cintilando no ar ao nosso redor.

Se fosse Craig de pé ali, poderia parecer um momento mágico.

Ainda pareceu um pouco, até o instante em que Marco falou.

— Você planejava fazer um esfoliante com glitter? — perguntou ele, soando interessado.

— Não. Eu estava procurando o sal marinho. Não sou sempre muito boa em rotular as coisas.

Ele me lançou um olhar incisivo que dizia "claramente", mas foi educado o bastante para não dizer nada em voz alta sobre o meu rosto e o autobronzeador. O olhar dele se estreitou em minha boca e ele disse:

— Você está com um pouco de glitter nos lábios.

Em seguida, estendeu a mão e roçou de leve meu lábio inferior com o dedo, e o mundo inteiro ficou imóvel. Senti um disparo de eletricidade que começou nos meus lábios e percorreu meu corpo, acendendo minhas regiões inferiores.

Arquejei baixinho com a sensação e recuei.

Marco pareceu surpreso e então arrependido.

— Desculpe, eu não pretendia...

— Não, tudo bem — falei, chocada com minha própria reação.

Eu havia honestamente pensado que poderia descartar minhas reações a ele na noite anterior, colocando tudo na conta da embriaguez. Acabou que isso não era nem um pouco verdade. Embora, para ser justa, talvez ainda houvesse etanol residual no meu corpo do qual ainda não me livrara. Sem mencionar que eu poderia ter dendritos danificados no meu cérebro pelo excesso de indulgência, e isso estava dificultando a comunicação correta entre meus neurônios.

Então o champanhe ainda podia levar a culpa.

Ele pigarreou e me ofereceu um sorriso débil.

— Espero que seja glitter comestível.

— Tecnicamente, todo glitter é comestível.

Tentei soar descontraída e engraçada, mas de alguma forma isso deixou o ar entre nós ainda mais elétrico e esquisito.

— Quer que eu te ajude a limpar? — perguntou ele, rompendo a tensão.

— Não. Eu gostaria que você me dissesse por que está aqui. — Um tópico do qual ele havia se desviado com sucesso até ali.

— Certo. Eu queria te convidar para almoçar comigo.

— Almoçar? — indaguei, surpresa. — Você não tem uma empresa para administrar?

— Tenho, mas eu me permito um intervalo todos os dias para comer. Também permito o mesmo para todos os outros funcionários. Sou generoso assim.

Eu estava meio que gostando do sarcasmo, mas ainda me sentia desconfortável com os motivos da situação.

— Isso parece algum tipo de piada ou armação.

— Não é — disse ele num tom preocupado, e não pude culpá-lo. A maioria das mulheres que ele convidava para uma refeição provavelmente não presumia de forma automática que fosse uma piada.

— Ou... quer que eu prepare algo para você?

Essa era uma ocorrência típica na minha vida. As senhoras do clube de observadores de pássaros do meu avô me pediam para preparar coisas para elas o tempo todo. Aquele hidratante de quinze mililitros que custava trezentos paus on-line? O insumo custava menos de seis dólares e um tiquinho do meu tempo. Eu normalmente ficava feliz em preparar essas coisas, mas, se Marco queria algo assim, ficaria desapontado.

Ele não se qualificava para o desconto para amigos e familiares.

— Não, estou bem servido tanto de esfoliante quanto de autobronzeador — disse ele.

A única outra razão que me veio à mente para justificar por que um cara bonito assim desejaria sair comigo foi:

— Você não tem nenhum dever de casa que quer que eu faça, né?

Ele deve ter percebido meu tom sério, porque vi o jeito como pressionou os lábios um contra o outro, como se tentasse não rir.

— Tenho 29 anos. Eu não tenho dever de casa.

— Mas por que quer que eu vá almoçar com você? — Não podia ser apenas pelo prazer da minha companhia.

— Eu te conto durante o almoço.

— Não saio para almoçar com desconhecidos. — Apesar de eu meio que já o conhecer.

Ele pagou para ver.

— Não sou um desconhecido. Ontem à noite você me confidenciou que está apaixonada pelo meu irmão. Seu segredo mais profundo e sombrio. Se isso não nos torna amigos, não sei o que tornaria.

— Eu contei isso sob coação! — protestei.

— Da minha parte?

— Não, da garrafa de champanhe!

Ele sorriu diante disso.

— Ainda assim, acho que você julgará intrigante o que tenho a dizer.

— Não sei, não. Estou meio que sentindo como se estivesse presa numa batalha com a segunda lei da termodinâmica hoje. — Eu havia notado que homens inteligentes tendiam a recuar quando eu usava um termo com o qual eles não estavam familiarizados.

— Então vamos impedir que você caia na entropia e transformá-la num sistema não isolado ao sair comigo.

Com isso, eu o encarei boquiaberta, totalmente em choque. Um: como é que Marco Kimball conhecia as leis da termodinâmica bem o bastante para lançá-las de volta para mim? Dois: por que ele estava forçando tanto a barra? Era óbvio que eu não estava interessada.

Quer dizer, eu estava interessada no que ele tinha a dizer. Só não nele como pessoa. Ou como potencial parceiro romântico.

— Mas se eu fosse você — continuou ele, totalmente alheio à minha linha de raciocínio —, estaria mais preocupado com a primeira lei do movimento de Newton. Um corpo em repouso permanece em repouso e coisa e tal.

— Você realmente está pegando pesado aqui. — Citar ciência para mim era golpe baixo.

— Estou, sim. E vou explicar tudo.

A voz dele tinha um traço de exasperação — não o bastante para me fazer pensar que ele estava descontente de verdade, mas talvez isso era porque as mulheres em geral não o recusavam.

Eu queria dizer não para ele. Talvez fosse até a primeira mulher a fazer isso. Queria poder dizer que não estava interessada em sua caixa misteriosa. Mas minha curiosidade sempre fora uma das forças motrizes em minha vida, e era difícil resistir ao convite.

— Não estou vestida para ir a lugar nenhum. — Eu só podia imaginar o tipo de restaurante que Marco Kimball frequentava.

— Certo. Que tal isto? — disse ele. — Eu trouxe o seu carro para cá. Vou chamar um motorista de aplicativo e encontrar com você no restaurante daqui a uma hora. Se quiser ir, vá; se não quiser, bem, foi bom ter te conhecido.

— Você trouxe o meu carro?

Ele me entregou as chaves e tive o cuidado de me certificar de que nenhuma parte dele tocasse em nenhuma parte minha. Se eu recebesse outro choque como o último, meu coração ia parar. Cidade da Parada Cardíaca, população: eu.

— Trouxe. Por que você falou desse jeito?

— Porque é suspeitamente gentil — falei.

— Ou apenas normalmente gentil.

— Você é bonito demais para ser gentil assim.

Eu ainda sentia que ele estava aprontando algo, e algo grande, e não poderia viver comigo mesma se não descobrisse do que se tratava. Por que ele estava me fazendo sair em público para descobrir?

Catalina tinha razão: caras bonitões eram os piores.

Especialmente os que ficam noivos de mulheres que conhecem há apenas dois meses, disse aquela voz interna anti-Craig.

Eu a ignorei, mas ela me fez pensar que, seja lá o que Marco tivesse a dizer, era sobre Craig, e isso me fez querer aceitar.

Ele não respondeu ao meu comentário sobre sua gentileza e, em vez disso, falou:

— Aqui. Vou te mandar o endereço do restaurante.

Ele pegou seu celular e senti o meu vibrar em resposta.

— Como você arrumou meu número? — perguntei.

— Você me deu ontem à noite.

Tirei meu celular do bolso e vi que o acrescentara aos meus contatos como "Gostosão do Banheiro". Adorável. Bêbada demais para lembrar do nome dele, mas não tanto a ponto de me esquecer de onde o conheci ou da aparência dele.

— Por que você simplesmente não telefonou para mim, em vez de vir para cá?

— E perder a cara alaranjada e o glitter? — Quando ele viu que eu não estava rindo, mudou de tática. — Pensei que esta era uma situação mais para se falar ao vivo. Também pensei que você diria não se eu convidasse pelo telefone.

— Ainda posso dizer não.

— Pode — concordou, mas seu tom indicava que achava que eu não recusaria.

Enquanto eu ficava ali, tentando decidir o que fazer, ouvi a porta da frente fechar, os pássaros gritarem e então a voz da minha avó.

Faaaaantástico. Era tudo de que eu precisava. Na minha adolescência, havia uma regra de que eu não podia levar um garoto para o meu quarto. Eu não sabia se essa regra ainda estava em vigor. Nunca tive a oportunidade de testá-la.

— Você precisa ir embora. E, se descermos para o térreo e alguém que seja meu parente tentar te convidar para jantar esta noite, sua resposta é não. Como diz o Almirante Ackbar...

— É uma armadilha? — completou ele, e mais uma vez aquela sensação de antes voltou, de ser compreendida.

— Minha avó acha que sabe cozinhar, mas o que ela faz é algo que Satã serviria no inferno se estivesse tentando torturar as pessoas. E eu te digo isso porque você parece um homem razoavelmente bacana, e acredito que ninguém mereça ser sujeitado a isso. E meu avô acha que é rude não comer o que for servido, então você vai ficar preso tendo que comer por educação. Eu tenho um estômago de ferro depois de tantos anos desse tipo de tortura culinária.

No segundo que completei dezesseis anos, me esforcei ao máximo para nunca mais estar em casa no horário do jantar.

— Essa foi uma explicação bem longa para "nunca jante aqui".

— A brevidade nunca foi meu ponto forte. Vamos.

Eu não queria de fato acompanhá-lo até a porta. Ele encontrou seu rumo até aqui; podia fazer o mesmo para sair. Mas eu não podia arriscar um confronto com a minha avó. Torci para que ela ficasse em seu escritório e escapássemos sem delongas.

— Não pise naquele ali. — Apontei para o terceiro degrau. — Ele range, e eu gostaria de me esgueirar com você pelas minhas unidades semiparentais. As perguntas seriam intermináveis.

— É bom quando se tem pessoas que se importam com você.

A maneira como ele disse aquilo fora tão desoladora, tão familiar, que tropecei no último degrau. Marco estendeu o braço e me pegou, mantendo-me de pé. A eletricidade voltou, me atingindo de súbito e me fazendo perder o fôlego.

— Você está bem? — perguntou.

— Estou — falei. — Você pode, hã, me soltar.

Ele abriu a mão, surpreso, como se tivesse se esquecido de que ela estava ali. Não sei se eu seria capaz de esquecer, já que tinha quase certeza de que a leve impressão da mão dele havia deixado uma marca permanente de base elétrica no meu braço.

Efeito residual do álcool, lembrei. Não significava nada.

Eu tinha acabado de colocar a mão na maçaneta da porta de entrada, jubilante em minha habilidade de tirá-lo de casa sem sermos pegos, quando meu avô surgiu pelo corredor que levava até a porta. Ele abriu um sorriso radiante para nós dois e disse para Marco:

— Vejo que você a encontrou sem problemas.

— Encontrei, sim, senhor. Obrigado.

— Bom, bom. — Ele olhou de relance para mim. — Anna, docinho, você tem um negócio no rosto.

— Obrigada, vô. — Como se eu pudesse esquecer. Torci para que o laranja disfarçasse as bochechas coradas.

Ele assoviou uma música ao nos deixar e ir para a sala de estar. Sentou-se com seu jornal (ele era possivelmente a última pessoa nos Estados Unidos que não apenas recebia um jornal impresso, mas lia a coisa toda, da primeira à última página, todos os dias). Feather Locklear grasnava horrores sobre o pior time de beisebol de todos os tempos, e eu abri a porta para Marco.

— Eu diria obrigada pela visita, mas isso tudo foi muito bizarro.

Marco saiu para o alpendre e parou para sorrir para mim.

— Vejo você em breve.

Eu respondi, de má vontade:

— Talvez.

— Eu aceito um talvez — disse ele, abrindo um sorriso cativante que derreteu meu coração.

Ele estava brincando comigo? Como podia ser bonito e encantador assim? Realmente, era injusto. Deus devia ter guardado um pouco das coisas boas que despejou em Marco para distribuir aos outros homens do planeta.

Minha avó disse alguma coisa do outro cômodo, então fechei a porta rapidamente. Não rápido o bastante: ela havia visto Marco, ou meu avô lhe dera a dica.

— Quem era aquele? — perguntou ela.

— Só um cara do trabalho.

— O trabalho para onde você não vai mais?

Uma bela observação. Eu merecia uma medalha por não revirar os olhos. Não ia voltar ao meu eu adolescente, não importava o quanto ela me irritasse.

— Isso mesmo.

Pisei no primeiro degrau para voltar ao meu quarto, mas ela perguntou:

— O que ele queria?

— Que eu me juntasse ao harém dele e lhe desse uma dúzia de filhos e nunca, jamais voltasse a ser uma química.

— Anna! Fala sério! — exclamou ela.

Enquanto isso, meu avô virava uma folha do jornal e dizia:

— Se é isso o que ela quer fazer, é isso o que deveria fazer. O que quer que te faça feliz nos faz felizes, Fedidinha.

Eu tinha quase certeza de que ele nem sequer ouvira o que eu havia dito, mas sempre atuava como o pacificador entre nós duas.

Aquilo fez eu me sentir mal, ele achar que precisava interferir em meu nome, então decidi ser superior e responder à pergunta dela.

— Eu não sei o que Marco quer. Mas estou prestes a ir descobrir.

Capítulo sete

Conferi a mensagem de Marco, copiei o endereço que ele enviou no aplicativo de mapas e vi que o restaurante não ficava longe de casa. Subi para fazer o máximo possível de controle de danos no meu rosto, o que queria dizer outro banho. Depois daquele contato imediato com Marco, achei que era necessário. Ele definitivamente me deixou um pouco suada. Mais uma vez, me recusei a analisar minhas reações com atenção e apenas as ignorei.

Fui até meu laboratório doméstico e, num instante só, preparei um esfoliante (sem glitter) e me dirigi ao banheiro. Abri o chuveiro de novo e cogitei ligar para Catalina enquanto esperava a água esquentar. Mas ela demandaria respostas que eu ainda não tinha. Eu não podia sequer formular uma hipótese — Marco havia descartado todas as minhas suspeitas. Era melhor reunir as informações relevantes, observar por mim mesma o que ele queria e depois falar com ela para podermos avaliar e chegar às nossas conclusões como uma equipe. Agora, era tudo apenas especulação e palpites, e havia somente uma maneira de descobrir a verdade.

Meu telefone vibrou e lá estava uma mensagem de Catalina, de dez minutos atrás, pedindo uma atualização. Ela escreveu de novo pouco depois disso e me lembrou, caso eu estivesse interessada, embora ela soubesse que eu não estaria, de que era bem-vinda para me juntar à sua partida mensal de *Dungeons & Dragons*. Ela disse que alguns de nossos colegas de trabalho estariam lá.

Isso era tudo de que eu precisava: estar na presença de químicos do laboratório do qual havia acabado de me demitir. Porque isso não seria nem um pouco desconfortável.

Tirei a roupa e passei óleo de bebê no rosto, deixando-o penetrar bem, e então entrei debaixo da ducha para me esfoliar. Passei um longo tempo ali, torcendo para que estivesse funcionando e pensando sobre o que Marco tinha a dizer. Enfiei a cabeça para fora da água, limpei o vapor do espelho e conferi meu rosto. Meh. Bom o bastante.

Eu estava impaciente demais para continuar esperando.

Minha avó me disse certa vez para sempre ser a primeira pessoa a chegar numa reunião. Isso era um ato de poder. Eu cheguei no restaurante cerca de meia hora adiantada, sem saber se Marco viria ou não. A parte paranoica do meu cérebro ainda se preocupava que aquilo, apesar dos protestos dele, fosse alguma armação e ele quisesse que eu viesse ao restaurante toda alaranjada e triste para zombar de mim. Meus medos irracionais foram rapidamente dispersados quando o vi esperando por mim no saguão. Eu viera até ali só para me encontrar com ele — então por que senti um choque ao vê-lo de novo?

— Ei, você veio. Eu sabia que viria — disse ele.

Isso era irritante. Eu gostava que minha ciência atendesse às minhas expectativas, mas ninguém gostava da ideia de ser previsível.

— Pensei em nos sentarmos mais para o fundo, se estiver tudo bem por você.

Estávamos numa pizzaria — não era bem o restaurante francês entojado que eu previra. Nós mesmos escolheríamos nossa mesa.

— Claro.

Eu o segui, o cheiro de alho torrado e tomates fazendo meu estômago roncar de antecipação. Até o momento eu só tinha comido batatas chips.

Ele gesticulou para uma mesa pequena.

— Aqui está bom?

Assenti com a cabeça e ele esperou que eu me sentasse antes de se juntar a mim. Alguns segundos depois, um garçom se aproximou, meio que olhou duas vezes para mim e então nos entregou cardápios, prometendo voltar com a água.

Houve uma pausa constrangedora porque senti que Marco estava me encarando. Como se todo mundo estivesse olhando para nós desde que chegamos. Isso podia ser porque ele era tão desconfortavelmente bonito que todos estavam se perguntando o que fazia com alguém como eu.

Também podia ser por causa do autobronzeador.

— Você está meio que me encarando — falei.

— Desculpe. Estou com dificuldade para descobrir como olhar nos seus olhos sem ficar encarando.

— Tudo bem. Nós dois reconhecemos a presença do autobronzeador de uma tonelada no meio da sala.

— Parece que você misturou algumas metáforas aí, mas tem razão. Esse tipo de coisa acontece com frequência com você?

— Mais do que eu gostaria de admitir. A química às vezes é cheia de surpresas.

Ele concordou.

— Verdade. E o seu rosto está com a aparência bem melhor. Menos como uma laranja e mais, tipo... uma laranja moribunda? Sei lá. Não consigo pensar em nada que seja de um laranja pálido.

Encolhendo um ombro, falei:

— Mais algumas esfregadas e estarei de volta ao normal. Bom, mais ou menos normal.

O garçom voltou com a água e disse que viria dali a alguns minutos para anotar nosso pedido. Quando ele saiu, Marco sorriu para mim e perguntou:

— Você já sabe o que gostaria de pedir?

Eu não havia nem pegado o cardápio.

— Ainda não. — Nós dois olhamos nossos cardápios em silêncio até eu admitir: — Este restaurante não é o que eu esperava.

— O que você esperava? — perguntou ele, como se já soubesse a resposta.

— Algo caro, com porções pequenas demais para um passarinho. Este lugar é... acolhedor. — Muito mais a minha cara.

— Eu estava com vontade de pizza — disse ele. Também surpreendente, porque, visto que Marco parecia não ter um grama de gordura no corpo, eu mal conseguia acreditar que ele sequer comia carboidratos, quanto mais pizza. — Quer rachar uma?

— Sou intolerante a lactose e não trouxe nenhum remédio comigo — falei.

— Eles têm pizza sem queijo aqui.

— O que é basicamente pão com molho por cima, mas tudo bem.

— Você pode colocar pepperoni também — ofereceu ele, animado.

Como se isso fosse resolver a questão.

— Acho que poderia. — Mas provavelmente não ia colocar. Todas as fatias de pepperoni só ficariam escorregando. Eu sabia por experiência própria, e pela queimadura de primeiro grau que tive no braço.

— Eles têm saladas imensas aqui. Poderíamos dividir uma, se você quiser. Quer?

Ele não tinha acabado de dizer que o motivo para ter vindo para cá era sua vontade de pizza?

— O único jeito de eu pedir salada é se o mundo acabasse e essa fosse a única comida que me restasse para poder sobreviver.

— Você não gosta de salada?

— Também não gosto de dividir as coisas. — Por que ele ficava me pedindo para fazer isso? — Por que você diz essas coisas com tanta surpresa na voz?

Ele balançou a cabeça.

— É só que eu namorei muitas mulheres que comiam apenas isso.

Na verdade, eu não estava nem um tiquinho chocada. Era provavelmente daí também que vinha a oferta de dividir tudo.

— Acho que eu não sou como as pessoas com quem você costuma conviver. Você deveria saber que, quando me flagrar não me exercitando, também vai me ver tomando decisões nada saudáveis quanto a comida.

— Anotado — disse ele, com um brilho real no olhar. — Acho que isso significa que a trilha de cinco quilômetros depois do almoço está fora de questão... — Ele riu da minha expressão. — Estou brincando. Pizza vegana para você, então?

— Vou querer a pizza vegana, sim, mas só porque ela não tem queijo. Não por qualquer outro motivo. Você não vai me tapear para que eu faça escolhas saudáveis.

— Sabe qual é a parte mais difícil de fazer uma pizza de vegano? — Marco me fez a pergunta a sério, e não soube muito bem o que ele estava tentando perguntar.

Pisquei algumas vezes.

— Literalmente nenhuma?

Ele balançou a cabeça.

— Tirar a pele do vegano.

Essa piada me lembrou tanto do meu pai que senti uma pontada física de saudade.

— Hã. Pensei que eles fossem mais delicados. — Aquilo o fez sorrir para mim e eu acrescentei: — Eu poderia ser vegana.

Os olhos dele se arregalaram.

— Você é?

— Não, não sou. E acho que piadas com veganos só valem se não forem o-velhas.

Ao ouvir isso, ele riu, a voz grave e profunda, e me flagrei querendo rir também. Fazia muito tempo desde que eu havia ficado à toa, trocando piadas ruins com alguém. Senti um quentinho por dentro e desfrutei do som do riso dele mais do que alguém que era apenas uma conhecida deveria.

Porque, tirando as confissões profundas e embriagadas, nós não nos conhecíamos de verdade.

— Certo, então agora que já resolvemos a questão da comida… o que você quer beber? — perguntou ele.

Marco estava tentando anotar meu pedido? Tipo, já havia um garçom que viria me perguntar tudo isso. Ou será que ele estava apenas puxando conversa? Isso me fez pensar que ele estava nervoso e esse era seu jeito de lidar com a ansiedade.

— Algo forte? Pelo do cachorro? — perguntou ele.

— O quê?

Eu estava tão desorientada por tudo aquilo e pela qualidade mágica do riso dele que não entendi o que Marco estava perguntando.

— Sabe como é: dizem que, quando você está de ressaca, deveria tomar mais álcool, tipo o pelo do cachorro que te mordeu.

— Ah. Meu avô sempre diz para beber a pena do pássaro que te bicou. O que faz mais sentido, porque há mais chances de você ser bicado por um pássaro.

— Eu nunca fui bicado por um pássaro.

— Quer ser? — indaguei. — Eu posso arranjar isso com facilidade.

— Não, obrigado — disse ele, despreocupado, como se eu tivesse oferecido um prato do qual ele não queria provar. — Mas… beber penas?

— Beber pelos? — contrapus.

— Sinto que seria bem mais fácil do que beber penas.

— Depende do tamanho da pena — falei, imaginando como tínhamos chegado àquele ponto. — Mas a resposta mais curta é: não, obrigada, acho que não vou beber de novo pelo próximo século. — Uma noite chorando no piso de um banheiro com o CEO da minha ex-empresa já era o suficiente para mim. — Além do mais, estamos no meio da tarde e não sou muito de beber durante o dia.

— Também não é muito de beber durante a noite — disse ele, com um sorriso tão adorável que eu apostaria muita grana no fato de que ele nunca havia se encrencado, nem uma vez sequer na vida. Só precisaria abrir aquele sorriso e tudo seria perdoado.

Era como uma arma. Alguém deveria forçá-lo a registrar aquela coisa.

O garçom voltou e nós fizemos nossos pedidos — uma Coca Diet e uma pizza vegana média para mim, só água e uma *meat lovers* média para Marco.

Quando o garçom saiu, Marco dobrou as mãos sobre a mesa e olhou para mim muito sério.

— Alguém me chamou a atenção para o fato de que os Yankees são uma droga.

Novamente, me senti um tanto desnorteada com o rumo de nossa conversa.

— Como é?

— O pássaro na sua casa? Aquele que fica repetindo "Os Yankees são uma droga!"?

— Feather Locklear. Ela é um papagaio-cinzento. Antes ficava num aviário a céu aberto, mas ensinava todos os outros pássaros a falar palavrão. Aí pediram ao meu avô que fizesse uma reabilitação com ela. Quando ele a levou para casa, ela imediatamente ensinou Parrot Hilton e Parrot France a xingar, mas o vovô está trabalhando com elas. Agora é "Os Yankees são uma droga", mas antes era bem pior. Ele usa substituição de palavras com ela.

— Interessante. Se ela fosse minha, eu provavelmente a ensinaria a dizer "Socorro! Fui transformada num papagaio!".

Aquilo me fez rir, e ele sorriu em resposta.

— Ela praticamente superou isso agora. Mas, de vez em quando, solta palavrões que fariam um marinheiro corar.

— E por que todo esse ódio aos Yankees? Presumo que seu avô não goste deles. E se eu torcesse por eles?

— Somos uma família dos Dodgers. Se você torce pelos Yankees, então acho que meu avô talvez te desse um tabefe no rosto com a luva dele e exigisse uma satisfação. Até onde sei, aqueles pássaros fazem tudo que ele quer, e você pode se ver numa cena de filme de Hitchcock.

— Você gosta de Hitchcock?

— Quem não gosta? — perguntei.

— Parece que ele estaria longe do combo comédias românticas/*Star Wars*/*O Senhor dos Anéis* de que você disse que tipicamente gosta. Sem mencionar que a maioria das pessoas da nossa idade nunca ouviu falar dele.

— Bom, então elas não sabem o que estão perdendo.

— De acordo.

O garçom, que eu percebi que não estava usando um crachá e não tinha se apresentado, voltou com minha bebida. Eu agradeci e ele disse que nossa comida estaria pronta em breve.

— Falando em pássaros, aquilo não era bem o que eu esperava na sua casa — comentou Marco.

Senti minha espinha se aprumar em resposta.

— E o que é que você esperava?

Gatos? Será que ele havia pensado que eu era uma mulher triste e solitária, dispondo apenas de companhia felina? Disse a mim mesma para me acalmar — estava colocando palavras na boca dele. Só porque um homem me disse uma vez que eu parecia o tipo de garota que morava com dezoito gatos, não significa que Marco seja igual.

— Você ainda mora com sua família. Isso é cultural?

— De que cultura? — perguntei. — A de quem gosta de pássaros/cientistas/garotas nerd? Eu moro lá porque não posso bancar outro lugar.

— Eu não quis presumir... — A voz dele foi sumindo.

— Pode presumir tudo o que quiser. Provavelmente será verdade.

Ele franziu a testa de leve.

— Nossos químicos são bem pagos.

— Acho que eu recebia abaixo do nível inicial. Pelo menos segundo... — Eu quase disse o nome de Catalina, mas sabia como os executivos do nível C ficavam ansiosos com as pessoas conversando sobre seus salários e não quis colocá-la em nenhuma enrascada. — Segundo um ex-colega. Mas acho que era bom, levando-se em consideração tudo. — Levando-se em consideração o quanto meu chefe me odiava, era surpreendente que eu recebesse alguma coisa.

Marco pareceu irritado, e eu soube que não era direcionado a mim. Imaginei se Jerry e Craig estavam prestes a levar uma bronca no dia seguinte. Marco me parecia um homem de ação.

Será que isso traria problemas para Craig? Eu não queria isso. Senti-me compelida a explicar que meu salário não era a única razão para eu estar sem dinheiro.

— A casa dos meus avós é bem velha. Cerca de seis meses atrás, o aquecedor de água quebrou e descobrimos que todo o encanamento da casa precisava ser substituído. Eles não tinham o dinheiro para cobrir tudo e, como ocorreu por velhice e não por acidente, o seguro não cobria. Eu esvaziei minha poupança para consertar a casa. Meu avô insistiu que eles podiam pegar um empréstimo, mas eu paguei o encanador. Eles disseram que vão me pagar, mas são professores em meio período e voluntários em organizações sem fins lucrativos. Não vão conseguir, mas está tudo bem.

Ele ficou quieto por um momento e então disse:

— Isso é... excepcional. Não conheço muita gente que faria o mesmo.

— Eles são a minha família. Eu os amo. — Eu me senti um pouco inquieta, um tantinho constrangida, diante da expressão nos olhos dele, e me remexi na cadeira. — Além do mais, gosto de equipamentos caros de laboratório. Estou de olho num misturador de alto cisalhamento. Custa 3 mil dólares, então posso estar com a idade dos meus avós quando finalmente puder pagar por ele.

Ainda mais se não arranjar um emprego logo.

A comida chegou e o garçom a depositou na mesa, à nossa frente, e nos desejou bom apetite. Ambos agradecemos.

Minha pizza parecia bem quente, e eu não estava ansiosa para queimar a boca (ou a pele, por acidente). Esperei Marco atacar, mas ele ainda me analisava com atenção.

— Então, eu queria falar com você sobre uma coisa. Mas primeiro... a noite de ontem pareceu terrível para você.

Estávamos enfim chegando à questão que estava em minha mente desde que ele surgiu no meu quarto sem aviso, mas eu ainda não entendia aonde ele queria chegar.

— Ah, acho que seria o terceiro colocado em minha lista de Piores Dias de Todos os Tempos.

Separei dois pedaços de pizza, peguei um deles e o levei até a boca.

— Qual foi o segundo colocado?

— No ensino médio, eu estava ajudando o quarterback bonitinho com o projeto dele de laboratório de química. Ele tinha perdido o prazo e sabia que eu tinha uma chave e podia colocá-lo no laboratório para ajudar com o experimento. Ele era uma distração e tanto, e eu cometi um erro: em vez de colocar uma base na bureta... — Melhor explicar para ele poder entender a história. — Uma bureta é um tubo comprido de vidro usado para...

— Eu sei o que é uma bureta — interrompeu ele.

—Ah. — Isso era surpreendente. Ele parecia ser cheio de surpresas. Feito um daqueles bonecos de mola presos numa caixinha, só que bonitão. — Enfim, eu estava distraída e por acidente coloquei ácido sulfúrico na bureta; minha mão escorregou e o ácido caiu nas nossas roupas. Tivemos que tirar a roupa para tomar banho, mas o zelador nos pegou e achou que estávamos fazendo outra coisa, então chamou uma porção de gente... Por fim, essa história terminou comigo perdendo a chave do laboratório de química e sendo suspensa. O que foi uma tortura, porque eu adorava ir para a escola. Fiquei preocupada que isso fosse entrar no meu histórico permanente e me manter fora da faculdade.

Ele mexeu com o canudo em seu copo.

— O pior dia da sua lista. Foi quando sua mãe faleceu?

A pergunta dele me espantou tanto que fiquei imóvel, a boca escancarada, momentaneamente incapaz de me mexer. Devolvi a fatia de pizza ao prato.

— Como você sabia? — murmurei.

A pergunta dele me chocou, como se eu fosse espetada por uma lança de gelo. Posso ter dito muita coisa enquanto estava bêbada na noite anterior, mas tinha certeza de que não dissera nada sobre meus pais terem morrido. Eu não falava muito sobre eles. Até Catalina tinha apenas detalhes mínimos e sabia que não deveria me pressionar por mais. Será que ele havia feito uma checagem nos meus antecedentes ou algo assim?

— Ontem à noite, você mencionou sua mãe, e eu ouvi algo na sua voz que me fez entender. Esse tipo de perda causa uma dor que é fácil de reconhecer nos outros. Não sei por que dizem que o tempo cura todas as feridas quando, anos depois, a ferida ainda dói do mesmo jeito. A única diferença é que os outros esperam que não doa.

Aquilo encapsulava tão perfeitamente o modo como eu me sentia sobre a morte dos meus pais que fiquei atordoada de novo por um instante.

— Quem você perdeu?

— Minha mãe.

— Ela faleceu de quê?

Marco continuou a mexer com o canudo, sem fazer contato visual comigo.

— Complicações cardiovasculares devidas à anorexia. Ela era uma modelo que achava que tinha que ser perfeita. Foi o primeiro rosto da Minx Cosmetics.

— Sua mãe era Giana Ricci? A srta. Minx original?

Ele assentiu com a cabeça enquanto eu absorvia aquela notícia. Ela tinha sido muito linda. A empresa usara a imagem dela recentemente numa campanha retrô quando relançou parte da maquiagem dos anos 1990.

— Ela era deslumbrante — falei para ele.

Imaginei que provavelmente era difícil ser linda daquele jeito e ter que se manter assim a todo custo. Sentir a necessidade de se voltar para um distúrbio alimentar. Era bem mais fácil para mulheres como eu. Talvez não no quesito namoro, mas os caras que se apaixonavam por nós não esperavam que tivéssemos a aparência de supermodelos pelo resto de nossas vidas. Deve ter sido muito difícil para ela.

E muito difícil para o coitado do Marco perdê-la.

— Sinto muito. Quantos anos você tinha?

— Quatro. Não tenho muitas lembranças dela. — Ele pausou por um momento e pigarreou. — E você? Quantos anos tinha?

E, apesar de normalmente não compartilhar essa parte de mim, considerando que ele sabia exatamente pelo que eu tinha passado, me vi dizendo:

— Doze. E foram os dois, meu pai e minha mãe. Um acidente de carro. O homem que se chocou contra eles estava cometendo o trio das decisões ruins na direção: bêbado, mandando uma mensagem no celular e passando no sinal vermelho.

Agora era a vez dele de dizer:

— Sinto muito.

Aquela pontada de luto esmagador, que ele havia apontado nunca ir embora de fato, pressionou meu peito.

— Tudo bem. Eu tinha meus avós. Me saí bem. E você ainda tinha seu pai, certo?

— Sete semanas após a morte da minha mãe, ele se casou com Tracie, minha madrasta. A mãe do Craig. E meu pai é o CEO da KRT Limited. — Essa era a empresa-mãe da Minx Cosmetics. Eu me lembrei das afirmações de nepotismo de Catalina. Será que era a isso que ela se referia? Marco continuou: — Então ele trabalhava sem parar e me deixou com uma mulher que queria me substituir como herdeiro dele pelo próprio filho.

Havia algo na voz dele, algo que soava zangado e magoado. Eu queria saber mais, mas Marco me deu um leve sorriso e acrescentou:

— Falando no meu meio-irmão, é por causa dele que eu pedi para você se encontrar comigo. Preciso da sua ajuda.

Que tipo de assistência alguém como ele poderia precisar de alguém como eu?

Ele respondeu à minha pergunta tácita:

— Eu quero romper o relacionamento de Craig, e acho que você é a pessoa que pode me ajudar a fazer isso.

Capítulo oito

Outra vez, ele mudou de assunto tão depressa que foi difícil seguir seu raciocínio. Num segundo estava me contando sobre a perda da mãe e sua infância distintamente nada divertida, e no outro me dizia algo sobre eu ser capaz de ajudá-lo a arrasar com o noivado do irmão.

— Quer que eu seja sua vigia enquanto você seduz Leighton ou algo assim? — Nada mais fazia sentido algum.

Não que qualquer coisa que ele havia dito até então fizesse muito sentido.

— Não, esse relacionamento acabou em definitivo. Por muitos motivos. Ela e eu não temos sentimentos um pelo outro. Enquanto você… — Ele foi silenciando, arqueando as sobrancelhas para mim.

— Enquanto eu o quê? Estou apaixonada pelo Craig? — Parecia que Marco havia se esquecido de um fato ínfimo. — Craig está apaixonado por outra pessoa. Acho que isso é o que se conhece formalmente como causa perdida.

— Nenhuma causa é perdida — disse ele. — Além do mais, eu tenho um plano.

— Ah, essa deve ser boa.

Eu pretendia que isso fosse um pensamento, mas não consegui mantê-lo do lado de dentro. Especialmente por estar visualizando um daqueles quadros de evidências que detetives usavam, com fichas e cordões conectando todas as partes de um crime complicado.

Mas então me dei conta de que só queria ouvir todos os detalhes quando compreendesse o porquê de ele estar fazendo isso. Logo, perguntei:

— Por quê?

— Por que eu quero romper o noivado deles, ou por que acho que você é a pessoa que pode me ajudar?

— Isso. — Eu queria respostas para as duas coisas.

— O noivado de Craig será ruim para a Minx e possivelmente para a KRT. Leighton é o que costumam chamar de interesseira.

— Como você sabe disso? — Parecia uma grande presunção da parte dele. A qual poderia ser justa, considerando-se que era ele quem tinha saído com ela.

— Experiência pessoal.

— E daí se ela for? — perguntei, finalmente pegando uma fatia da minha pizza. Ela estava começando a esfriar. — Muitos homens ricos se casam com mulheres que estão atrás do dinheiro deles.

— A família da Leighton é dona da Reflection Cosmetics. Eles querem uma fusão com a Minx.

Mastiguei e engoli o bocado que tinha mordido.

— De novo, e daí? Isso não é muito incomum. — Empresas cosméticas viviam adquirindo umas às outras.

— É incomum porque a Reflection está bastante endividada. Suspeito que eles estejam manipulando sua contabilidade e esperando que a Minx, e por extensão a KRT, absorvam suas perdas. Isso poderia arruinar a Minx financeiramente. Eu sei que a família de Leighton pretende fazer isso porque esse foi o motivo para eu terminar tudo. Ela encaminhou sem querer documentos que os advogados da família dela tinham preparado para fundir as empresas, junto a uma carta detalhada sobre por que ela deveria insistir para não assinarmos um acordo pré-nupcial.

Fiquei boquiaberta de surpresa. Ele não havia dito que eles namoraram apenas por pouco tempo? E os advogados estavam falando em casamento? Pelo visto, a família de Leighton tinha se precipitado e muito ali.

Então quando Marco terminou tudo, ela foi atrás de Craig no lugar dele? Que a pediu em casamento depois de algumas semanas? A coisa toda parecia... nojenta.

Marco ainda estava falando.

— Não vou deixar Craig destruir a empresa porque ele não sabe quando está sendo passado para trás e não consegue manter o zíper... — A voz foi sumindo e ele prosseguiu: — Porque ele se distrai facilmente com coisas brilhantes.

Leighton era mesmo brilhante. Dei outra mordida. A Reflection Cosmetics era uma das empresas nas quais eu pretendia procurar emprego. Suponho que isso estivesse fora de questão agora.

— Você lembra que eu acabei de me demitir da Minx, né?

Parecia um pouco estranho que ele contasse com uma ex-funcionária para ajudar sua empresa. É claro que eu não queria ver a Minx Cosmetics fracassar, mas por que eu?

— Lembro, e você disse que era porque o seu chefe era um cretino. Eu pesquisei um pouco sobre você hoje cedo. Peguei seu arquivo com o RH e procurei alguns de seus projetos. — Aquilo pareceu esquisito, como algo que ele não deveria ter feito. Lembrei a mim mesma que, tecnicamente, eu havia sido funcionária dele, e Marco tinha esse direito. Ele deve ter visto minha expressão facial mudar, porque se apressou em acrescentar: — Seu trabalho era excepcional. Meticuloso. Eu vi a carta de apresentação de quando você se candidatou ao emprego, quatro anos atrás, e o quanto queria trabalhar na Minx.

— Era uma das marcas de maquiagem preferidas da minha mãe — falei baixinho. — Eu queria muito trabalhar lá em homenagem a ela.

— Essa empresa é o legado da minha mãe — disse ele. — Então eu entendo.

Outra vez houve aquela sensação de ser vista e compreendida, de uma conexão compartilhada com ele. Eu não queria me sentir assim, então voltei àquilo que estávamos discutindo.

— De que importa o que Craig quer? Se bem me lembro, você é o CEO da Minx. Não precisa fundir nada só porque Craig e Leighton estão, hum, se fundindo.

Ele soltou um breve suspiro. Afrouxou a gravata e tirou o paletó, deixando-o no banco ao seu lado.

— Craig… é muito bom em convencer nosso pai a concordar com ele. A mãe dele também. É por isso que ele é o VP de desenvolvimento de produtos agora, apesar de não ter nenhum treinamento ou experiência. Seu último emprego foi como DJ numa boate em Ibiza.

Isso não podia estar certo. Craig parecia muito mais confiável e capaz. Responsável.

O mesmo cara que ficou noivo de uma garota com quem saiu por dois meses?, perguntou minha voz interna antagônica, e eu disse a ela que se calasse.

— E, quando Leighton e eu namoramos *casualmente* — disse ele, por algum motivo enfatizando a palavra *casualmente* —, ela sempre tocava no assunto de que não se casaria com um homem que insistisse num acordo pré-nupcial. Se isso era uma ideia dela ou do advogado dela, eu não sei. O que eu de fato sei me deixa preocupado, como você pode imaginar.

Ele ficou sentado em silêncio, me deixando absorver todas essas informações enquanto eu comia. Havia algo me incomodando. Francamente, havia muita coisa me incomodando naquela conversa, mas uma era mais predominante que as outras.

— É por isso que você me perguntou tudo aquilo sobre a minha infância trágica? Estava tentando fazer eu me sentir vulnerável numa tentativa de me persuadir a ouvir seu pedido?

— O quê? Não! — disse ele com firmeza. — Essa não era minha intenção. Perguntei sobre seus pais porque reconheci um espírito semelhante e queria saber mais sobre a sua história. Eu te acho interessante e fácil de conversar.

Bom. Isso fez eu me sentir bem — bem como se bolhas de champanhe rosé flutuassem nas minhas veias. Interessante. Fácil de conversar. Se ele estava tentando me agradar, essas eram coisas boas de se dizer. Eu me senti muito lisonjeada.

Marco continuou:

— Eu não pretendia perder de vista o que eu queria te pedir. Você pode ser uma distração e tanto.

Quando ele disse isso, os olhos gentis e faiscantes, a boca curvada maliciosamente, o maxilar tão afiado a ponto de atravessar o tempo e o espaço, me golpeando com a força total de seu charme, como é que se poderia esperar que alguém ficasse imune a um ataque frontal desses?

Notei que meu coração estava disparado e minha respiração, um tanto irregular. A cientista em mim queria analisar o que estava havendo e o porquê, mas o resto de mim queria ignorar essas reações continuamente bizarras.

— Você é muito bom nisso — falei para ele com uma risada forçada. — Aposto que ninguém te diz não.

Ele encolheu um dos ombros, e eu não sabia se isso queria dizer que concordava comigo ou não. Era enigmático, o que era atraente, porque sempre amei quebra-cabeças.

Mas esse era um quebra-cabeça do qual eu devia manter distância.

Logo depois de descobrir como ele achava que eu o ajudaria a separar Craig e Leighton. Porque de jeito nenhum que eu sairia dessa conversa sem descobrir esse detalhe.

— E aí, qual é o seu grande plano para destruir a felicidade do seu irmão?

Notei que ele se encolheu de leve diante das minhas palavras antes de dizer:

— É bem simples. Você e eu fingimos estar namorando.

Ele se recostou na cadeira como se isso explicasse tudo.

— Fale mais — instruí.

Meu coração não estava apenas disparado agora: estava em pleno galope, tentando escapar do meu peito. Namorar? Essa criatura que parecia ter sido forjada por anjos caídos apenas para tentar todas as mulheres?

Hã, não.

— Craig e eu sempre fomos ridiculamente competitivos um com o outro. A mãe dele se certificou disso. — Aquele traço amargo estava de volta à voz dele, mas Marco mudou seu tom para algo mais suave. — Se ele pensar que estamos namorando, vai querer te roubar de mim. E, antes que você pergunte, sei disso porque já aconteceu antes.

Com Leighton?, eu queria perguntar, mas me contive, porque ele não parecia mais estar numa posição de franqueza e compartilhamento. Agora que eu já sabia o que ele estava aprontando, não estava interessada.

— Certo. Bom, obrigada por essa oferta estranha e relutante, mas terei que recusar.

Embora meu cérebro estivesse ocupado conjurando uma realidade alternativa em que eu fingia namorar Marco. Eu o inseri em minha fantasia com Craig — caminhando junto da água, sentados num banco a noite toda, conversando.

Era meio assustador o quanto era fácil trocar um pelo outro.

Outra razão pela qual eu não deveria fazer isso. Estava apaixonada pelo Craig.

A-pai-xo-na-da.

Marco interrompeu minha autobronca severa.

— Por que não?

— Sério? — perguntei. — Isso é errado em tantos sentidos que eu precisaria de tabelas e diagramas para explicar.

— Como? — Ele desabotoou os punhos da camisa e começou a dobrar as mangas pelos antebraços.

Pelos antebraços muito fortes e masculinos que faziam minha boca salivar.

Era por causa da deliciosa pizza vegana que eu estava comendo, falei para o meu corpo. Era isso o que tinha causado a reação. Não esse belo espécime de masculinidade na minha frente.

Levei um segundo para lembrar que ele tinha feito uma pergunta que precisava ser respondida.

— Você quer mesmo sentar aqui e debater a ética e a moralidade de fingir namorar numa tentativa de manipular seu irmão para romper com a noiva dele e me namorar?

Ele cruzou os braços e eu tive que literalmente forçar meus globos oculares a não olhar de novo para os antebraços dele, repousando tão belos contra seu peito. Que eu apostava que também era muito bonito. Além disso, havia seus ombros muito largos. Dava para construir um subúrbio naquela extensão toda.

Minha linha inapropriada de raciocínio foi interrompida de súbito pela resposta dele.

— Não há nenhuma moralidade envolvida. Nós não estaríamos fazendo nada de errado nem machucando ninguém.

Mas eu teria que... fingir ser a namorada dele, mantendo meus hormônios aparentemente rebeldes sob controle (porque, não importava o quanto eu quisesse mentir para mim mesma, meu corpo não estava empolgado assim por causa de uma pizza sem queijo). Eu não podia imaginar nada disso sequer funcionando.

— Vamos lá — insistiu ele. — Você poderia me ajudar a salvar a Minx e retirar Craig de uma situação ruim. Vamos matar dois pássaros com uma pedrada só.

— Não vamos, não. Ninguém precisa matar pássaro nenhum. Não fazemos isso na minha família — falei, por reflexo.

Eu deveria acabar com essa ideia. Agradecer a ele por me ajudar a chegar em casa e devolver meu carro, e depois voltar para minha vida regular.

Em vez disso, me vi ecoando as palavras dele.

— Uma situação ruim?

Marco anuiu.

— É fácil ver como isso vai se desenrolar. A herança de Craig vai se esgotar. Seu coração será partido. Você o impediria de ter que dizer *minha primeira esposa* e desenvolver problemas de confiança com as mulheres dali por diante. Isso é uma bondade.

Ele estava sendo forçado, mas me peguei desejando ver no que dava. Contudo, ainda protestei:

— Acho que seu plano não vai funcionar. Já era. Eles vão se casar. O que podemos fazer?

Ele sorriu.

— Esse é o espírito! O que podemos fazer?

Entender minhas palavras erroneamente de propósito não era tão bonitinho como ele achava.

— Mesmo que seu plano funcionasse, o que, com base no que você me disse, não acho que vá ocorrer, eu não quero ser responsável por romper um noivado. Isso me parece errado. E algo que traria muito carma ruim para a minha vida. O que é algo de que não preciso neste momento. — Eu não queria envolver o universo. Já estava bagunçando minha vida o bastante por conta própria.

— Esse relacionamento deles não vai durar. Só estão juntos há dois meses. Nós apenas estaríamos ajudando a acelerar as coisas.

— Meus avós namoraram por seis semanas, se casaram e estão juntos há quase cinquenta anos. Pode acontecer.

— Há quantas décadas foi isso? — contrapôs ele. — O mundo era diferente naquela época.

— Tudo bem. — Se as pessoas podiam ou não ter um casamento feliz depois de se conhecerem apenas por um breve período era irrelevante para essa discussão. — Você deveria saber que sou uma péssima mentirosa. Tenho um tique óbvio. Todo mundo sabe quando estou mentindo.

— Já eu sou excelente nisso — disse ele.

— Não sei se isso é algo de que você deveria se orgulhar.

— Infelizmente, foi necessário. — Uma sombra passou pelo rosto de Marco, mas ele tentou sorrir. — Isso é fácil o bastante de resolver. Nós vamos sair juntos de fato. Tipo hoje, por exemplo. Eu te convidei para almoçar; você veio.

Ele enfiou a mão no bolso traseiro e tirou de lá uma carteira. Pegou de lá uma nota de cem dólares e a colocou na mesa.

— E agora eu paguei pela nossa comida. Tudo isso faz deste um encontro oficial. E podemos passar tempo juntos e continuar "saindo". Ficar confortáveis um com o outro, conhecer um ao outro, isso vai ajudar a vender a ideia. Vai parecer real, e não uma mentira.

Joguei as mãos para o alto. Será que ele ia argumentar contra todo ponto que eu levantasse?

— Não há garantias de sucesso aqui. São muitas variáveis. É imprevisível.

— Qual é a alternativa? — perguntou ele. — Se não fizer nada, já sabe qual o resultado inevitável. Cem por cento de chance de não ficar com Craig. Entretanto, se fizer alguma coisa, se seguir meu plano, pode potencialmente afetar o resultado para algo melhor. Esta é sua oportunidade de conduzir um experimento na vida real. Descobrir se estou certo ou não.

Eu ainda não estava muito convencida, mas ele fazia um bom progresso.

— Não gosto de coisas que não posso controlar.

— Ninguém gosta. Embora haja algo de bom em injetar um pouco de caos na sua vida para chacoalhar as coisas. Nós poderíamos nos divertir juntos. E, no final, você poderia acabar com o cara pelo qual está apaixonada.

Ele fazia aquele caos soar encantador. Tentei meu último protesto.

— Eu preciso procurar um novo emprego. Não tenho tempo sobrando para fingir namorar você.

— Na verdade, tenho uma solução para isso. A KRT Limited pode te contratar como consultora. Eu verifiquei e o orçamento da Minx para consultores não foi utilizado por completo este ano, e perderemos esse dinheiro se não contratarmos ninguém.

— Você quer que eu preste consultoria sobre como arruinar o relacionamento de Craig?

— Não. Podemos conversar sobre maquiagem e produtos faciais. Você é uma química cosmética, afinal de contas. E nossos consultores recebem um valor fixo em vez de pagamento por hora. — Em seguida, ele falou um valor que era o triplo do meu salário anual anterior.

Não pude evitar: eu arquejei.

— Por que tanto?

— Consultores ganham mais por sua experiência e porque não precisamos pagar benefícios, considerando-se que é um arranjo de curto prazo — disse ele.

Uau. Era muito dinheiro. Eu poderia substituir todos os eletrodomésticos da cozinha que tinham nascido antes de mim. Isso também significaria que poderia comprar aquele misturador de alto cisalhamento. O vermelho. *Meu precioso.*

Para impedir mais objeções, ele acrescentou:

— Tecnicamente, você seria empregada pela KRT, então não haveria nenhum conflito de interesse com o nosso "namoro". — Havia um tom nas palavras dele indicando que não teria importado para a Minx se ele fosse meu chefe.

Ao menos ele não tornou a me lembrar que a empresa não tinha uma regra que proíbe relacionamentos entre funcionários. Isso teria me irritado.

E, se eu tivesse alguma dignidade, teria dito não para ele. Que ele podia ficar com seu emprego chique que pagava uma quantidade ridícula de dinheiro e com a oportunidade de conquistar o homem por quem eu estava apaixonada, a despeito do quanto isso parecia improvável.

Infelizmente, a dignidade nunca foi meu ponto forte.

— Tudo o que eu teria que fazer é passar tempo com você? — perguntei.

— Seria um pouco mais complicado que isso, mas, de modo geral, sim.

Tentei conjurar aquela fantasia que eu tinha com Craig e, por alguns segundos, vi o rosto dele enquanto caminhávamos de mãos dadas, mas a imagem ficava mudando para o rosto de Marco. Eu não sabia o que era isso, mas queria aquilo que imaginara a princípio. Craig e eu juntos, vivendo o nosso felizes para sempre.

— Você quer o Craig? — perguntou ele, quase como se pudesse ver meus pensamentos.

— Mais do que quase tudo — admiti.

— Então dê uma chance a esse plano. Nós dois podemos conseguir o que queremos.

Aquilo tudo era uma maluquice. Minha avó teria tanto a me dizer se ficasse sabendo... o que meio que me dava vontade de aceitar.

Marco deve ter sentido minha determinação enfraquecendo e disse:

— Você não pode pensar nisso como se estivesse tentando ferir as pessoas. Você quer ficar com Craig e acha que ele seria feliz com você. Minha empresa fica a salvo. Todos nós ficaríamos felizes.

— Não a Leighton.

— A Leighton seguiria adiante, em busca de sua próxima vítima. Acho que ela não ficaria de coração partido.

Tirando as coisas sobre Leighton, ele tinha razão. Esta era uma perspectiva que eu ainda não havia considerado: como isso poderia ser algo benéfico tanto para Craig quanto para mim. Poderia significar um futuro com o homem dos meus sonhos. Por que eu perderia essa oportunidade? Marco também havia acertado em cheio sobre mudar o resultado da minha situação atual. Se eu não fizesse algo, teria zero chance com Craig, porque ele se casaria com outra pessoa.

Eu torcia para que isso não fosse um erro.

— Tudo bem — falei, soltando as palavras depressa antes que pudesse mudar de ideia. — Não vejo como isso vai funcionar, mas vou tentar.

Capítulo nove

— É isso aí! — disse Marco, batendo palmas enquanto abria um sorriso radiante para mim. — Eu acho mesmo que podemos fazer isso se trabalharmos juntos.

Eu queria acreditar nele, mas era difícil. Sobretudo considerando-se o quanto seu plano era, na realidade, simplista. Era cheio de furos, mas eu ia tentar.

— Talvez seja melhor mantermos isso entre nós — falou ele. — Segredos tendem a achar um jeito de escapar.

— Eu tenho que contar pra Catalina. Ela é minha melhor amiga e trabalha na Minx, e definitivamente repararia se do nada eu começasse a namorar o chefe do chefe do chefe dela, sem nenhuma explicação. Catalina é inteligente, ela iria adivinhar. — Além disso, eu tinha a sensação de que precisaria de apoio moral.

— E a sua família? Precisa contar para ela?

— Meus avós não vão se importar com você a menos que de repente comece a se decompor ou crie um bico e penas. — Virar terra ou um pássaro era, honestamente, o único jeito de eles se interessarem por Marco.

Ele pegou sua água.

— Bom, eu com certeza não contarei para minha família, por motivos óbvios. Mas enfim, sinto que deveríamos oficializar essa decisão. Um aperto de mão, um brinde ou algo assim.

— Um brinde — falei rapidamente. Eu não queria segurar a mão dele outra vez. Parecia insensato.

— A salvar meu irmão de si mesmo — disse ele.

— E à Minx Cosmetics.

Fizemos tim-tim com nossos copos e ambos tomamos um gole rápido.

— Você deveria provar a sua pizza — falei para ele. Tinha sido ele quem quis vir para cá. Eu me sentia mal que ainda não tivesse comido nada.

Marco pegou uma fatia e fez a coisa mais estranha: dobrou na metade no sentido do comprimento.

— O que você está fazendo? — perguntei, alarmada.

— É assim que se come pizza em Nova York. Eu estudei num internato lá durante o ensino médio.

— Igual a um taco? Isso é uma blasfêmia culinária.

— A massa precisa ter estrutura, senão fica tudo mole.

Eu queria dizer a ele que não estávamos em Nova York e que as massas de pizza aqui na Califórnia já tinham estrutura de sobra, mas ele me lançou um sorriso travesso e deu uma mordida enorme, lupina. Tive vontade de rir, mas me segurei.

Quando ele engoliu, disse:

— Então, me conte no que você estava trabalhando antes de se demitir.

Imaginei que fosse seguro dividir essa informação, porque realizei esse trabalho na empresa dele. Nós comemos enquanto eu contava a ele tudo sobre meus projetos profissionais mais recentes. Imaginei quem os teria assumido e senti uma breve pontada de remorso. Eu ficava esperando que Marco me interrompesse ou mudasse de assunto, mas ele não fez isso.

Ele também não ficou com aquela expressão vidrada e entediada nos olhos. Parecia interessado no que eu tinha a dizer. Isso foi legal. Ele daria um ótimo cunhado.

Uma coisa de cada vez, falei para mim mesma. Eu estava pulando etapas demais. Primeiro, o plano totalmente são e com base firme na realidade precisava funcionar.

Depois de comermos metade de nossas pizzas, o garçom trouxe um par de caixas e a conta. Marco fez uma grande exibição ao pagar, e eu não me ofereci para dividir. Ele podia pagar. Agradeci a ele e peguei minha jaqueta para vesti-la de novo.

— Antes de irmos — disse Marco —, deveríamos planejar nos vermos de novo em breve. Deveríamos ter um encontro.

— Um encontro? — As palavras me escaparam quase num guincho. Eu pensara que íamos apenas fingir um namoro. Não tinha me ocorrido que talvez tivéssemos de fato um encontro. Juntos. No mesmo lugar e ao mesmo tempo.

Ele pagar pelo almoço não contava.

— Isso mesmo, um encontro. Você já viu na TV, chegou a hora de ter o seu próprio. — Ele estava provocando, mas a realidade da coisa era inquietante. — Como eu mencionei antes, acho que deveríamos ter alguns encontros para treinar antes de passarmos tempo perto de Craig e Leighton. — Ele pegou o celular e foi passando pela agenda. — Uma pena não haver nenhum tapete vermelho acontecendo em breve. Nós poderíamos deixar que tirassem fotos nossas e colocá-las em algum site. A assistente de Craig tem um alerta no Google com o meu nome.

Eu não queria saber como ele sabia disso. Mas era totalmente crível, conhecendo a Gretchen.

— Talvez eu conheça um jeito de chamar a atenção dele — falei.

Marco pareceu cético.

— Sério?

— Lembra-se da amiga que eu mencionei antes, a Catalina? Ela vai dar uma festa de D&D na casa dela daqui a alguns dias. Ela me convidou para ir, apesar de saber que não vou.

— Então por que ela te convidou?

— Dã. — Quase revirei os olhos. — Eu ainda quero ser convidada; só não quero ir às festas dela.

— Estou confuso. Você acabou de dizer que ela é sua melhor amiga.

— Ela é, e é por isso que sabe que deve me convidar, mas que eu não estarei lá. Eu nunca vou a festas. — Gente demais, conversas demais. Eu as achava tão exaustivas.

— Você nunca vai a festas? — disse ele, no mesmo tom que alguém poderia perguntar: *Você não respira oxigênio?* Aquele tom me fez questionar se estava repensando nosso acordo.

Eu me senti um pouco julgada, apesar de ele não ter dito nada negativo. Ficou apenas surpreso, o que era justo, dado que a maioria das pessoas não introvertidas parecia gostar de coisas como festas. Eu tinha que parar de presumir que as pessoas tinham as piores intenções quando estavam apenas sendo curiosas. Não podia projetar minhas próprias inseguranças sobre os outros.

— Não — falei para ele —, eu nunca vou a festas. Quer dizer, eu poderia ter ido a uma no último Halloween, mas em vez disso falei para as pessoas que ia me fantasiar de Amelia Earhart e daí simplesmente não apareci.

Ele riu e disse:

— Eu também não gosto muito de festas hoje em dia. Todas as que frequento são por causa do trabalho.

Eu não sabia como Marco se sentiria sobre toda a coisa do D&D, mas lidaríamos com isso quando chegasse a hora.

— Se o que Catalina sempre me diz for verdade, a Minx tem uma rede de fofocas massiva, e haverá alguns ex-colegas meus na festa, então será fácil espalhar a novidade sobre nós dois. Podemos até pedir para alguém tirar uma foto e marcar a empresa. — Aí a boa e velha Gretchen com certeza veria.

E repassaria a informação para Craig. Será que isso o deixaria com ciúmes? Será que ele finalmente me notaria e perceberia que poderíamos ser felizes juntos?

Marco se levantou, pegando o paletó, e eu o segui até o saguão. Lembrei que ele não havia vindo com seu próprio carro.

— Eu posso te dar uma carona para casa — falei.

As beiradas de seus olhos se enrugaram quando ele sorriu.

— Pensei que você não entrasse em carros com homens desconhecidos.

— Acho que posso abrir uma exceção para namorados falsos.

— Obrigado, mas já pedi um motorista.

Eu me dei conta de que não sabia se ele estava falando de um carro de aplicativo ou se tinha algum esquema de carro particular com motorista. Nossas vidas eram tão diferentes que eu não sabia como faríamos alguém acreditar que estávamos nos apaixonando um pelo outro. De alguma forma, porém, tínhamos que convencer Craig a esse respeito.

De novo, uma coisa de cada vez. Neste momento, eu só precisava ir para casa e processar tudo aquilo.

— Está bem. Bom, acho melhor eu ir, então.

— Se você conseguir — disse ele.

— Isso foi um ataque à Betty? — perguntei, estreitando os olhos para ele.

— É assim que você chama aquela monstruosidade que dirige?

Betty era um Toyota Camry com 27 anos de idade que podia ou não estar sofrendo com alguns probleminhas de ferrugem e peças que se mantinham unidas por fita adesiva.

— Minha avó quer muito salvar a terra e todo o solo, e aparentemente é ruim comprar um carro novo. Sem mencionar que eu não poderia bancar um, mesmo se quisesse.

— Trocar o encanamento de uma casa inteira não deve sair barato. — Ele assentiu, pensativo. — E os seus pais não te deixaram nada?

— Não. Os dois eram jovens e não tinham seguro de vida. E com o meu gosto por equipamentos bonitos de laboratório e a casa... não sobrou nada. Eu me formei na USC. Queria fazer mestrado em química cosmética, mas não podia pagar por ele. Minha avó me disse para pegar empréstimos estudantis, e eu respondi que isso era muito mais caro do que na época dela, quando fazer um mestrado equivalia basicamente a pagar cem pratas e prometer lutar contra os comunistas.

Ele riu.

— Ainda bem que o seu emprego novo começa amanhã. Vou enviar os contratos para você. Eles serão bem padrão, mas talvez seja bom pedir para um advogado dar uma olhada.

— Vou conferir duas vezes para garantir que não estou acidentalmente vendendo minha alma para o diabo ou coisa do gênero.

— Não se preocupe. Nós só colocamos essa cláusula nos contratos dos consultores que sabemos que vão para lá de qualquer forma.

Sorri para ele.

Ele perguntou:

— Então, quando você receber o dinheiro pela venda da sua alma, o que vai fazer com ele? Investir no mestrado?

Essa era uma boa pergunta.

— Não. Acho que vou comprar alguns eletrodomésticos fabricados neste século para os meus avós. Ouvi dizer que aqueles recipientes de gelo nos refrigeradores são bem legais.

— Revolucionários — concordou ele. — Vai mudar a sua vida.

— Também vou comprar aquele misturador.

— Não se esqueça de reabastecer seu glitter. — Ele me lembrou.

— Mas é óbvio. E daí vou guardar o resto.

— Para um dia difícil?

— Para começar minha própria empresa de maquiagem. — Mais uma vez, estávamos em um território que eu mal discutia com outras pessoas além de Catalina. Isso sempre me pareceu tão pessoal, particular, mas eu sentia que Marco não caçoaria de mim por esse motivo.

— Sua própria empresa de maquiagem? Então... você vai usar o dinheiro do meu pai para virar minha concorrente?

— Esse é o sonho.

— É um bom sonho — disse ele. — Também agradeço o aviso. A maioria das outras empresas não tem a cortesia de me alertar que vai competir comigo por uma parcela do mercado.

— De nada. E você? Qual é o seu sonho?

— Assumir a KRT Limited no lugar do meu pai. — Entretanto, ele disse isso com tão pouca convicção que não pude acreditar. — Pode ser que demore mais umas duas décadas, mas é para isso que venho trabalhando há muito tempo. — Ele fez uma pausa. — Também é o que o Craig quer.

— Ah.

Para Marco conseguir o que queria, Craig teria que sair perdendo. Eu não sabia como me sentia a respeito e fiquei surpresa por ter sentimentos complicados sobre esse assunto. Eu deveria querer que Craig obtivesse tudo o que ele queria, certo?

— Você está torcendo pelo Craig? — perguntou ele, e fui de novo pega de surpresa por sua perceptividade.

— Você parece saber muita coisa sobre mim — falei, meio que me desculpando, sem reconhecer se ele estava correto ou talvez um pouquinho enganado.

— Como que você viria aqui hoje — concordou ele.

— O que quer dizer com isso?

— Falando na sua linguagem, eu formulei uma hipótese a seu respeito.

— Que era? — perguntei.

— Pensei que, se a deixasse curiosa o bastante, você se encontraria comigo para descobrir o que eu queria.

Bufando, falei:

— A maioria das pessoas teria vindo. Sua premissa é falha.

— A maioria das pessoas não teria vindo, considerando-se as circunstâncias.

Que circunstâncias? As alaranjadas e cheias de glitter?

— Se eu te convidasse para almoçar, está me dizendo que recusaria?

Ele se inclinou mais para perto, aquele sorriso feito uma arma reluzindo para mim e deixando meus joelhos um tanto bambos.

— Anna, você está me convidando para almoçar com você?

— Nós já estamos... — Eu me interrompi. Estava exasperada e sabia que ele estava brincando comigo, mas seu charme era eficaz demais sobre mim. Eu estava preocupada que fosse dizer algo de que me arrependeria.

É claro, essa era uma hipótese que eu precisava comprovar ser verdadeira.

— Precisa apontar esse seu holofote lindo para outro canto. Você não é tão charmoso quanto pensa que é. É irritante. — E minha irritação vinha não apenas por eu me sentir indefesa contra ele, mas também por ele ter usado minha curiosidade contra mim. Isso era algo que só deveria ser usado para o bem. Como descobrir a base de longa duração perfeita ou o batom que não borre.

— Desculpe por isso. Vou me empenhar para aumentar meu charme e alcançar seus padrões exigentes. Mas não em demasia, porque não quero estragar as coisas entre nós.

— Estragar como?

— Eu não iria querer que você se apaixonasse por mim.

Mas que arrogante, egocêntrico, egomaníaco...

— Ha pra você. Ha.

Ele deu de ombros.

— É você quem fica tocando no assunto do quanto eu sou atraente.

Abri a boca para protestar e tive de fechá-la de novo. Eu não podia discordar, porque seria mentira.

— É apenas um fato objetivo. Assim como posso ver que um Porsche é objetivamente bonito, mas não é para mim. Veloz demais, vistoso demais. Eu não quero ter um Porsche nem fazer um test drive em um.

— Está dizendo que quer me levar para um test drive?

Não pude evitar enrubescer com a insinuação dele e me vi irritada de novo.

— Prefiro a Betty, sempre.

— Agora você está comparando meu irmão com aquela sua carroça?

— Não era... Você está ignorando a questão.

O sorriso dele me avisou que tinha sido de propósito.

— Você é o pior — informei a ele.

— Sou mesmo — concordou ele alegremente.

— Você também sente prazer demais em me irritar.

— Sinto mesmo — disse ele.

— Pare de concordar com tudo! — Era difícil continuar zangada com alguém que aceitava as suas acusações.

— Desculpe — ele falou de uma maneira que não parecia nem um pouco arrependida.

Marco me aborrecia e eu gostava dele ao mesmo tempo. Eu não entendia essa contradição.

— Foi você quem disse que a sua competitividade com Craig fará com que ele se apaixone por mim. Quando isso acontecer, você não se preocupa que a sua competitividade vá fazer com que queira me manter para si mesmo?

— Não, acho que não teremos que nos preocupar com isso.

Ui, essa doeu. Não que eu quisesse que ele se apaixonasse por mim, mas ainda assim magoou o ego.

Ele deve ter visto a minha expressão mudar, porque se apressou em acrescentar:

— Vamos fazer disso uma regra. Sei o quanto você gosta delas. A regra é: eu não me apaixono por você e você não se apaixona por mim.

— Feito — disse antes mesmo de ele terminar a frase. A regra mais fácil de seguir de todos os tempos.

— Posso te contar um segredo? — perguntou ele.

— Acho que você me deve um — respondi, especialmente depois de tudo o que ele sabia sobre mim.

Ele sorriu de leve e disse:

— Estou com ciúme.

Por um único momento irracional, pensei que ele queria dizer que estava com ciúmes por eu gostar de Craig. Que ele queria que eu tivesse sentimentos por ele em vez disso. Mas eu sabia que essa ideia era ridícula.

— De quê?

— Acho que ninguém nunca sentiu por mim o mesmo que você sente pelo meu irmão. Nunca tive uma mulher na minha vida que fizesse algo assim só para ficar comigo.

— Você já se sentiu assim por alguém?

— Nem de longe. Não sei nem se o amor existe.

— Ah, existe, sim — falei para ele. — Eu já vi.

Marco reconheceu que eu estava ecoando a piada sobre a TV que ele havia contado mais cedo e sorriu de novo.

— Parece que namorar você é dureza — falei para ele, tentando provocá-lo outra vez, mas senti que havia falhado quando o sorriso dele sumiu.

— Foi o que ouvi dizer. — Aquela dor estava na voz dele de novo, e só o que eu queria fazer era abraçá-lo e dizer que tudo ficaria bem. — Mas eu joguei muita coisa no seu colo hoje e queria perguntar como você está com tudo isso.

Foi atencioso da parte dele perguntar, mas me pareceu desnecessário. Ele tinha conseguido o que queria de mim — não precisava tentar ser meu amigo também.

— Tudo bem. Eu só não gosto de mudanças, e tudo isso será uma mudança bem grande.

— Mas você muda as coisas no nível químico o tempo todo — disse ele.

— Isso é diferente. Lá há expectativas e conhecimento. Previsibilidade.

— Também há surpresas que se revelam incríveis. Teflon. Penicilina. Supercola. Plástico. Vaselina. Tudo descoberto por acidente.

Será que ele havia lido um artigo ou algo assim?

— Eu sei disso e estou sempre em busca de novas combinações e novos ingredientes, mas tenho experiência e educação. Sei o que estou fazendo e posso calcular como as coisas vão terminar.

— Ah. — Ele disse isso como quem sabia de alguma coisa.

Espera, o que isso queria dizer? Estávamos de volta a ele me julgando previsível?

Ele me entregou seu telefone.

— Você queria acrescentar algum detalhe às suas informações de contato?

Eu não sabia que tipo de detalhe ele queria. Ele já sabia o número do meu telefone, onde eu morava e meu nome. Meu e-mail, talvez? Olhei para a tela dele.

— Você soletrou meu nome errado. — Corrigi o nome, acrescentei meu e-mail e devolvi o celular dele.

— Anna com dois Ns? — perguntou ele. — Pensei que fosse uma abreviação de Anastasia.

Eu disse meu nome real para ele? Devia estar muito bêbada mesmo.

— Aparentemente, no jardim de infância, eu insistia em usar dois Ns em vez de um, e meus pais acharam adorável, então pegou.

Ele assentiu com a cabeça.

— Posso imaginar que você era adorável aos cinco anos.

Meu coração começou a martelar no peito. Que tipo de elogio era esse? E por que eu estava reagindo a ele como se Marco tivesse acabado de me dizer que eu deveria ser a Miss Universo?

Um carro (não uma limusine) encostou do lado de fora do estacionamento, esperando logo depois das portas do saguão.

— Meu motorista chegou — disse Marco. — Obrigada por esperar comigo e ficar de olho em mim.

Ha. Como se eu precisasse proteger esse homem alto e muito musculoso de alguém. Ele abriu a porta para mim e levei um segundo para passar por ela. Era como se eu só quisesse ficar ali conversando com ele em vez de voltar para casa.

O ar frio de janeiro me atingiu com força, fazendo os olhos arderem um pouco.

Caminhei com Marco até o carro que o esperava, e ele abriu a porta traseira do lado do passageiro.

— Agradeço por ter se encontrado comigo. Não quero mantê-la longe de uma tarde ocupada com seja lá qual for o hobby de sua preferência. Talvez colecionar esporos, fungos e bolores.

Ele estava provocando, mas ainda assim eu gaguejei:

— Eu não coleciono... foi só uma vez, para um projeto da feira de ciências no sexto ano, e eu ganhei.

Ao ouvir aquilo, ele riu e disse:

— Boa sorte voltando para casa naquela coisa. Se você se perder na Trilha do Oregon, mande um sinal de fumaça e alguém irá te resgatar.

Com uma piscadinha e um gesto da cabeça, ele entrou no carro e eles saíram.

— Meu carro não é uma carroça coberta! — gritei, mas ele já não podia me ouvir.

Marco Kimball era agradável, divertido, vexatório e enfurecedor na mesma medida.

No que eu tinha me metido?

Capítulo dez

No caminho todo para casa, fui resmungando comigo mesma sobre disenteria e estouros de búfalos que eu achava que deviam recair sobre Marco durante sua viagem. Trilha do Oregon. Betty. Zombando da ciência e do meu carro. Por que aquilo me irritava tanto? Eram apenas piadas. Minha reação não fazia sentido para mim. Culpei os eventos traumáticos dos últimos dias por isso.

Cheguei em casa em segurança, porque Betty era... bem, um modo consistentemente seguro de transporte. O que lhe faltava em beleza, ela compensava em confiabilidade. Quando entrei, Feather Locklear anunciou em altos brados que os Yankees eram uma droga, com meu avô dizendo que ela era uma garota boazinha e esperta, que eles eram uma droga mesmo, e fui direto para meu quarto.

O glitter de fato havia metastizado e ainda jazia por todo o chão, feito uma nevasca cintilante que se localizara no meu quarto, mas eu precisava ignorá-lo por enquanto.

Necessitava desesperadamente da orientação de Catalina. Aninhei-me em posição fetal na cama, puxei as cobertas e liguei para ela, que atendeu de imediato.

— Não acredito que você levou esse tempo todo para me ligar de volta. Devia haver alguma multa de amizade quando se deixa alguém no vácuo assim.

— Alô pra você também — falei.

— Não há tempo para isso! — disse ela. — Eu tenho tantas perguntas. Espere um segundinho, preciso pegar meu caderno.

— Você fez anotações? — perguntei.

— Sim. Por quê? — Ela disse isso como se eu é que fosse esquisita por perguntar.

— Por nada. — Fiz uma pausa. — Você acha que eu deveria estar fazendo anotações?

— Você é uma química. Acho que já sabe a resposta.

Ela tinha razão. Eu deveria estar fazendo anotações. Essa coisa toda com Marco e Craig não seria um experimento se eu não documentasse tudo.

Catalina continuou falando.

— Certo, antes de começarmos e você me passar cada detalhe do seu encontro com Marco Kimball, que, aparentemente, durou horas, temos que conversar sobre ontem à noite. Primeiro, me desculpe por não ter ido à festa. Você quase morreu num banheiro de hotel e eu deveria ter estado lá.

— Eu não quase morri — falei. — Nem de longe. Mas por que você não foi? Não é a sua cara perder um evento do trabalho. — Especialmente dado seu longo crush em Zhen.

— Então, vai vendo. Eu planejava ir com Steve. Ele ligou no último segundo e me disse que não poderia ir porque não se sentia bem. Decidi passar na casa dele e surpreendê-lo com uma canja, mas a surpresa foi minha, quando a namorada grávida dele atendeu à porta.

— Eita! Ele ainda está vivo? É por isso que está me contando isso? Eu vou ser o seu álibi?

— Ele ainda está respirando — disse ela, seu tom descontente notável. — Mas é óbvio que terminou tudo entre nós. Viu? É por isso que eu te disse que tenho que parar de namorar caras bonitões. Eles são todos um lixo. Minha *abuela* fica me dizendo que eu só tenho que esperar, que o cara certo vai me encontrar, e é aqui que eu vim parar.

Achei que não seria sábio lembrar Catalina que tinha sido ela quem foi atrás de Steve.

— Concordo com a sua *abuela*. Eu meio que espero que o cara certo te encontre, porque vou te contar, parece que todos os errados têm localizadores embutidos projetados para te rastrear.

— Infelizmente, é verdade. E é por isso que estou seguindo em frente. Não acredito em esperar por ninguém. Sou proativa demais para isso. Zhen é o tipo de cara que eu deveria estar namorando.

— Tem razão — falei.

Eu me perguntei se ela deveria dar um tempo antes de saltar para outro relacionamento, mas, pela intensidade na voz, imaginei que não seria sábio dizer nada naquele momento.

Ela prosseguiu:

— Zhen é inteligente. E é bonitinho sem ser daquele nível "gostosão que vai te trair". E um cara tão bacana.

Isso eu podia comentar.

— É, sim. E é por isso que essa ideia está fadada ao fracasso. Você não namora caras bacanas.

— Agora namoro — insistiu ela. — Chega de gostosões e, por extensão, chega de canalhas.

— Estou com você nessa.

— Não se ainda estiver apaixonada pelo Craig. Aquele cara é o boçal mais boçal que já boçalizou nesta vida.

— Catalina! — protestei.

— Tá bom, tá bom, eu paro. Mas é verdade. Enfim, esse assunto nem estava nas minhas anotações. Bom, acho que estava, de leve. Porque eu quero saber por que Craig estava dando em cima de você ontem, se ele já estava noivo.

— Pensei que você tivesse dito que não era nada e que eu estava imaginando coisas que não existiam. — Ela não podia afirmar as duas coisas ao mesmo tempo.

— Independentemente do que eu possa ter dito ou não enquanto tentava proteger você e seus sentimentos, tinha alguma coisa rolando. Ele estava, sim, inclinado na sua direção de um jeito que insinuava interesse.

— Ahá! Eu sabia!

Aquilo me deu uma esperança que eu não sentia desde o dia anterior, antes de Craig fazer seu anúncio. E me fez pensar que eu tomara a decisão certa no que dizia respeito ao plano de Marco. Se existia uma faísca ali, um tantinho de fogo que podia se espalhar e virar algo maior, eu não devia a mim mesma fazer o possível para que isso acontecesse?

— Mas a questão é que ele estava noivo enquanto fazia sei lá o que estava fazendo com você.

— Eu não... — Parei por um segundo porque me dei conta de que não sabia quando, exatamente, ele havia ficado noivo. Não saber as coisas era uma sensação da qual eu não gostava. Presumia que ele tivesse noivado durante a festa, o que não parecia o local ideal para isso, mas minha memória das palavras dele era meio falha, por causa da copiosa quantidade de álcool que ainda me fazia sentir o corpo todo dolorido.

Craig e Leighton podiam ter ficado noivos em algum momento antes da festa e só fizeram o anúncio lá. O que podia significar que Catalina estava certa e Craig flertara comigo enquanto já era noivo de outra mulher.

— Não conheço os detalhes técnicos da linha do tempo...

Ela me cortou.

— Não há nenhuma tecnicalidade aqui. Mesmo que ele não estivesse noivo quando deu em cima de você, já namorava alguém a sério o bastante para pedir essa pessoa em casamento. De qualquer jeito, ele é um asqueroso.

— Eu... — Tentei dizer algo, mas não pude encontrar as palavras certas. O que eu podia dizer? Ela não estava errada. De qualquer maneira, não parecia nada bom para Craig.

E não gostei dessa sensação.

Saí da cama, querendo caminhar de um lado para o outro, mas, no segundo que pus os pés no chão, encontrei o glitter. Soltei um grunhido.

— O que foi? — perguntou ela.

— Tem um mar de glitter no chão — falei. — É uma longa história.

— Se ela envolve Marco e você não me contar tudo, juro por tudo que há de mais sagrado que quando eu morrer vou voltar para puxar o seu pé. E eu acredito em fantasmas, então saiba que falo sério quando digo isso. E, antes que você faça qualquer outra coisa, me mande uma foto. Quero ver como aquela foto profissional dele se compara à vida normal.

— Eu não tenho uma foto dele — falei.

— Você esquece que eu já estive por perto quando você estava bêbada. Definitivamente tem uma foto dele no seu celular. Cheque a sua galeria.

— Espera aí. — Afastei o celular do ouvido e abri o aplicativo. De fato, encontrei no mínimo meia dúzia de fotos de Marco. Eu me perguntei quando as havia tirado. A maioria estava borrada, mas havia uma imagem boa dele que eu encaminhei para Catalina. — Enviada.

Ela soltou uma longa frase em espanhol que não pude interpretar. Em seguida, exigiu:

— Diga o que esse homem delicioso estava fazendo no seu quarto bagunçado agora mesmo. Espera! Antes de me contar, preciso te dizer que fiz uma enorme pesquisa sobre ele.

— E...?

— Ele namora muito, e por *muito* quero dizer uma quantidade exponencial. Existem, tipo, zilhões de fotos dele com várias modelos.

Modelos, hein? Aquilo parecia correto. Manter-se entre seus semelhantes.

— Tentei encontrá-lo nas redes sociais, mas até onde pude ver ele não tem conta em lugar nenhum. Isso parece ao mesmo tempo meio *sus* e um sopro de ar fresco.

— O que é *sus*? — perguntei.

— Entre na internet de vez em quando, Anna! *Sus* é suspeito. Você tem contas, apesar de nunca postar nada. Não sei bem como me sinto a respeito disso e tirei muitas conclusões sobre ele, provavelmente erradas, então preciso que você me passe os detalhes.

Tentei chacoalhar meus pés, mas o glitter tinha grudado nas solas feito cola. Derrotada, voltei para a cama. Eu queria a opinião de Catalina, então tinha chegado a hora de contar tudo para ela.

Portanto, expliquei como Marco havia passado aqui em casa do nada, nossa conversa estranha e então o incidente com o autobronzeador dela.

— Que, por sinal, você precisa saber que tende a ficar alaranjado quando a pessoa deixa na pele por um período longo demais.

— Como é que você confundiu uma máscara com um autobronzeador... Ah, quer saber? Deixa pra lá. Eu te conheço. Então a sua cara ficou laranja e...

— E ele me convidou para almoçar.

— Sim, como é típico de CEOs ricaços. O que ele fez depois que você recusou?

Fiz uma careta de leve.

— Eu não recusei.

Fez-se uma longa pausa do outro lado da ligação.

— Você saiu com ele... para comer em público... com a cara toda laranja.

— Ficou laranja-claro depois que eu esfreguei — falei, na defensiva. — Qualquer um teria ido. Você teria ido. Você viu como ele é lindo.

Ela pareceu considerar isso.

— Quer dizer, a lindeza dele seria mesmo um fator favorável. Mas um cara que me viu no meu absoluto pior querendo passar um tempo e conversar comigo? Não, obrigada. Além do mais, eu ficaria envergonhada demais para sair em público com resíduos de autobronzeador no meu rosto.

Isso significava que Marco estava correto ao afirmar que a maioria das pessoas não teria ido almoçar com ele. Eu não aceitava isso.

— Só assim ele me contaria sobre o que queria falar comigo. Eu tive que ir.

— E sobre o que ele queria falar?

— Ele quer romper o noivado do Craig.

Ela arquejou.

— Ele está apaixonado pela noiva do Craig?

— Eles já namoraram. Casualmente — falei, como se o próprio Marco estivesse dizendo. — Pode ter havido traição da parte dela, mas não tenho certeza. Não, ele quer proteger Craig e está preocupado que Leighton esteja atrás da Minx, então também quer proteger a empresa.

— Espera aí. Estou confusa. Por que ele iria querer que você ajudasse nisso? Você nem trabalha mais na Minx!

Aquilo foi como torcer a faca na minha barriga.

— Pelo jeito, Craig e Marco têm uma rivalidade terrível. Ele acha que, se ele e eu fingirmos estar namorando, Craig vai me querer para si e romper esse relacionamento.

Eu meio que esperava uma explosão, mas, para crédito dela, Catalina não riu.

— Minha nossa. — Ela hesitou e então perguntou: — Ele acha mesmo que, se vocês fingirem um namoro, Craig vai largar a noiva?

— Acha.

— Uau. Temos aqui um delírio digno de comédias românticas — disse ela. — Não vai funcionar nunquinha.

— Marco parece achar que vai.

— Ainda bem que ele é bonito, porque obviamente não está muito em contato com a realidade. Eu já vi nos filmes. Esse tipo de coisa nunca dá certo. No máximo, só garante que você vá se apaixonar por ele.

Puxei o cobertor por cima do rosto, feliz por ela não poder me ver.

— Ele deixou bem claro que isso não vai acontecer. Não que eu quisesse que acontecesse. Estou apaixonada pelo Craig.

Aquilo soou meio fraco até aos meus ouvidos.

— Vou usar uma matemática básica aqui. Estou calculando sérios problemas à sua frente. Estão chegando. De jeito nenhum você escapa dessa sem criar sentimentos. Porque, olha, se você é Smaug, o dragão, ele vai ser o seu tesouro dos anões, aquele que você quer guardar só pra você.

— Isso não é verdade. Eu gosto dele como amigo. Ele é fácil de conversar...

— Fácil de conversar? — interrompeu ela. — O sujeito que fez duas assistentes se demitirem por ser tão brusco e carrancudo com todo mundo? Supostamente, ele é assustador.

Assustador? Marco? Eu não podia imaginar.

— Ele não é assim.

— Talvez não com você. Se você ficasse por dentro das fofocas do escritório uma vez ou outra e conversasse com alguém além de mim, saberia disso.

Empurrei o cobertor para baixo. Estava ficando difícil respirar, e meus óculos estavam embaçando.

— Ele é bacana. Perceptivo, gentil. Compreensivo. Inteligente. Talvez um pouco impiedoso quando se trata de separar Craig e Leighton. Também pode ser meio irritante às vezes. Mas não sei por que alguém diria que ele é assustador. Ele estava me contando piadas bestas no almoço.

— Tipo o quê?

Contei para ela a piada da pizza vegana, e houve outra longa pausa do lado dela. Em seguida, Catalina disse:

— Isso foi meio explícito.

Suspirando, respondi:

— Não é para você visualizar a cena. Ele não estava falando sério nem literalmente. Não me soou explícito, só engraçado.

— Isso porque você tem o senso de humor de uma criança de dez anos. Ou de um tiozão. Suponho que, no mínimo, vocês terão esse humor tonto de *vaudeville* em comum.

Eu estava prestes a dizer que isso não era verdade, mas ela meio que tinha razão.

— Tonto ou não, me fez sorrir.

— Você gosta dele! — exclamou ela.

Fiz uma careta.

— Acabei de te dizer que ele era bacana. Claro que eu gosto dele.

— Não, estou dizendo que você *gosta* dele, de verdade. Sente-se atraída por ele.

— Como é que é? Não me sinto, não! — falei de imediato.

Eu não fui a única a não acreditar na mentira.

— Anna!

— Catalina! — retruquei, a resposta mais forte que consegui dar, considerando-se a desonestidade.

— Você se sente, sim. Posso ouvir na sua voz.

— Tá bom, sinto. Você viu a foto. Ele é muito bonito. Andei pensando nisso e acho que entendi. O motivo pelo qual eu o acho atraente é porque ele é irmão do Craig. Deve haver um componente genético ali ao qual estou reagindo por instinto.

— Eles são meios-irmãos. Compartilham apenas vinte e cinco por cento do DNA. Eu rejeito sua afirmação. Quer arranjar outra desculpa com a ciência?

Não, porque essa era a única de que eu dispunha. Eu havia crescido acreditando que existia uma pessoa perfeita para cada um no mundo todo. Rejeitava a noção de que pudesse estar apaixonada por um homem e me sentir atraída por seu irmão.

Quando não respondi, o tom de Catalina passou para preocupado.

— Com base nos textos antigos, ou todas as comédias românticas a que já assistimos juntas, torno a dizer que isso vai estourar na sua cara. Lamento se estou me repetindo, mas estou preocupada com você. Não quero que tenha o coração partido.

Sorri um pouco. Catalina era a única pessoa capaz de chamar comédias românticas de "os textos antigos" e soar como se isso fosse algo real, que pessoas comuns diziam.

— Pode não terminar bem, mas talvez eu me divirta um pouco no caminho.

— Isso seria bom. Você poderia inserir essa diversão entre o final trágico e o começo humilhante.

— Entendo o que você está dizendo — falei para ela. — Mas agora estou comprometida, então acho que terei que ir até o fim.

— Isso não me parece algo que você faria, então vou supor que Marco Kimball seja um homem difícil de recusar.

Não pude evitar. Tive que rir. Ela não fazia ideia.

— Vou aceitar isso como um sim — disse ela. — E agora? Vou receber um convite falso vindo de você, me convidando para um casamento imaginário?

— Não, agora nós vamos ter encontros reais enquanto fingimos nos apaixonar. Ele acha que vai ajudar se passarmos tempo juntos e aprendermos um sobre o outro.

Ela concordou.

— Tem razão. Isso me faz pensar que ele assistiu a uma ou duas comédias românticas também. Vocês não querem, de jeito nenhum, dar respostas contrárias quando fizerem perguntas. Criar uma história em comum também é uma boa ideia. Mas eu sou contra os encontros reais. Você tende a gostar de caras inacessíveis, e acho que não existe ninguém mais inacessível do que Marco Kimball.

— Você acha que eu só gosto de caras que não gostam de mim?

— Às vezes acho, sim. — Ela soou tão compassiva que meu coração se apertou dolorosamente no peito em resposta.

Seria verdade?

Embora eu quisesse argumentar com ela, não consegui pensar numa resposta para refutar. Na minha cabeça, repassei todos os homens por quem tive um crush e o fato de nunca ter tido um relacionamento real. Meus crushes normalmente não sentiam o mesmo por mim.

Isso era uma informação nova, que eu nunca considerara até então. Senti a necessidade de examiná-la, testá-la e fazer meu próprio julgamento depois dos dois passos anteriores. Naquele momento, porém, havia coisas demais para processar, portanto eu deixaria meu subconsciente trabalhar nisso enquanto conversava sobre outras coisas.

Catalina pigarreou e, por sorte, meio que mudou de assunto.

— E então, quando é o primeiro encontro? Além de hoje, digo?

— Na sua festa de D&D, na verdade. Marco concordou que seria uma boa ideia comparecer num evento com uma porção de gente da Minx para que a notícia chegasse até o Craig.

— Esperto, esperto — disse ela, pensativa. — Farei o que puder para espalhar a notícia.

— Não — eu a cortei. — Quer dizer, sim, pode contar que Marco e eu estamos namorando, mas só isso. Marco não queria que eu contasse a verdade a ninguém, mas falei que contar para você era inegociável. Em grande parte porque sabia que você descobriria.

— Está certa. Eu teria descoberto, sim. E minha boca é um túmulo. Não vou contar para ninguém.

Eu sabia que podia confiar nela.

— Obrigada.

— Vir à minha festa na sua estreia como casal... parece algo importante. Isso quer dizer que você finalmente vai criar um personagem?

— Não, obrigada. — Revirei os olhos. Nós tivemos essa conversa tantas vezes que eu podia prever o que ela diria em seguida.

Você gosta de O Senhor dos Anéis, *como pode não gostar de D&D?*

— Eu nunca vou entender como você pode ser tão obcecada pelos filmes de *O Senhor dos Anéis* e não querer jogar D&D.

Certo, não tinha sido *ipsis litteris*, mas passou perto.

— Não é a mesma coisa, nem remotamente. Além do mais, prefiro ser uma observadora passiva em vez de participante ativa. — A verdade dessa declaração me atingiu: não valia apenas para o jogo, mas era uma verdade, via de regra, na minha vida. — Pareceu deprimente. Acrescentei: — Já será estressante o suficiente sem ter que jogar também.

— Eu acho que você se divertiria. Mas ao menos estará lá quando minha barda meio-elfa der em cima do paladino/bárbaro meio-ogro de Zhen.

A habilidade dela de se recuperar de um relacionamento fracassado nunca deixava de me espantar. Às vezes eu desejava poder ser mais como Catalina e não ficar apaixonada por um cara durante dois anos sem nem sequer conversar com ele.

O estilo de Catalina parecia muito melhor.

Eu me lembrei de que estava fazendo algo agora — sendo uma participante ativa, de verdade. Ia tentar conquistar Craig.

Com a ajuda de Marco.

Mais uma vez, tive que me perguntar como Marco veria essa festa.

— Uma meio-elfa e um meio-ogro, hein? Pelo menos não será esquisito demais para o Marco.

— Acho que vocês dois vão trazer a esquisitice por conta própria.

— Não é tão esquisito assim. Muitas pessoas fingem namorar o CEO do lugar onde trabalhavam para poder fazer o irmão dele se apaixonar por elas. Acontece todos os dias, tenho certeza.

Com isso, Catalina riu, e nossa conversa passou para o que eu vestiria. Ela estava pressionando por algo desconfortável e justo, enquanto eu pendia para calça jeans, tênis e um moletom com capuz.

Enquanto conversávamos e ríamos, me ocorreu que, embora Catalina estivesse tão preocupada com a possibilidade de eu me apaixonar por Marco, nem uma vez ela disse que achava que Marco se apaixonaria por mim.

E isso me incomodou mais do que deveria.

Capítulo onze

O problema de o nosso primeiro encontro oficial ser dali a dois dias era que isso me dava tempo de sobra para pensar demais e me arrepender da minha decisão. E como nada disso ia dar certo. Catalina tinha razão. Estava fadado ao fracasso.

Não apenas isso, mas Marco era ruim como namorado falso. Ele não fingiu me mandar uma mensagem de texto ou me ligar nem uma vezinha sequer.

Tá bom, ele me mandou uma mensagem. Foi perguntando o endereço de Catalina. Eu o enviei para ele e daí… nada.

Queria escrever para ele dizendo: *Oi, lembra de mim? A mulher de quem você está dependendo para salvar sua empresa e seu irmão?*

Por que eu me incomodava tanto por ele não ter entrado em contato?

Era tudo muito desconcertante.

Eu pensava que um plano diabólico como o nosso teria mais, sei lá, planejamento de fato. Diabólico ou não.

Na noite da festa de D&D, me mantive ocupada criando uma fórmula para um batom de deslizamento fácil. Batons sempre tinham sido minha criação preferida, considerando-se a rapidez e a variedade de maneiras com que podiam falhar. O pó da sombra ou do blush com frequência era mais generoso. Eu gostava da exatidão e da precisão dos batons.

Um alarme soou em meu celular e me dei conta de que precisava me arrumar para a festa.

Catalina ligou para mim alguns segundos depois, como se soubesse que eu estava brincando no meu laboratório caseiro em vez de me vestir.

Quando atendi, ela disse:

— O que você vai vestir esta noite?

— Eu estava pensando em roupas.

— Anna! Você está de calça de moletom agora?

— Não. — *Sim.*

Mas ela não acreditou na minha mentira. Tinha avisado Marco de que eu era ruim nisso.

— Você vai trocar de roupa? — perguntou ela.

— Vou. — *Talvez.* Eu gostava de ficar confortável.

— Aposto que Marco vai vestir algo bacana.

— Provavelmente. Porque, até agora, só o vi de terno, mas isso parece exagero para D&D.

— Coitada de você. Aposto que ele fica muito melhor *sem* o terno — provocou ela.

— Não sei, não. Os ternos dele são perfeitos. — Eu era fã.

A porta do meu quarto estava aberta e meu avô enfiou a cabeça para dentro.

— Quem está com o terno com defeito?

— Catalina, tenho que ir. Vejo você daqui a pouco.

Eu a ouvi gritando:

— Cuspa o chiclete!

Ela me conhecia bem demais. Cuspi o chiclete no lixo e voltei minha atenção para o meu avô.

— Ninguém está com o terno com defeito. Eu tinha dito *perfeito.*

— Ah. — Ele piscou atrás dos óculos, o que sempre me fazia pensar numa coruja. — Eu estava lendo o jornal agorinha e havia um artigo sobre a morte de um ornitólogo local.

Aquilo me fez largar minha tigela.

— Ah, não! Alguém que você conheça?

— Não. E pelo visto, a polícia acha que a investigação será penosa.

Eu grunhi. Só meu avô subiria a escada apenas para me contar essa piada.

— Eu te amo, mas você é literalmente o pior. Você e o meu pai são o motivo de eu contar piadas bestas.

— Obrigado — disse ele, animado, como se eu o tivesse elogiado. — Você vai sair hoje à noite?

Há quanto tempo ele estava escutando na porta?

— Vou, sim.

— Com aquele camarada, o Marco?

Isso pareceu muito observador para meu avô, geralmente tão distraído.

— Isso.

Ele anuiu.

— Ele pareceu um rapaz simpático. Gostei dele. E foi fácil ver que ele também gostou de você. Bom, divirta-se. Não se junte a nenhum harém.

Hum. Acho que ele estava ouvindo minha discussão com a vovó sobre as intenções de Marco. Talvez tivesse mais consciência dos acontecimentos dentro de casa do que eu acreditava.

Ele dizer que gostava de Marco... O último cara que meu avô aprovou tinha sido meu pai, então as palavras dele pareceram importantes, de alguma forma.

Mas sua declaração de que Marco gostava de mim? Isso era fácil de ignorar. Não era verdade. O amor de avô o deixava alheio à realidade.

Ele assoviava ao deixar a porta do meu quarto e voltei minha atenção para aquela noite. Tentei descobrir o que deveria vestir. Jeans? Eu deveria ter lavado a roupa nos últimos dias. Em vez disso, vinha procurando outro emprego na internet. Isso me forçou a passar um tempo atualizando meu currículo, e a Minx era minha única experiência profissional. Tinha sido meu primeiro emprego, assim que saí da faculdade.

De novo, senti saudade do meu laboratório.

Mas me perguntei se outra empresa contaria como algo negativo o fato de eu ter trabalhado apenas em um único lugar.

Embora eu supunha que agora também trabalhasse para a KRT Limited como consultora.

Os contratos haviam chegado no dia anterior e eu os assinara, já que, ao contrário de Marco, não conhecia pessoalmente nenhum advogado. Eu sabia que talvez pudesse encontrar um, mas imaginei que não havia muita gente disposta a trabalhar *pro bono* num contrato de consultoria.

Eu também queria aquele dinheiro antes que outra pessoa comprasse meu misturador de alto cisalhamento.

Aquilo me inspirou a dar outra olhada na oferta, mas, quando olhei, o misturador já tinha ido. Outra pessoa o havia comprado.

Meu coração murchou feito um balão vazando. Aquilo era muito decepcionante.

Eu lamentaria por aquele misturador durante um longo tempo. Tinha uma tendência a fazer isso — desenvolver uma fixação em algo que eu queria e, se as coisas não seguissem o rumo planejado em minha mente, nem sempre lidava bem com o resultado.

Aquela perda me deixou num humor péssimo. Eu realmente não queria sair aquela noite, mas não tinha muita escolha.

Eu me dei conta de que não sabia nada sobre o que aconteceria além do fato de Marco e eu irmos para a casa de Catalina. Enviei uma mensagem para ele.

E aí? Que horas você chega aqui?

Não sabia se ele era do tipo que chegava cedo ou se queria chegar mais tarde para fazer uma grande entrada. Não ter um cronograma estava me deixando confusa.

Ele respondeu rapidamente, dizendo que estava atrasado porque tinha ficado preso numa reunião que parecia que não ia acabar tão cedo.

Pode se encontrar comigo na frente da casa dela daqui a uma hora, para podermos entrar juntos?

Aquilo fazia sentido. A casa de Catalina ficava no meio do caminho entre a casa dos meus avós e o escritório. Seria mais fácil para ele me encontrar lá do que dirigir até aqui para me pegar e depois voltar.

Supus que, quando imaginei aquela noite, foi com ele me buscando e nós dois chegando juntos. Isso parecia mais com um encontro, mas tentei não me fixar nesse plano inicial. Eu o encontraria lá. Estava tudo bem.

Prendi o cabelo no alto e encontrei uma roupa mais ou menos limpa na poltrona. Apenas uma calça jeans e uma camiseta que dizia que BEN SOLO MERECIA MAIS e um moletom roxo escuro com capuz. Eu não era muito de me arrumar, e isso parecia tão formal quanto eu poderia ficar. Tirando vestidos de Arwen, claro. Catalina provavelmente ficaria empolgada por eu ter tirado a calça de moletom.

Eu me perguntei se Marco esperaria que eu me arrumasse.

Uma pena para ele se esperasse.

Voltei a trabalhar no meu batom até dar a hora de ir. De carro, era perto, e percebi que não sabia como era o carro de Marco. Encontrei uma vaga desocupada perto da casa de Catalina e estacionei Betty junto do meio-fio.

Enviei uma mensagem para avisar que eu tinha chegado. Não houve resposta, e fiquei tentando decifrar por quanto tempo deveria esperar.

Seu carro não entrou em combustão espontânea?, ele finalmente respondeu, acrescentando um emoji de piscadinha. **Estou chocado. Estou num sinal fechado. Chego em alguns minutos.**

Assim como disse, Marco chegou alguns minutos depois e, juro pela vida de Feather Locklear, o homem dirigia um Porsche.

Uma parte minha se perguntou se ele o tinha comprado só para me provocar.

Saí da Betty e fui até onde ele havia estacionado, acenando para ele. Marco abriu a janela do passageiro e, com muita inocência, me perguntou:

— Queria uma carona?

— Não, obrigada — falei, e ele riu.

Tive um choque quando me debrucei para vê-lo propriamente. A ausência fizera meu coração esquecer que o sujeito que eu estava fingindo namorar era superatraente, e era irritante que meu corpo não parasse de saltar, empolgado, toda vez que eu estava perto dele.

— Se bem que eu não deveria convidar você para se juntar a mim. Eu tenho uma política de não entrar num carro com mulheres desconhecidas.

Ele se achava hilário, não?

— Posso apostar que você já esteve com muitas mulheres desconhecidas neste carro.

Marco riu enquanto estendia a mão para o lado do passageiro e abria a porta.

— Aqui, entre. Veja o que você está perdendo.

Mais uma vez, era difícil resistir a ele. Deslizei para o banco do carona e fechei a porta. O interior estava quente e convidativo.

E cheirava como ele. Aquela colônia deliciosa, cara e provavelmente feita sob encomenda que seria uma memória sensorial para mim pelo resto da vida. Se algum dia eu cheirasse essa combinação específica de… citrino leve com âmbar almiscarado e algo que não conseguia definir com precisão, sempre me lembraria dele e deste momento.

— O que você acha? — perguntou ele, e levei um segundo para perceber que estava falando do carro, e não de seu cheiro bom.

— É muito bacana — falei a contragosto. Todo brilhante, com um painel cujos ponteiros pareciam funcionar de fato. Assentos feitos de couro que ainda estavam intactos. — Acho interessante que eu, de algum jeito, tenha intuído que você dirigia um Porsche.

— Vidente?

— Ou você está só forçando a mão no estereótipo aqui — falei.

Ele tornou a sorrir. Aproveitei a oportunidade para roubar uma olhadela. É, tão bonito quanto eu me lembrava. Ainda mais com aquela sombra da barba por fazer no maxilar. Só um pouquinho de aspereza na imagem geral de um homem frio, polido e contido. Ele fez eu me sentir severamente malvestida, embora estivéssemos usando a mesma coisa: calça jeans e camiseta. Era bom saber que ele tinha algo além dos ternos. Porém, mesmo em trajes casuais, ele parecia um modelo que poderia receber uma fortuna só para ficar parado com cara de bonitão, enquanto eu vestia roupas amassadas que peguei do chão do quarto.

Como se sentisse meus pensamentos, ele disse:

— Você está bonita.

— Uau. Você é um bom mentiroso mesmo. — Apesar de ter dito de um jeito que me fez acreditar nele. — E você está simplesmente terrível.

Ele riu outra vez e descobri que gostava muito desse som. Como as pessoas tinham medo desse cara na Minx?

— Ben Solo merecia mais? — perguntou ele, olhando para a minha camiseta. — O que isso quer dizer?

— Bom, primeiro: você assistiu à trilogia da sequência de *Star Wars*? Porque isso faz diferença em como eu explico.

— Mas é claro. Todo mundo assistiu, não?

— Existem tantos motivos pelos quais Ben Solo deveria ter sobrevivido...

— Espera — interrompeu ele. — Ele era o vilão. O único jeito de ele pagar por seus pecados era morrendo.

— É o que você e todo homem na internet diz — falei. Era um argumento que eu ouvira *ad nauseam*e estava errado. Não que eu pudesse me fazer ouvir em meio às lutas do fandom on-line, considerando-se que o fandom de *Star Wars* (especialmente as ameaças) não era gentil com as mulheres fãs. — Não, ele não precisava morrer. Se você tivesse lido os quadrinhos, que são cânones, saberia que ele foi abusado e torturado a vida toda por Snoke/Palpatine. O moleque nunca teve uma chance. E, mesmo assim, ele ainda se sentia continuamente atraído para a luz. Todos os personagens principais da trilogia original, Han, Luke, Leia, seus entes queridos, o queriam de volta. Queriam que ele sobrevivesse. E todos se sacrificaram para que ele pudesse sobreviver. Sem mencionar que Ben Solo fazia parte de uma díade, que Rey era literalmente a alma gêmea dele, e, como a heroína, a garota que queria uma família mais do que tudo, ela deveria ter ficado com seu príncipe da Disney. O primeiro a morrer depois de receber um beijo de amor verdadeiro, aliás. As pessoas não têm que morrer para pagar por seus pecados. Ele era o último Skywalker. Ele voltou para a luz. Deveria ter sobrevivido.

Marco sorria para mim como se estivesse apreciando minha palestrinha.

— Suponho que não tenha gostado muito do último filme, então?

— Eu retorci muito as mãos e soltei vários grunhidos. Senti que fui pessoalmente atacada. Quando terminou, cheguei a olhar para trás para ver se havia algum problema com o projetor, porque com certeza o filme não podia terminar com ele morto. — Soltei um suspiro enorme. — Mas enfim, obrigada por vir ao meu TED Talk.

— Foi muito bom. E todos os pontos que você levantou... Acho que eu nunca tinha visto por esse ângulo. Você me convenceu. Ele merecia mais, sim. Você é muito passional a respeito disso. É bom. Craig vai gostar.

Dizer o nome de Craig foi como se Marco tivesse acabado de despejar um balde de água gelada na minha cabeça. Por que era um choque tão grande? Será que eu estava apenas muito, muito investida no que vinha dizendo e ser lembrada do que viéramos fazer aqui me pegou desprevenida? Aquilo fazia um certo sentido.

Mas não era essa a razão.

Mais uma vez, eu me esquecera de Craig e desfrutava do meu tempo com Marco. Olhei pela janela do carro para a casa de Catalina. Agora estávamos prestes a entrar nessa festa e convencer uma sala cheia de cientistas questionadores e observadores de que éramos um casal de verdade.

De súbito, isso pareceu impossível e esmagador.

Ele perguntou:

— Tem alguma outra coisa que eu deva saber a seu respeito antes de entrarmos? Alguma grande surpresa?

Será que ainda me restava algum segredo? Eu sentia que ele sabia quase tudo sobre mim.

— Acho que já tiramos todos os esqueletos do meu armário.

— No seu caso, são os meio-elfos do seu armário. Tem certeza de que não vou encontrar um Ben Solo em tamanho natural lá dentro também?

— Não! Essa é uma obsessão mais recente, e é óbvio que sou uma mulher adulta, então não posso sair por aí e comprar uma coisa dessas.

— Eu poderia comprar para você.

— Isso é... interessante. Quer dizer, não. Eu não preciso disso. Sou uma adulta.

— Desfrute das coisas de que você gosta, Anna. Não deixe os outros fazerem você se sentir mal por causa disso.

Isso fez um nó estranho surgir em minha garganta, e desviei meu olhar do dele. Abaixei a cabeça e vi um pedacinho de glitter perto do câmbio manual. Apontei para o glitter e ele assentiu, dizendo:

— Ainda estou encontrando glitter em lugares estranhos.

— Idem. Além disso, tenho quase certeza de que eles fundaram uma colônia no meu carro. — Estendi a mão para tocar no glitter, que colou no meu dedo. Que estava apenas um pouquinho trêmulo no momento.

— Está nervosa? — perguntou ele.

— Estou.

Ele se inclinou na minha direção, como se fosse... fazer alguma coisa, mas não fez.

— Não se preocupe. Estou aqui. Você tem a minha espada.

Uma fala de *O Senhor dos Anéis.*

— Humm, citação, adoro!

Marco me deu um olhar esquisito, e me dei conta de que ele tinha ouvido algo diferente.

— Eu disse só *citação* — repeti, enfatizando o começo da palavra. — Citação. Embora, sabe, enfim... deve ser bacana também. — Como é que eu continuava piorando as coisas? — É só que... bom, enfim, eu sou uma mulher adulta e você... tá, parei agora.

Ele me deu aquele sorriso, do tipo que homens como ele tinham, quando sabiam exatamente o efeito que exerciam sobre as mulheres. Eu queria odiar isso nele, mas descobri que não conseguia. Era quase... cativante? O que não fazia sentido nenhum, porque era meio que arrogância, e sempre detestei arrogância.

— Vai dar tudo certo — disse ele.

— Não sei, não. No momento, parece que em algum lugar lá fora um hobbit está carregando um anel até um vulcão.

— As coisas não estão tão mal assim. Conte-me sobre as pessoas na festa. O que eu deveria saber?

Era uma boa distração, e me perguntei se ele fez isso de propósito.

— Então, o Sanjit deve estar aqui. Ele é bem competitivo e passa a maior parte dos jogos de D&D deles gritando sobre o jogo ser manipulado e/ou os dados estarem viciados. Catalina... é a Catalina. — Como eu poderia descrever minha melhor amiga em um par de frases? Mas ele não me pressionou para explicar. — Tem alguns trolls presunçosos que você pode simplesmente ignorar. Tem o Peter, ele vem sempre. Ele é bem quieto, mas é assustador de tão inteligente. Muitos dos caras lá são iguais a ele. Tímidos, mas brilhantes. Estranhos no ninho e tal.

— Como você sabe tanta coisa se não frequenta as festas? — perguntou ele.

— Eu fui a algumas. — Tinha ficado sentada no canto sozinha e observado a noite toda, mas compareci e apoiei minha amiga. — E Catalina é o tipo de amiga que conta todos os detalhes. Ela me conta tudo sobre seu bando alegre de nerds.

— Você os faz soar meio estereotipados — disse ele.

— Diz o CEO rico e charmoso para a cientista geek e desajeitada.

— Você é muito mais do que um estereótipo, Anna. — Havia algo na maneira como ele disse isso, algo especial, que penetrou meu coração. Minha pulsação acelerou.

Em vez de responder a essa declaração, continuei como se Marco não tivesse falado.

— Zhen definitivamente vai aparecer. Catalina tem um crush nele há muito tempo. Mas não diga nada sobre isso!

— Nem uma palavra sequer — prometeu ele.

— Muito bem. Tenho quase certeza de que ele também gosta da Catalina. Ele tem um personagem meio-ogro que montou só para impressioná-la. Acho que podemos dizer que ele está *ogrossivamente* apaixonado por ela.

— Ou que ele faz tudo para *ogrodar* — acrescentou Marco.

Não pude conter um sorriso em resposta e me dei conta de que não me sentia mais tão ansiosa.

— Enfim, o personagem meio-ogro dele era para ser parte bárbaro, parte paladino, apesar de todo mundo ficar dizendo para ele que não se pode fazer isso. Ele diz que está testando os limites, e Catalina permite, porque acha que ele é uma graça.

— Duas classes diferentes? Isso não faz sentido. Só os alinhamentos já estariam todos errados. Você teria ordeiro bom e caótico neutro na melhor das hipóteses, e não estamos nem falando da armadura. Um usa placas, o outro, couro. — Ele disse isso tudo sem pensar, uma resposta automática à minha declaração.

— É mesmo? — Arquejei, deliciada. — Essa é a segunda referência nerd que você fez nos últimos cinco minutos. Marco Kimball, você é secretamente um nerd?

Ele pareceu desconfortável.

— A gente devia entrar.

— Espera, eu preciso saber do que você gosta. Tipo, você é um daqueles caras que curtem *Magic: The Gathering*? *Pokémon*? *Avatar*? *O Último Mestre do Ar* ou o do povo azul? Ou os dois?

Ele pegou as chaves e saiu do carro, batendo a porta.

Eu corri atrás dele.

— *Star Trek*? *BattleBots*? *World of Warcraft*?

— Talvez eu tenha me interessado por algumas coisas quando era mais novo.

— Tipo...? — Eu me sentia quase eufórica. Jamais teria previsto isso. Era divertido demais pensar que Marco poderia falar a mesma língua que eu. — Por favor, me diga que era fantasia YA.

Eu morreria, cem por cento morreria, se Marco secretamente fosse fã de *Crepúsculo*. Ele não tinha acabado de me dizer para desfrutar das coisas de que eu gostava? Por que não queria dizer do que *ele* gostava?

Mas não respondeu, e minha mente estava em disparada com as possibilidades. Havia algo ali, eu só não sabia o que ainda. Eu não era o tipo de pessoa que deixava um mistério sem solução.

Chegamos na porta da casa de Catalina e meu humor mudou. Era agora. Eu estava prestes a ver uma porção das pessoas com quem costumava trabalhar. Imaginei se seria embaraçoso — se Jerry vinha falando mal de mim depois da minha saída e todo mundo ficaria me encarando. Fazia apenas alguns dias desde que eu me demitira — talvez tudo corresse normalmente e eu estava me preocupando demais.

— Você vai bater? — perguntou Marco.

— Me dê um segundinho.

Houve um estouro ruidoso — ele estava estalando os nós dos dedos, e senti aquilo na base da coluna.

— Pode parar, por favor? — pedi. — Eu odeio muito, muito mesmo esse som. Estalar os nós dos dedos, estralar, enfim, isso me deixa doida.

— Claro.

Ele esperou alguns instantes e então disse:

— Você acha mesmo que estou com uma aparência terrível? — Ele estava provocando, e me perguntei se havia alguma insegurança real por trás da pergunta ou se só estava tentando me distrair de novo. — Estou prestes a conhecer a sua melhor amiga.

Catalina ia adorá-lo. Tanto que eu talvez tivesse que interferir, porque ela provavelmente não deveria namorar o CEO da empresa onde trabalhava. O que quer que ele tenha dito sobre regras que proíbem relacionamentos entre funcionários, eu não podia imaginar que isso fosse uma situação boa para nenhum dos dois.

E não havia nenhum ciúme sequer envolvido nisso. Nem. Um. Tiquinho.

— Você está bonito, mas já sabia disso. — Talvez ele precisasse de algo extra. — E você realmente dá uma citação na gente. Eu não estava brincando sobre isso antes. — Pronto, a boa ação do dia já estava feita. Lembrei ao homem bonito que ele era bonito.

— Idem pra você. — Ele deu uma piscadela.

Será que ele realmente achava isso? Uma parte de mim ficou tentada a olhar para o meu corpo todo para verificar o que ele havia dito. Embora fosse provável que ele tivesse apenas devolvido o elogio para ser gentil.

Eu odiava não saber identificar a diferença.

— É difícil admitir isso, mas vou precisar da sua orientação aqui. Nunca namorei de mentira antes — falei.

— Nem eu.

— Acho que, de nós dois, você provavelmente tem um histórico de namoro mais, hã, variado.

— E o que é que você está insinuando? — perguntou ele, gracejando.

— Nada. Apenas que você pode ter mais conhecimento nessa área em particular.

— Eu não namorei tantas mulheres assim.

Eu ri. Não pude evitar.

— Devemos coletar dados e chegar a conclusões lógicas de maneira diferente.

— Engraçadinha. Eu tomo a dianteira aqui. Mas se houver um desafio de trívia dos filmes de *O Senhor dos Anéis*, vou depender das suas habilidades.

Fiquei olhando imóvel para ele.

— Sei que você está brincando, mas acha que algo assim existe mesmo?

— Nunca se sabe. Mas estou curioso. Você acha que existe uma senhora dos anéis?

— Galadriel — falei na mesma hora.

— Era uma piada.

— É… eu não brinco com *O Senhor dos Anéis*.

— Entendido — disse ele. — Aliás, estamos de pé no alpendre há um tempo um tanto longo demais.

— Eu sei, eu sei. Você tem chiclete? — Isso me deixaria mais calma.

— Não. Por quê? Precisa refrescar o hálito para alguma coisa? — De novo, aquele olhar sedutor e o sorriso sexy dele. Esse homem ainda ia me matar.

— Eu masco chiclete quando estou nervosa. Ou para ajudar a me concentrar. Alguns dos meus melhores trabalhos foram feitos enquanto eu mascava chiclete.

— Desculpa — disse ele. — Vamos?

— Vamos. — Assenti com a cabeça.

Então ele esticou o braço e segurou minha mão.

Capítulo doze

Puxei a mão de volta tão depressa que bati na minha própria boca.

— Ai!

— Você não pode pular toda vez que eu te tocar. — Ele soou frustrado, e eu não podia culpá-lo. Sabia que minhas reações eram atípicas. — E agora você está se machucando.

— Desculpa — falei, embora não soubesse bem por que estava pedindo desculpas para ele. Era meu lábio que estava doendo. — Só me pegou de surpresa.

— Ninguém vai acreditar que estamos juntos se não pudermos nos tocar, menos ainda Craig. Um passo de cada vez. Respira fundo. É por isto que estamos aqui: para praticar e conhecer um ao outro. Eu vou segurar a sua mão. Não bata em mim nem em você mesma, tá?

— Tá bom — concordei. Tentei respirar fundo, mas aí eu sentiria o cheiro dele, e tinha quase certeza de que isso deixaria tudo ainda pior.

Ele segurou minha mão direita com a esquerda dele e eu me forcei a não sentir nada. A ficar alheia a ele e seja lá quais feromônios ele secretava e que tinham feito residência no meu hipotálamo. Outra vez, foi como ser atingida por uma descarga elétrica forte o bastante para carregar uma cidade inteira. Ele era quente e forte, e o toque da pele dele contra a minha me deixou tonta.

Definitivamente atípico. Era provável que eu precisasse namorar mais.

— Tudo bem? — perguntou ele.

Primeiro eu quis rir, dizer a ele que talvez nunca mais me sentisse eu mesma de novo. Depois quis perguntar se ele também sentia aquela conexão entre nós, mas eu sabia que não e não podia suportar ver uma expressão de pena nos olhos dele.

Eu podia aguentar muita coisa de Marco, mas não pena.

— Eu tô bem. — Quase esperava que ele me cobrasse uma resposta mais direta, mas não cobrou.

— Ei, o que um próton disse para o outro?

Como é? Eu não sabia por que ele me perguntaria isso, mas minha reação física estava, confesso, bagunçando minha habilidade de pensar com clareza. Prótons falantes?

— Mantenha-se positivo — disse ele.

Sua piada tonta deveria ter me acalmado, mas eu tinha praticamente certeza de que nunca ficaria calma de novo se ele continuasse me tocando.

— Meu pai fazia isso. Ele também era um cientista ambiental. Foi um dos alunos de graduação da minha avó e contava piadinhas científicas o tempo todo.

Marco sorriu.

— Eu tive um avô que se importava comigo. Ele também gostava desse tipo de piada.

Eu sabia que ele estava tentando me fazer relaxar, e, sob circunstâncias normais, talvez tivesse funcionado, mas aquelas não eram circunstâncias normais.

Ele levantou a mão e bateu na porta, o que foi bom, porque naquele instante eu sentia que segurava um fio desencapado que ia me eletrocutar a qualquer momento e de forma nenhuma poderia ter batido. Meu braço direito estava literalmente dormente. Era esse o braço do ataque cardíaco? Eu não lembrava.

Porque meu cérebro todo estava uma mistureba, e tudo o que ele havia feito era segurar minha mão.

Ai, meu Baby Yoda, eu estava encrencada.

Catalina abriu a porta com um sorriso enorme no rosto. Sua expressão passou para uma de choque completo antes que ela se controlasse e, sorrindo de novo, dissesse:

— Vocês vieram! Bem-vindos! Podem entrar!

Ela recuou para nos deixar entrar. Marco esperou que eu entrasse na frente e foi bem estranho rebocar aquele homem gigantesco atrás de mim. Disse a mim mesma para pensar nisso como atravessar um portal e que eu tinha que manter nossas mãos juntas.

Talvez se eu pensasse nas mãos dadas como algum tipo de elo de segurança em vez de uma das coisas mais excelentes, embora assustadoras, que já me aconteceram, a situação parecesse melhor.

Em vez disso, minha mão começava a suar profusamente. Ele ia me soltar e haveria uma poça de suor se formando no chão entre nós.

— Meu nome é Marco. — Ele se apresentou para minha melhor amiga e eu me senti uma idiota por não ter feito isso logo de cara. Eu deveria ter feito as apresentações. Talvez me saísse melhor em minhas obrigações sociais se não estivesse tão ocupada tentando impedir as moléculas da minha pele de entrar em combustão espontânea.

— Catalina — disse ela.

Ele ofereceu a mão direita, mas ela falou:

— Ah, não, eu gosto de abraçar!

Marco me soltou para abraçar minha melhor amiga e eu tentei esfregar a palma da mão na parte de trás da calça para que ninguém soubesse que eu corria o risco de afogar Marco em suor. Ela o abraçou por um tempo um tanto maior do que seria considerado típico e então disse:

— Um prazer conhecê-lo. Já gosto de você.

Ela tinha que começar me fazendo passar vergonha. Eu já devia saber.

— Presumo que isso signifique que alguém anda falando bem de mim? — O sorriso malicioso dele era irritante.

— Só elogios — garantiu ela. — Posso pegar uma bebida para vocês dois? Alguns dos rapazes estão montando personagens novos na sala de jantar, então ainda não começamos.

Havia algumas pessoas sentadas na mesa da sala de jantar, que era onde eles normalmente jogavam. Outros convidados estavam de pé por ali, conversando e comendo os petiscos oferecidos por Catalina.

Zhen passou por nós e Catalina o segurou pelo braço como se ele fosse um colete salva-vidas.

— Zhen, este aqui é o Marco, nosso chefe. Eu vou pegar uma bebida para eles. Já volto.

Cruzei os braços sobre o peito para que ninguém nunca mais tocasse minhas mãos que, de algum jeito, ainda estavam suadas.

— Zhen, que bom te ver.

Ele sorriu para mim, ainda olhando para Marco de esguelha. Supus que Zhen provavelmente não esperava que o CEO da empresa onde ele trabalhava aparecesse para a partida bimestral deles.

— Igualmente, Anna.

— Como está o trabalho? — perguntei.

— A mesma coisa de sempre. Temos muito mais para fazer… Acho que ninguém sabia quantos projetos você tocava sozinha. São passos grandes que você deixou para serem seguidos.

Era só modo de dizer, repeti para mim mesma. Ele não estava zombando dos meus sapatos tamanho 41, mas reparei que Marco baixou o olhar para a respectiva área. Ele estava prestes a fazer uma piada sobre meus pés, não estava?

— Obrigada — falei para Zhen.

— Por nada. Ei, vocês vão criar um personagem novo hoje antes de começarmos?

— Eu não — falei.

— Eu gostaria, sim — respondeu Marco, me surpreendendo. — Parece o tipo de coisa que um namorado faria. Criar um personagem para participar do jogo da melhor amiga da sua namorada.

Internamente, surtei com o uso casual dele da palavra *namorada.* Tipo, é claro que esse era o plano, mas me senti despreparada para o uso.

Meu ex-colega de trabalho não pareceu notar o quanto a declaração de Marco soara hesitante. Em vez disso, Zhen arregalou os olhos e ficou alternando o olhar entre nós, como se tentasse resolver uma equação bem difícil que não estava dando o resultado esperado.

Eu entendia.

Ele pigarreou e disse:

— Venha para cá e junte-se a nós. Vamos preparar tudo para você. Bom te ver, Anna.

Ele saiu e Marco continuou olhando para o chão.

Eu falei:

— São menores do que os seus. Bem menores.

— O quê?

— Meus pés.

— O que tem os seus pés? — perguntou ele, a imagem da inocência.

— Você estava… deixa pra lá. — Não valia a pena discutir a respeito se ele ia se fingir de bobo. Ou talvez eu estivesse fazendo uma tempestade em copo d'água de novo.

— Eu vou criar um personagem. Você fica bem sozinha?

Own. Era meigo da parte dele perguntar isso. Quer dizer, a maioria dos homens teria presumido que eu ficaria bem, já que estava numa festa cercada principalmente por gente que eu conhecia. Marco, porém, parecia me entender.

— Fico, sim.

— Eu volto logo — prometeu ele. Em seguida, parou e soltou aquele sorriso lupino que me avisava que ele ia aprontar. — É bom saber de qual conto de fadas você não seria a estrela.

E lá estava. Uma piadinha com a Cinderela. Eu quis passar a palma da mão suada por todo aquele rosto idiota dele. Tá, o rosto dele não era idiota. Era lindo. Mas o princípio da coisa se mantinha.

Ok, eu tinha pés grandes, mas podia ser a Cinderela, sim! Estava apaixonada por um príncipe! Bom, um milionário, mas hoje em dia isso não era basicamente a mesma coisa?

Eu podia ser a princesa da minha própria história de amor. Quer dizer, eu não precisava de um príncipe para me resgatar. Era uma coincidência o fato de Craig ter dinheiro. Mas eu queria o conto de fadas, o aspecto do felizes para sempre. Eu sabia que podia acontecer, como acontecera com meus pais.

Marco saiu, e tudo o que eu queria era encontrar um lugar para hibernar pelo resto da noite. Queria ter uma escotilha de fuga, mas ir embora seria contrário a todo o propósito de estar ali, para começo de conversa.

Catalina tinha um cantinho/assento na janela em sua sala de estar e fui me sentar lá. Eu me ajeitei na almofada e olhei para a janela. Ela parecia estar colada com tinta, o que provavelmente era bom, assim eu não consideraria utilizá-la como potencial rota de fuga.

Flexionei a mão direita porque ela literalmente ainda formigava onde Marco havia me tocado. Como uma impressão-fantasma da qual eu não conseguia me livrar. Real, mas não real.

Era a primeira noite. A. Primeira. Noite. Como é que eu ia manter essa farsa por algum tempo?

Naquele momento, não havia nem uma gota de álcool no meu corpo, mas até eu tinha que admitir que me sentia atraída por Marco. Tentei lembrar meus hormônios de que eu amava Craig, mas eles não ligavam.

Eu era uma vítima da minha própria bioquímica e meus hormônios estavam se esforçando muito para dar um golpe de estado no meu cérebro.

Catalina chegou com os drinques, me estendeu um, olhou em torno procurando por Marco e então aparentemente tomou a decisão executiva de ficar com o outro drinque para si mesma. Ela se espremeu no assento junto da janela ao meu lado, as pernas pressionadas contra as minhas.

— Em primeiro lugar, Anna, você está de brincadeira comigo? Por que não me contou o quanto ele é alto?

Era uma pergunta justa. Parecia ser a primeira coisa que eu deveria ter mencionado — eu sempre notava a altura das pessoas. Imaginei se pessoas de altura mediana faziam o mesmo.

Por outro lado, talvez houvesse um motivo para eu não ter contado. Porque eu não queria pensar em Marco como um interesse romântico viável. Isso era um arranjo, nada mais.

Eu não queria que fosse mais. Eu queria Craig.

— Qual você acha que é a altura dele? — prosseguiu Catalina, alheia à minha linha de raciocínio. — Um metro e noventa e três? Um e noventa e cinco?

— Tranquilamente.

— Eu o deixaria me colocar no bolso — disse ela, suspirando.

— Você poderia até caber.

Tomei um longo gole e então cuspi de volta no copo quando me dei conta de que era vodca pura. Eu não precisava ficar bêbada esta noite e sabia que precisaria de pouquíssima coisa para chegar lá.

— Por que os ombros dele são tão largos? Como é que ele passa pelas portas? Será que precisa virar de lado? — perguntou ela. — Quantos órgãos você acha que ele carrega por aí naquele peito enorme? Uns três corações? Dois estômagos? E por que ele parece tão forte?

— Ele tem mais músculos no braço esquerdo do que eu no corpo inteiro — concordei com ela.

— Como é que eu vou alimentar um homem daquele tamanho? Tudo o que tenho são umas batatinhas chips e uma bandeja de vegetais. O que alguém como ele come? Duas vacas?

— Até o momento, ele comeu uma quantidade regular. Ninguém teve que matar animais extras por causa dele — falei.

— Se você já não gostasse dele, eu pegaria aquele homem, com todo o devido desrespeito.

Um lampejo de ciúme dificultou minha respiração por um segundo.

— Eu não gosto dele.

Ela acenou com a mão.

— Ah, gosta. Você só se convenceu de que está apaixonada por aquele bolinho de aveia antropomorfizado do Craig. — Os olhos dela se arregalaram e ela levantou o copo. — Desculpa. Estou meio altinha. Eu não queria dizer isso.

Tenho quase certeza de que queria, sim.

Ela continuou:

— É só que o Marco é gostosão do tipo "vou botar um par de chifres em você". Ele tinha que receber o Troféu Me Imprensa. Se eu tivesse um traseiro como o dele, entraria de costas em todo lugar. — Ela soltou um suspiro profundo quando terminou de listar o quanto ele era bonitão. — Não sei como é que você vai conseguir resistir a tudo aquilo.

Eu não disse a ela que estava sentada naquele canto me preocupando com exatamente a mesma coisa.

— Você não deveria estar me alertando para ficar longe dele, então?

— Eu jamais te privaria dessa experiência — disse ela. — Abraçá-lo é como abraçar uma estátua sexy. Você já o abraçou?

— Não.

Os olhos dela se arregalaram.

— Isso é péssimo.

Ela enfiou a mão no bolso de trás e pegou o celular. Mexeu na tela por um momento e então entregou o aparelho para mim. Era um trecho de um filme. Eu o reconheci como sendo *A Proposta*.

— Um filme ótimo — falei. — Já não fazem mais filmes assim.

— Essa não é a parte importante. Assista a esta cena.

Era uma cena em que a avó entusiasmada fazia o casal principal, que estava fingindo namorar, se beijar debaixo do azevinho.

— Está vendo isso? — perguntou Catalina. — A falta de jeito? A vergonha alheia que você sente ao ver duas pessoas que nunca se beijaram antes? Craig nunca vai acreditar nesse namoro se você beijar o Marco assim.

Sendo justa, o beijo melhorou quando os dois personagens principais perceberam que estavam gostando, mas essa não era a questão. Catalina e Marco tinham razão sobre ele e eu passarmos tempo juntos.

Tocando um ao outro.

Possivelmente nos beijando.

Meu rosto enrubesceu ao pensar nisso.

— Vocês não podem estar desconfortáveis um com o outro — disse ela. — Deve abraçá-lo, segurar a mão dele, fazer outras coisas — instruiu ela. — É sério, beije o homem antes que algum azevinho perdido ou alguma casamenteira nefasta exponha vocês. Se vai se comprometer a mentir, por que não ir a fundo?

— E quão a fundo exatamente você acha que eu deveria ir?

Ela tomou outro gole e riu diante de seja lá o que for que havia imaginado.

— Quer dizer, se fosse eu, carregaria essa bola até o gol.

Franzi a testa para ela.

— Você sabe que eu não me dou com referências esportivas.

— Faça o que te deixar confortável. Mas vocês não podem agir como estranhos.

— Ele disse a mesma coisa mais cedo.

— Viu? Eu sabia que já ia com a cara dele. Ele realmente é ótimo. Você está vivendo o sonho da comédia romântica, minha amiga.

Exceto que não havia nem de longe algo romântico acontecendo, e a única comédia até aqui tinha sido eu passando vexame e constrangimento a todo instante.

Ela terminou a bebida e me entregou o copo vazio.

— Eu vou ao banheiro. Volto num minutinho.

Enfiei o copo plástico por baixo do meu e coloquei ambos numa mesinha de canto próxima.

Marco estava com o grupo na mesa de jantar e a cena toda se desenrolando em frente a mim era surpreendente. Eu havia pensado que ele se sentiria desconfortável na festa. Ele era tão diferente de todo mundo ao seu redor... mas estava sentado em meio a eles e, seja lá o que for que dizia, deixara os outros bem na pontinha da cadeira. Se Sanjit deslizasse mais adiante, ia cair no chão.

Então Marco disse algo que fez o grupo todo cair na risada e desejei muito saber o que ele estava falando.

Lembrei que ele dissera que eu era fácil de conversar. Parecia que também era fácil para ele papear com uma porção de desconhecidos, mas isso não vinha ao caso no momento. Sua declaração de que eu era tranquila e não ameaçadora estava correta: os homens sempre me viam como uma camarada.

A camarada que os ajudaria com o dever de casa de ciências. Eu nunca era a garota a quem eles convidavam para o baile.

E eu tinha ido e me colocado nessa mesma posição de novo. Marco disse que era velho demais para dever de casa, mas havia uma tarefa que ele não poderia realizar sem mim. Outro projeto em grupo no qual eu teria que fazer todo o trabalho pesado. Marco estava ajudando, obviamente, mas isso não o afetaria da mesma forma que me afetava. Ele não tinha sentimentos por nenhum dos envolvidos, então não seria ele a se magoar tendo que fingir gostar de um homem enquanto era apaixonado por outro.

Catalina se uniu ao grupo alguns minutos depois e foi em linha reta até Marco. Eles estavam conversando e ele havia desviado sua atenção do resto do grupo e focado nela, falando algo para fazê-la rir. Ela jogou a cabeça para trás enquanto ria e tocava no braço dele.

Ciúme. Vívido, vermelho, cortante, ganhando vida dentro de mim.

Como eu podia estar com ciúme da minha melhor amiga? *Você está sendo ridícula*, disse a mim mesma. Não havia nada de que ter ciúme. Ela só estava sendo simpática. E, se ele quisesse namorá-la, poderia fazer isso. Eu não tinha nenhum direito sobre ele.

Meu coração aparentemente não recebeu esse recado, porque se ergueu de imediato quando ele saiu do grupo e se aproximou, postando-se na minha frente.

— Posso me juntar a você? — perguntou ele.

— Claro. — Eu devia ter negado. Não havia espaço, mas minha boca traiçoeira falou antes que eu tivesse a chance de fechá-la.

Ele aceitou o convite. Já tinha sido um aperto com Catalina e ela era do tamanho de uma fadinha. Uma fera gigantesca como Marco? Ele teve que se pressionar intimamente contra a lateral de meu corpo, espremendo nós dois.

Mas descobri que não me importava. Uma parte de mim se sentia vitoriosa, como se eu tivesse acabado de ganhar algo.

O resto de mim se regalava com a sensação dele junto a mim, todo alto, forte e quente. Havia borbulhas que começavam nas minhas entranhas e cresciam de tamanho ao se espalharem, até que meu corpo todo dava a impressão de ser um único nervo gigante formigando.

Eu estava com dificuldade para respirar regularmente.

Marco, contudo, parecia imune.

Eu precisava falar, precisava de uma distração para parar de me fixar nele perto de mim.

— Vocês ainda não estão jogando? — perguntei, minha voz soando instável. Pelo menos era uma pergunta válida. Parecia estar tomando mais tempo do que eu estava habituada para eles começarem.

— Zhen está brigando com o grupo por causa de seu personagem de classe dupla. Catalina é a única do lado dele, então não vai começar até eles entrarem num acordo. Pode inclusive não haver acordo, até onde percebi.

Fez-se uma longa pausa, mas não era desconfortável. Eu só estava ciente demais dele. Comecei a recitar as principais leis da química em minha mente para parar de pensar nele do meu lado. Conservação de massa. Lei de Dalton. Lei de Faraday. A segunda lei da termodinâmica...

Ops. Essa me fez pensar em Marco no meu quarto e voltou meu foco para a proximidade dele.

Ele falou, e fiquei grata pela interrupção.

— Chiclete? — disse ele, me oferecendo um.

— Você comprou chiclete para mim? — perguntei, minha respiração ficando mais difícil enquanto o coração palpitava no peito. Era um gesto tão meigo que me senti um pouco comovida.

— Comprei. Você disse que deixaria a noite de hoje mais fácil.

Peguei o chiclete embrulhado em papel prateado da mão dele, fazendo de tudo para não tocar nas pontas dos dedos de Marco outra vez, o que era idiota, considerando-se o quanto estávamos espremidos um contra o outro.

Por apenas um segundo, me permiti imaginar como seria se ele me beijasse. Imaginei que talvez fosse como uma bomba nuclear explodindo.

Acho que eu não conseguiria lidar com aquele tipo de detonação.

Tirando da cabeça essa fantasia impossível, me concentrei no chiclete, desembrulhando-o devagar. Eu queria isso. Não o chiclete, mas um homem que fosse atencioso e cheio de consideração, com quem fosse fácil passar meu tempo.

Eu estava determinada a conseguir isso.

— Eu posso ter o conto de fadas.

Ele olhou para o chiclete que eu colocava na boca e então de novo para mim.

— Não entendi.

— Mais cedo, lembra quando você disse que eu não poderia ser a Cinderela? Eu posso ter isso. Posso encontrar a pessoa perfeita para mim, me apaixonar, ter meu próprio reino de maquiagem e viver feliz para sempre.

A expressão dele era estranha, como se não estivesse convencido.

— Você estava sentada aqui pensando nisso esse tempo todo?

Tirando as partes em que Catalina e eu tecíamos loas ao físico dele? Meio que sim.

— Eu até já tenho criaturas da floresta morando na minha casa. Tudo o que elas fazem agora é xingar, comer e fazer cocô, mas talvez eu possa treiná-las para me ajudar na faxina. Mas essa nem é a questão! Eu posso ter um amor verdadeiro e um casamento feliz.

Ele franziu o cenho por um instante, incrédulo.

— Talvez você tenha me perdido nessa. Um casamento feliz realmente é um conto de fadas.

— Isso não é verdade — protestei. — Eu já vi isso. Meus pais eram muito apaixonados e delirantemente felizes. Meus avós foram feitos um para o outro. É real.

— Meu pai nunca foi fiel a uma única mulher. Quando ele se casou com Tracie, ela já estava grávida de Craig. Eles vinham tendo um caso durante todo o último ano de vida da minha mãe. Ele está traindo Tracie agora, mas ela fica por causa dos benefícios. O casamento é uma transação entre duas pessoas que geralmente terminam se odiando.

— E o quê? Você acha que todos os casamentos são assim? Porque não são.

Marco manteve o olhar fixo no grupo discutindo, a voz de Zhen chegando até nós. Então falou:

— Não quero acabar como meu pai.

— Então não seja como ele — falei.

Ele se virou para olhar para mim e a intensidade naquele olhar era chocante. Senti o ardor daquela expressão no fundo das minhas entranhas.

— Você acha que é realmente fácil assim? Não pensa que estamos condenados a repetir os erros de nossos pais?

— Não. Não era para estarmos nos empenhando para sermos melhores do que as gerações que vieram antes de nós? Corrigir os erros delas, não passar o trauma adiante? Dar a nós mesmos a melhor oportunidade possível na vida? Se o seu pai é um marido terrível, então você pode se sair melhor do que ele. Seja comprometido.

Ele não disse nada, e isso apenas me fez sentir a compulsão de continuar falando.

— Minha avó... ela se tornou uma cientista ambiental numa época em que não havia muitas mulheres fazendo isso. Ela teve que ser durona e séria. Manter as pessoas distantes, inclusive seus entes queridos. Mas minha mãe era mais suave, mais aberta. Eu quero ser assim também. — Mas, até o momento, não estava me saindo muito bem. Eu precisava me empenhar mais para derrubar minhas muralhas.

Ele pareceu absorver tudo o que eu dizia. Zhen gritou algo que fez Sanjit gritar de volta para ele. Depois que Catalina acalmou os dois, Marco voltou a olhar para mim.

— Eu não estava tentando te chatear mais cedo. Tenho a tendência de provocar as mulheres na minha vida.

— Talvez seja por isso que elas não o namorem por muito tempo — sugeri, com um sorriso sarcástico. — Como acabei de demonstrar, eu geralmente também sou do tipo que provoca. Não sei o que está havendo comigo ou por que estou sendo tão irritadiça e impondo obstáculos.

— Somos amigos, não somos? — perguntou ele.

— Somos. — E, como amigos, deveríamos ter permissão para encher o saco um do outro às vezes. Eu estava levando tudo muito a sério.

De alguma forma, ele conseguiu se aproximar ainda mais, colocando o braço atrás de mim para poder se inclinar para perto. Minha garganta travou completamente enquanto o ar em meus pulmões se solidificava. O que ele estava fazendo?

Olhou para os meus lábios, depois para os meus olhos de novo.

— Eu sei que você vai conseguir o seu felizes para sempre, Anna. Não duvido disso nem por um segundo.

O ar dentro de meus pulmões virou sólido quando entendi o que estava acontecendo.

Marco ia me beijar.

Capítulo treze

Bem ali, na frente de um punhado de gente com quem eu trabalhava.

Certo. Não tenha um chilique, falei para mim mesma. Nós deveríamos praticar. Estava tudo bem. Provavelmente pareceria só um casal comum prestes a compartilhar um beijo cotidiano médio. Como fazíamos o tempo todo.

Só que este não significaria nada, e ninguém mais deveria saber disso.

Eu deveria ter fechado os olhos, mas queria ver o que estava acontecendo.

Podia me sentir analisando demais, calculando e tentando descobrir como eu podia deixar isso acontecer sem me perder completamente no toque dele.

Mas ah, os olhos dele eram hipnotizantes. Piscinas escuras de chocolate nas quais eu queria mergulhar e morar. Algo mudou entre nós, aquela eletricidade saltando num arco e fazendo o ar ao nosso redor estalar com excitação.

— Anna. — Ele murmurou meu nome, os lábios se movendo mais perto dos meus.

De alguma forma, todo o continuum do espaço-tempo parou. Meu coração batia depressa a princípio, depois devagar e com força. Eu ficava repetindo para mim mesma que podia fazer isso. Podia beijá-lo e não perder o controle por completo.

Entretanto, cada terminação nervosa, cada hormônio, cada célula no meu corpo me dizia que isso era uma mentira total e deslavada.

Também descobri que não me importava. Não me importava com os motivos por trás disso ou se eu seria incapaz de ignorar tudo depois. Naquele momento, a única coisa que me importava era isso acontecer.

— Marco! Marco!

Alguém chamou o nome dele e foi como um sabre de luz cortando aquela eletricidade entre nós. Eu recuei de súbito, batendo a cabeça na parede logo atrás. Levantei a mão para tocar a parte de trás do crânio.

Marco pareceu preocupado.

— Você está bem?

Nova regra para eu seguir: chega de me machucar perto desse homem. Estava ficando embaraçoso.

— Estou bem. Totalmente bem. — Eu não sabia se algum dia ficaria bem de novo.

Zhen chamou:

— Marco!

Eles não conseguiam vê-lo? Como? O homem era tão alto que tomava metade da sala. Era como se eu estivesse emitindo algum raio de invisibilidade que o escondia de vista.

Irritada, respondi:

— Polo!

Aquilo fez Marco rir, e Zhen se aproximou com o telefone na mão.

— Ei, eu queria tirar uma foto do grupo para o Insta.

Eu deveria receber uma medalha por não revirar os olhos. Era mesmo tão difícil dizer Instagram? Ele tinha poupado tempo omitindo uma sílaba ou será que era mais descolado por ter usado o termo?

— Claro. — Marco se levantou, e foi como se ele estivesse se desgrudando de mim pouco a pouco, e quando ficou de pé havia ali um vazio, um latejar. Eu o queria de volta no local onde estava antes.

Aquilo era alarmante.

Eles formaram um grupo grande, colocando os braços ao redor dos ombros uns dos outros, e esperei até alguém lembrar que eu estava lá e me pedir para bater a foto.

Marco olhou por cima do ombro.

— Anna, junte-se a nós. — Ele fez Peter se mover e então acenou, me chamando.

Eu me levantei e caminhei até ele, me postando no lugar que tinha indicado.

— Aperta um pouco mais, gente! — instruiu ele, levantando o celular de Zhen para colocar o grupo todo na foto.

Eu me acheguei mais a ele, com Peter do meu outro lado. Marco passou o braço em torno da minha cintura e me puxou tão para perto que fiquei espremida contra ele. Sentar ao lado dele naquele cantinho deve ter me dessensibilizado, porque não senti que ia desmaiar só porque a mão dele estava na minha cintura, então isso foi bom.

Mas minha pulsação ainda estava errática.

— Todo mundo diga "golem de ferro"! — falou Marco, e todos nós dissemos isso sorrindo.

Ele tirou algumas fotos e então devolveu o celular para Zhen. Todos os outros começaram a voltar para a sala de jantar, mas nós continuamos por ali.

Zhen perguntou:

— Você vem?

— Vamos só ficar aqui mais um pouquinho — disse Marco. — Obrigado.

Eu não queria que ele sentisse que precisava ser minha babá ou algo do tipo. Por mim, tudo bem ficar sozinha.

— Você pode ir.

O braço dele ainda me envolvia e ele me apertou gentilmente.

— Que tipo de namorado eu seria se te abandonasse numa festa? Nós podemos ficar por aqui.

— Tá. — A palavra saiu sem querer. Eu queria, sim, que ele ficasse, e isso era muito incomum para mim.

Contudo, me desvencilhei do abraço dele e o dirigi para o sofá. Meu corpo choramingou ante a ideia de que ele não o envolveria mais, mas ignorei aquela sensação. Eu me sentei e ele se sentou ao meu lado, pertinho. Fiquei animada e preocupada ao mesmo tempo. Ele não estava me tocando, mas se encontrava perto o bastante para nos tocarmos caso um de nós se mexesse um pouquinho que fosse.

Catalina se sentou na cabeceira da mesa em seu papel de mestra, anunciou que estava na hora de começar e todo mundo se reuniu em torno dela.

— Provavelmente uma masmorra bem diferente do que você está habituado, hein? — Eu quis tapar a boca com a mão. Por que tinha que dizer esse tipo de coisa?

Ele sorriu.

— De que tipo de coisas você acha que eu gosto?

— Sei lá — falei, desejando poder engolir o que eu havia dito. — Não pensei a respeito.

Marco passou o braço sobre o encosto do sofá, de novo quase me tocando, mas sem tocar, e se debruçou mais para perto. Ele perguntou numa voz baixa:

— Não mesmo?

O que ele estava fazendo? Não podia estar flertando comigo por causa do pessoal, porque ninguém prestava atenção em nós. Seria aquela coisa de prática que ele mencionara, para nos deixar preparados para nossa grande revelação com o irmão dele?

Que talvez nem iria acreditar em nada disso, de qualquer forma?

— Eu acho difícil imaginar que você e Craig sejam tão competitivos que me namorar vá deixá-lo automaticamente interessado.

Aquilo fez Marco afastar a cabeça e parecer um tanto triste.

— É verdade. Nós já fomos muito próximos. Ambos fomos criados por babás e ele era meu mundo inteiro. Eu o amava e ele me amava. Isso continuou por anos... Qualquer coisa que eu quisesse fazer, Craig estava lá comigo. Ele era praticamente minha sombra. E assim foi até os meus catorze anos.

A dor na voz dele era difícil de ouvir.

— O que aconteceu quando você tinha catorze anos?

— Tracie convenceu meu pai a me mandar para um internato. Esse foi o começo do fim. Eu tentava ligar para o Craig, mas ele nunca estava disponível para atender. Tracie e meu pai estavam sempre viajando no fim do ano, então eu não podia ir para casa vê-lo. Depois que me formei e voltei para passar o verão em casa, tudo tinha mudado. Ele era uma pessoa totalmente diferente do menino de quem me lembrava. Tinha ocupado meu quarto e todas as minhas coisas foram embaladas, como se eu nunca houvesse morado ali. Tentei chamá-lo para passarmos um tempo juntos, mas ele nem falava comigo. Uma das empregadas da casa me contou que Tracie estava sempre dizendo a Craig o quanto eu era terrível, que eles tiveram que me mandar para longe e que ele era muito melhor do que eu. Que eu o odiava e me ressentia dele. Ela arruinou tudo o que tínhamos.

Eu não me contive. Coloquei a mão no antebraço dele. Ignorei o jeito como meus dedos formigaram e simplesmente desejei poder ajudá-lo.

— Isso deve ter sido muito difícil.

— Foi, sim. Eu fui para Harvard e tentei manter contato com ele, mas, se eu ouvia algo dele, era para se gabar de suas notas ou atividades extracurriculares. Ou de como estava passando tempo com o nosso pai.

Aquilo não soava nem um pouco como Craig. Eu achava difícil acreditar. Mas por que Marco mentiria sobre isso?

— Todo mundo foi na minha formatura da faculdade. Eu estava namorando uma garota que era uns dois anos mais nova que eu e Craig passou o tempo todo tentando conquistá-la. E foi bem-sucedido. Ele pode ser encantador quando quer. A mesma coisa aconteceu com Leighton. Enfim, é por isso que sei que vai funcionar. Porque já ocorreu antes.

Isso era... horrível. Tinha que ser algum equívoco. Ou mal-entendido.

— Você odeia o seu irmão? — perguntei.

— Não. Eu jamais conseguiria odiá-lo. Eu o amo. Ainda desejo coisas boas para ele. Sempre verei meu companheirinho quando olhar para ele.

Apertei o braço dele e registrei por um instante o quanto era forte e como ele provavelmente conseguia executar um supino com um carro tendo um antebraço daqueles.

— Você é uma dessas coisas boas, Anna. Ele terá sorte por tê-la. — Aquele tom de sinceridade, aquela emoção, aqueles olhos castanho-escuros tornavam difícil não reagir do jeito que minhas partes femininas queriam que eu reagisse.

Para não me grudar nos lábios dele como um daqueles devoradores de rosto do filme *Alien*, levantei a mão e me afastei um pouco.

Agora era ele quem parecia desconfortável. Ele virou o corpo para a frente e pigarreou, dobrando as mãos no colo.

— Bem, consultora, qual você acha que é o futuro da maquiagem?

Essa era a única coisa a respeito da qual ele podia me perguntar (além de Ben Solo) que me faria falar sem parar.

— Neurocosméticos.

Ele anuiu.

— Já li algo a respeito, mas não estou familiarizado com o conceito.

Honestamente, isso não era uma surpresa. Em alguns sentidos, a Minx estava na liderança da indústria com seu compromisso com maquiagem orgânica, atóxica e ambientalmente consciente, mas, em outros, a empresa parecia não prestar nenhuma atenção a tendências.

— Os tipos de ingredientes usados em neurocosméticos são focados no fato de que as terminações nervosas na nossa pele são sensíveis a certos tipos de estímulos. Esses nervos e células neuronais na nossa pele estão, obviamente, conectados ao cérebro. Sabemos que existem sentimentos que, quando exacerbados, podem mexer com a pele.

— Como quando eu digo algo que te envergonha e as suas bochechas ficam rosadas?

Era o que acontecia naquele exato instante. Senti meu rosto esquentando. Eu ia apenas fingir que estava tudo bem.

— Quis dizer mais no sentido de que, quando você está estressado, isso pode causar espinhas ou irritação na pele. Então, atualmente há cientistas pesquisando coisas como extrato de olíbano. Ele possui betaendorfinas que reduzem o estresse e ajudam a regular o cortisol, e ainda tem efeitos anti-inflamatórios e pode restaurar o colágeno.

Agora ele parecia interessado.

— Então ele melhora o humor e tem propriedades antienvelhecimento?

— Isso, ele atua sobre a conexão cérebro/pele e deixa o usuário com uma aparência mais jovem ao mesmo tempo. Daí seria possível acrescentar algo como capim-limão como perfume, porque já foi demonstrado que ele reduz a ansiedade. Fazemos um pouco de aromaterapia com nossos produtos agora, mas poderíamos fazer muito mais.

Ops. Eu me dei conta, tarde demais, de que estava falando sobre a Minx como se ainda trabalhasse lá.

Ele cometeu o mesmo engano quando perguntou:

— Então por que não estamos fazendo isso?

— Essa é uma excelente pergunta, Marco. Não sei qual é a resposta. Eu tentei vender a ideia para o meu chefe muitas vezes, mas ele disse algo sobre hippies esquisitonas carregando cristais sob o luar com gatos e recusou.

Marco sacou o celular e começou a digitar. Depois guardou o aparelho no bolso de novo.

— Só anotando aqui — disse ele.

— Eu acho que é o futuro dos cosméticos. E não apenas de como eles são hoje, em que tentamos usar ingredientes que afetem de maneira positiva o sistema nervoso. Pense no que você mencionou sobre a nossa pele enrubescendo quando ficamos envergonhados. E se pudéssemos usar as reações do sistema nervoso para afetar a maquiagem que um usuário está usando?

— Isso certamente poderia ter algumas aplicações interessantes. Espero que seja algo em que esteja trabalhando.

A verdade era que eu não estava. Isso era algo para o qual eu aguardava permissão no trabalho, quando poderia estar fazendo mais em meu laboratório caseiro. Por que eu estava sempre nas laterais, em vez de ir atrás do que queria? Eu não precisava da autorização de Jerry para seguir adiante com experiências num campo que me fascinava.

Catalina riu alto de algo acontecendo no jogo e não pude conter um sorriso. Sempre havia gostado do senso de humor dela. Eu queria poder ser mais parecida com ela — à vontade em qualquer situação social, com qualquer pessoa. Não feito eu mesma, devorada por minha própria falta de jeito e de habilidades sociais.

Basicamente nós éramos amigas porque ela me adotara.

— Ela parece uma pessoa feliz — comentou Marco.

— Parece. Até não estar mais assim. Mas você nem repararia. Ela é o tipo de pessoa que te daria uma facada ainda com um sorriso no rosto. Se você a enfurecer, nunca vai perceber. Eu já disse que ela precisa de uma placa de neon na testa mostrando seus sentimentos atuais. Tipo um anel do humor, só que para o rosto.

Um anel do humor para o rosto. Senti um choque e então um zumbido em minha mente, como se tivesse sido atingida por um raio. Marco disse algo, mas sua voz soou muito distante e o ignorei. Era isso. A aplicação que eu vinha procurando para os neurocosméticos.

Um batom que mostrasse o humor da pessoa. Existiam batons que mudavam apenas com a temperatura externa. O meu mudaria com a temperatura, mas também reagiria ao sistema nervoso da pessoa. Comecei a avaliar o problema em minha mente. A primeira questão óbvia era que os cristais líquidos termotrópicos que faziam com que o anel do humor mudasse de cor eram tóxicos para a pele. Será que eu poderia colocar alguma barreira ao redor deles? Mas isso não funcionaria — as pessoas se esqueceriam e tocariam os lábios ou comeriam algo e engoliriam os cristais, e isso não seria nada bom.

E se houvesse um jeito de usar os cristais e eliminar a toxicidade deles?

Eu me lembrei de ter lido um estudo anos atrás sobre o qual não pensei muito desde então — era sobre usar materiais polímeros termocrômicos para eliminar a toxicidade e as propriedades carcinogênicas de cristais líquidos. Peguei meu celular, fiz uma busca e encontrei o estudo rapidamente. Li o resumo. Fiz outra pesquisa e encontrei um estudo adicional sobre certos cristais termotrópicos que não eram tóxicos para células de mamíferos.

Era isso. Comecei a criar formulações em minha mente. Eu precisava de um computador. E do meu laboratório.

Eu me levantei.

— Preciso ir.

Marco também se levantou.

— Anna? O que está havendo? Você ficou com a cabeça nas nuvens por um instante.

— Eu sei, desculpa. É só que tive uma ideia ótima. Se eu puder fazer dar certo… acho que poderia mudar tudo na nossa indústria.

Os olhos dele se arregalaram.

— Parece grandioso.

Foi quando me lembrei de Craig me dizendo que, se eu tivesse uma grande ideia, deveria procurá-lo. Será que eu deveria contar a ele? Seria isso um motivo para conversar com ele?

Naquele momento, porém, a pessoa para quem eu mais queria contar era Marco.

O que parecia outra traição. Racionalizei que provavelmente só queria contar a ele porque vínhamos passando tempo juntos.

Por enquanto, eu guardaria em segredo. Era só para mim. Quando eu descobrisse se era possível ou não, daí contaria para outras pessoas.

— Eu quero começar a trabalhar nela agora. Esta noite — falei para ele.

— Então vamos.

— Obrigada por entender.

— Mas é claro. — Ele disse isso como se meu agradecimento o confundisse. Eu sabia que havia outros homens que teriam me pressionado por detalhes ou insistido para que ficássemos e nos divertíssemos, que eu poderia trabalhar outra hora. Sabia disso porque já havia me acontecido antes.

Marco, porém, apenas aceitou.

— Eu te conto a respeito quando souber se a ideia é possível ou não. — Aquilo fez eu me sentir um pouco melhor.

— Anna, você não precisa me contar nada, a menos que queira. Me deixa procurar Catalina e avisá-la que temos que ir.

Nós entramos na sala de jantar e de novo me espantou o quanto ele era legal. Eu acho que teria apenas ido embora sem dizer nada, distraída pensando se isso podia funcionar, mas Marco ia garantir que não saíssemos sem nos despedir da nossa anfitriã.

Catalina teria entendido, mas ele estava certo em agir assim. Ela se levantou de seu lugar e disse:

— Fiquem de olho em Sanjit!

Ele protestou em altos brados que não era ele quem estava trapaceando, eram todos os outros, enquanto ela se aproximava de nós.

— Já vão embora? — Ela me deu uma piscadinha e disse: — Eu não a culpo.

Por que ela estava fazendo isso? Ela sabia que o namoro era falso.

— Obrigado por nos receber — disse Marco.

— Obrigada por terem vindo!

Imaginei que eu também deveria entrar no trenzinho da apreciação.

— É, obrigada pelo convite. Foi bacana fazer parte de um grupo que não tinha as palavras *de estudo* na sequência.

Novamente, questionei por que não conseguia só ficar quieta em vez de dizer coisas projetadas para fazerem Marco gostar menos de mim.

Catalina me deu um sorriso compassivo e então foi até a porta, abrindo-a para nós.

— Vejo vocês depois! E, Anna, vou te ligar em breve.

Ela disse isso como uma ameaça e Marco riu da minha expressão. Saímos para o alpendre e ela fechou a porta depois de passarmos.

— Algo de que você precise para o seu projeto? — perguntou ele enquanto pegávamos o caminho para a calçada.

Eu precisava daquele misturador que alguém tinha praticamente tirado das minhas mãos.

— Eu ainda não recebi o pagamento pela consultoria e os ingredientes que vou precisar comprar são caros.

— Aqui. — Ele sacou o telefone e enviou uma mensagem de texto. — Faça uma lista e mande para minha assistente. Acabei de te enviar o endereço de e-mail dela. Ela vai comprar qualquer coisa de que você precise.

Eu sabia que deveria ter protestado, mas queria aquelas coisas o mais rápido possível. Odiava esperar. Então apenas disse:

— Farei. Obrigada.

— O prazer é meu. Vou te acompanhar até seu carro. Ele vai precisar de uma chupeta para conseguir andar? Uma correia dentada? Um motor novo?

Ele riu da própria piada e eu lhe dei uma cotovelada nas costelas.

— Não menospreze a Betty. Vai magoá-la.

— Desculpa, Betty — disse ele quando chegamos mais perto; em seguida, colocou a mão sobre o meu carro. Ficamos ali juntos na calçada. — Você acha que ela vai me perdoar?

Pensei que tudo o que Marco teria que fazer seria bater as pestanas e, se meu carro dispusesse de livre-arbítrio, provavelmente me largaria num instante para segui-lo.

— Talvez. Mas ela pode ser temperamental.

— Vou me lembrar disso. Bom, boa noite. — Ele começou a ir embora e percebi que não queria que ele fosse.

— Espera!

Ele parou e deu meia-volta com uma expressão confusa no rosto.

— Será que eu podia... te dar um abraço de boa-noite? — Percebi como isso soava patético e acrescentei: — Só quero verificar uma coisa.

Ele não precisava saber que Catalina estivera pronta para compor sonetos sobre o abraço dele. Eu queria ver por mim mesma.

Mas, se ele achou meu pedido esquisito, foi educado o bastante para não dizer nada. Em vez disso, Marco caminhou na minha direção, abrindo os braços. Eu deixei que ele me envolvesse, passando meus braços em torno da cintura dele.

E ah, santa mãe de Legolas, foi glorioso.

Fiquei com a lateral do corpo pressionada contra ele mais de uma vez naquela noite, mas isso empalidecia em comparação a esse abraço de frente com força total. Havia um calor e uma força, e aquele cheiro delicioso que me fazia querer derreter contra ele. Eu meio que derreti mesmo, minhas curvas se apertando contra o peito rijo dele. Ele era tão firme e meigo.

Havia definitivamente um componente físico ali. Todos aqueles meus hormônios traidores dançavam em deleite, fazendo minhas terminações nervosas explodirem em celebração, e respirar ficou difícil.

Mas não era só a gostosura de tocar Marco. Havia um elemento emocional na coisa.

A pessoa podia se perder num abraço assim. Fazia muito, muito tempo desde que alguém me abraçara desse jeito. Catalina tinha se enganado numa coisa. Não era como abraçar uma estátua. Ele era vívido demais para isso. Marco fez eu me sentir a salvo, como se nada de ruim pudesse acontecer comigo enquanto eu estivesse com os braços dele ao meu redor. Não era de se espantar que Catalina tivesse gostado tanto. Se Marco pudesse engarrafar essa sensação, ele seria... bom, ainda mais milionário.

— Verificou o que precisava? — perguntou ele junto ao topo da minha cabeça, causando arrepios quentinhos no meu couro cabeludo que desceram pelo corpo todo, se espalhando pelo caminho.

Eu o soltei e dei um passo atrás, preocupada que iria começar a tremer ou algo assim se ele continuasse sussurrando coisas junto à minha pele. Exigi que minhas pernas me mantivessem de pé e fiquei contente por elas me escutarem.

— Verifiquei, sim. Obrigada — falei, cruzando os braços sobre o peito.

— Você fez isso por causa da nossa plateia?

Ele indicou a janela da casa de Catalina com a cabeça. Ela estava lá nos observando, mas, quando me viu olhando para ela, logo fechou as cortinas.

— Se quiser fazer um show, eu posso te dar um beijo de despedida. Isso seria mais como um encontro autêntico — ofereceu ele.

Eu não conseguia recuperar o fôlego nem por um instante, aquele calor interno que ele causara se elevando a temperaturas mais vulcânicas enquanto considerava seriamente a sugestão.

— Catalina se foi. Além do mais, ela já sabe que não estamos namorando de verdade.

Havia uma expressão faminta nos olhos dele, e eu não podia dizer se era imaginação minha ou se realmente estava lá. Como se ele quisesse me beijar mesmo assim.

Ele me alertou repetidas vezes que não estava interessado em mim. Com certeza eu estava inventando e me sentindo idiota por ter feito isso.

— Nós deveríamos guardar algumas coisas para depois. Não há motivos para entrarmos com tudo agora.

Melhor adiar o máximo que eu pudesse, porque não sabia o que aconteceria quando ele de fato me beijasse.

Isso ia acontecer. Seria inevitável.

O problema era que, a despeito dos meus protestos, eu não queria evitar.

De novo ele exibiu aquele sorriso de quem sabia um segredo — como se entendesse exatamente o que eu estava fazendo e o porquê — e era enfurecedor.

— Te vejo depois, Anna. E boa sorte com o seu projeto.

Ele voltou para o seu carro ridículo e eu disse a mim mesma que precisava me concentrar em duas coisas: Craig e meu batom do humor.

Nada mais importava. Eu não deveria pensar em mais nada nem ninguém.

O problema era que Marco começara a ocupar um terreno vasto no meu cérebro.

E eu estava pronta para dar àquele homem um contrato de aluguel de longo prazo.

Capítulo catorze

Ao chegar em casa, enviei minha lista de suprimentos para a assistente de Marco. Na manhã seguinte, ela respondeu ao meu e-mail e disse que cuidaria de tudo na mesma hora e pediria que tudo fosse entregue em 24 horas. Eu estava muito empolgada para que tudo chegasse.

Porque eu vinha trabalhando na formulação e tinha praticamente certeza de que ia funcionar. Eu estava fazendo algumas pesquisas no meu computador no dia seguinte quando ouvi um berro: "Os Yankees são uma droga!". Alguém devia ter batido na porta e eu não ouvi.

Meus pacotes.

Eles vinham de vários fornecedores diferentes e havia uma caixa grande que era difícil de levantar. Essa era a que mais me intrigava, e eu a abri primeiro ainda ali, no saguão, por estar tão curiosa.

Retirei o material de empacotamento e, lá dentro, encontrei um misturador de alto cisalhamento.

Vermelho.

E era novinho.

Eu não sabia o que fazer. Liguei para Catalina. Já havíamos feito nossa discussão pós-festa, na qual ela me contou tudo o que eu tinha perdido, e conversamos por um longo tempo sobre o abraço com Marco. Eu disse a ela repetidas vezes que só estava fazendo o que ela me dissera para fazer, ou seja, tocar nele e não surtar, e ver se era como abraçar uma estátua, mas ela não acreditou nas minhas desculpas. Porque era inteligente o bastante para não acreditar mesmo.

— Um misturador! — falei, quando ela enfim atendeu no quarto toque.

— Oi?

— Por que você parece estar sem fôlego?

— Eu tive que correr até a câmara fria para poder falar com você. — Jerry odiava celulares e ligações particulares. Eu deveria ter pensado nisso, mas fiquei empolgada demais. — Você disse um misturador?

— Marco acabou de me enviar um misturador de alto cisalhamento vermelho, e parece novinho em folha. — Deve ter custado muito dinheiro. Milhares e milhares de dólares.

— Own! Isso é inacreditavelmente fofo. Não há nada que ele pudesse ter te enviado que teria mais significado.

Ela não estava errada. Isso era melhor do que flores, de longe.

— Tem algum bilhete? — perguntou ela.

— Espera aí.

Larguei o celular e tirei o misturador da caixa por completo. Cavouquei pelo fundo da caixa e encontrei um envelope pequenino. Eu o abri e peguei o telefone de novo.

— Aqui diz "Espero que todos os seus sonhos se realizem", e aí o nome dele.

— Uau. Uma pena que você não o queira, porque isso é material de primeira para um namorado. Você acha que, se eu fingir que o estou namorando, de repente ele me dá aquele Tesla que eu sempre quis?

Ignorando a piada dela, soltei o bilhete e deslizei a mão pelo topo do meu misturador.

— Não acredito que ele fez isso.

— Você não vai tentar devolver para ele, né?

— Não! — exclamei. Por que eu faria isso? Era meu agora. Para todo o sempre. — Eu serei enterrada com essa coisa.

— Algumas pessoas são assim. Pensam que não podem aceitar um presente por causa das implicações, ou do desequilíbrio, ou enfim. Espera, ouvi alguma coisa. Acho que Jerry está me procurando. Tenho que ir.

Ela desligou e eu fiquei sem saber o que dizer para Marco. Mas tinha que agradecer. Eu me perguntei por que ele fizera isso, mas imaginei que, se quisesse que eu soubesse, teria me dito.

Decidi que seria melhor enviar uma mensagem para ele. Enviei um textinho rápido dizendo:

Muito, muito obrigada pelo misturador. Eu absolutamente adorei.

Vi os três pontinhos na parte inferior da tela indicando que ele estava me respondendo, e então de súbito meu telefone tocou e eu o larguei por causa do susto.

Era Marco me telefonando.

— Alô? — falei ao atender, como se não tivesse os dados de contato dele no meu telefone e não soubesse exatamente quem estava na outra ponta.

Ele nem se incomodou em dizer quem era e logo perguntou:

— Então você gostou?

— Eu meio que quero me casar com ele. E sei que essa é a parte em que eu deveria te dizer que é demais e não posso aceitar, mas não vou fazer isso porque quero muito, muito mesmo ficar com ele.

Marco riu.

— É divertido dar um presente para alguém que sabe apreciar.

— É divertido ganhar um presente que você estava morrendo de vontade de ter. Muito obrigada mesmo. De verdade.

— Agora você pode sair e virar toda a indústria de maquiagem de cabeça para baixo. Mal posso esperar para ver o que você vai inventar.

Abri a boca, querendo contar para ele sobre minha formulação. Como eu poderia até ter um protótipo já naquela noite, se as coisas andassem de acordo com o plano.

— Tem algumas coisas que eu queria te perguntar — disse ele. — Primeiro: se formos a uma festa chique, você já tem tudo, tipo, cabelo, maquiagem, roupas, esse tipo de coisa?

— Eu tenho tudo isso aí.

Ele fez um som aborrecido.

— Você sabe o que eu quis dizer.

— Tá, então, o que eu tenho não deve valer muito.

— Só estou perguntando porque você disse que tinha apenas um vestido, e acho que uma fantasia de Arwen não vai conquistar o Craig. É preciso um certo tipo de homem para reagir a algo assim.

— É — falei, bufando. — O tipo que tem bom gosto. — Não gostar de *O Senhor dos Anéis* era, sem dúvidas, uma detração para mim.

— Por que você gosta tanto desses filmes? — perguntou ele, genuinamente curioso.

Um nó estranho surgiu em minha garganta. Isso era o mais difícil sobre o luto — você pensava que estava lidando bem com as coisas, seguindo a sua vida, então ouvia um som, sentia um cheiro ou alguém dizia algo que trazia de volta toda aquela tristeza.

— Eram os filmes preferidos do meu pai. Nós assistíamos juntos o tempo todo. Comédias românticas com minha mãe, ficção científica e fantasia com meu pai.

Houve uma pausa longa.

— Fico feliz que você tenha essas coisas para se apegar. Uma maneira de manter seus pais como parte da sua vida. Eu queria saber qual era o filme favorito da minha mãe.

Eu também queria que ele soubesse.

— Não dá para perguntar ao seu pai?

— Duvido que ele soubesse. — Ele pigarreou. — Eu estava ligando para perguntar quais são os seus planos para este fim de semana.

— Meus planos? — As palavras saíram agudas, quase um guincho. De forma nenhuma eu contaria ao sujeito que parecia merecer ser coroado como o Homem Mais Lindo Vivo que meus planos envolviam massa de cookie e uma maratona com todos os nove filmes de *Star Wars*. — Uma pena você não ter me ligado antes. Meu outro namorado falso e eu vamos sair na sexta. Ele vai me levar para a Riviera.

Marco riu e falou:

— Parece que eu tenho que melhorar meu desempenho.

— Tem mesmo — concordei.

— Que tal você dar um perdido nesse cara e vir para minha casa na sexta-feira, por volta das cinco da tarde?

A casa dele? Isso soava... perigoso. Pelo menos aqui tínhamos acompanhantes aviários e dois cidadãos de terceira idade vigiando. Ele provavelmente morava sozinho. Em algum apartamento de solteiro sensual onde eu ficaria ainda mais impotente do que o normal para resistir. Ele se recostaria nos batentes das portas e exibiria os antebraços, e eu desmoronaria numa pilha no chão.

Mas eu não podia dizer nada disso para ele.

Então tive um momento de pânico, pensando que ele estava me convidando para me dizer que nosso experimento tinha fracassado, que era muito difícil fingir me namorar e que essa farsa estava terminada. Com resignação, falei:

— Tá bom.

— Ótimo. Vou te mandar o endereço. Te vejo na sexta!

Quando Marco desligou, percebi que me incomodava como ele deixara minha imaginação correr solta em vez de apenas me contar o que estava acontecendo. Era um testemunho do charme dele que eu não exigisse respostas. Racionalmente, disse a mim mesma que a reunião devia ser para planejar nossos próximos passos, mas uma partezinha de mim torcia em segredo para que talvez houvesse outro motivo.

Como ele querer me ver de novo tanto quanto eu queria vê-lo.

No fim da tarde de sexta-feira, o batom do humor estava me causando problemas. Havia muitos fatores que eu precisava levar em conta com os quais normalmente não lidaria, e a textura e a adesão em geral estavam estranhas. Fiz uma anotação mental para acrescentar mais do meu agente solidificante no próximo lote.

Esse estágio era sempre difícil — criar a formulação perfeita. Um dos meus últimos projetos na Minx tinha sido um creme noturno. Eu o criava e enviava para o setor de marketing resenhar. Eles me diziam que estava muito viscoso, muito grudento, muito espesso, muito ralo, precisava deslizar melhor, não tinham gostado do cheiro, precisava ser num tom rosado... Produzi centenas de variações ao longo de um ano e meio, e o produto ainda não estava pronto quando eu saí. Imaginei qual dos meus ex-colegas de trabalho tinha ficado com esse abacaxi.

Essa linha do tempo e a rejeição constante eram o padrão no que tangia a indústria cosmética. O bom desse projeto: fazer tudo sozinha e tomar todas as decisões; nenhum departamento de marketing para agradar. O ruim desse projeto: fazer tudo sozinha e tomar todas as decisões; nenhum departamento de marketing para me dar opinião.

O público poderia não gostar do produto final e eu não tinha ninguém além de Catalina e eu mesma para testá-lo.

Um dos pontos positivos nas minhas experiências era que o misturador de alto cisalhamento era a perfeição absoluta, e, se eu inicialmente tivesse recusado todo esse plano de Marco de fingir namorá-lo, essa teria sido a coisa que me convenceria a topar.

Misturar, pesar, formular, combinar, assar… Estava com saudade disso. Meu laboratório caseiro era ótimo, mas eu queria estar de volta num ambiente profissional. Enviara mais currículos, mas ainda não recebera nenhuma resposta. Uma empresa tinha uma resposta automatizada e disse que eles entrariam em contato, mas, até o momento, nada.

Meu alarme soou e, com um suspiro, devolvi o béquer à bancada. Eu precisaria limpar tudo isso quando voltasse da casa de Marco.

Dei uma olhada rápida no espelho. Eu podia até ouvir a voz de Catalina em minha cabeça me dizendo para ficar apresentável, mas Marco sabia qual era a minha aparência. Ele havia literalmente me visto no meu pior momento. Mas dei uma conferida nas axilas. Às vezes, a higiene básica ficava esquecida quando eu estava no meio de um projeto que adorava.

Calculando que estava bem assim, desci a escada e encontrei meu avô, que lia o jornal. Ele abaixou as páginas para olhar para mim por cima das folhas.

— Vai sair de novo?

Seu tom de surpresa foi desencorajador.

— Vou. Para ver o Marco.

Ele me espiou de trás do jornal.

— Vai ficar fora até tarde?

Meu avô tendia a me esperar acordado. Não que eu lhe desse muitas oportunidades para isso recentemente.

— Acho que não. Eu telefono se isso mudar.

Ele tornou a levantar o jornal e me disse para me divertir, e eu parti para a casa de Marco. Não calculei direito o tempo para chegar lá. Havia me esquecido de contar com o trânsito do fim de tarde/anoitecer de Los Angeles. Quando enfim cheguei, descobri que ele morava num prédio lindo e brilhante. Havia até um manobrista para guardar meu carro. Eu me senti um pouco envergonhada entrando na fila atrás dos automóveis de luxo, mas entreguei minhas chaves com toda a dignidade que consegui juntar.

Peguei um elevador para o décimo andar e caminhei até o fim do corredor para encontrar o apartamento de Marco. A porta estava levemente entreaberta.

Por algum motivo, isso me alarmou. Por que essa porta estaria aberta? Será que ele estava encrencado? Encaixei minhas chaves no vão entre os dedos só para o caso de ele precisar de ajuda.

Embora não fizesse ideia da assistência que eu achava que poderia oferecer a um homem que podia me levantar no supino.

Eu ainda não conseguia acreditar que ele havia deixado a porta aberta. Qualquer transeunte poderia vir da rua e entrar. Será que ninguém na vida dele o avisara que ele precisava trancar a porta da frente? Marco podia ser inteligente, mas bom senso era igual a desodorante: quem mais precisava dele nunca usava.

E se alguma coisa tivesse acontecido com ele? Eu precisava entrar para ver. Então a transeunte vindo da rua era eu. Abri a porta um pouco mais e chamei o nome dele.

— Marco?

Ouvi um baque compassado e, quando dobrei a curva, vi Marco numa esteira, correndo.

Sem camisa.

Arquejei audivelmente enquanto meu útero dava um pulo.

Eu havia adivinhado o físico dele baseada no toque e na aparência, mas agora era obrigada a ficar triste pelo quanto minha imaginação era limitada. Ele tinha o tipo de corpo perfeito para o qual a câmera lenta fora inventada.

Seus grandes músculos flexionavam e se moviam conforme ele corria, todo suado e brilhando, e a visão dele fez meus órgãos internos darem uma série de cambalhotas. Ele tinha um torso sobre o qual as pessoas deveriam escrever poesia ou criar esculturas. Talvez até já tivessem feito isso.

Eu podia montar uma banquinha e vender ingressos para as pessoas olharem para ele assim, e elas com certeza pagariam.

Ele era tão poderoso, tão veloz. Havia uma coisa meio "correndo para Isengard para salvar os hobbits" rolando ali que eu apreciava muito.

Tão injusto. Eu tinha que fingir namorar o sr. Peitoral Sexy e manter esses hormônios ridículos sob controle. Era como se o universo tivesse decidido que não havia coisas ruins que bastassem na minha vida e eu precisava ser punida, tentada ou algo assim.

Se o plano de Marco desse certo e Craig quisesse ficar comigo, eu torcia muito para que esse probleminha da minha atração desaparecesse. Tinha que desaparecer, certo? Não podia continuar olhando para ele com luxúria depois que Craig e eu fôssemos um casal oficial. Eu não precisava de nenhum constrangimento adicional na minha vida.

Então me perguntei há exatamente quanto tempo eu estava ali de pé encarando-o feito uma esquisitona.

— Marco?

Nenhuma resposta.

Andei até entrar no campo de visão dele, que me notou. Pareceu muito surpreso, como se não tivesse me convidado para ir até a casa dele nem nada. Ele apertou botões no painel e a esteira começou a desacelerar.

Se ele tivesse me pegado de surpresa correndo sem camisa numa esteira, eu teria caído para trás e me dado um nocaute, mas desceu graciosamente da máquina quando ela parou.

— Anna? Nós não combinamos às cinco?

Olhei para o meu celular. Primeiro xinguei minha própria estupidez por não tirar uma foto dele correndo...

... para Catalina. É, para Catalina.

Nenhum outro motivo.

Mas passava um pouco das quatro e ele de fato havia dito cinco. Eu me senti tão idiota quando percebi o que tinha feito.

— Certo. Eu coloquei um alarme para me lembrar de começar a encerrar as atividades, mas o confundi com o alarme para "saia agora mesmo". Desculpa por isso.

Ele deu um passo na minha direção, talvez inconsciente de sua nudez parcial. Parafraseando Rey, será que não podia botar uma camisa ou algo assim? Ele apanhou uma toalhinha e usou-a para enxugar a nuca.

Minha boca secou. Literalmente secou.

— E você decidiu só ir entrando? — perguntou ele com um sorrisinho.

— Sua porta da frente estava aberta.

— Estava?

— Sim. Está tentando ser assassinado?

Eu me esforçava para manter os olhos nos dele, mas eles ficavam descendo para absorver aquele peito e aqueles músculos abdominais. Nunca tinha visto um ser humano com um tanquinho de verdade. Marco parecia ter mais do que sua cota.

Ele sorriu de novo.

— Meu personal estava aqui. Ele deve ter deixado aberta quando foi embora. Então, não, eu não estava tentando ser assassinado. Ninguém nunca te disse que você se preocupa demais?

— Só o meu avô e um psiquiatra — falei, distraída, enquanto ele pegava uma garrafa de água e tomava um longo gole. Eu estava totalmente absorta em todos os músculos definidos e brilhosos em exibição.

Por que o pescoço dele era sexy? Não parecia ser uma parte do corpo que deveria ser atraente.

De repente fui impactada pelo cheiro dele e, pelo que me consta, eu deveria ter ficado com nojo de como ele estava suado. Em vez disso, foi como se ele estivesse secretando feromônios na minha circulação sanguínea, e eu me senti impotente para resistir. Ele era embriagador.

Completamente alheio ao que acontecia comigo, Marco jogou a toalha por cima do ombro.

— Vou tomar um banho e depois podemos conversar. Tudo bem?

Era uma pergunta? Eu não tinha certeza. É que havia... tanto... peito. Assenti com a cabeça, torcendo para essa ser a resposta correta.

Ele saiu e eu assisti enquanto se afastava até o segundo em que fechou a porta do quarto. Soltei um grunhido frustrado e virei de costas. Formei imagens de Marco ligando o chuveiro, tirando aquele shorts, entrando debaixo d'água... O que estava acontecendo comigo? Fechei os olhos como se isso fosse me impedir de visualizar o que se passava atrás daquela porta.

Eu precisava de ajuda.

Quando atendeu ao telefone, Catalina disse:

— Estou feliz que tenha me ligado. Você tem que me impedir. Preciso de uma daquelas coleiras enormes para cachorro que me deem um choque toda vez que eu tentar fazer compras on-line.

Eu não sabia como responder a isso, então, em vez de responder, perguntei:

— Qual é o problema comigo?

— Quanta honestidade você quer de mim? Quer uma lista? — Ela fez uma pausa. — Por que você está esquisita?

— Eu posso ou não estar no apartamento do Marco e preciso que você me distraia.

— Por quê?

Encolhi os ombros.

— Ele está tomando banho.

— Mas por que você está falando comigo em vez de estar com ele?

Boa pergunta. Meu corpo concordava.

— Por favor, vamos falar de outra coisa.

Olhos fechados, olhos abertos, parecia não fazer diferença. Ou eu o imaginava na ducha, ou correndo na esteira.

E eu pensava que tinha uma imaginação fraca.

— Você parece frenética. Vai mentir para mim de novo e me dizer que não tem sentimentos por esse cara?

— Não são sentimentos. — Isso não era mentira, né? Quer dizer, eu gostava dele. Ele era divertido de conviver e era bacana e atencioso, mas isso não eram sentimentos. Apenas o ato de apreciar outro ser humano gentil. Que por um acaso tinha o corpo de um atleta olímpico. — Ele é só… atraente.

— Ding, ding, ding! — disse ela. — E o que ela ganha, produção?

Eu não precisava do sarcasmo incisivo e correto dela naquele momento.

— Espera. Antes de prosseguirmos, você trocou a roupa que vestiu hoje cedo quando acordou? — perguntou ela.

Cruzei os braços por cima do blusão de moletom, como se ela pudesse me ver.

— Por que eu trocaria?

— Para ir visitar Marco Kimball? Você deveria ter posto um vestido de gala e uma faixa.

Isso era o contrário de útil.

Ela soltou um suspiro dramático.

— A única outra vez que vi alguém mentir tanto e tão mal assim foi quando eu menti para mim mesma. E, como autora de vários gritos por ajuda, eu conheço um quando o escuto. Diga-me a verdade, Anna. Você quer aquela fera pra você, não quer?

Eu fechei minha mão livre num punho.

— Eu posso ou não estar no meio de uma Chernobil hormonal — admiti finalmente.

Ela soltou um grito de comemoração tão alto que tive de afastar o telefone do ouvido.

— Eu sabia! — gabou-se ela.

— Só um segundinho aí — falei. — Eu não disse que sinto alguma coisa por ele. Apenas que ele é atraente e que eu reconheço esse fato muito objetivo.

— Anna, *mi amiga*, tenho somente uma palavra para te dizer. — Ela fez uma pausa para efeito dramático. — *Cabum.*

Capítulo quinze

— E o que *cabum* significa? — perguntei.

— Eu te disse que isso ia estourar na sua cara. Embora goste muito de estar correta, você sabe que a presunção não me cai muito bem.

— Nada explodiu. Só estou dizendo que estou passando por uma reação típica a ver um homem seminu…

— Seminu? — berrou ela. — O quê? Quando? Como? Que parte estava nua?

— Como assim, que parte? Você acha mesmo que ele estava tipo o Ursinho Pooh, com uma camisa e só?

— Eu não me incomodaria de ver isso.

Nem eu.

Tentei tirar esse pensamento da cabeça. Nada de bom podia vir dessa conversa, porque Catalina não precisava de encorajamento. Nem eu, aliás.

— Não importa, porque ainda estou apaixonada pelo Craig.

Ela gemeu alto.

— Apenas admita a verdade. Você gosta do Marco.

— Isso é algo totalmente hormonal — falei. — Ele é lindo de dar aflição e eu estou reagindo a isso.

— Ou o seu corpo apenas é mais honesto do que o resto de você.

Havia algum tipo de composto químico interno trabalhando ali que poderia explicar com facilidade minha atração por Marco. Uma pena eu não ter prestado mais atenção em minhas matérias de biologia na faculdade. Seja lá o que fosse, eu desejava poder examinar e distinguir todos os elementos. Eu o estudaria, destilaria, engarrafaria e ganharia um bilhão de dólares.

Imaginei se seria sábio contar para ela que eu me flagrava pensando em Marco o tempo todo ultimamente. Tanto que ele vinha empurrando Craig para fora do meu cérebro por completo, e isso me preocupava. Eu não podia permitir que ele empurrasse Craig para fora do meu coração também.

— Seja lá o que for, estou me sentindo um pouco descontrolada por aqui. Não sei como explicar nada disso — confessei.

Fez-se uma longa pausa e então ela disse:

— Você quer dizer tirando a beleza, a gentileza, a beleza e a inteligência dele? Porque eu devo te dizer, Anna, que isso bastaria para a maioria das mulheres. Inclusive eu.

Eu não queria ser patética assim. Marco havia deixado bem claro que não estava interessado em mim.

— Como posso estar apaixonada por um homem e me sentir atraída assim por outro?

— Eu nunca te contei sobre aquela vez que namorei Aidan e Hayden? Pelo menos Marco e Craig não rima. Aquela história não terminou nada bem, aliás. Mas a questão é que é possível. Acho que é possível até se apaixonar por duas pessoas ao mesmo tempo. Você só tem que descobrir sem qual dos dois não poderia viver.

De fato, me vi cogitando seriamente essa frase e não pude acreditar que meu cérebro tinha que sequer questionar qual irmão escolher. Craig. Claro que era o Craig. Sem ter uma resposta boa, falei:

— Você sabe que disse "beleza" duas vezes, né?

— Marco é duas vezes mais lindo que as outras pessoas.

— E as outras palavras foram só coisas que você jogou ali porque tudo com que se importa é que ele é lindo? — provoquei.

— Digamos apenas que é bom que eu esteja a fim do Zhen no momento.

Eu me vi começando a declarar: *Você pode sair com o Marco*, mas engasguei na primeira sílaba. Tipo, meu corpo não me permitiu dizer isso. Então me contentei com:

— É. Mas acho que essa coisa da atração se deve ao fato de eu não namorar há tanto tempo. É como se eu estivesse no cio ou coisa assim.

— Isso me parece excelente.

— Não é, não. — Aquilo estava dificultando tudo. Especialmente considerando-se o clima de "apenas amigos" que Marco tinha comigo.

— Você é solteira; ele é solteiro — comentou ela. — Eu diria vai fundo.

— Você está se esquecendo de Craig. — Ele era toda a razão para eu estar fazendo aquilo.

— Estou tentando me esquecer dele mesmo. Queria que você também se esquecesse. — Ela pigarreou e então disse: — Anna, eu não queria te dizer isso, mas acho que você deveria superar o Craig. Ele é problema.

— De novo isso, não.

— Eu fiz minha investigação. Conduzi pesquisas com os funcionários, fiz um mergulho profundo nas redes sociais e minha conclusão é sólida. Ele é um cara ruim. Só se importa consigo mesmo. É um traidor que tem o hábito de ficar com as mulheres e nunca mais ligar para elas.

Ela soava tão sincera que era difícil ignorar suas palavras.

— Ele está para se casar.

— Você acha que traidores não se casam?

— Não, eu tenho que pensar que qualquer mulher que se dê ao respeito não se casaria com um homem que a está traindo.

— Algumas mulheres não ligam pra isso — ela contrapôs.

Eu me lembrei da visão sombria que Marco tinha do casamento e soube que ele concordaria com ela.

Catalina continuou falando:

— Existem até boatos de que ele é o pai do bebê da Tammy!

— Tammy, da contabilidade? A casada que não calava a boca sobre o fofo do seu marido dentista? Aquela Tammy?

— Tá, talvez esse boato esteja errado.

— Talvez todos eles estejam. — Craig não podia ser como Catalina o pintava. Não podia. Porque eu não seria capaz de amar um homem assim. Ele era bom, decente e prestativo. Não um traidor asqueroso.

Eu não sabia por que minha melhor amiga não ia com a cara dele desde o começo, mas parecia estar piorando.

Seria porque eu estava prestes a finalmente ficar com ele? Ou estaria, se o plano de Marco desse certo mesmo.

— Anna, você tem que ver que…

Eu a interrompi.

— Não estávamos falando do Craig. Estávamos falando do Marco.

Olhei por cima do ombro só para me certificar de que ele não tinha voltado para a sala.

— Mas o Craig tem uma relação direta com o Marco, porque você pensa, erroneamente, que… Ah, quer saber? Deixa pra lá. Então agora você entendeu o que todas as outras mulheres do mundo já sabem: Marco Kimball é um baita de um gostoso. O que você vai fazer a respeito?

— Foi por isso que eu te liguei, para começo de conversa! Eu não sei!

— Deixando de lado tudo o mais, posso postular algumas coisas para você? Isso seria interessante.

— Vá em frente.

— Primeiro, temos o fato de que eu sinto que você deveria se sacrificar por espontânea vontade à mui nobre causa do hedonismo feminino desfrutando do Marco.

Revirei os olhos. Embora fosse um argumento, não era muito bom. Mas só algumas partes minhas concordavam com essa minha avaliação.

— Segundo — continuou ela —, ele gosta de você.

— Inverdade.

— Ele se ilumina toda vez que olha para você.

Formou-se uma sensação de vazio no meu estômago que eu não sabia definir.

— Não se ilumina, não.

— Ah, se ilumina, sim.

— Então ele está fingindo. Que é o sentido todo dessa coisa. — É claro que ele olhava para mim desse jeito. Tinha que olhar. Senão, ninguém jamais acreditaria no nosso plano.

— Certo, então alguém precisa dar um Oscar para aquele homem, porque ele é bom a esse ponto. E você não é uma especialista nos sentimentos dos homens. Não vamos nos esquecer do fato de que você não tem a menor ideia de quando um cara gosta de você.

Dei uma bufada.

— Isso não é verdade.

—Ah, é? E aquela vez que fomos no Moonlight Lounge e aquele cara flertou com você? Ele disse que você era linda, e a sua resposta foi *Obrigada, mas você só acha isso porque eu passei essa nova cor de batom chamada Sonhos Rosados*, e daí descreveu os ingredientes e ele não saiu andando, mas correndo.

Minhas lembranças daquele evento eram completamente diferentes das dela. Aquele cara não estava dando em cima de mim.

— Ele só estava sendo gentil.

— Ele estava interessado e você, alheia. Você pode ser agressivamente lenta às vezes. Ele perguntou se podia te pagar uma bebida.

— Mas eu já tinha uma bebida.

— Nada mais a declarar, Meritíssimo. Terceiro, você e o Marco têm tanta química que eu sinto que deveria usar óculos de proteção quando estou perto dos dois. E esse é o meu trabalho, então sei do que estou falando.

— Isso não é... não tem nenhuma... — Tudo o que ela disse estava errado.

— Ele flerta com você.

— Tenho certeza de que o Marco flerta com todo mundo — retruquei. Devia ser tão normal para ele quanto respirar.

— Ele não flertou comigo, e os homens em geral flertam comigo. Eu o vi flertando com você na festa.

Uma agitação encheu meu peito. Ele não flertou com Catalina? Essa era uma informação nova e interessante.

— Não foi um flerte real. Ele estava praticando.

— Você acha que aquele homem precisa praticar como flertar?

— Não, nós tínhamos que praticar eu me acostumar com isso.

— Ah. Dá para entender. Você realmente surta com frequência.

Era verdade. Eu não podia nem argumentar com ela.

— Talvez essa coisa toda seja uma situação parecida com a transferência. Eu ainda não posso ter Craig, então estou transferindo aqueles sentimentos para o gostosão mais próximo de mim.

— Amar aquele que você tem? Não sei se essa explicação cola comigo, mas tudo bem. Mas vou repetir o que eu já disse: você está tão, mas tão ferrada.

De novo, fiquei bastante preocupada que ela não estivesse errada. Eu ia ganhar essa guerra contra os meus hormônios. Podia ter sido derrotada em algumas batalhas, mas era a chefe do meu corpo.

— Ninguém vai ferrar ninguém. — Parei enquanto me dava conta do que havia dito e então corri para acrescentar: — É só uma questão da mente sobre a matéria, certo?

— Nós lidamos exclusivamente com a matéria, então você sabe que isso não funciona.

— Mas e aquele negócio de que a mente tem poder?

— Se isso fosse verdade, então eu emagreceria uns cinco quilos hoje, porque pensei em comer coisas mais saudáveis e me exercitar, e em vez disso comi um saco inteiro de batatas chips e tirei uma soneca de duas horas.

Cerrei os dentes, frustrada, e dei outra olhada na gigantesca área da sala de estar/cozinha para me certificar de que Marco não tinha se esgueirado por trás de mim e estava ouvindo cada uma das minhas palavras humilhantes. A barra estava limpa.

— Preciso da sua ajuda para resolver o que fazer agora — falei.

— Para ser honesta, eu não sei — disse ela. — Um homem desse calibre está acima da minha alçada. Prefiro um nerd que ache que eu caminho sobre as águas, sempre.

Estava prestes a dizer a ela que eu desconfiava que Marco pudesse secretamente ser um nerd, mas imaginei que aquela não fosse a hora de jogar mais gasolina na missão dela de me fazer ficar com ele.

— Me diga algo ruim sobre ele.

— Certo... ele provavelmente vai te trair. Homens com aquela aparência normalmente traem.

— Isso não é justo. Ele já me contou que não faz isso e que não quer trair no futuro. — Não falei para ela sobre o pai dele, o que era estranho. Eu costumava contar tudo para Catalina, mas isso me parecia algo pessoal que ele tinha confiado a mim, e eu não queria trair essa confiança.

— Toda essa coisa de *me diga algo ruim sobre ele* não vai funcionar se você continuar defendendo o Marco — lembrou ela.

— Certo.

— Hã, ele nunca vai escolher você em vez da empresa. Ele é muito dedicado a ela. Craig também nunca o faria, só para constar.

Ah. Essa foi um tanto dolorosa. Seria verdade ou ela só estava tentando inventar motivos?

— Pelo que você me disse, ele parece bastante competitivo. E às vezes isso pode ser bom, mas outras vezes é só irritante. Marque isso na coluna dos contras.

— Tá, mas fazer uma lista de coisas que me irritam nele, e existem várias, não vai bastar para desligar o que quer que seja isso.

— Mantenha as mãos e os pés dentro do veículo o tempo inteiro? Não realize seus impulsos? Eu acho que é um erro e que você deveria declarar a posse do Monte Marco assim que humanamente possível, mas aqui estamos nós. O único jeito de não ficar com ele é não ficando com ele.

Ela fazia soar tão simples, e o que eu sentia não era nada simples. Além disso, não estava tão preocupada em ficar com ele porque não podia imaginar isso acontecendo, ainda mais considerando que ele não me via como uma potencial parceira. Ele me tratava como se eu fosse sua irmã caçula ou algo assim.

E eu não queria ser uma piada. Ou alguém por quem ele sentia dó.

Meu maior problema era que eu não queria estar apaixonada por Craig e cobiçando seu irmão mais velho. Eu precisava de um botão de desligar.

Houve um baque do lado de Catalina, que xingou e disse:

— Espero que isso ajude. Rufus acaba de derrubar alguma coisa. Tenho que ir. Mas boa sorte. Ligue se precisar de mim.

Rufus era o cachorro dela, e ele odiava todas as pessoas neste mundo, exceto Catalina. Ele parecia nunca gostar quando ela e eu ficávamos papeando. Eu só podia imaginar como ele tratava os namorados dela. Desliguei e guardei o celular de volta no bolso.

O que me deixou sozinha no apartamento de Marco com meus pensamentos libidinosos. Fui até a estante dele e comecei a olhar seus livros. Alguns de suspense, alguns que pareciam ser livros técnicos universitários, livros de administração. Deslizei os dedos pelas lombadas, sem enxergar os títulos, porque estava pensando de novo em como seria a aparência dele tomando banho. Toda aquela água escorrendo pelo peitoral perfeitamente esculpido e...

— Anna?

Soltei um berro e deixei cair o livro que não tinha percebido estar segurando. Marco não estava ajudando minha situação atual — parecia não ter nem se dado ao trabalho de se enxugar. Gotículas de água brilhavam em seu cabelo escuro e as roupas colavam em sua pele, contornando alguns daqueles músculos incríveis que imploravam para serem explorados. Não por mim, claro, mas alguém deveria estar cuidando disso. Parecia um desserviço às mulheres do mundo todo que isso não estivesse ocorrendo.

— Você é tipo um meio-elfo, se esgueirando atrás de mim desse jeito — falei para ele, colocando a mão sobre o peito numa tentativa de manter meu coração acelerado no lugar.

— Você me comparou com o Legolas? Estou lisonjeado.

— Foi sem querer. Eu meio que te vejo mais como um Aragorn.

De alguma forma, ele conseguiu se aproximar um pouco mais.

— Mais lisonjeado ainda.

Eu estava descobrindo que todos os estilos de Marco eram perigosos, mas o Marco úmido era particularmente preocupante.

Então ele se abaixou para apanhar o livro e colocá-lo de volta na prateleira, já que eu estava congelada no lugar, guardando-o um ponto acima da minha cabeça.

O que colocou nossos rostos e corpos mais próximos. Meu coração batia em ritmo dobrado em reação à proximidade dele. E, depois que deslizou o livro de volta em seu lugar, Marco não se moveu, ficou onde estava, e me vi hipnotizada pelo rosto dele. Aquele maxilar, aqueles lábios carnudos, aqueles olhos escuros.

Ficamos ali, meus óculos embaçando enquanto eu tentava abafar minha respiração ruidosa para não soar como uma vaca asmática, e me perguntei se ele sentia sequer uma fração da atração que eu sentia por ele, e então lembrei que não.

Apenas amigos. Nada mais.

Estávamos numa missão. Para que eu obtivesse o homem dos meus sonhos.

Cujo nome eu esqueci por completo por onze segundos seguidos enquanto os lábios de Marco se separavam de leve, e fiquei tão absorta no som baixinho que ele fez e no movimento gentil que não consegui me lembrar do nome do irmão dele.

— Eu posso só... — As palavras dele foram sumindo quando ele levantou a mão para tirar meus óculos, seus longos dedos em ambos os lados da minha cabeça erguendo-os com delicadeza para retirá-los do meu rosto. Eu prendi a respiração o tempo inteiro.

Por favor, tomara que ele não diga nada sobre eles estarem embaçados, rezei para quem quer que estivesse ouvindo.

— Como você consegue enxergar com isso aqui? — perguntou ele, parecendo achar graça.

— Eles são, hã, o único jeito de eu conseguir enxergar.

Eu só conseguia discernir uma imagem borrada dele levantando a barra da camiseta para limpar os óculos e amaldiçoei os genes que me deram uma visão tão ruim a ponto de me impedir de ver aquela parte do abdômen que ele estava expondo.

Ele terminou e, em vez de entregar os óculos na minha mão, devolveu-os ao meu rosto, com tanto cuidado e gentileza que me surpreendeu. Minha pele formigava em reação à nossa proximidade e tive que resistir ao desejo de recostar minha cabeça na mão dele.

— Craig! — praticamente gritei quando afinal me ocorreu. Era esse o nome do cara por quem eu estava apaixonada e a razão para estar ali. Craig. Craig Kimball.

— O quê? — perguntou Marco.

— Você me trouxe aqui para conversar sobre Craig. Presumo.

Sua expressão se fechou e ele se afastou de mim.

— De maneira indireta.

Precisei de toda a minha força de vontade para não o agarrar pela camisa e puxá-lo de volta para onde ele estivera apenas um segundo antes.

Ele foi até seu grande sofá modular e se sentou. Deu tapinhas no assento ao seu lado, mas ainda me sentia agitada pelo que pareceu um quase beijo (embora eu soubesse que não tinha sido), por isso não me juntei a ele.

Com Marco finalmente fora da ducha, foi como se eu pudesse, de súbito, prestar atenção aos espaços ao meu redor.

— Este lugar não é o que eu esperava — falei para ele.

— E o que você esperava?

— De você? Um exército de criados e um senso exagerado de autoestima.

Ele levou uma das mãos ao peito.

— Aquela sensação de lisonjeio se foi. Você me fere assim.

— Foi só de raspão — falei com um sorriso. — Quanto ao que eu esperava da sua casa? Cromado, aço, vidro e muito branco.

Em vez disso, o apartamento dele passava a impressão de um quarto de dormitório universitário mais elevado. A mobília era boa e obviamente cara, mas era como se ele não tivesse prestado nenhuma atenção ao design e se importasse apenas com seu próprio conforto. Havia uma esteira num canto e no outro...

Como é que eu não havia reparado quando entrei?

Lá estavam uma mesa com quatro monitores imensos de computador, uma cadeira equipada com som e luzes, e uma CPU que emitia um brilho azul-claro.

— Marco seja-lá-qual-for-seu-nome-do-meio Kimball, o que é isso?

Diante do meu deleite, ele cruzou os braços, na defensiva.

— Eu falei que eu era um gamer.

— Hã, não, você me disse que de vez em quando jogava videogames. Não me falou que tinha um setup capaz de programar o lançamento de uma espaçonave. — Passei os dedos pelo encosto de sua cadeira de couro. Chique.

— Porque isso era irrelevante.

— Neste momento, parece ser a única coisa relevante. Um homem que vive escudeirando supermodelos pela cidade gosta de videogames.

— As duas coisas não são mutuamente excludentes — disse ele. — E eu não “escudeiro” ninguém. Não sou um cavaleiro medieval.

Aquilo colocou de imediato na minha mente uma imagem de Marco numa armadura prateada brilhante e, de algum jeito, isso só o deixou ainda mais gostoso.

Ainda na defensiva, ele acrescentou:

— Não é tanta coisa, vai.

— Hã, é, sim. Mas tudo bem. Eu sei que, lá no fundo, você secretamente é um nerd.

Ele revirou os olhos, e não pude evitar o riso diante da sua expressão. Parecia não haver muita coisa com que provocar Marco, mas isso com certeza era algo que eu planejava usar para fazer piada com ele.

— É Ricci — disse ele.

— O que é?

— Meu nome do meio — esclareceu ele.

— O nome de solteira da sua mãe.

Ele anuiu. Isso era meigo.

— E você? — perguntou ele.

— Urban Decay, dã.

Aquilo o fez rir e o som me deu formigamentos inapropriados. Pigarreei.

— Mas falando sério, eu não tenho nome do meio.

— É mesmo?

— Algumas pessoas não têm. Não somos todos como vocês, ricaços, com seus seis nomes do meio.

Ele colocou os pés sobre a mesinha de centro.

— Eu só tenho um.

— Talvez seja porque você não é tão rico quanto eu pensava que fosse.

Isso pareceu diverti-lo.

— O que te faz pensar que eu não sou?

Acenei para o cômodo ao nosso redor.

A boca de Marco se levantou de um lado.

— Você não acabou de caçoar do meu setup caro?

— Qualquer engenheiro de software que valha alguma coisa tem um setup como o seu. Você não tem um iate ou coisa assim?

— Não. Isso me parece um desperdício de dinheiro. As pessoas na minha vida e na minha empresa desperdiçam muito dinheiro. — Ele soltou um suspiro exausto. — Essa é uma das coisas que vou mudar na KRT Limited quando me tornar o CEO. Começarei com a Minx e farei dela uma empresa de propriedade dos funcionários com divisão de lucros. Se todos estão contribuindo, todos deveriam lucrar. Daí espero espalhar isso para as outras divisões.

— Isso seria bacana. Quer dizer, teria sido, se eu ainda trabalhasse lá. Eu provavelmente teria mais dinheiro guardado para começar minha própria empresa.

Marco sorriu.

— Você teria gastado tudo em algum equipamento caro para o laboratório.

Dei de ombros. O que eu podia dizer? Ele estava certo.

Ele bateu de novo na almofada ao seu lado e dessa vez disse:

— Sente aqui.

Aquilo estava me deixando ansiosa. Eu me sentei no sofá, mas mantive minha distância. Marco me deu aquele sorriso que deveria ser classificado como uma arma, aquele que ele sabia que era lindo e charmoso, e eu disse a mim mesma para não cair nessa. Meu coração se suavizou diante dele, e não pude evitar inclinar a cabeça para o lado com um sorriso um tanto eufórico em resposta.

Então, tecnicamente, eu caí, mas, em minha defesa, tentei evitar.

— Bom, Anna sem-nome-do-meio Ellis, eu queria saber o que você acha de surpresas.

Capítulo dezesseis

Eu nunca tinha parado para pensar nisso antes.

— Acho que depende da surpresa. Tipo, quando meu avô teve que fazer respiração boca a bico em Wil Tweeton ou quando Catalina armou um encontro entre mim e o primo de terceiro grau dela que não entendia limites pessoais… essas não foram surpresas boas. — Ou Marco Kimball aparecendo no meu quarto. Não foi uma surpresa divertida na hora, mas eu estava lentamente admitindo que tinha sido. — Mas o misturador, aquela foi uma surpresa fantástica, e eu gostei muito dela.

— Ótimo! Então, seguindo essa linha e tendo em mente o quanto você adora aquele misturador e que fui eu quem o mandou para você… — Ele parou aí, e comecei a me preocupar. Ninguém mencionava coisas que havia feito por você a menos que quisesse algo.

O que mais ele podia pedir de mim? Algumas ideias malucas passaram pela minha cabeça, inclusive a possibilidade de ele querer que eu fosse sua barriga de aluguel para carregar seu herdeiro.

Aquilo não me fez surtar tanto quanto deveria.

— Lembra quando eu te perguntei sobre cabelo, maquiagem e roupas? O que você acha de eu comprar essas coisas pra você? Se eu pagar por elas? — perguntou ele, hesitante.

Uma transformação? Eu não esperava aquilo. Ele estava certo em hesitar.

— Você quer fazer uma transformação… em mim?

— Quero? — Soou mais como uma pergunta do que uma resposta.

— Eu passo — falei de imediato.

— Como uma montagem de um filme — disse ele, como se aquilo fosse me convencer.

— Parece sexista e objetificante. Eu não preciso mudar minha aparência.

— Não estou discordando. É só que eu conheço meu irmão. Ele é bem vaidoso e superficial. Coisas brilhantes, lembra?

Certamente Craig era melhor do que isso. Aborrecida com as insinuações de Marco, disparei:

— Eu quero que ele me ame por mim mesma. Quero ser eu mesma.

— Você ainda será você mesma, apenas aprimorada. Seu trabalho não é esse? Aprimorar as melhores características das mulheres?

— É, mas... — Deixei minha voz se calar. Ele não estava errado.

— Não sei se você está em posição de argumentar quando se é a química cosmética — apontou ele, sem ajudar muito. — Além disso, atração tem a ver com manter a outra pessoa levemente fora de equilíbrio. Craig te viu de um jeito; precisa te ver sob outra perspectiva. Ele vai ficar sem entender.

Mais uma vez, Marco podia ter razão.

Antes que eu pudesse responder, ele acrescentou:

— E se der certo? Você pode obter a prova empírica e ver se faz diferença. Se não fizer, você pode voltar a... — Ele gesticulou na minha direção. — Ao que te deixa mais confortável. Isso é só para entrarmos com o pé direito. Quando você fazia projetos para a feira de ciências da escola, não deixava seu quadro de apresentação com uma boa aparência antes de entregar o trabalho?

— Isso não é a mesma coisa — falei, embora meio que fosse.

— Meu plano envolve muitos eventos formais. Pensei que fazer algo assim poderia lhe dar uma confiança a mais, e confiança é sempre atraente.

Confiança... Havia coisas sobre as quais eu tinha confiança. Minha inteligência. Minha habilidade de traduzir as ideias em minha mente em objetos reais e concretos. Mas, falando honestamente, nunca tive muita confiança na minha aparência. Eu só não fizera nada a respeito porque pareceu desnecessário.

Talvez agora fosse necessário. Embora eu não gostasse nem um pouco do que isso insinuava sobre Craig.

Passei minha carreira profissional inteira inventando formas de fazer as mulheres se sentirem melhor consigo mesmas, mais confiantes em sua própria pele. Seria um tanto hipócrita de minha parte recuar quando alguém me desafiava a fazer o mesmo.

— Tudo bem.

O rosto dele se iluminou.

— Fico muito aliviado por você dizer isso, porque...

Fomos interrompidos por uma batida na porta de entrada.

— Você agora descobriu como trancar a porta? — perguntei quando ele foi atender. Ele me deu uma olhada feia e então a abriu.

Uma porção de vozes femininas deu oi para ele e então três mulheres animadas e aparentemente felizes entraram na sala, carregando malas e empurrando uma arara de roupas.

— Anna, quero lhe apresentar Jen. Ela é maquiadora.

Jen era uma mulher pequenina de cabelos escuros que me trouxe à mente uma princesa da Disney ganhando vida.

— Esta é Andi, ela é cabeleireira.

Andi tinha uma cabeleira roxa vibrante presa num coque com hashis.

— Gloria será a sua personal stylist.

Ela era mais velha, toda vestida de preto, e mais descolada do que eu poderia esperar vir a ser.

Marco se virou e disse a elas onde poderiam se instalar.

Eu fui me postar ao lado dele.

— Lembra quando você me perguntou se havia mais alguma coisa a saber sobre mim?

Ele anuiu.

— Talvez eu te mate por me aprontar essa. Você deveria saber disso.

— Anotado.

— Onde é que você encontrou todas elas?

— Todas fizeram várias sessões de fotos para a Minx e ficaram felizes em vir para cá e ajudar. Minha assistente combinou tudo. Acho que ela até falou com a Catalina para garantir que Gloria trouxesse os tamanhos certos para você.

Como Catalina conseguiu esconder isso de mim, eu nunca saberia.

— Aqui! — instruiu Andi, apontando para uma cadeira que elas haviam montado. Fui até lá com Marco.

— Você fica me devendo — falei para Marco.

— Fico, sim — concordou ele, alegre demais para o meu gosto.

Eu me sentei na cadeira. Gloria resmungava consigo mesma enquanto revirava as roupas e Jen deu uma olhada nas minhas unhas, arquejou e me garantiu que ela também era uma manicure competente. Andi soltou meu cabelo do coque relaxado que eu havia feito.

— Estarei no meu quarto trabalhando. Avisem se precisarem de alguma coisa — disse Marco e saiu.

Uma parte minha quis chamá-lo de volta.

Andi estalava a língua, reprovadora, enquanto dava uma volta em torno de mim.

— Quando foi a última vez que você cortou o cabelo?

— Hã... dois, não, três anos atrás.

— Três anos? — ela quase berrou, tentando disfarçar seu choque. — Está tudo bem. Tudo bem. Você só está bem atrasada para um corte. Suponho que eu deveria buscar algo de baixa manutenção aqui.

— Quanto menos manutenção, melhor — falei.

Ela pareceu desencorajada pelo meu cabelo castanho sem graça.

— Vou fazer algumas luzes loiras, especialmente em torno do seu rosto. Vamos deixar seu cabelo mais escuro nas raízes e mais claro nas pontas. Assim você pode passar mais tempo sem retocar as raízes. Farei uma balaiagem e um visual ombré, se você concordar.

— Eu só entendi cerca de metade disso tudo e topo qualquer coisa. — Se era para eu ser como uma nerd dos filmes adolescentes dos anos 1990, podia muito bem aceitar e ir fundo.

Andi misturou produtos enquanto Jen abriu uma porção de caixas de maquiagem na mesa à minha frente. Ela segurava produtos Minx perto do meu rosto para encontrar as cores certas. Apanhei da mesa um batom, um delineador e um bronzer.

— Eu que fiz esses — contei para ela.

— Que bacana. E eu vou te ensinar como usá-los.

— Boa sorte — falei.

As pessoas pareciam se esquecer de que a maquiagem era uma arte. Como se ser uma química cosmética e uma mulher significasse automaticamente que eu sabia como me deixar bonita. Era por isso que maquiadores eram artistas, não instaladores. Seria como esperar que o balconista no departamento de tintas do Home Depot fosse um Picasso, só porque ele misturava a tinta. Um talento não garantia o outro.

O tempo voou enquanto eu discutia a teoria das cores com Jen e tentava evitar as perguntas de Andi, já que cada resposta parecia deixá-la mais horrorizada do que a anterior. Gloria trouxe vestidos e combinações de roupas para eu aceitar ou recusar, e isso me preocupou. Parecia um teste no qual eu estava prestes a ser reprovada se desse a resposta errada.

As três se conheciam bem e passaram boa parte do tempo falando sobre sessões de foto de que haviam participado juntas, e aquilo me entreteve. Também descobri que estava gostando de ser mimada. Eu definitivamente podia me acostumar com isso.

Andi enxaguou meu cabelo na pia da cozinha, onde ela lavou, aplicou condicionador, tornou a enxaguar e então me trouxe de volta para a cadeira.

— Você tem um secador de cabelo? — indagou ela.

— Isso me parece uma armadilha.

— Vou entender isso como um não. Você vai precisar comprar um modelador para cachos grandes. Acho que aprender a secar e modelar ao mesmo tempo pode ser um pouco mais complicado do que você está acostumada.

Jen me mostrou técnicas para aplicar maquiagem várias e várias vezes, retirando toda a maquiagem e me fazendo aplicar de novo até ficar satisfeita com o resultado da minha recriação do que ela havia me mostrado.

— Estou mantendo tudo bem básico. Você tem uma estrutura óssea tão boa e uma pele tão bonita que não há motivo para exagerar.

— Os elogios fazem parte do serviço ou são cobrados à parte? — perguntei.

Aquilo a fez rir. Ela tinha escolhido para mim doze batons Minx novinhos em tons diferentes.

— Aqui tem um para cada um dos seus visuais novos. — Ela e Gloria vinham confabulando a respeito pela última hora, mais ou menos.

— Certo. Como é que eu sei qual combina com qual?

— Boa. Vou rotular tudo para você.

Andi ligou o secador e me ensinou bem por alto como recriar o que ela estava fazendo usando o modelador que eu deveria comprar. Desejei um caderno para poder fazer anotações.

— Vou anotar as instruções da Andi para você! — gritou Jen por cima do ruído, como se tivesse lido minha mente.

Ou talvez apenas reconhecesse a necessidade disso.

Meu cabelo estava pronto, e Andi me virou para o espelhinho que Jen e eu vínhamos usando. Ficou bonito. Mais loiro nas pontas, mas eu não odiei como pensei que talvez acontecesse. Realmente fez eu me sentir um pouco mais bonita. O cabelo caía até meus ombros, de modo que eu ainda podia prender tudo se quisesse.

— Minha vez — disse Gloria, me tirando da cadeira. Ela havia instalado um biombo e me entregou roupas. — Experimente essas.

Levei muito tempo para colocar tudo e ouvir as opiniões das três mulheres quanto ao que deveria ser mantido ou dispensado.

E então Gloria me entregou um vestido vermelho acetinado.

— Este é um vestido de coquetel — disse Jen. — Deixa pra lá. Eu vou anotar.

— Este é um vestido evasê de chiffon, com decote em V, na altura dos joelhos — corrigiu Gloria.

Levei um segundo para vesti-lo. Havia linhas que formavam um X cruzando minhas escápulas e um lindo laço na parte de trás da cintura. Saí de trás do biombo e as três sorriram, até Gloria. Jen chegou a aplaudir.

— É este — disse Andi.

— As roupas sempre caem tão bem em mulheres altas — comentou Gloria, como se fosse pessoalmente responsável por minha altura.

— Dê uma voltinha — comandou Jen, e eu dei. O vestido girou num grande círculo ao meu redor.

— Você deve se certificar de usar roupas de baixo com esse vestido — disse Gloria, o que me preocupou. Em que cenário eu usaria este vestido sem roupas de baixo?

— Eu queria poder ver tudo — falei.

Andi apontou para o quarto de Marco.

— Eu aposto um bom dinheiro que ele tem um espelho de corpo inteiro lá.

Boa. Eu quase saltitei até a porta do quarto dele e então bati.

— Pode entrar! — respondeu ele.

Abri a porta e entrei no quarto. Ele estava deitado no meio da cama, e havia uma parte ínfima minha que insistiu para que eu corresse até lá e me juntasse a ele.

Eu me contive.

Ele estava deitado de lado com o notebook à sua frente, segurando uma caneta na boca.

A caneta caiu um segundo depois, enquanto ele se sentava.

— Anna... uau.

— O quê? — perguntei, imediatamente desconfiada de que havia me sentado em maquiagem ou deixado cair tinta de cabelo no vestido.

— Você está... bacana.

Bacana? *Bacana* não valia um *uau*. Agora eu me sentia um pouco desconfortável e coloquei a mão por cima da barriga. Por que dizer algo lisonjeiro e daí dar para trás com um *bacana?*

— Eu não queria me intrometer.

— Eu entendo. Você queria ver como é um quarto limpo.

O quarto dele era muito organizado. A cama até estava arrumada.

— Ha ha. Está tentando me dizer que você fez tudo isso sozinho? — Pelo sorriso embaraçado dele, chutei: — Uma empregada? Eu poderia manter meu quarto limpo se tivesse uma empregada.

— Duvido.

Eu não tinha resposta para isso, pois ele não estava errado.

— Você queria me mostrar seu vestido? Se está querendo minha opinião, é um sim.

— Não. Vim ver se você tem um espelho de corpo inteiro.

— No banheiro — disse ele, apontando para uma porta.

Eu a abri, e lá tinha um banheiro que poderia competir com um spa. Azulejos reluzentes, uma banheira de imersão branca, uma ducha com espaço para seis pessoas. Mas é claro.

Encontrei o espelho pendurado do lado de fora da porta do closet e me postei em frente a ele.

Sorri para o meu reflexo. Oscilei de um lado para o outro, gostando do jeito como a saia balançava para lá e para cá.

Marco tinha me seguido, e eu fiquei contente. O banheiro parecia mais seguro do que o quarto dele.

— Você gostou? — perguntei.

— Minha opinião não importa — disse ele baixinho, e me senti estranhamente decepcionada. Talvez fosse porque passara as últimas horas com Jen me incentivando.

— Bom, eu gostei — informei, pois não queria que ele estragasse meu humor.

— É isso o que vale.

Notei uma etiqueta na minha cintura e olhei para ela.

— Seis mil dólares? — Arquejei. — Este vestido custa seis mil dólares?

— Ouvi dizer que é quanto custam vestidos assim. Pra mim, parece que vale a pena.

— Fácil dizer isso quando se é rico. Eu não tenho seis mil dólares.

E então, juro pelo fantasma de Obi-Wan, Marco se recostou no batente da porta e cruzou os braços. Foi um momento de parar o coração.

— Pensei que já tivéssemos concordado que eu ia pagar por tudo isso.

— Sei lá. Parece um tipo de desequilíbrio de poder.

— Como? Eu não tenho nenhum poder sobre você.

Nisso ele estava redondamente enganado, mas não o corrigi.

— Talvez seja porque você tem dinheiro e eu não.

— Sendo assim, você não deveria aceitar quando eu te ofereço dinheiro? Você precisa de vestidos para futuros eventos e não tem como comprá-los. Eu tenho, então deixe-me comprá-los.

— Você é lógico demais às vezes.

— Vou tentar melhorar isso — disse ele com uma piscadela.

— Sabe quantos homogeneizadores eu poderia comprar com seis mil dólares? Quatro.

— O que você faria com quatro homogeneizadores?

— Não faço ideia.

— Eu poderia comprar quatro homogeneizadores pra você — ofereceu ele.

— A questão não é essa. É que é caro — falei.

— Não se incomode com isso. Eu posso pagar.

Calculando que já protestara o bastante para deixar minha avó feliz, decidi que deveria voltar para o cômodo principal antes que as três mulheres enviassem um grupo de busca. Eu me aproximei de Marco e ele se enrijeceu, aprumando a postura e contraindo os braços de modo a fazer seus antebraços flexionarem.

Não entendi o que estava causando essa reação.

— Obrigada — falei. — Pode ser demais, mas obrigada mesmo assim.

Ele levou um segundo, e eu assisti enquanto seu pomo de adão subia e descia duas vezes antes de Marco pigarrear e dizer:

— De nada. Eu devia... hã... voltar ao trabalho.

— E eu deveria voltar a ficar com uma aparência *bacana*.

Rodopiei um pouco na direção da porta e ouvi o som de minha saia roçando na perna dele. Marco era um homem que me confundia muito. Eu sentia que nunca sabia de verdade o que ele estava pensando e me lembrei da minha avó me dizendo que as mulheres passavam o dobro do tempo imaginando o que os homens pensavam do que eles passavam pensando de fato.

Ele provavelmente estava focado em seu trabalho.

E torcendo para que esse plano, agora bem caro, desse certo.

Juntei-me novamente às mulheres, e Gloria tinha pensado em tudo — bolsas, sapatos que cabiam mesmo nos meus pés grandes, roupas de baixo combinando com cada traje — e Jen estava ocupada prendendo papeizinhos com notas em tudo. Coloquei minhas roupas de sempre, e Gloria pegou o lindo vestido vermelho e o guardou num saco com cabide.

Quando tudo estava separado e empacotado para mim, elas guardaram suas coisas e eu as acompanhei até a porta. Todas se despediram de mim com um abraço, até Gloria. Jen me passou seu número de telefone para que eu pudesse ligar caso tivesse qualquer dúvida, e daí elas se foram.

Eu estava tentando decifrar como iria descer tudo aquilo até a Betty sem fazer várias viagens, quando Marco saiu do quarto.

Ele veio até mim, e não pude evitar me sentir um tanto mesmerizada conforme se aproximava mais e mais. Como um felino perseguindo sua presa. Só que, se eu fosse a presa, me deitaria e fingiria de morta só para ele me pegar.

— Estamos sozinhos? — perguntou ele.

— Sim. — A palavra me escapou sem querer, quase num guincho.

— Que bom. Tem uma coisa que eu queria discutir com você.

— Tem, é?

Ele assentiu com a cabeça.

— Sedução.

Capítulo dezessete

Todo o meu sangue abandonou o cérebro e se acumulou em locais indizíveis. Se o plano dele era me seduzir, vi que eu não tinha objeções.

— Como é?

— Você já tem sua armadura, está pronta para ir à luta. Agora precisa de uma estratégia.

Marco pegou um controle remoto e clicou em um botão, colocando uma música suave para tocar, e estendeu a mão para mim. Pelas barbas de Gimli! Talvez eu realmente estivesse prestes a ser seduzida.

Ainda nenhuma objeção de minha parte.

Apesar de saber que ele não podia estar falando de nós.

— Espera. Isso é para eu seduzir o Craig? — conferi. Senti que precisava me certificar de não estar entendendo mal a situação.

Marco abaixou a mão.

— É.

Por que isso era decepcionante? Por um momento, não consegui falar.

Por sorte, ele preencheu o que parecia ser um silêncio constrangedor.

— O motivo pelo qual fiz tudo isso é porque haverá uma festa no próximo fim de semana. Uma pré-celebração de noivado.

Houve uma dor pelas palavras dele, mas era opaca e longínqua. Não como a nitidez vívida que eu vivenciava antes toda vez que pensava em Craig se casando com outra pessoa.

— Mas eles acabaram de ficar noivos.

— Minha madrasta adora qualquer desculpa para dar uma festa. Sobretudo para poder beber sem ser julgada. Ela diz que, se você beber em público, é um bêbado alegre; em privado, você é um alcoólatra. Ela faz as duas coisas e não consegue ver a ironia. Mas enfim, será um de vários eventos preliminares antes da festa de noivado em si, que custará uma fortuna e será destaque em colunas de fofoca e revistas on-line por todo o país. E, neste primeiro evento, teremos dança.

— Então... você está me convidando para um baile — falei, tentando ignorar a onda de empolgação cada vez maior. Finalmente, eu era a garota sendo convidada para o baile. Aquilo fez coisas engraçadas com meu estômago.

— Acho que sim, em certo sentido. Deveríamos ensaiar.

Todo o meu ser latejou devagar diante da ideia de Marco me segurando em seus braços de novo.

— Eu sei dançar.

— Tenho certeza de que sabe. Mas não queremos que pareça ser a nossa primeira vez.

Ele estendeu a mão de novo e, contrariando a mim mesma, a segurei. Ele me puxou para os seus braços, a mão direita dando a volta em minha cintura. Coloquei meus braços em torno do ainda sexy pescoço dele e ele pegou meu braço direito, puxando-o para baixo. Em seguida, fechou a mão esquerda ao redor da minha direita e eu puxei uma inspiração entrecortada.

— Sei que a última vez que você dançou deve ter sido em algum evento de despedida do acampamento espacial, mas você não está no sétimo ano — disse ele, provocando. — Adultos dançam assim.

— Só porque gosto de coisas nerd não quer dizer que eu tenha ido para o acampamento... — Minha voz foi sumindo. — Tá bom, tudo bem.

Não havia sentido em discutir com ele porque eu tinha, sim, ido para o acampamento espacial, mas tentei me apegar àquele tantinho de raiva. Porque, a despeito da garantia dele de que eu estava usando uma armadura, me sentia vulnerável demais. Eu precisava de alguma defesa contra ele.

Então estávamos balançando com a música, nos movendo lentamente num círculo. E para mim lembrou muito o baile do sétimo ano, mas uma versão adulta e atualizada com um homem gostoso demais.

Tentei forçar minhas mãos a não suarem de novo, mas não funcionou muito bem. Eu estava muito consciente da presença dele. Marco não estava mais úmido e emanava calor por todo lado, um calor que penetrava meus poros, fazendo minhas células formigarem em reação.

Era gostoso dançar com um homem mais alto do que eu. Não era algo que eu tivesse vivenciado com frequência quando mais nova.

Estava tão concentrada nele e na sua energia que soube que precisava me redirecionar.

— Por que você acha que eu preciso de ajuda para seduzir o Craig? — Parecia muito estranho ter essa conversa com ele, dado que Craig era seu irmão.

— Foi você quem disse que não tinha muita experiência nessa área.

Os dedos dele se flexionaram na minha cintura, provocando uma sensação de ardência que começou no ponto de contato e irradiou para fora.

Marco meio que estava agindo como se eu nunca tivesse saído com ninguém. Quer dizer, eu havia namorado. Esporadicamente. Até tivera alguns encontros nos últimos meses, arranjados por Catalina. Mas ele não precisava saber quão mínima era minha experiência na realidade.

— Entendo que eu não seja, tipo... sedutora, mas o que há para se saber? Não é só tirar a blusa?

— Você não fica pelada.

— Diz o homem que começou esta tarde só com metade das roupas.

Ele sorriu para mim e pareceu querer dizer algo, mas não disse.

— Isso seria um tanto óbvio.

— E o óbvio não funciona? — Eu era muito fã de obviedades.

— Não se parecer desesperado. As pessoas gostam da caça. De desejar coisas que sabem que não podem ter. É da natureza humana. Então não tire a roupa. Talvez precisemos apenas refinar a sua técnica de flerte.

— Isso pode ser uma boa ideia. Eu sou meio que uma morsa hiperventilando quando tento flertar.

Ele riu e sua mão se apertou em volta da minha. Que, por sorte, ainda continuava sem suor, na maior parte. Já em volta do meu couro cabeludo e na parte baixa das minhas costas... nem tanto.

— Você pode praticar comigo — ofereceu ele. — Eu sou um homem atraente.

— O que te faz pensar que você é atraente?

— A maioria das mulheres que conheci pareceu achar.

Mas que convencido...

— Você me conheceu, e eu não acho isso de você.

Aquele sorriso malicioso dele o deixava com uma expressão travessa.

— Eu poderia soltar algo bem arrogante agora, mas digamos apenas que sei que você acha isso, sim.

— Ha. — Tantas mentiras estavam para sair da minha boca. — Não acho, não.

— Vamos concordar em discordar — disse ele, me empurrando de leve para trás para eu poder dar um giro. Quase desejei ainda estar com meu vestido vermelho. — Além disso, você já me contou que me acha atraente.

Droga. Ele tinha razão.

— A coisa mais atraente em você é a sua humildade — falei para ele quando voltei para os seus braços.

Calculei mal a distância entre nós e me choquei contra seu peito firme. Fiquei ali por um instante, engolfada em labaredas elétricas, adorando a sensação dele contra mim, quando ele disse baixinho:

— Não é disso que você mais gosta em mim.

Tá, isso só piorou tudo.

Dando um passo para trás, tentei discretamente puxar um pouco de ar para dentro dos pulmões. Ele me colocou em posição para voltarmos a dançar.

— Você não faz o meu tipo — falei para ele. Não sabia quem de nós dois eu tentava convencer, mas acho que nenhum dos dois estava acreditando.

— Não faço seu tipo? Eu sou como ketchup. Combino com tudo.

— Você come ketchup? Vocês, ricaços, não ligam só para caviar e alcachofra em pratos de ouro?

— Alcachofra? Esse é o seu insulto?

— Você já comeu uma? — perguntei para ele. Era um grande insulto.

— Vamos lá, me mande o que tiver de pior — disse ele. — Pergunta se eu não estou tonto de ficar rodando pela sua mente o dia inteiro. Ou se doeu quando eu caí do céu.

— Cantadas ridículas? É disso que vamos depender agora? Estamos encrencados de verdade.

— Pois eu devo avisar que cantadas ridículas podem funcionar muito bem, nas circunstâncias certas.

— Seriam essas circunstâncias a outra pessoa estar tão bêbada que nem repararia? — indaguei.

— Tente.

— Certo. — Eu me sentia tão ridiculamente estúpida. Não podia usar uma cantada besta com ele. Nunca conseguiria chegar ao fim com uma cara séria. Soltei um gemido abafado. — É disso que eu gosto na ciência. Se eu acrescentar uma quantidade precisa de metal potássio a uma quantidade exata de gás cloro, obtenho cloreto de potássio. Toda vez.

— Lamento que a vida seja mais subjetiva que isso.

— Eu também. Um mundo organizado seria muito mais fácil de navegar.

Ele me rodopiou de novo, e dessa vez voltei para o ponto certo. O que foi, na realidade, decepcionante. Eu gostei da trombada acidental de antes.

— Tá, eu começo. Marco, eu sonho com você à noite — ele falou numa voz em falsete, como se estivesse me imitando.

Dei um tapa no ombro direito dele, enquanto ele ria.

— Tá bom. Você tem... um formato legal. Você tem músculos que... hum... estão ali e funcionam. — Tão, tão idiota.

— Eu diria que está mais para lontra asmática do que morsa hiperventilando — disse ele. — O que mais você tem?

Tentei bater as pestanas para ele. Lembrei de Catalina dizer algo sobre isso uma vez.

— Tem alguma coisa no seu olho? — perguntou ele. — Ou isso é mais do seu flerte? Porque eu tenho comentários.

— Não tem nada no meu olho — disparei de volta para ele.

— Espera. Você está com um cílio na bochecha.

Ele levantou a mão com gentileza, e eu prendi a respiração. Seu dedo tocou minha bochecha tão de leve... mas foi como se ele tivesse apertado algum botão de detonação dentro de mim e tudo tivesse irrompido em chamas.

Marco pegou o cílio e segurou o dedo na frente dos meus lábios.

— Faça um pedido — disse ele baixinho.

Fiquei com medo. Deveria pedir para que isso desse certo e para acabar com o Craig, mas não pedi. Fiz um pedido que não tinha a menor intenção de revelar em voz alta. Eu não o diria nem para mim mesma.

Soprei o dedo dele e lutei contra o instinto de beijar a ponta enquanto ela ainda estava próxima da minha boca.

— Então parece que temos uma longa noite à nossa frente — disse ele enquanto levava a mão de volta à minha cintura. Sua voz soava um tanto estranha, mas eu não sabia o porquê. — Afinal, em algum momento, você vai ter que conversar com o Craig.

— Nós já tivemos conversas, muito obrigada. — Fiquei irritada por ele agir como se soubesse de tudo e eu fosse uma irmã caçula tapada que precisava de ajuda. — E aí, sr. Especialista, como você me seduziria se a situação fosse invertida?

Ele parou por completo. Ainda me segurava, mas não estávamos mais dançando. Ele se moveu de modo que uma das mãos continuasse na minha cintura e, com a outra, prendeu meu cabelo atrás da orelha, acariciando a curva dela com os dedos.

Eu já me encontrava numa poça, molinha.

— As mulheres são diferentes dos homens — falou ele, os dedos descendo pelo meu pescoço, para meu ombro, meu braço, até se juntarem à outra mão dele na minha cintura. Havia rastros de fogo em todo lugar que ele tinha tocado em mim.

Todo lugar que ele ainda tocava em mim.

— Eu te diria como você está linda hoje. Como meu fôlego ficou preso na garganta quando você entrou no meu quarto. Como passei a noite inteira pensando no quanto quero ficar sozinho com você, conversar com você, ficar perto de você. Tocar em você.

Enquanto falava naquele tom grave e hipnotizante, sua voz áspera e excitante, Marco ia me puxando mais para junto dele, de modo que estávamos de volta pressionados um contra o outro.

Santo Barbárvore! Estava funcionando, totalmente, cem por cento. Eu sabia que era tudo mentira, mas estava caindo direitinho. Feito um piano de uma janela no décimo segundo andar.

Ele abaixou a cabeça para deixar os lábios próximos do meu ouvido.

— E daí, porque você é você, eu diria que meu coração deve ser feito de gálio, porque derrete quando você está perto de mim.

As palavras fizeram cócegas no meu ouvido, me deixando trêmula e em chamas. Acabou que ele tinha razão sobre a coisa da cantada ridícula, porque eu estava pronta para arrastá-lo para o quarto.

Quando me dei conta de que eu devia ser a única mulher no mundo que reagiria à cantada científica dele, isso me mostrou o quanto ele era perceptivo e que entendia as mulheres de um jeito que eu jamais entenderia os homens.

Ou ele me entendia de uma forma que eu jamais o entenderia.

Também pensei no quanto eu queria que isso fosse real. Estava basicamente ofegando com aquelas palavras, incapaz de respirar bem.

Notei que a respiração dele também parecia estar mais pesada que antes.

— Será que devo te dizer que acho que a reação entre você e eu seria exotérmica? — indagou ele, pressionando os dedos nas minhas costas, ainda me fazendo estremecer e desejar seu calor. Porque qualquer coisa que acontecesse entre nós seria, de alguma forma, exotérmica e endotérmica simultaneamente, muito obrigada.

Tudo parecia tenso: minha garganta, meu peito, minha pele, mas, ao mesmo tempo, era como se tudo estivesse prestes a explodir.

— Uau, você é incrível nisso. Eu quase acreditei.

A expressão dele passou para uma que não reconheci, mas então seu sorriso voltou.

— Viu? É fácil. — Marco se afastou, me soltando por completo. Fazia apenas alguns segundos, mas eu já sentia falta dele me envolvendo. Ele acrescentou: — Ainda bem que somos amigos.

— É — falei debilmente. — Isso tudo seria bem esquisito se não fôssemos.

Ou talvez fosse por isso que tudo era esquisito. Amigos tentando fingir serem amantes.

Ele ficou ali, e me dei conta de que seu sorriso não chegava aos olhos, então tentei uma piada.

— Não precisa se preocupar se você tem lábia ou não. Se tivesse um pouco mais de lábia, ia escorrer da boca. Se eu aprender a fazer o que você acabou de fazer, Craig não vai saber o que o atingiu.

Entretanto, ele não riu como eu esperava. Em vez disso, falou:

— Devíamos fazer uma pausa. Está com fome? Podemos pedir alguma coisa.

— Claro.

Ele se sentou no sofá e, sem saber o que fazer, me sentei também. Marco sugeriu algumas opções na vizinhança e decidimos por hambúrgueres. Ele usou um aplicativo em seu celular e o passou para mim, já com o cardápio dos lanches aberto.

— Nada com queijo, certo? — confirmou ele.

— Isso — concordei, tocada por ele ter se lembrado. Embora, depois da nossa longa discussão vegana na pizzaria, não deveria ser uma surpresa.

Acrescentei o que eu queria ao pedido e entreguei o telefone de volta para ele terminar.

— Obrigada pelo jantar — falei. — Caso eu me esqueça de agradecer mais tarde.

— De nada, adiantado — disse ele.

Sem saber o que fazer e preocupada que talvez fosse tentar me aproximar dele aos poucos, joguei as pernas de lado e derrubei uma pasta de papel pardo da mesinha de centro.

— Ah, desculpa — falei, me debruçando para apanhar. Vi algumas das páginas. Era uma discussão de marketing sobre nomes. — Isso é para a linha nova?

— É, sim. — Ele assentiu com a cabeça e largou o telefone.

Li as sugestões em voz alta.

— Megera, Harpia, Azeda. Que pena que você não pode escolher algo bacana e inspirador. Ah! Talvez Heroína.

— Igual à droga?

— Não, igual ao feminino de herói. Uma mulher incrível.

— É... Não sei se a distinção fica clara para as pessoas. Mas aposto que cosméticos de heroína sairiam caro. Talvez até encontrassem um público novo para nós.

Sorri, colocando a pasta e os papéis de volta sobre a mesa.

— Agora há pouco... — Ele foi se calando, e meu coração parou de vez. Agora há pouco, quando? Dançando? Querendo beijá-lo? Na aula de sedução? — Com a equipe — prosseguiu ele. — Foi tudo bem com a transformação?

A pergunta foi tanto um alívio quanto uma decepção.

— Elas foram ótimas. Mas houve alguns pedidos que não aceitei. Sabia que elas queriam me depilar com cera? Eu expliquei que somos mamíferos e que era para termos pelos mesmo.

Diante disso ele riu, e foi bom me sentir confortável de novo depois de ficar constrangida e insegura, então continuei.

— Elas também queriam que eu me livrasse dos meus óculos. Eu disse a elas que era inegociável. Não estou numa situação de Superman. Eu não me torno uma deusa do sexo do nada, apenas tirando meus óculos. Meu único superpoder é a visão ruim. Meus olhos são basicamente só de enfeite a essa altura.

— Eu acho que os seus óculos são uma graça — disse ele. — Mas o Craig é... bom, é o Craig. Todas elas já trabalharam com ele, então sabem do que estão falando.

Eu não queria particularmente explorar nem pensar muito sobre essas declarações. Que Marco achava meus óculos uma graça, porque isso só me levaria à toca de coelho de *será que ele disse uma graça no sentido de atraente ou uma graça como uma senhora idosa de cabelos azuis passeando com seu poodle toy*, e que Craig não os definiria como uma graça de maneira nenhuma, colocando-nos de volta no território de "Craig é superficial", de onde eu estava determinada a manter distância. Segundo sua própria admissão, Marco não passava muito tempo com Craig desde que eles eram bem jovens. As pessoas não o conheciam como eu conhecia.

— Tive que dizer a elas que não posso usar lentes de contato porque não vou enfiar nada nos meus globos oculares, e aí elas sugeriram cirurgia corretiva a laser. Eu não vou deixar ninguém apontar lasers para os meus olhos, por motivo nenhum. Nem mesmo pelo seu irmão.

— Faz sentido — disse ele. — Eu também não deixo ninguém apontar lasers para os meus globos oculares.

Apontei para o setup de jogos dele.

— E aí, vou receber uma demonstração? Ou terei que apenas imaginar você jogando do jeito mais nerd possível?

— Posso fazer melhor do que demonstrar. Você pode jogar comigo. — Ele se levantou e ligou a TV de tela plana. — Eu tenho o jogo perfeito para você.

Ele pegou um controle e me entregou outro.

— Eu nunca fiz isso antes — alertei.

— Caso não tenha notado, sou um bom professor. — Por que tudo que saía da boca de Marco tinha que soar como a coisa mais sensual do mundo, mesmo quando ele falava de maneira normal? — Eu vou te mostrar como se faz.

O jogo que ele escolheu começou e eu reconheci a música.

— *O Senhor dos Anéis*? — perguntei, arquejando.

— Isso.

Ele me explicou para que servia cada botão no controle, mas eu estava tão ansiosa para começar que não prestei atenção de verdade. Ele me ajudou a criar um personagem, e daí entramos no jogo juntos.

Marco tentou me mostrar o que eu deveria fazer, mas eu estava rodopiando, desfrutando da paisagem. Ele me convenceu a seguir adiante e nós simplesmente fomos cortando coisas com nossas espadas.

Depois de fazer isso por um tempo, anunciei:

— Eu não entendo esse jogo. Nós ficamos só correndo por aí e golpeando qualquer coisa que se mova?

— Parece que você entendeu, sim — disse ele.

Jogamos até a comida chegar, e daí nos sentamos na mesa dele para comer.

— Antes de começarmos, tenho uma coisa — anunciou ele.

Marco se levantou para ir até o quarto, e falei enquanto ele se afastava:

— Eu poderia te fazer um creme para isso!

Em vez de responder à minha piada, ele retornou com um fichário enorme e o colocou na mesa.

— Isso é pra você.

Dei uma mordida imensa no hambúrguer, puxando o fichário para mim.

— O que é?

— É uma coletânea de informações sobre o Craig. Do que ele gosta, não gosta, coisas assim.

Engoli o pedaço do meu lanche e disse:

— Você montou um fichário com separações codificadas por cores sobre o seu irmão? — Ele realmente estava dedicado à causa.

— Minha assistente montou.

— Você deveria dar um aumento para ela — falei enquanto abria o fichário.

— Desculpa por te dar dever de casa.

Sem poder me conter, respondi na mesma hora:

— Eu adoro dever de casa.

— Desconfiei — disse ele, jogando um par de batatas fritas na boca. — Tem ketchup aqui. Se você quiser. Porque combina com tudo.

Eu queria, sim. Esse era o problema. Virei de costas para ele e passei os dedos pelas etiquetas do fichário, parando na última divisória. Li o título em voz alta.

— Esportes.

— Ele é fanático pelos Portland Jacks. — Marco fez uma pausa, como se esperasse uma resposta, e então acrescentou: — São um time de futebol americano profissional do Oregon.

— Eu sei quem eles são — protestei, indignada. Eu sabia disso, não?

Marco pareceu não acreditar em mim.

— O que você sabe realmente sobre esportes?

— Sei que tem bolas e algum tipo de equipamento para a cabeça e tapas na bunda, pelo que entendi.

— Pensei que seu avô fosse torcedor dos Dodgers.

— Ele é. Mas meus pais estavam voltando de uma partida naquela noite e eu só... nunca quis de fato assistir beisebol desde então.

— É compreensível.

— Mas você fez o oposto. Você administra a empresa para a qual sua mãe trabalhou como modelo. — Ele não tinha se afastado dela, embora devesse ter lembranças dolorosas associadas à Minx. Especialmente quando colocaram no ar aquela campanha retrô com a imagem da mãe dele.

— Nossas situações eram diferentes. Se os seus avós fossem proprietários dos Dodgers, você ainda teria frequentado os jogos.

Peguei meu refrigerante e tomei um gole.

— É provável que esteja certo. Sabe, você tem um bom entendimento das coisas.

— Passei muito tempo fazendo terapia.

Aquilo me surpreendeu. Coloquei meu copo de volta na mesa.

— Sério?

— Não é algo ruim.

— Não, eu concordo com você. Só estou impressionada. Você não parece o tipo que faz terapia. É mais o tipo de cara que enfia tudo numa caixinha interna e aí esconde a caixa lá no fundo de você mesmo e nunca mais toca no assunto.

— Fui assim por muito tempo, até me dar conta do quanto isso estava me fazendo mal. Meu pai não queria que eu fosse, mas, quando fiz dezoito anos, comecei a tomar decisões sobre o que era melhor para mim, e buscar ajuda profissional foi uma dessas coisas. Perder um dos pais é pesado, e ajudou ter alguém com quem conversar a respeito. Você já fez terapia?

— Fiz algumas sessões logo após o acidente. Daí minha avó decidiu que já bastava para mim e que eu só precisava trabalhar duro para lidar com as minhas emoções. Mas, no fundo, eu queria continuar indo.

— Por que você não disse isso para ela? — perguntou ele.

Encolhi um ombro.

— Sei lá. Acho que eu estava com medo de que, se me expressasse, se não fizesse tudo o que eles queriam, ia perdê-los também. Sei que era irracional, mas eu era uma criança. E acho que esse é um dos motivos pelos quais nem sempre me defendo.

Ele considerou isso.

— Você se defendeu hoje com a coisa do Lasik.

— Êeee! Ponto para mim por não deixar ninguém cortar meus globos oculares. — Comi mais algumas fritas e então falei: — É engraçado. Era de se pensar que você e eu não teríamos nada em comum. Tivemos uma criação totalmente diferente um do outro. Experiências de vida bem diferentes. Mas, quando eu passo tempo com você, é como se nada disso importasse. Como se você me compreendesse.

— Talvez eu compreenda — disse ele. — O luto é um grande equalizador. Mas além disso há o fato de que eu gosto de passar meu tempo com você também. Falando nisso, eu te dei o fichário, o cabelo, as roupas. Tecnicamente, terminamos o que tínhamos para fazer, mas… quer ficar por aqui?

Embora eu admitisse o fato de que podia estar enganada, pensei ter detectado um tom esperançoso na voz dele.

Como se ele quisesse que eu dissesse sim.

— Claro. Deixe-me só fazer um telefonema.

Fui até a porta de entrada, saindo de vista. Disquei o número bem rápido e, quando ouvi um "Alô?", falei:

— Vô? Eu vou ficar fora até mais tarde. Não me espere acordado.

Capítulo dezoito

— Quer retomar de onde paramos no videogame? — perguntou Marco assim que tiramos nosso lixo da mesinha, agora que havíamos terminado de comer. Ele tinha uma daquelas lixeiras chiques escondidas dentro de um gabinete deslizante.

— Não muito — confessei. Não era tão divertido quanto supus que seria. Talvez, se houvesse alguma versão de realidade virtual em que eu pudesse pentear o cabelo do Legolas, minha opinião fosse outra.

— Tá, então além de ver filmes e criar maquiagem, o que mais você gosta de fazer?

— Eu gosto muito de jogos de tabuleiro.

— Quer jogar um?

Marco tinha jogos de tabuleiro? Interessante.

— Você tem Monopoly?

Os olhos dele se acenderam.

— Tenho! Ganhei de presente no último Natal. Um minutinho. — Ele foi até o quarto e voltou carregando uma caixa preta, ainda embrulhada em plástico. Quando chegou mais perto, vi que era a edição da saga completa de *Star Wars*. — Ganhei da minha irmã mais nova.

Mais revelações chocantes.

— Eu não sabia que você tinha uma irmã mais nova.

Não era de se espantar que ele me tratasse como uma. Isso também queria dizer que Craig tinha uma irmã. O que me lembrou de quão pouco eu sabia sobre a família Kimball antes de conhecer Marco.

— Eu não a mencionei antes? Lindy. Ela é incrível. Acho que você gostaria dela.

Marco colocou o jogo na mesinha e me entregou uma bandeja plástica com todas as peças dos jogadores. Ele abriu o tabuleiro e todas as propriedades eram planetas de *Star Wars*, e nós tínhamos que construir naves X-Wings e caças TIE em vez de hotéis.

Aquele era definitivamente o meu tipo de jogo. Todos os pensamentos sobre a irmã dele fugiram de minha mente. Peguei o boneco do Kyle Ren para me representar. Marco pegou Han Solo, e aquilo fazia todo o sentido, considerando-se a personalidade de Marco. Eu até podia vê-lo como um contrabandista, capitaneando uma espaçonave e...

Interrompendo minha imaginação empolgadíssima, me concentrei em montar o jogo. Ele disse:

— Você vai ser o Império; eu faço parte da Aliança Rebelde. O que quer dizer que vou ganhar.

— Famosas últimas palavras — falei.

Ele sorriu para mim.

— Veremos.

— Craig gosta de jogos de tabuleiro?

Os olhos dele se fecharam por um instante, o sorriso sumindo.

— Não sei. Não somos esse tipo de família.

Estaria ele falando de jogar jogos de tabuleiro ou de passar tempo juntos? Ou de conhecer do que os outros gostam e desgostam?

Ele acrescentou:

— Vou chutar que isso significa que a sua família é do tipo que se senta junta e joga jogos de tabuleiro.

— É, mas meus avós sempre desistem depois de três rodadas de Monopoly. Eu nunca consegui ir até o final do jogo.

— Ficarei feliz em te apresentar à sua primeira derrota oficial — disse ele.

— Acha que eu não vou ganhar de você? — perguntei enquanto movia meu boneco para o ponto de partida. — Acho que você está subestimando severamente minha natureza competitiva.

— E você está se esquecendo de que sou o CEO de uma empresa e minha vida real já é como Monopoly. Eu até tenho um hotel em Park Place.

— Não tem, não! — Arquejei, em choque. Por que isso o deixava ainda mais atraente?

— Acertou, não tenho — falou Marco, sorrindo. — Mas você acreditou por um segundo, não foi?

— Isso é porque eu confio demais.

— É, isso é verdade — concordou ele, os olhos cintilando de uma forma que não entendi. — Mas eu tenho uma casa na Toscana que minha mãe deixou para mim. Terei que te levar lá um dia.

Por que ele fazia isso? Será que estava apenas puxando assunto? Sendo educado? Ou será que ele me via em seu futuro de algum jeito? Casada com seu irmão?

E por que eu estava sempre vendo coisas a mais em tudo o que ele dizia?

Balançando a cabeça, anunciei:

— Como sou sua convidada, eu começo. Tenho certeza de que você quer ser um bom anfitrião.

Apanhei os dados e os joguei no tabuleiro.

— Trapaceando já? — perguntou ele enquanto eu movia meu Kylo Ren oito casas.

— Ir primeiro não é trapacear. É só aproveitar a oportunidade quando ela se apresenta.

— Vou me lembrar disso.

Parando em Kashyyyk, eu disse:

— Vou comprar. — Peguei meus créditos. — Espera. Quando foi que decidimos que você seria o banco?

— Porque, de nós dois, eu tenho uma conta-poupança na vida real — provocou ele. — Acho que isso me qualifica como a melhor pessoa para cuidar do dinheiro.

— É melhor você ser honesto — alertei.

— Não fui eu quem saiu agarrando os dados primeiro — retrucou ele.

— Então saiba que estou de olho em você. — Não que isso fosse um sofrimento ou coisa assim.

— O que eu sei é o quanto você gosta de regras. — Marco fez uma pausa. — Por que você é tão fã?

Dando de ombros, peguei dele o cartão de propriedade e o coloquei na minha frente.

— Gosto da ideia de ser capaz de impor ordem ao caos. Sei que não posso controlar o mundo, mas me apegar às regras me faz sentir que eu posso.

— Sei como é — disse ele.

Houve um momento carregado entre nós, nossos olhares travados um no outro, até eu pegar os dados e entregá-los para Marco.

— Torcendo para você cair em Kashyyyk.

Com isso, ele riu, e nos provocamos e fizemos piada enquanto continuávamos jogando, numa corrida para ver quem acumularia mais propriedades primeiro. Marco era melhor do que eu esperava e definitivamente me deixou em estado de alerta.

Conforme a provocação foi parando, nós nos aquietamos num ritmo confortável, trocando histórias ao longo da noite. Compartilhamos nossos apelidos de infância.

— Menina-Passarinha ou Nerd dos Pássaros — contei para ele. — E o seu?

— Menino do Aparelho.

— Porque você tinha aparelho nos dentes, ao contrário da maioria das pessoas? — indaguei, sarcástica. Crianças eram tão sem imaginação...

— Isso, mas eu também usava aparelho ortopédico nas pernas porque tinha os pés para dentro, como os de um pombo.

Aquilo o fez parecer ainda mais gente como a gente.

— Meu avô teria achado os seus pés tortos adoráveis.

Ele riu.

— Ele teria sido o único.

— Não era muito popular com a mulherada? — perguntei.

— Eu só fui beijar uma garota quando já estava no segundo ano do ensino médio.

— Uau. Até eu fui beijada antes disso.

— No acampamento espacial? — perguntou ele com aquele sorriso.

Foi, mas isso não parecia o tipo de informação que ele precisava receber.

— E aí o quê, você passou os últimos quinze anos mais ou menos compensando o tempo perdido?

— Algo assim.

— Honestamente, eu acho difícil acreditar que todas as garotas que você conheceu foram estúpidas demais para ver... — Minha voz foi sumindo conforme eu percebi que estava perto de fazer papel de idiota.

— Ver o quê? — O tom dele era casual, mas havia algo ali, logo abaixo da superfície, que parecia tudo, menos casual.

Porque como é que aquelas mulheres poderiam não ter olhado além de algo que era temporário e visto o homem incrível logo abaixo?

Aposto que, quando ele ficou gostosão, elas ficaram todas chutando o próprio traseiro.

Ele me confidenciou por que nunca tivera um relacionamento longo.

— Todo casamento que eu vi foi por conveniência. Por status ou dinheiro. Eu nunca namorei uma mulher que não esperasse presentes elaborados e férias caras.

— Quero te dizer que não ligo para essas coisas, mas você me deu um misturador e eu não vou te devolver só para parecer nobre ou coisa que o valha.

Ele riu.

Acrescentei:

— Eu me ofereceria para devolvê-lo, porém nós dois saberíamos que não era sério. Mas provavelmente deveria receber o crédito por cogitar a possibilidade.

— Por todo esse 1,2 segundo que você pensou a respeito?

Movi meu Kylo Ren por cinco casas e entreguei a Marco o dinheiro do aluguel que lhe devia.

— Existem mulheres por aí que te considerariam um cara ótimo, com ou sem dinheiro. Você tem muito mais a oferecer do que a sua conta bancária.

— Obrigado — disse ele baixinho, adicionando meus créditos à sua pilha crescente.

Conversamos sobre o que queríamos ser quando crescêssemos. Falei para ele que eu sempre quis ser uma química, que, quando era pequena, meu pai fazia todo tipo de experimentos caseiros comigo. Gelo quente. Pasta de dente de elefante. Metais alcalinos na água.

— Eu achava que ele era mágico. Ainda penso em química como sendo magia.

— Por que cosméticos? — perguntou Marco.

— Minha mãe adorava maquiagem. Ela queria mesmo ser atriz, o que minha avó pensava que era uma perda de tempo, então acabou se formando em biblioteconomia. Foi assim que ela conheceu meu pai: minha avó queria combinar um encontro entre ele e minha mãe, então ele foi até a biblioteca "dar um confere" nela, como ele gostava de dizer, e eles se deram bem. Quando ela saiu do trabalho, ofereceu uma carona para ele, mas estava com um pneu furado. Ele a resgatou e trocou o pneu para ela, e meio que foi isso. Ela nem ligou de ter sido tudo meio montado. Eles se casaram bem depressa.

— Isso é fofo — disse ele.

— Enfim, eu era obcecada com as coisas dela quando era pequena. Lia todos os rótulos dos hidratantes e batons. Queria entender o que eram os produtos para poder fazer esse tipo de coisa eu mesma. Como se pudesse entender melhor minha mãe compreendendo as coisas que ela usava. Ela era tão linda, e eu queria desesperadamente ser como ela.

Marco segurava os dados na mão, prestes a fazer sua jogada, mas parou.

— Você é.

Infelizmente, tinha escolhido aquele momento para tomar um gole, pois, de tanto falar, minha boca havia secado. Eu me engasguei com a água. Tossi e ele pareceu preocupado, inclinando-se para a frente como se fosse me ajudar, mas eu levantei a mão para impedir.

— Estou bem — falei quando consegui respirar de novo. — Você não precisa dizer isso. Eu vou ler e estudar aquele fichário ridículo que você me deu. Já aceitei. Não precisa me convencer. Eu vou te ajudar.

— Anna, você é linda.

Marco soava tão honesto, mas parecia quase doloroso para ele dizer isso.

— Porque me aprimorei com um pouco de cor no rosto e no cabelo?

Ele balançou a cabeça.

— Você já era linda antes disso. Não aprimorou nada. Isso só te deixou um pouco diferente. E, antes que comece a discutir comigo, você ser linda é apenas… como foi que você chamou? Apenas um fato objetivo.

— Não é justo usar minhas próprias palavras contra mim — falei suavemente, mas ele sorriu, e minhas pernas bambearam.

— Se eu fosse o homem por quem você está apaixonada, não ia querer que mudasse nada.

— Mas você não é.

— Eu sei — disse ele daquele seu jeito alegre, só que não soou tão autêntico como costumava soar.

— E você? O que você queria ser quando crescesse? — perguntei, voltando minha atenção ao jogo. Tinha algo acontecendo ali. Algo não correspondido, lembrei a mim mesma. Eu de verdade gostava dele como pessoa, não precisava deixar isso constrangedor.

— Eu nunca quis ser nada além de CEO da Minx e depois CEO da KRT.

— Que tipo de menininho brinca com seus caminhões e diz: *Algum dia espero ser um CEO*?

— O tipo que cresceu com meu pai — disse ele. — Havia expectativas. Mesmo quando Tracie começou a pressionar para o Craig assumir o cargo, meu pai ainda queria que eu seguisse os passos dele. E, para ser sincero, uma parte de mim quer fazer isso só para irritar Tracie. Sinto que ela tirou tanta coisa de mim que não quero que leve isso também. Sei que não é bom nem saudável. — Ele fez uma pausa, olhando para mim. Em busca de julgamento? Eu não o julgaria por isso. Ele acrescentou: — Acho que eu nunca disse isso em voz alta antes. E esse não é o principal motivo por eu querer o cargo. A KRT Limited tem sido um negócio de família há gerações, e eu não quero ser o elo fraco nessa corrente.

— Talvez fosse para você ter um outro tipo de emprego. Você poderia ser um daqueles jogadores de futebol americano que empurram as pessoas pelo campo.

— Um atacante? — perguntou ele, um pouco confuso.

— Isso. — Caso os atacantes fossem os caras grandões que paravam os outros jogadores, porque Marco sem dúvidas tinha o físico para isso.

— É provável que eu tenha passado do ponto em minha vida no qual poderia praticar algum esporte profissionalmente. E faça seu dever de casa esportivo.

— Vou fazer meu dever de casa esportivo — prometi. — Mas você poderia fazer outra coisa. Não existe nada que gostaria de tentar?

Ele levou minha pergunta a sério, ponderando.

— Sempre pensei que gostaria de fazer o que meu tataravô fez: fundar minha própria empresa e torná-la bem-sucedida. Mas não farei isso. Como falei, minha carreira já foi decidida para mim.

— Isso parece um tanto triste — falei para ele enquanto fazia minha jogada.

— Já chega de falar de mim — disse ele. — E você com seu projeto secreto? Eu queria muito saber no que está trabalhando.

Havia um desejo ardente de contar para ele. Eu sabia que podia confiar em Marco. Então contei.

— Que fique entre nós: estou desenvolvendo um batom que muda de cor de acordo com a temperatura e o pH do corpo.

— Isso já não existe?

— O tipo de batom em que você está pensando é estático. Ele reage ao pH do indivíduo, mas a cor não muda depois de aplicada. Também tem uma marca que se altera com a temperatura externa. O meu vai reagir a alterações de temperatura, mas também mudará de cor dependendo das reações físicas da pessoa.

— Um batom anel do humor — disse ele, rapidamente combinando nossa conversa na festa de Catalina com o que eu estava falando. — Isso é brilhante! Não posso acreditar que ninguém pensou nisso ainda.

As palavras dele me deram um quentinho no peito.

— Talvez porque haveria um problema com a toxicidade dos cristais líquidos termotrópicos, mas eu encontrei uma solução.

Ele se debruçou, empolgado.

— Vai me contar o que é?

— Não, sr. Concorrente. Porque vai funcionar devido a uma combinação patenteada de ingredientes. Se eu te contasse, não seria um segredo. — E daí todas as empresas cosméticas do mundo me copiariam.

— Sabe, eu meio que poderia fazer a engenharia reversa segundo aquela lista que você passou para a minha assistente. — Diante da minha expressão, ele correu para acrescentar: — Eu não vou! Estou brincando, de verdade. Mas você pode imaginar um produto com esse nível de inovação sendo desfeito por uma lista de compras?

Ele soava tão impressionado... e isso me deixou ridiculamente orgulhosa.

— Você acha que eu vou ser bem-sucedida? Ainda não encontrei o agente solidificante correto, mas acho que estou perto.

— Você vai encontrar e vai ganhar uma fortuna, Anna.

Por que a aprovação dele era tão importante para mim?

— Algum dia. Quando eu poupar o bastante.

— Sabe, você não precisa colocar todo o dinheiro do próprio bolso para fundar uma empresa de maquiagem. Poderia procurar um investidor.

Ele fez sua jogada, parou em um dos meus planetas e me deu os créditos devidos.

— Onde eu arranjaria um investidor? — perguntei, somando o dinheiro dele à minha pilha em crescimento constante. — Tem alguma Investideria no centro da cidade sobre a qual não fiquei sabendo?

— Por um acaso, sou parente de um. Que já possui uma empresa de maquiagem.

— Seu pai?

— Eu podia encaixar você na agenda dele.

Balancei a cabeça, incapaz de acreditar que aquilo estivesse acontecendo de verdade.

— E o que isso implicaria? Tenho quase certeza de que não é só aparecer no escritório dele e dizer "Oi, poderia me dar uma grana, por favor?".

— É um pouco mais detalhado que isso — disse ele. — Mas eu poderia te ajudar.

— Por quê? — Eu sinceramente não entendia por que ele colocaria o próprio pescoço na reta por mim desse jeito.

Marco franziu o cenho de leve, como se agora fosse ele quem estivesse confuso.

— Quero que você seja feliz, Anna. Quero que seja bem-sucedida.

De novo, perguntei:

— Por quê?

Marco me lançou um olhar, um que eu não poderia explicar para mais ninguém, mas que senti no fundo do meu ser.

Então ele disse que ia pegar outra bebida e perguntou se eu queria. Respondi que estava satisfeita e ele foi para a cozinha.

Só que eu não estava satisfeita. Nem um pouquinho. Aquela conversa me deixou trêmula e desconcertada, e eu não sabia o que fazer comigo mesma nem como processar o que acabara de acontecer.

Porque, por mais que eu tentasse negar, algo estava rolando ali.

Porém, quando ele voltou, estava outra vez cheio de sorrisos e piadas, e foi um alívio. Ele começou a papear sobre o irmão, sobre as coisas de que ele gostava ou não. Perguntei se Craig gostava de algum dos meus filmes preferidos, e Marco balançou a cabeça.

— Pode ser melhor não falar neles. Ele nunca gostou desse tipo de coisa.

Eu me recostei contra o sofá, surpresa.

— Eu não posso falar sobre algumas das minhas coisas favoritas com ele?

Ele encolheu os ombros de tal jeito que poderia muito bem ter dito em voz alta: *A culpa é sua por se apaixonar por ele*. O que ele disse de fato foi:

— A vida é sua, Anna. Só estou tentando te dar a maior chance para o sucesso.

Nós continuamos a nos divertir enquanto o jogo prosseguia, mas aquela familiaridade tranquila que estava ali no começo da noite tinha recuado um pouco, e ele definitivamente estava se concentrando quase que por completo em Craig e eu ficarmos juntos.

Outra vez, me informando qual era minha exata situação com ele. Apenas amigos. O que era bom, lembrei a mim mesma. Eu precisava deixar de lado meu crush inapropriado nele.

Finalmente chegamos ao fim do jogo, no qual eu tinha hipotecado todas as minhas propriedades e havia, de maneira muito óbvia, perdido.

— Vá em frente — falei para ele. — Eu sei que você quer se gabar. Você fez por merecer.

— Sem trapaças — disse ele com um sorriso.

— Tá, tá — resmunguei. Algumas horas atrás, talvez eu tivesse tentado uma jogada um tanto ilegal porque vi que estava perdendo, mas o olho de águia do Marco desafiou a jogada na mesma hora e claro que ele tinha que tocar no assunto agora.

— Só estou curioso — comentou ele. — Tem algum jogo em que você seja boa?

— Você sabe qual é o seu problema? — perguntei para ele.

Ele dobrou o tabuleiro para guardar de volta na caixa.

— Posso pensar em algumas mulheres que te diriam.

— É que você não é um bom vencedor. Não preciso que você faça comentários sarcásticos sobre a minha derrota, feito um Muppet velho numa sacada.

Ele riu, com certeza entendendo minha referência.

Acrescentei:

— Acho que Gonzo é o meu Muppet preferido. Caso você estivesse se perguntando. — Eu não sabia por que isso era pertinente, mas falei mesmo assim.

— Talvez não mencione isso quando sair com o Craig — disse ele.

— Então eu não posso falar sobre *O Senhor dos Anéis*, *Star Wars* ou os Muppets? Odeio te dizer, mas isso é meio que toda a minha personalidade.

— Acho que você terá que pensar nisso como outro jogo.

— Jogos de relacionamento são uma droga — falei, cruzando os braços.

— Não discordo.

Olhei de relance para a janela.

— Ei, quando foi que clareou lá fora?

Piscando, Marco procurou seu celular.

— São 7h30.

— Da manhã? — perguntei.

Ele anuiu.

Não é de se espantar que eu tenha falado no Gonzo. Claramente, foi por causa da falta de sono.

— Não me lembro da última vez que fiz algo assim — falei para ele. Pode ter sido nunca. Nós nos divertimos tanto juntos que ficamos acordados a noite inteira e eu nem notei.

E eu finalmente tinha completado uma partida de Monopoly. Só me esqueceria da parte em que perdi.

Marco se levantou para se espreguiçar, erguendo os braços acima da cabeça. Dessa vez eu estava de óculos e fui capaz de apreciar ao vivo e a cores a parte da barriga dele que ficou exposta. Os músculos abdominais ainda estavam lá, sãos e salvos. Suspirei, feliz.

— Quer tomar café da manhã? — ofereceu ele. — Tem um restaurante de smoothies virando a esquina.

— Que nojo. Eu não gosto nem de comer vegetais, imagina bebê-los.

Ele sorriu.

— Tem um restaurante a duas quadras daqui. Posso te dar uma recarga de carboidratos e proteína.

Muito tentador, mas eu tinha que ir para casa.

— Eu tinha que voltar para casa à meia-noite quando estava no ensino médio. Até onde sei, esse horário nunca foi atualizado, então talvez eu esteja encrencada quando meus avós perceberem que fiquei fora a noite toda.

— Você não pode dizer para eles que levantou cedo para correr?

Eu ri e ele pareceu confuso, então expliquei:

— Ah, você ainda não me conhece bem o bastante. Eles nunca acreditarão nisso. Eu não sou muito de me mover por aí.

— Não dá pra você entrar escondida?

— Eles acordam cedo. Não apenas isso, mas os pássaros os alertariam.

— Uma pena que não dê para subornar aves.

Fiquei de pé, me dando conta do quanto não queria ter que fazer isso. Eu estava feliz onde me encontrava. Queria ficar ali.

— Uma pena — ecoei, me perguntando a que altura eu deixaria de ter esse crush no Marco para poder focar toda minha energia em Craig.

— A propriedade do meu pai tem alguns cães de guarda que são muito fãs de filé. Ajuda muito quando petiscos funcionam. — A ideia de um Marco jovem pegando alguns filés-mignons para tentar cães raivosos era um pensamento adorável.

É, estava mesmo na hora de partir, antes que eu começasse a divagar sobre isso.

— Tenho que ir e encarar as consequências.

— Está com o recibo do manobrista? Vou ligar para eles e pedir para trazerem seu carro para a frente do prédio.

Tirei o papel do meu bolso e o entreguei para ele. Juntei o copo e a louça que eu havia usado na noite anterior e os levei até a cozinha. Passei pelo fichário de Craig, ainda na mesa.

Colocando a louça na pia, voltei até o fichário e outra vez deslizei os dedos pelas bordas. Fiquei surpresa por não ter passado boa parte da noite passada lendo o conteúdo.

— O carro está a caminho — disse Marco, desligando o telefone. — O que precisamos levar para o térreo?

Mostrei para ele as pilhas de roupas e maquiagem. Ele pegou um par de cestos de roupa e pudemos levar tudo numa viagem só.

Quando atravessamos o saguão, Betty esperava pacientemente por mim do lado de fora.

— Como você sabe quando está na hora de trocar o óleo? — perguntou ele. — Ela te manda uma mensagem em código morse?

— Já falei, nada de insultos onde ela possa te ouvir. — Fui abrir a porta traseira do lado do passageiro, mas estava emperrada. Puxei a maçaneta. — Viu? É por isso que não se deve aborrecê-la.

— Deixe-me ajudar.

Marco se abaixou e tentei não dar um pulo com sua proximidade. Eu achava que passar muito tempo com ele me inocularia contra sua potente atração, mas estava descobrindo que isso só parecia exacerbar a situação. Ele puxou e conseguiu abrir a porta com esforço.

— Obrigada.

Começamos a colocar minhas coisas no banco traseiro.

— Este provavelmente não é um bom momento para te perguntar, mas estou curioso. Quando o seu cortador de grama modificado tem que parar, você precisa enfiar os pés em buracos no assoalho para fazer isso acontecer?

Eu só balancei a cabeça.

— Não dê ouvidos a ele, Betty.

Uma vez que tudo estava guardado, fechei a porta com força. Marco havia recuado e se encontrava junto do meio-fio, as mãos no bolso.

Sem pensar, dei um passo adiante e o abracei. Não pude evitar. Senti a surpresa dele, o modo como seu corpo ficou rígido por um momento antes de relaxar, seus braços me envolvendo e abraçando apertado.

Ainda maravilhoso, mas um pouco mais fácil de administrar dessa vez. Achei que não ia machucar a ele nem a mim mesma.

Progresso.

— Só praticando — falei para ele como explicação. Uma mentira completa, mas com sorte ele não notaria.

— Quer sair comigo hoje à noite? — convidou ele, falando contra o topo da minha cabeça. Seu tom indicava que ele parecia surpreso por ter me convidado.

Minha voz deve ter soado igual quando respondi:

— Quero.

Não é uma boa ideia, não é uma boa ideia, disse alguma voz interna, mas eu a ignorei.

Reparando que ficara agarrada a ele por tempo demais, enfim o soltei. Provavelmente era só minha imaginação, mas ele pareceu relutante em me soltar.

— Certo. Então, estou indo. Obrigada pela noite de ontem. — Coloquei as mãos junto às laterais do corpo para que, com sorte, ele não notasse como elas tremiam.

Ele enfiou as mãos de volta nos bolsos.

— Eu te mando uma mensagem sobre hoje à noite.

Sorri e então dei a volta para entrar no meu carro. Fiz uma rápida oração para que Betty ligasse, porque, depois de abraçar Marco daquele jeito, eu não precisava de mais embaraços em potencial.

Ele bateu na janela do passageiro e tive que me debruçar para abri-la manualmente. Imaginei se tinha esquecido alguma coisa.

Marco se abaixou no lado do carona, pousando os antebraços na porta. Em seguida, abriu aquele sorriso matador para mim e disse:

— Meu Muppet preferido é o Animal. Caso estivesse se perguntando.

Capítulo dezenove

Não houve nenhuma esperança de entrar sorrateiramente quando cheguei em casa, pois os pássaros irromperam numa cacofonia de som no instante que passei pela porta.

Eu nem conseguia me preocupar muito com isso, porque ainda reprisava em minha mente o rosto de Marco enquanto ele me dizia que o Animal era seu Muppet favorito. Meu avô estava na sala de visitas com seu jornal, e minha avó veio da cozinha para o vestíbulo.

— Onde é que você estava? — ela exigiu saber.

— Eu avisei para não esperarem acordados — falei enquanto tirava os sapatos.

Ela parecia tão enraivecida que, por um segundo, não registrou mais nada sobre mim. Porém, em seguida, a cientista observadora que havia nela não pôde evitar absorver todos os detalhes da minha aparência.

— O que você fez consigo mesma?

— É só um pouquinho de cor — falei, na defensiva.

Foi bom eu ter deixado todas as minhas coisas no carro, senão estaria respondendo a questões sobre elas também. Posso até imaginar a síncope que ela teria se soubesse que Marco estava comprando coisas para mim.

— Por que fez essa transformação? — perguntou ela, claramente querendo uma resposta.

— Para ficar bonita, vó.

Meu avô comentou, por trás do jornal:

— Sabe como é, até um celeiro velho fica melhor com uma nova demão de tinta.

— Obrigada, vô. Acho. — Não sabia se ele estava tentando ajudar ou se achava que no dia a dia eu parecia um celeiro velho.

Minha avó cruzou os braços.

— Você está tentando alcançar algum padrão que esse tal de Marco impôs?

— Não é disso que se trata. — Não tinha nada a ver com Marco. Mas eu não achava que introduzir Craig na conversa naquele momento seria uma boa ideia.

Porque eu sabia que ela me diria que qualquer homem pelo qual eu tivesse que mudar a mim mesma não valia o esforço.

Ela pressionou os lábios até eles formarem uma linha fina. Eu podia sentir a palestrinha chegando. Palestra número 496: como havia tantas outras coisas importantes acontecendo no mundo e eu não precisava me preocupar com frivolidades como cor de cabelo e unhas pintadas.

Aquilo me fez sentir falta da minha mãe de novo. Ela teria entendido. Teria amado minha mudança de visual. Teria me dito que tudo bem fazer coisas frívolas que me deixassem feliz. Tudo bem querer me sentir bonita.

Para minha surpresa, porém, minha avó ficou quieta.

— Você não pode chegar em casa tão tarde. Nós não sabíamos se você ia voltar para casa — disse ela numa voz suave, magoada.

Não tinha nem me ocorrido que ficar fora de casa daquele jeito seria difícil para ela. Como na noite em que meus pais não voltaram.

— Desculpa. Eu nunca quis te preocupar assim — falei, me sentindo terrível, mas ela encolheu os ombros e voltou para a cozinha.

Eu sabia que não devia segui-la. Ela precisava de um tempo para processar e entender as coisas por conta própria.

Conversaria com ela a respeito mais tarde e pediria desculpas outra vez.

Meu avô tinha se levantado e se aproximado para me dar um abraço. Ele me beijou na testa e então disse a coisa mais gentil do mundo todo para mim.

— Você está igualzinha à sua mãe.

Ele voltou a seu jornal e seus pássaros enquanto eu subia para tirar um cochilo restaurador.

Considerando tudo, tinha sido uma manhã boa. Ninguém surtou demais e agora eu tinha um segredo que me fazia sorrir toda vez que pensava nele.

Marco gostava dos Muppets.

Fiel à sua palavra, Marco me enviou uma mensagem perguntando se eu queria assistir a um filme com ele. Aceitei de imediato e, então, para acalmar minha consciência pesada, acrescentei na resposta: "Para praticar".

Ele não respondeu.

Encontrei com ele no cinema porque minha avó ainda estava de mau humor e achei que fosse mais seguro assim. Ele esperava por mim do lado de fora. Eu me considerava uma pessoa pontual, mas ele sempre parecia chegar antes.

O rosto dele se iluminou quando me viu, e eu não soube muito bem como interpretar isso.

— Você veio!

— Quase não consegui — falei, apontando para minha testa. — Eu me queimei.

— Como? — perguntou ele, soando preocupado.

— Com o modelador! Eu só quero que você saiba que é ridículo quanto trabalho as mulheres precisam ter para ficarem bonitas. Sei que isso faz de mim uma hipócrita, considerando-se a indústria em que trabalho, mas é tão idiota. — Parei para respirar fundo. — Por que temos que colocar coisas quentes perto da testa?

— Acho que o objetivo é colocar no cabelo, não no rosto.

— Obrigada pela informação, Capitão Óbvio. Eu escorreguei.

Ele estendeu a mão e levantou o cabelo da minha testa. Prendi o fôlego antecipando o momento em que seus dedos entrariam em contato com a minha pele, mas ele só tocou meu cabelo.

— Coitadinha da Anna. Quer que eu beije o dodói pra sarar?

Sim. Sim, sim, sim, sim.

— Não.

— Tem glitter aí — apontou ele, imprestável, deixando meu cabelo cair de volta no lugar enquanto retirava a mão.

— Eu sei. Acho que o queimei permanentemente na pele. Como a minha tatuagem da vergonha.

Ele sorriu para mim e eu não gostei nada disso.

— Que foi? — perguntei.

— Você se arrumou pra mim.

Era verdade. Eu queria que ele pensasse que eu estava bonita. Que dissesse alguma coisa.

— Foi para praticar — falei, que era o que eu havia dito a mim mesma o tempo todo enquanto me aprontava, inclusive quando me queimei. Praticar. Uma pena que ninguém ali parecia acreditar nisso.

Porque ele exibia o sorriso insinuante de quem sabia das coisas, e tinha razão. Eu poderia ter continuado sem maquiagem e vestido calça e blusa de moletom, mas, em vez disso, vesti uma calça jeans bacana e uma blusinha bonita com uma jaqueta preta que Gloria havia escolhido para mim.

— Não deveríamos entrar? — perguntei.

Ele segurou a porta aberta para mim e nós entramos. Marco perguntou se eu queria algum petisco e, imaginando que ele ia pagar e podia bancar os dez dólares por algo que custaria um no mercado, pedi alcaçuz, pipoca e uma raspadinha de framboesa.

— Eu já volto — disse ele.

Meu telefone vibrou. Era uma mensagem de Catalina. Percebi que eu ainda não havia ligado para ela para contar o que estava rolando com Marco. Ela devia estar morrendo. Liguei para ela.

— Eu vou fazer você instalar aquele aplicativo de localização no seu telefone só para poder te rastrear — disse ela. — O que está acontecendo?

Tentei contar tudo depressa e terminei a recapitulação explicando que tinha passado a noite inteira jogando Monopoly, ao que ela reagiu com um ruído como se não acreditasse em mim.

— Você passou a noite inteira jogando com um homem com aquela aparência?

— É a verdade — insisti.

— Ah, pobre alma desafortunada — disse ela. — Aquilo tudo de homem, desperdiçado.

Ela não estava errada. Parecia que ele deveria estar sendo beijado por alguém. Foi aí que me dei conta de que, se aquilo já não estava acontecendo, aconteceria em breve.

Com outra mulher.

Aquele pensamento me fez sentir como se alguém tivesse soltado uma bigorna de uma tonelada na minha cabeça.

— Onde você está agora? — perguntou ela.

Pressionei a mão contra o peito, como se pudesse fazer parar a dor no meu coração. O que era tonto, porque estava doendo por algo que nem sequer estava acontecendo. Ele havia me dito que estava solteiro.

— Num encontro com o Marco.

É claro que percebi meu erro com um segundo de atraso. Tentei corrigir.

— Não um encontro. Uma saída. Um passeio amistoso. Uma sessão de prática.

Mas era tarde demais.

— Um encontro? Com o Marco? Bancos e escolas deveriam fechar. Deveria haver fogos de artifício. As pessoas deveriam fazer churrascos em homenagem a este dia.

— Você não pode me ver, mas estou revirando os olhos. Não está rolando nada entre Marco e eu. É um arranjo de negócios.

No entanto, aquilo soava vazio mesmo aos meus ouvidos.

— É uma pena — disse ela. — Com base no que você me contou sobre a infância dele, parece que ele teve que desenvolver uma personalidade porque não podia só depender da aparência.

Por que aquilo soava como um ataque específico contra Craig? Eu não queria entrar nesse assunto com ela naquele momento.

— O Marco é ótimo. — Melhor apenas concordar.

Fez-se uma pausa tão longa do outro lado que pensei que ela havia desligado. Estava prestes a perguntar se ainda estava lá quando ela finalmente falou:

— Eu meio que sinto que você deve a todas nós ver se esse seu crush no Marco pode virar algo mais.

— Todas nós? — perguntei.

— Isso, todas nós. Todas as mulheres que já foram forçadas a se sentir inferiores. Não bonitas o bastante, não magras o bastante, inteligentes demais, ambiciosas demais. Você tem a chance de ter um relacionamento com um homem lindo que está obviamente se apaixonando por você.

Por que eu queria que isso fosse verdade? *Craig*. Disse o nome dele em minha mente. Repeti várias e várias vezes. *Craig, Craig, Craig*. Como se isso pudesse me forçar a não considerar as palavras de Catalina.

— Marco e eu não estamos na mesma categoria — falei para ela. Mesmo que não existisse um Craig, Marco ainda seria ele mesmo e eu ainda seria eu mesma. — Não estamos nem no mesmo esporte.

— O que é que você acabou de me dizer?

— Ah, eu andei aprendendo algumas coisas sobre esporte. Posso fazer referências agora.

— Só pense nisso. Segundo todos os relatos e minhas observações pessoais, Marco é um cara bacana e eu acho que você deveria dar uma chance a ele.

Eu me perguntei se ela também havia investigado Marco pela rede de fofocas do escritório.

Ele caminhava de volta até mim com a comida e eu disse:

— Preciso ir. Te ligo amanhã.

— É melhor mesmo — disse ela.

— Está pronta para entrar? — perguntou ele.

Eu anuí, guardando o celular no bolso. Fomos até a atendente e Marco colocou seu celular sob um scanner. Ela nos disse para ir para a Sala 8.

— Eu provavelmente deveria ter mencionado isso antes — disse ele enquanto entrávamos em nossa sala —, mas Marie-Angelique chamou um paparazzo para vir até aqui durante o filme. Ele vai tirar fotos de nós dois juntos.

— Tá bom. Parece meio assustador saber que seremos vigiados a noite toda. — Fiz uma pausa e então soltei a pergunta que estava abrindo um buraco de ciúmes na minha alma. — Quem é Marie-Angelique?

— Minha assistente.

A assistente dele, a quem ele nunca havia se referido pelo nome antes. Marie-Angelique não era um nome fácil de esquecer.

— Ela é francesa com a pele impecável e cabelos escuros, e um metro e sessenta e cinco?

As sobrancelhas erguidas dele me avisaram que eu tinha chegado perto. Ela devia ser linda e boa no que fazia, e algum dia, pela porta do escritório, Marco ia olhar para ela sentada perfeitamente em sua mesa e entender como tinha sido bobo em deixar alguém tão perfeito passar despercebido antes e…

— É aqui — disse ele, interrompendo minha fantasia paranoica. — Assentos onze e doze.

Dei uma espiadinha ao redor antes de nos sentarmos, me perguntando onde o paparazzo se sentaria. Quão bizarra tinha se tornado minha vida para eu estar me preocupando com isso no momento?

— Que filme nós vamos ver mesmo? — perguntei.

— É a comédia policial com Noah Douglas e Chase Covington. Está com críticas muito boas.

Nós nos ajeitamos em nossos lugares e dividimos a comida. Eu me sentei à esquerda dele.

— É meio difícil nos conhecermos melhor durante um filme — apontei.

— O filme ainda não começou. Como os seus amigos te descreveriam?

Naquele momento, Catalina diria que eu era burra por não tirar proveito de Marco.

— Você não deveria estar me perguntando, tipo, onde eu estudei ou algo assim?

— Você estudou na USC.

Eu meio que olhei boquiaberta para ele. Não me lembrava de ter contado isso.

Mas ele se lembrava.

— E você foi para Harvard. — Ele não fez alarde sobre isso quando me contou, mas, pelo visto, eu arquivara a informação em meu cérebro. — Mas, se quiser saber o que meus amigos pensam de mim, não deveria perguntar para eles?

Ele se mexeu na cadeira, sua estrutura larga não se encaixando com facilidade nas poltronas em estilo estádio.

— Eu sou seu amigo. Então talvez devesse perguntar para mim mesmo.

— O que você acha de mim? — Por que isso parecia tão importante?

— Eu acho que você é inteligente, leal, passional e dedicada às coisas que ama. — Ele parou enquanto eu absorvia tudo isso. — Como você me descreveria?

— Na verdade, meio que da mesma forma. — O que era surpreendente, porque, em teoria, ninguém imaginaria que éramos o mesmo tipo de pessoa.

Decidi deixar de fora as partes sobre ele ser charmoso demais para o seu próprio bem e mais gostoso do que batata chips.

— Que bom — disse ele, meio áspero, e me perguntei por que estava reagindo assim. Em seguida ele abriu as mãos sobre as coxas e imaginei se tentaria segurar minha mão de novo. Dessa vez eu não ia bater na minha própria boca ou suar como se estivesse presa numa sauna. — Conte-me sobre o último encontro que você teve.

— Esse encontro não deveria ser mencionado — falei para ele. — Digamos apenas que ele estava muito mais interessado na comida do que em mim. Ele não me perguntou nada sobre mim e só dava respostas vagas às minhas perguntas. Foi como sair como uma Bola 8 Mágica.

— No meu último encontro, ela passou a noite toda se filmando com o celular para o TikTok. Eu nem tenho certeza se ela sabia o meu nome.

— Você provavelmente não quer jogar pôquer do encontro esquisito comigo. Esse jogo eu vou ganhar.

— Ah, é? Agora fiquei curioso. Como foi seu primeiro encontro? — perguntou ele.

— Nos anos finais do ensino fundamental, um cara colocou o braço em volta dos meus ombros e eu lhe dei um soco no peito.

— Quando eu tinha treze anos, uma garota me convidou para ver a casa na árvore dela. Ela tentou me beijar e eu subi num galho mais alto.

Tomei um gole da minha raspadinha e perguntei:

— Então, quando você superou seu medo irracional de garotas, qual virou sua cantada favorita?

— Eu te mostro. — Ele se recostou na poltrona. — A gente deveria contar os ombros.

— Como é? — Será que eu tinha ouvido errado? Pensei que ele fosse fazer outra coisa.

Marco tocou seu ombro direito com a mão esquerda.

— Um. — Depois o ombro esquerdo. — Dois.

Ele tocou meu ombro direito.

— Três. Não me dê um soco no peito, tá? — Em seguida, ele colocou a mão no meu ombro esquerdo. — Quatro.

Só que ele manteve a mão ali. Estava com o braço em volta de mim.

— Fofinho, mas isso parece muito esforço. As mulheres caem nessa, de verdade?

O fato de eu estar caindo não vinha ao caso.

— Feito patinhas.

Ele continuou onde estava, o braço no lugar, assistindo ao filme comigo, dividindo a comida e rindo das piadas na tela como se fôssemos um casal.

Não eram as mãos dadas pelas quais eu estava torcendo, mas valia.

Torci para que o paparazzo estivesse tirando fotos boas.

E foi assim que Marco agiu por toda a semana seguinte. Como se fosse meu namorado mesmo. Ele me convidava para sair todas as noites e eu aceitava. Toda vez.

Era tudo sob a desculpa de nos conhecermos melhor e ficarmos mais confortáveis juntos, e era isso que eu dizia repetidamente para Catalina, mas sabia que não era verdade.

Ela também sabia.

Marco me levou para arremessar machados e acabou que eu era bem competente com os machados menores. Porém, toda vez que alguém falava algo que dava asas a um trocadilho com segundas intenções, o que era frequente, ele virava e me dava um sorriso malicioso.

Jogamos minigolfe, fomos a uma noite de trívia de ficção científica e fantasia num bar local, fomos a um show, jantamos em restaurantes elegantes. Em todo lugar que íamos, tiravam fotos de nós dois. Catalina colocou um alerta em seu celular e me encaminhava um link toda vez que uma foto nova era postada. Se o boato sobre a assistente de Craig fosse verdade, não havia como ele não saber sobre Marco e eu.

Imaginei se Craig havia dito algo, mas Marco nunca indicou que tivesse. Eu estava lidando com drama na minha própria família — uma vez que minha avó percebeu que eu estava saindo toda noite com Marco, ela disse:

— Não sei se gosto da ideia de vocês dois passando tanto tempo juntos.

— Eu tenho vinte e seis anos — lembrei a ela. — Posso decidir com quem quero passar meu tempo.

Era óbvio que ela o culpava por minha transformação, mas aquilo nem era culpa dele. Quer dizer, tecnicamente era, já que foi ele quem arranjou e pagou por tudo, mas eu não passei por aquilo por causa dele.

Eu também nunca tinha namorado sério. Homens sempre foram algo secundário para mim, vindo depois dos estudos e do meu emprego. Não era que eu não quisesse estar num relacionamento — eu queria, e muito, me apaixonar e viver meu próprio conto de fadas romântico, como meus pais e meus avós. Eu só nunca tinha feito disso uma prioridade.

Estava orgulhosa de mim mesma por me ater à minha decisão de ir em busca do que eu queria e tentar ser feliz.

Marco e eu fechamos nossa semana indo a um museu de arte para a estreia de uma coleção nova. Havia um tapete vermelho e uma das relações públicas da Minx estava lá para nos apresentar à imprensa.

— Este é Marco Kimball — disse ela quando chegamos à primeira parada para fotos.

Torci para não parecer desajeitada e que não houvesse muito reflexo dos meus óculos por causa do flash. Sentia-me bem confiante em minha aparência, visto o quanto eu tinha seguido à risca os diagramas de Jen e estava usando um vestido preto elegante que ia até o chão.

O fiasco de Arwen tinha ficado bem para trás.

Alguém perguntou quem eu era, e esperei que a relações públicas me apresentasse apenas como a acompanhante dele, mas ela disse:

— Esta é Anna Ellis, uma química cosmética promissora. Vocês deviam ficar de olho nela.

A mão de Marco apertou a minha. Ele tinha feito aquilo. Ele a fizera dizer aquilo. Ninguém aqui ligava para quem eu era ou o que eu fazia.

Eram coisas assim — essas coisinhas que ele fazia e dizia — que me convenciam de que eu era importante para ele.

Eu vinha me preocupando que Marco fosse expulsar Craig do meu coração e podia sentir isso acontecendo. Tentei conjurar aquela fantasia com Craig, de caminhar juntos perto da água, nos sentar naquele banco, mas era sempre o rosto de Marco que eu via.

Como se eu tivesse superado Craig por completo.

E, enquanto Marco era atencioso e divertido e tudo o que se poderia pedir num namorado falso, isso não deveria ter feito meus sentimentos mudarem.

Porque ele não tinha feito ou dito nada para me fazer pensar que talvez sentisse o mesmo. Ele me chamava de amiga ou colega com frequência. Mencionava Craig. Enquanto antes eu ficava desesperada por qualquer informação sobre Craig e sua vida, agora achava isso irritante.

Eu precisava manter meu coração trancafiado. Só precisava passar um tempo com Craig outra vez. Permitir-me sentir aquilo tudo, relembrar a mim mesma porque eu tinha me apaixonado por ele, para começo de conversa. É claro que eu ia me sentir assim por Marco quando passava todo o meu tempo livre com ele fazendo tantas atividades divertidas. Eu não me sentiria da mesma forma se passasse esse tempo com Craig?

Ele descobriria que Marco e eu estávamos "juntos", ficaria com ciúmes, terminaria seu noivado, tentaria me conquistar e pronto.

Eu conseguiria tudo o que sempre quis.

E, enquanto eu pensava isso e ruminava sobre todo o tempo que vinha passando com Marco na última semana, um timer disparou. Eu estava na cozinha de meus avós, assando meu batom e devaneando sobre ver Marco de novo naquela noite.

Tirei meu batom anel do humor do forno.

Estava perfeito. A textura, a aparência, o deslizar suave contra a ponta do meu dedo. Eu tinha conseguido. Coloquei o timer para deixá-lo esfriar e essa foi a meia hora mais longa da minha vida.

Passei o batom e corri até o espelho. Ele era de uma cor rosa-choque. Fui até a cozinha e peguei gelo no recipiente do nosso refrigerador novo (que, de fato, transformou a nossa vida). Coloquei-o contra os lábios.

Meu avô entrou na cozinha.

— Por que você está beijando o gelo, meu bem?

Afastei o cubo de gelo de minha boca.

— De que cor estão meus lábios, vô?

Ele me espiou por cima dos óculos.

— Um rosa bem claro?

Isso! Corri para o banheiro e olhei para o meu reflexo. Ele estava certo. Um rosa-chiclete bem clarinho.

— Eu consegui! — gritei, empolgada.

— Que ótimo pra você! — disse meu avô da cozinha, apesar de não fazer ideia do que estava comemorando. — Você sabe por que no inverno os pássaros voam para o sul? Porque é longe demais para chegar a pé.

Eu não tinha tempo para piadas. Precisava contar para alguém. Corri até o segundo andar para pegar meu telefone e a primeira pessoa para quem tive vontade de ligar foi Marco.

Então liguei.

Ele atendeu logo.

— Se você vai pedir uma revanche no Monopoly, não vou poder. Essa noite é a festa da minha madrasta.

A noite seria importantíssima — Craig estaria nessa festa. A primeira vez que o veria desde que Marco e eu convencemos o mundo todo a acreditar que estávamos nos apaixonando um pelo outro.

Contudo, descobri que não me importava muito em ver Craig. Eu tinha apenas uma coisa na cabeça.

— Marco, eu consegui. O batom anel do humor. Deu certo!

— Que fantástico, Anna! Fico muito feliz por você!

Eu gargalhei de alegria, tão contente por finalmente ter dado um jeito, e também tocada pelo entusiasmo de Marco.

— Você poderá exibi-lo hoje à noite — disse ele. — Mal posso esperar para vê-lo em ação. Eu te busco às sete, se esse horário ainda estiver bom para você.

— Está, sim! Tchau!

Desliguei o telefone e olhei meu reflexo de novo.

O tom tinha passado para um vermelho leve.

Mas eu não sabia o que isso queria dizer. Será que eu estava animada pelo que havia realizado?

Ou será que tinha algo a ver com Marco?

Capítulo vinte

Levei um tempão me arrumando. Catalina me enviou uma mensagem durante o processo, perguntando o que eu ia vestir. Respondi:

O vestido rodado vermelho e uma boa dose de ironia.

Porque, não importava como eu tentasse explicar aquilo tudo, não era exatamente a minha cara. Era divertido ficar toda chique, mas não era algo que eu quisesse fazer toda noite, pelo resto da minha vida. Isso seria exaustivo.

Catalina me mandou parar, disse que não havia ironia nenhuma envolvida e exigiu que eu enviasse uma foto. Enviei e ela respondeu com um emoji de foguinho e um de polegar para cima.

Aquilo fez eu me sentir um pouco melhor.

Completei o resto da maquiagem, deixando meu batom especial por último. Meus lábios tinham um tom rosa bem neutro, quase imperceptível. Imaginei como e por que isso mudaria naquela noite. Eu não tinha muitas joias. Havia os brincos de pérola que minha avó me dera como presente de formatura. Ela os recebera da avó dela quando se formou na faculdade.

Peguei a aliança da minha mãe e a coloquei na mão direita. Seria como se uma parte das minhas duas mulheres preferidas estivesse comigo, e calculei que eu precisaria de todo o apoio que pudesse conseguir.

Em seguida, desci para o térreo, sabendo que Marco chegaria na hora.

Entretanto, quando me aproximei da porta da frente, vi que havia malas no vestíbulo.

— Vô?

— Pois não? — respondeu ele do outro cômodo.

— Aonde vocês estão indo?

— Nós temos aquela conferência em que a sua avó vai dar uma palestra em San Diego. Vamos partir para o aeroporto daqui a uma hora.

Eu andava tão distraída com Marco, nosso plano e meu batom que havia me esquecido totalmente.

— Quanto tempo vocês ficarão fora?

— Quatro dias — disse ele, vindo para o corredor comigo. — E um dos meus alunos passará aqui para alimentar os pássaros e dar o remédio para o Chick Norris.

— Eu poderia ter cuidado disso — falei para ele. Meus avós entregavam as chaves de casa para seus alunos como se fossem troco.

Ele anuiu.

— Eu sei. Só pensei que talvez você tivesse outros planos com o seu rapazinho. E posso ver que tem mesmo. Como você está linda!

— Uma demão de tinta, né?

— É mais do que isso.

Marco bateu à porta então e meu avô conseguiu dar a volta em mim rapidamente para poder ser ele a abrir.

Fazia tanto tempo desde que eu tinha visto Marco de terno que a visão dele num smoking me fez apoiar a mão na parede para poder me manter de pé. Uau… ele estava incrível. Será que eu tinha permissão para dizer isso? Talvez, se ele dissesse primeiro e eu conseguisse fingir indiferença, eu mencionasse.

Embora fingir indiferença não fosse bem meu forte.

Meu avô e Marco trocaram cumprimentos, apertando as mãos um do outro. O olhar de Marco, porém, ficava pousando em mim em vez de no meu avô.

Será que ele gostava do que via?

E por que isso era tão importante para mim?

Diz que eu estou bonita, desejei em silêncio. Ele não dissera isso nem uma vez desde aquela noite que passamos acordados juntos. E eu tinha me empenhado, me arrumando para ele, a despeito do que disse para mim mesma e para Catalina.

— Pronta para ir? — perguntou ele, e senti meu ânimo murchar.

Minha mão escorregou da parede e eu apanhei meu casaco.

— Estou. Boa noite, vô.

Ele me beijou na bochecha.

— Divirta-se.

Marco tinha vindo com o Porsche e eu achei difícil andar depressa com aquele salto na calçada escorregadia.

— Aqui.

Marco me ofereceu seu braço e eu fiquei irracionalmente zangada com ele. Não queria aceitar a oferta, mas queria menos ainda cair.

— Você está bem? — perguntou ele.

— Estou — falei.

Eu não podia ficar emburrada a noite inteira. Era para sermos um casal. Eu não podia ficar aborrecida com ele por algo que nem era culpa sua. Talvez ele estivesse tentando me animar durante a noite do nosso jogo. Eu não deveria ligar tanto para a opinião dele. Então passei a mão pelo seu braço, deixando que Marco me levasse até o carro.

Ele era tão quentinho. E tão alto, mesmo comigo naqueles sapatos.

— Seus lábios estão rosa-claro — informou ele. — Eles mudaram de cor desde que você saiu de casa.

Amoleci um pouco por ele ter ao menos reparado nisso.

— É o que acontece quando fico com frio. Essa é a reação mais fácil de provocar. Quero testar algumas outras, mas ainda não tive a chance.

— Talvez esta noite seja cheia de altos e baixos e você tenha a oportunidade — disse ele, abrindo a porta do carro para mim.

Eu meio que torcia para que não fosse. Estava no clima apenas para os altos. Quando Marco entrou no carro, perguntou sobre meu processo de formulação, e falamos sobre o batom o caminho todo até o clube de campo onde o evento se realizaria. Ele fez perguntas tão inteligentes e intuitivas que me surpreendeu. Talvez soubesse mais sobre maquiagem do que eu pensava.

— E o esquema de cores? — perguntou ele.

De novo, uma boa pergunta.

— Um anel de humor típico passa por todas as cores do arco-íris: preto, verde, violeta, azul, vermelho, laranja, amarelo. Eu não queria isso. Algumas pessoas não se importariam com a cor do batom que estão usando, mas acho que a maioria de nossos usuários hipotéticos preferiria ficar nos rosas e vermelhos para uma aparência mais natural. Eu poderia seguir um rumo mais *avant-garde* depois e produzir batons que tenham mais variações.

— Acho que foi uma boa decisão — disse ele, parando ao lado do manobrista.

O clube era espaçoso e intimidador. Um manobrista diferente abriu a porta do carro para mim e Marco já estava lá, me oferecendo o braço de novo para eu não cair.

Eu o segurei sem hesitar dessa vez. Praticamente já havia superado ele não ter dito nada sobre a minha roupa.

Praticamente.

— Isso é impressionante — falei para ele. Eu não sabia nada de arquitetura, mas sem dúvidas era caro.

— É, esse lugar é mais difícil de entrar do que "insira aqui sua piada óbvia" — provocou ele. — Com a minha família, quanto mais exclusivo, melhor. Craig ficará impressionado por você estar aqui hoje como minha convidada.

Eu esperava que isso não fosse verdade, mas estava descobrindo que me encontrava muito mais disposta a acreditar que Craig podia não ser o cara que eu pensava ser.

Na verdade, era difícil comparar qualquer um com Marco, porque todo mundo deixaria a desejar.

Lá dentro havia uma chapelaria e Marco me ajudou a remover meu casaco. Eu não sabia por que esse gesto era sexy, mas era. Ah. Percebi que era porque ele estava ajudando a me despir. Minhas bochechas coraram enquanto eu o imaginava terminando o serviço em algum lugar privado.

— Seus lábios estão num tom rosa-choque agora — disse ele. — O que você está sentindo?

— Não tenho muita certeza — falei, tentando não me engasgar. De jeito nenhum eu contaria para ele.

Olhei a multidão presente no clube para aquela festa. Todos pingando diamantes e vestidos de alta costura. Ninguém aqui acreditaria que Marco e eu estávamos juntos.

Algumas pessoas tinham a calma antes da tempestade. Eu tinha o pânico antes do nada.

Puxei-o pela mão até um banheiro familiar e tranquei a porta.

— Você não vai se embebedar e chorar agora, vai? — perguntou ele, soando alarmado.

Ansiosa, comecei a revirar a aliança da minha mãe em torno do dedo. Marco, é claro, reparou.

— Que bonita — comentou ele.

Ah, então a aliança era bonita, mas ele não tinha nada de bom para dizer sobre mim? Felizmente, não falei isso em voz alta e divaguei um pouco.

— É a aliança de casamento da minha mãe. A pedra preciosa não é real. Meu pai comprou uma zircônia porque era tudo o que eles podiam pagar. Ele queria substituir por um diamante real. Além dos meus brincos, essa é a única joia bacana que eu tenho. Eu brinco com ela quando fico nervosa e não costumo usá-la muito porque quase a perdi uma vez, mas queria ela comigo hoje.

— Ah. — Ele estreitou os olhos para mim. — Você comeu hoje?

Era uma pergunta justa. Ele sabia que eu tendia a pular refeições quando estava ocupada trabalhando num projeto.

— Eu comi Pop-Tarts no café da manhã porque sou favorável a apoiar a economia estadunidense.

— Você sabe o que vai num Pop-Tart? — perguntou ele.

Eu não o levei até ali para discutir a aliança ou Pop-Tarts. Antes que pudesse mudar de ideia, disparei o que eu queria que ele fizesse.

— Me dá um chupão.

Uma longa pausa.

— Você quer que eu faça o quê?

— Um chupão. Sei que você ficou um pouco para trás no departamento romântico quando era mais novo e talvez não lhe seja muito familiar, mas se você... sei lá, me deixar marcada, daí as pessoas vão acreditar que estamos juntos.

Era isso. O fundo do poço. Eu estava implorando a um homem para me tocar.

— Ou poderíamos só dizer para elas que estamos juntos. Usando nossas palavras — disse ele devagar, como se eu estivesse sofrendo algum tipo de colapso.

O que era totalmente possível. E se eu não tivesse me protegido da toxicidade do batom como pensei que havia feito? Fiz uma careta. Não era isso.

Eu precisava disso. De algo tangível para que não zombassem de mim. Sabia que era ridículo, mas queria que isso acontecesse.

Entretanto, não queria explorar a razão pela qual eu queria que acontecesse. A explanação superficial já bastava para mim.

— Você não acha meio brega? — perguntou ele.

— Está mais preocupado em parecer brega ou em convencer seu irmão de que gostamos mesmo um do outro? — Ele enfiou as mãos nos bolsos e eu me preocupei que o estivesse perdendo. — Isso não precisa ser esquisito.

— Ah, é. Eu é que estou tornando as coisas esquisitas — disse ele, sarcástico.

Meu coração martelava no peito desde que havíamos entrado no banheiro, e isso só piorou. Porque eu podia ver na expressão dele que Marco ia aceitar. O olhar dele estava fixo na minha garganta e minha pulsação disparou.

Isso tinha a ver com provar para outras pessoas que eu me encaixava ali. E absolutamente nada a ver com querer sentir os lábios de Marco na minha pele.

Ele suspirou, tirando as mãos dos bolsos, e se aproximou de mim. Tentei não saltitar de empolgação e ansiedade.

— Vermelho-escuro — disse ele, colocando a mão direita no lado esquerdo da minha garganta para me manter parada. Aquela pulsação ficou ainda mais forte e meu cérebro já estava tão enevoado que foi difícil registrar o que ele dizia.

Meus lábios. Ele falava da cor dos meus lábios.

— Onde? — indagou ele, e levei um segundo para entender que estava perguntando onde eu queria o chupão.

Tamborilei as pontas dos dedos pelo lado direito do meu pescoço, cheia demais de antecipação para falar.

— Eu me sinto um vampiro — murmurou ele, antes de abaixar a cabeça e pressionar a boca quente contra a minha pele fria.

O choque da sensação foi quase o bastante para me derrubar. Eu me agarrei às lapelas do casaco dele, segurando apertado. Ele sugou minha pele delicadamente. Aquilo nunca deixaria uma marca.

— Mais forte — falei para ele, sem fôlego.

Ele usou a mão para me pressionar contra sua boca, enquanto a outra foi até a minha cintura de modo que fiquei colada nele. Marco seguiu minha instrução e sugou com mais força. Ele era tão grande, forte, avassalador, e eu amei cada segundo daquilo.

Meu corpo todo era uma pulsação gigante, latejando de desejo. Minha cabeça caiu para trás, pesada demais para se manter erguida. Eu só queria amolecer por completo enquanto sensações quentes dardejavam por mim. No ponto onde a boca de Marco se fundia à minha garganta era como se ele estivesse empurrando calor para dentro de meu corpo, ameaçando me consumir.

Seus dentes mordiscaram meu pescoço; em seguida, senti a pressão quente de sua língua contra minha pele, me dando um choque. Soltei um ruído que foi severo o bastante para fazê-lo parar o que estava fazendo e perguntar:

— Você está bem?

Eu não estava imaginando nada — a respiração dele estava entrecortada e instável. Menos do que a minha, mas ainda assim estava lá.

Daí me lembrei que ele havia me perguntado se eu estava bem. Eu queria dizer *Estou, estou ótima. Todo o meu sangue abandonou o cérebro e está se acumulando nas minhas entranhas, e não há nada que eu queira mais do que agarrar sua cabeça e te forçar a fazer isso de novo, mas estou ótima.*

Em vez disso, falei:

— Pronta para decolagem! — O que era estúpido, mas verdade, em vários sentidos.

Ficamos ali, nos encarando.

— Deu certo? — consegui dizer afinal.

O olhar abrasador dele deslizou para a minha garganta e então de volta para os meus olhos.

— Deu. Desculpa se fui um pouco agressivo.

— Não, eu... — Quase falei que tinha gostado. Não parecia ser uma boa ideia. Eu não ia fazer papel de idiota ali e implorar para ele continuar. — Tudo bem.

O espelho estava atrás do ombro direito dele, e olhei de relance para o meu reflexo. Meus lábios ainda estavam vermelho-escuros.

Então eu sabia o que isso queria dizer. Olhei de novo para ele. Marco era inteligente demais para não reconhecer o fato também. Será que ele olharia para mim com pena e compassivamente me lembraria, pela milionésima vez, de que somos apenas amigos?

Naquele momento, acho que eu não aguentaria isso.

Como se reconhecesse o quanto eu estava surtando por dentro, ele me ofereceu a mão.

— Agora que eu te marquei oficialmente, o que acha de entrar e cometer alguns erros?

Será que ele estava dizendo que isso do chupão tinha sido um erro? Ou não, e deveríamos cometer alguns?

Ele me confundia tanto... Porém, peguei sua mão, ignorando o quanto eu adorava segurá-la.

— Com certeza, James Bond. — Embora, no caso de Marco, o número estivesse mais para Zero Zero Sexy.

— Não seria Zero Zero Sete? — provocou ele com uma piscadinha, me alertando que eu ainda estava tão destrambelhada que falei em voz alta o que pretendia manter apenas na cabeça.

Eu não tinha culpa por ele ser tão gostoso.

Ele abriu a porta do banheiro e eu ignorei os olhares das pessoas que se encontravam na área enquanto entrávamos no salão de baile.

— Mas James Bond ainda é melhor do que Arwen, não acha? — perguntou ele.

Eu apreciei sua tentativa de fazer com que eu me sentisse melhor.

— Você não é engraçado.

— Pois eu discordo.

Entramos no salão e, francamente, eu esperava mais. Como um daqueles arautos anunciando nossa presença.

Ricaços são decepcionantes.

— Está pronta para esta noite? Leu o fichário? — perguntou ele enquanto caminhávamos pela borda do salão.

— Li — falei, aborrecida.

— Sabe como eu sei que não leu?

— Sou uma mentirosa horrível? — sugeri.

— Ele ainda está na minha casa.

Como eu tinha me esquecido do fichário? Não pensei nele a semana inteira. Fiz um pouco de dever de casa sozinha com base no que Marco me contara, mas o fichário tinha me escapado da lembrança totalmente.

Aquilo pareceu relevante, porque aquele fichário era como a chave para eu, quem sabe, vir a ter um relacionamento com Craig. Minha própria colinha, que ia me ajudar a prender o suposto homem dos meus sonhos.

Suposto? De onde tinha vindo isso?

— Eu me esqueci. Andei ocupada.

— É, mudando a cara da indústria cosmética.

Isso, e passando meu tempo livre com ele ou conversando com Catalina sobre o tempo livre que passei com ele. Ela amava cada detalhe, e era divertido compartilhar.

— Aqui — disse ele, enfiando a mão no bolso interno do terno.

Ele me passou um chiclete. Eu segurei aquele retângulo brilhante na mão, olhando para ele.

— Você trouxe chiclete para mim? — Será que Marco podia ouvir a emoção na minha voz? Ele era tão atencioso.

— Imaginei que talvez você precisasse esta noite.

Uma onda de emoção travou minha garganta. Como se eu pudesse derramar lágrimas naquele exato instante.

— Você é um homem muito bom, Marco.

Ele fez uma careta e desviou o olhar.

— Se você soubesse o que estou pensando agora, não diria isso.

Mentalmente, eu me agarrei àquela declaração. O que ele estaria pensando? Seria sobre mim? Sobre a nossa situação?

Decidindo que era melhor ignorar isso para manter o encontro livre de embaraços, falei:

— Não existe nada que você possa dizer que me faria mudar de ideia. Você é o tipo de cara que se sentaria no chão de um banheiro público para consolar uma garota fantasiada chorando numa festa que não era à fantasia.

Ele ficou em silêncio por um momento e então disse:

— Anna, tem algo que eu preciso confessar.

Meus pulmões solidificaram no peito, e eu não conseguia me mover.

— Meu pai acha que eu não sou uma pessoa séria. Em grande medida, por causa desses namoros em série. Eu te falei que esse arranjo era apenas por causa de você e Craig e para proteger a Minx. Mas percebi que se eu namorasse alguém mais... pé no chão, talvez ele me visse com outros olhos.

— Ah. — Isso não era nem de longe o que eu torcia para que ele dissesse. Senti que deveria me ofender, mas talvez isso fosse um tanto hipócrita, já que ele se oferecera para deixar que eu o usasse para conquistar Craig. — Eu queria que você tivesse me dito isso antes. Um alerta de que você tinha outras motivações teria sido legal.

— Tem razão. Eu deveria ter feito isso. Desculpa.

— Obrigada. E eu ainda teria concordado. Você só precisava ter dito alguma coisa.

— Nem sempre sou bom em me expressar quando preciso — disse ele de um jeito que fez parecer que a frase estava carregada de significado, além de ser algo com que eu me identificava. — Pode me perdoar?

— Mas é claro — falei, cem por cento sincera. Eu não podia ficar com raiva dele por aplicar um golpe quando estava fazendo o mesmo.

Ele pegou minha mão e a segurou, apertando com gentileza.

— Obrigado. — Outro momento carregado de energia se passou entre nós. Aí ele disse: — Lá estão meu irmão e a noiva dele. Deveríamos dar um belo show para eles. Quer dançar?

Olhei para Craig e Leighton. Ela estava estonteante num vestido off-white, e ele estava bonito em seu smoking. Embora eu soubesse que ele estaria ali, é óbvio, esperava ter uma reação mais forte por finalmente estarmos no mesmo lugar ao mesmo tempo. Previ que ficaria animada ao vê-lo. Que ficaria morrendo de vontade de conversar com ele.

Em vez disso, só conseguia pensar em Marco e no chiclete que ele vinha carregando no bolso.

Percebendo que ele esperava que eu respondesse ao seu convite, assenti com a cabeça, sem saber bem o que estava acontecendo com as emoções se revirando dentro de mim. Uma parte distante do meu cérebro se perguntava de que cor meus lábios estariam naquele momento. Se eles estavam mudando feito um camaleão para refletir toda essa agitação interna. Será que eu ainda estava um pouco incomodada pela confissão dele? Tocada por sua atenção? Preocupada em falar com Craig? Todas essas coisas de uma vez só? Desembrulhei o chiclete e o coloquei na boca. Ele automaticamente pegou o papel de mim e o enfiou no bolso para eu não ter que me preocupar com o lixo.

Como é que éramos amigos há apenas algumas semanas? Parecia que fazia anos, do jeito que antecipávamos as necessidades um do outro. Do jeito que ele cuidava das coisas antes mesmo de eu pedir.

Nós nos colocamos em posição, só que, dessa vez, ele me puxou para perto, como havia feito no banheiro. Quando dançamos no apartamento dele, deixamos espaço suficiente entre nós para uma pessoa passar pelo vão confortavelmente.

Agora? Nada passaria por ali, da forma como estávamos pressionados um contra o outro.

Meus nervos estavam disparando por todo lado, ansiosos, me deixando trêmula. Eu ainda me sentia cheia de adrenalina após nosso encontro no banheiro.

Pelo menos, era nisso que eu estava jogando a culpa.

E Marco definitivamente notou.

— Relaxa — murmurou ele contra o lóbulo da minha orelha, e meus joelhos quase cederam. Ainda bem que ele estava me segurando. — Era para você estar desfrutando. As pessoas devem pensar que estamos apaixonados.

Esse era todo o problema. Eu estava desfrutando e muito.

— Eu sei — cochichei de volta.

— Depois de todo esse tempo que passamos juntos, pensei que você estaria mais confortável comigo a essa altura.

Eu também. Mas, na verdade, me sentia ainda mais ciente dele, mais temerosa do que estava sentindo.

Talvez eu pudesse deixar as coisas mais equânimes fazendo algum esforço. Levantei a mão para afagar a nuca de Marco com os dedos. Comecei a brincar com os cabelos dele ali. Macios. Ele esfregou o rosto na lateral do meu em resposta, e senti um calor correr pelas minhas veias.

— Fez efeito. Craig está vindo para cá — disse ele.

— Não acredito que o seu plano idiota está funcionando — falei baixinho para ele, os olhos fechados. Eu meio que tinha me esquecido de Craig, distraída pela chance de tocar Marco.

— Eu sou mais do que boa postura e charme, sabia?

Ele com certeza era. Marco parou de dançar e se afastou de mim. Eu me senti desorientada, como se estivesse sendo arrancada de um mundo onde apenas Marco e eu existíamos, oscilando juntos na pista de dança.

— Está preparada? — perguntou ele.

— Tão preparada quanto possível — falei e torci para que fosse verdade.

Capítulo vinte e um

— Aí vem o seu cavaleiro de armadura horripilante — resmungou Marco, e eu tive certeza de tê-lo entendido mal. Ele deve ter falado outra coisa, mas eu estava perturbada demais para compreender direito.

Craig se juntou a nós, e eu esperei para sentir alguma coisa. Nervosismo. Empolgação. Curiosidade sobre ele ter mordido a isca ou não.

Em vez disso... eu só conseguia pensar em Marco enquanto ele se virava de frente para Craig, mantendo a mão em volta da minha cintura.

Esses sentimentos que eu desenvolvera por Marco não eram bem-vindos. No mínimo porque sabia que ele não estava interessado em mim e eu já tivera amores não correspondidos suficientes por uma vida.

E Craig é o quê, exatamente?, perguntou meu subconsciente.

Tentei dizer a mim mesma que era uma situação bem diferente. Marco achava que Craig e eu podíamos dar certo.

Ele achava isso mesmo, né? Eu não conseguia lembrar se ele havia de fato afirmado isso. Marco havia me encorajado e parecia acreditar que esse plano poderia funcionar. Mas acho que isso tinha menos a ver comigo e mais com as habilidades específicas dele. Determinação, paixão e alucinação total.

A troca de cumprimentos entre Craig e Marco me soou brusca.

Não falei nada, porque não sabia o que dizer. Eu vinha antecipando aquele momento e ele pareceu... vazio.

— Vou pegar algo para você comer — disse Marco. — Você precisa de algo com valor nutricional que não seja um Pop-Tart. — Ele se inclinou para mim e disse: — Tentarei encontrar algo com o gosto tão doce quanto o seu.

Eu sabia que isso tinha sido totalmente em benefício de Craig, mas suas palavras me acenderam como um coquetel Molotov. Eu não precisava de um espelho — não havia dúvida de que meus lábios estavam vermelho-escuros.

Então ele se aproximou, como se fosse me beijar no rosto. O que seria algo normal para um namorado fazer. Meu coração palpitava em antecipação. No entanto, ele parou antes. Foi estranho. Eu tive certeza de que pareceu estranho.

Craig deve ter notado. Nós não podíamos deixar aquilo acontecer de novo. Marco e eu não tínhamos nos beijado, e íamos cair naquela arapuca de comédia romântica. Eu teria que conversar com ele a respeito.

E nós teríamos que nos beijar.

Por nenhum outro motivo além de manter a farsa. Porque agora não se tratava apenas de tentar fazer com que Craig e Leighton se separassem: era também para ajudar Marco a conseguir seu emprego dos sonhos.

Eu queria que ele conseguisse. Na competição pelo cargo de CEO, eu tinha escolhido meu lado. Queria que Marco vencesse.

Aquilo parecia importante.

— Já volto — disse Marco, dissolvendo-se entre a multidão.

Deixando-me sozinha. Com Craig.

O que eu devia dizer? Tanto estudo e aprendizado sobre ele, e eu não fazia ideia do que dizer para Craig. Então, soltei:

— Logan Hunt.

Craig pareceu confuso.

— Oi?

— Ouvi dizer que Logan Hunt talvez saia dos Portland Jacks. Ele é o quarterback. — Esse era o time preferido de Craig e eu andara lendo fofocas esportivas entediantes pensando naquele exato momento.

— Vão oferecer mais dinheiro para ele. Além do mais, a esposa dele trabalha como anunciante no estádio. Ele nunca vai sair de lá.

Ótimo. Agora eu tinha que saber da vida pessoal dos atletas também? Craig pegou seu celular e começou a rolar a tela. Isso estava correndo extraordinariamente bem. Outra vez, eu não sabia o que dizer.

Você nunca tem esse problema com Marco. Essa era a verdade. Às vezes eu sentia que falava demais. Até me desculpei por isso uma vez, mas Marco me disse que achava fascinante o modo como meu cérebro funcionava.

Enquanto isso, o outro sr. Kimball me achava tão entediante que estava no celular.

— Então, é Emma, certo? — perguntou ele, ainda sem fazer contato visual.

— Anna — corrigi. Ele tinha se esquecido do meu nome de novo?

— Dessa vez cheguei mais perto — disse ele com um sorriso falso que foi como levar um balde de água gelada quando finalmente olhou para mim. — Você veio com o Marco?

A pergunta dele me surpreendeu, tanto pela quantia de incredulidade em seu tom quanto pelo fato de que todo o nosso empenho para sermos fotografados havia, pelo jeito, sido em vão.

— Vim. Porque estou com ele. Estamos juntos. — Isso não soou nem um pouco forçado.

— Hum. Acho que ele não tem um tipo preferido.

Aquilo foi doloroso. Talvez a intenção dele fosse me elogiar e eu estava deixando minhas próprias inseguranças interferirem.

— Você mudou algumas coisas em si mesma — continuou ele. — Está ótima! Você é tipo aquele... qual era o conto de fadas mesmo? Ah, sim. Tipo o patinho feio.

Pois é. Ia acontecer. Eu não me considerava uma pessoa violenta, mas ia socar um noivo em sua festa de pré-celebração de noivado.

Talvez eu devesse dar a ele o benefício da dúvida. Ele podia estar bêbado, e eu com certeza tinha feito papel de tonta da última vez que me embebedei. Aquele era o Craig. Ele era um cara bacana. Eu tinha prova disso. Precisava me acalmar.

— Como vai o trabalho? — perguntou ele, provavelmente numa tentativa de amenizar o que tinha acabado de dizer. O que era bom. Ele deveria ganhar pontos por tentar melhorar a situação.

— Na verdade, eu não trabalho mais na Minx.

— Sério? Eu não sabia. — Ele era o chefe do meu departamento. Como podia não saber?

Lá se foi meu grande gesto.

— Lamento ouvir isso — prosseguiu ele. — Você era uma integrante valiosa da equipe. Talvez você e eu possamos nos reunir depois e discutir o que aconteceu e como poderíamos corrigir isso.

Meu coração deu uma tremelicada diante desse convite. Não tanto quanto teria no passado, mas estava lá.

— Claro. Seria ótimo.

Meu telefone vibrou e o tirei da bolsa para olhar. Marco tinha me mandado uma mensagem perguntando quais sobremesas eu podia comer. Ele incluíra fotos. Balancei a cabeça, sorrindo.

Daí me dei conta de que Craig estava olhando por cima do meu ombro, lendo minhas mensagens.

— Gostosão do Banheiro? É assim que você chama meu irmão? Vocês dois se pegaram num banheiro?

— Não. — E então me lembrei do plano. — Quer dizer, sim. E foi ótimo. E sexy. E nem um pouco não higiênico. — Será que isso o deixaria com ciúme?

Craig abriu um sorriso malicioso para mim.

— Não sabia que Marco era capaz disso.

O que eu deveria responder a isso? Além do mais, ele não parecia com ciúme. Marco podia ter se equivocado seriamente ao julgar a situação.

— Parece um romance bem avassalador — acrescentou ele. Será que estava investigando? Tentando descobrir mais informações? Isso tinha o potencial para ser algo bom.

— Foi, sim. Avassalador. Fomos avassalados. — Pressionei os lábios bem fechados. Eu parecia burra.

— Aí está você. — Leighton se aproximou e me deu um sorriso amistoso, me salvando sem querer de soltar mais idiotices. Ela passou o braço pelo de Craig. — Fiquei com saudade de você.

Ele a beijou no rosto.

— Eu sempre fico com saudade de você. Esta aqui é a Anna. Ela veio com o Marco.

O sorriso dela ficou ainda mais radiante. Ela já não me via como uma ameaça antes, e agora, pelo visto, estava feliz em encerrar qualquer desconfiança em potencial.

— Prazer em conhecê-la, Anna.

Ela estendeu a mão e eu a apertei. Queria odiá-la, mas descobri que não conseguia ficar com raiva daquela criatura angelical. Ela parecia muito meiga.

— O prazer é meu.

Agora eu me sentia culpada. Será que deveríamos estar tentando separar os dois? Eles pareciam felizes juntos.

Eu não deveria querer isso? Se estivesse mesmo apaixonada por Craig, a felicidade dele não deveria ser o mais importante para mim?

— Meus pais estão nos procurando — disse Leighton. — Poderia nos dar licença?

— Claro — falei.

Eles se afastaram e eu dei uma olhada na direção da mesa de comida. Marco estava mergulhado numa conversa com alguém, segurando um prato vazio. Lembrei que eu ainda não havia respondido o que queria de sobremesa, então mandei uma resposta e enfiei o celular de volta na bolsa.

Procurei um lugar para sentar, mas todas as mesas estavam praticamente cheias. Havia uma num canto com uma única pessoa. Conforme me aproximei, percebi que era uma adolescente e que ela lia uma graphic novel.

Via de regra, eu não puxava assunto com desconhecidos, mas fiquei curiosa com uma garota que viria para uma festa dessas e ignoraria todo mundo para ler uma história chamada *Beastars*.

— Está gostando da história? — perguntei.

Ela olhou para mim por cima de seu mangá e o gesto lembrou tanto meu avô que eu quase ri.

— Por que você quer saber?

— Desculpa, só fiquei curiosa. Parece interessante.

Ela era loira com olhos azuis e parecia familiar.

— E é. Eu prefiro as narrativas orientais, de longe.

— Ah, é? E por quê?

— Porque eles acreditam em redenção para os vilões. E "inimigos a amantes" é isso, inimigos de verdade se apaixonando. O público ocidental prefere conhecidos que discutem a amantes. Mostre-me uma situação em que um vilão precisa mudar seu mundo inteiro para ficar com a mulher que ele ama, e eu estarei lá. — Disse isso com tanta convicção que gostei dela imediatamente, me perguntando se seria esquisito perguntar a uma adolescente se ela queria ser minha nova melhor amiga.

Não que eu fosse substituir Catalina, mas seria bacana ter alguém que amasse os mesmos tipos de história que eu. Eu me sentei na mesa de frente para ela.

— Tipo Han e Leia em *Star Wars*. Eles discutiam, mas nunca foram inimigos, e as pessoas citam os dois como inimigos a amantes o tempo todo.

Ela assentiu vigorosamente.

— Exato. E o filho deles tinha um relacionamento de inimigos a amantes de verdade, e eles terminaram aquele suposto conto de fadas com uma tragédia porque "ele precisava morrer". Pode imaginar a Fera morrendo depois de a Bela confessar seu amor e o beijar?

Se não tivéssemos uma diferença tão grande de idade, eu teria achado que fomos separadas no nascimento.

— Eu me chamo Anna, aliás.

— Lindy. Sou irmã do Craig.

A infame Lindy de quem Marco achou que eu fosse gostar. Ele não se enganara.

— Prazer em conhecê-la.

Ela acenou a mão, como se dispensando os protocolos.

— Como foi que você conheceu *Star Wars*?

— Meu pai. Ele adorava aqueles filmes. E você?

— Meu irmão é obcecado — disse ela. — Acho que ele até foi para a Comic Con com o capacete do Boba Fett uma vez para que ninguém o reconhecesse. Ele não vai confirmar nem negar.

Craig gostava de *Star Wars*? Eu podia trabalhar com isso. A chama do amor e da atração que eu sempre sentira por ele piscou um pouco mais forte.

— Essa conversa é muito mais a minha praia — continuou ela. Lindy tinha um olhar intenso que me lembrava Marco. — Falar de coisas que eu gosto em vez de ficar de papo furado. Algo que eu nunca faço direito, aliás. Tipo, eu acho interessante que o tubarão da Groenlândia possa chegar a mais de quatrocentos anos de idade e comer alces e ursos-polares. Aparentemente, isso não é "apropriado para conversar com as visitas". — Ela fez as aspas com as mãos.

— Eu acho legal. — E achava mesmo. Ursos-polares eu podia visualizar, mas como é que eles pegavam alces?

Estava prestes a perguntar quando ela se debruçou e falou:

— Quem te fez vir para cá? — perguntou ela.

Como se fosse algum tipo de punição. Eu me esforcei para não sorrir.

— Eu vim com o Marco.

— Marco? — Ela ficou me olhando, piscando várias vezes. — Você veio para cá com o Marco?

Por que as pessoas ficavam dizendo isso com tanto choque na voz? Era desencorajador!

— É!

— Como foi que isso aconteceu?

Ela era tão direta que eu não sabia bem como lidar.

— Marco me resgatou. Eu estava triste, e ele me ajudou. Foi muito meigo.

— Isso soa bem diferente do Marco. Ele se importa com duas coisas na vida, e namoradas nunca estão entre essas coisas.

Aquilo não parecia nem um pouco com o homem que vim a conhecer e... gaguejei internamente na continuação da frase. O homem que eu o quê? Admirava. Eu estava prestes a dizer admirar. Só isso.

— Quais são essas duas coisas?

— A empresa dele e eu.

Eu sorri diante da confiança dela e me fez gostar um pouco mais de Marco saber que ele adorava tanto sua irmãzinha que ela tinha certeza de seu lugar na vida dele. Mas eu também não queria mentir para ela. Tinha a sensação de que ela era o tipo de pessoa que identificava uma mentira de imediato. Enfiei a mão na bolsa.

— Quero anotar o título desse livro no meu celular.

Não consegui ver meu telefone de imediato e tive que tirar algumas amostras para poder revirar a bolsa.

Lindy pegou uma.

— O que é isso?

— É a amostra de um batom em que estou trabalhando no momento.

Os olhos dela se acenderam.

— Você é uma química cosmética?

Fiquei surpresa por ela estar familiarizada com aquele termo.

— Sou.

— Eu quero tanto entrar nessa indústria! Mas meu pai não quer que eu trabalhe na Minx. Ele quer que eu faça outra coisa.

Encontrei meu celular e o puxei.

— Tipo o quê?

— Provavelmente me casar com algum ricaço.

— Isso é… — O que eu podia dizer? Estava cem por cento do lado dela, mas não precisava que algo que eu dissesse chegasse aos ouvidos do pai dela. Ele podia se tornar parte da minha vida. Sobretudo se investisse na minha empresa hipotética.

— É zoado — completou ela por mim. — Mas eu tenho uma pergunta para você. Reparei com os produtos dermatológicos que tenho usado que parece não haver problema em misturar produtos com AHA e BHA com ácido hialurônico. É verdade?

— É, sim. — Então me lancei numa explicação de por que eles funcionavam juntos, mas parecia que eu não precisava e que ela já havia feito sua própria pesquisa. Poucas pessoas entendiam tão bem o que eu fazia quanto as adolescentes nas redes sociais. Elas pesquisavam, estudavam os efeitos ao longo do tempo, analisavam como os produtos interagiam uns com os outros, se o experimento era reproduzível e compartilhavam seus resultados.

As pessoas que achavam que a ciência era chata ou não fazia parte de suas vidas não se davam conta de que já estavam envolvidas com a ciência por meio de seus produtos de cuidados com a pele e o cabelo.

Lindy me perguntou sobre meu batom atual e, apesar de não compartilhar nenhum segredo com ela, passei a ideia básica.

— Posso ficar com uma amostra? — pediu ela, e eu anuí.

— Sempre ajuda ter uma usuária adicional. Você precisa me contar o que achou.

— Não acredito que você está namorando o Marco.

— Você fica repetindo isso e vai acabar danificando de forma permanente a minha autoestima — falei meio brincando, embora fosse a verdade.

— Em geral, as garotas com quem ele sai não são muito inteligentes. Você parece ter um QI maior do que a sua idade.

— Sou a primeira a conseguir construir uma frase inteira?

— Você não tem ideia. Definitivamente a primeira cientista. E uma química fazendo experimentos interessantes? Adorei. — Ela pegou meu telefone e acrescentou seus dados de contato antes de devolver o aparelho. — Pode deixar que vou te dar um feedback sobre o batom.

O celular dela vibrou. Ela olhou para a tela e revirou os olhos.

— Meus pais estão me chamando para tirar uma foto. Tenho que ir.

— Tudo bem. Não vejo a hora de ouvir sua opinião.

Ela sorriu para mim e foi embora. Eu a vi abrindo a amostra e aplicando o batom. Imaginei que tom seria. Peguei uma faca para olhar o tom nos meus lábios. Um rosado neutro.

Eu tinha acabado de largar a faca no lugar quando uma mulher muito alta, magra e loira surgiu na minha frente como uma aparição. Arquejei, surpresa.

— Quem é você? — exigiu a mulher.

— Quem é você? — perguntei de volta.

— Eu sou Tracie Kimball. A mãe do noivo. Não te conheço. Este não é um evento em que você possa entrar de penetra. É muito exclusivo.

A madrasta de Marco. Eu tinha ouvido tantas coisas ruins sobre ela que meio que esperava que tivesse chifres e pés fendidos. Ela tinha aquela aparência atemporal no rosto, como se tivesse aplicado tanto Botox e preenchimento que podia ter entre 35 e 65 anos.

— Eu sou Anna Ellis.

Ela me olhou de cima a baixo e notei que seus olhos se assentaram no meu pescoço. Não pude evitar levantar a mão para cobrir o chupão, escondendo-o de sua vista.

— Por que você estava falando com a minha filha? — perguntou ela.

É, isso pode ter parecido esquisito, sendo eu uma desconhecida.

— Eu vim com o Marco.

— O filho do meu marido?

Achei interessante o jeito como ela disse. Não seu enteado, mas o filho de seu marido. Como se não houvesse relação nenhuma entre ela e Marco.

— Sim?

Ela estreitou os olhos para mim.

— Isso foi uma resposta ou uma pergunta?

Eu estava começando a me sentir extremamente desconfortável e podia notar o suor brotando junto da linha dos cabelos.

— Uma resposta?

Coloquei meu telefone debaixo da mesa para que ela não me visse escrevendo uma mensagem. Era uma forma de arte que eu aperfeiçoara no trabalho para que Jerry não soubesse que eu estava mandando mensagens para Catalina.

Olhando de relance para baixo, certifiquei-me de estar enviando a mensagem para Marco e escrevi:

Gondor pede ajuda!

Alguns segundos depois, recebi uma resposta dele.

E Rohan responderá.

Capítulo vinte e dois

Tive apenas um momento para me perguntar como Marco sabia qual a resposta correta para me dar antes que ele se juntasse a nós. Ele colocou na minha frente um prato que mal continha um pouco de comida. Considerando quanto tempo ele ficara longe pegando algo para eu comer, eu esperava um banquete.

— Em que posso ser útil? — perguntou Marco num tom impessoal, como se Tracie fosse uma desconhecida que havia se perdido.

— Você achou mesmo que esse era o tipo de evento para trazer uma acompanhante aleatória? — perguntou ela com tanto veneno na voz que me questionei se daria para ouvir a cauda dela chocalhando como alerta.

— Anna é minha namorada. — Ele se abaixou para beijar o topo da minha cabeça e eu estava tão do lado dele nisso, seja lá o que isso fosse, que mal registrei o fato de que tinha me beijado.

Tracie cruzou os braços.

— Esta festa é especial. O tipo de coisa que acontece só uma vez na vida.

— As estatísticas e a história discordariam disso.

Ela fez uma careta que criou uma ruga, ruga mesmo, em sua testa. Eu me perguntei se ela sabia disso.

— E Anna é especial. — Marco era um ator melhor do que eu lhe dera crédito. Havia muita sinceridade e afeto em sua voz. Como se ele falasse sério. — Não existe ninguém com quem eu preferiria estar aqui.

Meu coração parou com as palavras dele e pude apenas fitá-lo. Ele olhava para mim com o que parecia ser afeição, e, se tivesse me pedido naquele momento para lhe dar a fórmula do meu batom anel do humor, talvez eu tivesse entregado.

Mais provável que não, mas eu teria ao menos considerado.

Um homem se aproximou de nós, alguém que se parecia tanto com uma versão mais velha de Marco que eu quase arquejei de novo.

Todo o comportamento de Tracie mudou, indo da dureza para a suavidade. Ela sorriu para o marido e o envolveu em seus braços.

— Pensei que eu tinha te perdido.

O pai de Marco deu um daqueles esgares que deveria ser tomado como um sorriso quando Marco nos apresentou.

— Anna, este é o meu pai, Ken. Pai, essa é a Anna.

Ele estendeu a mão e eu me levantei para apertá-la.

— A química — disse ele.

Lindy surgiu por trás dele, e imaginei que ela o tivesse informado.

— É ela quem está fazendo o batom bacana, pai.

Ele deu outro esgar.

— Eu gostaria de ouvir mais a respeito, se você não se importa...

— Na verdade — interveio Marco —, Anna tem uma oportunidade de investimento na qual você pode estar interessado.

Eu prendi a respiração. Literalmente incapaz de fazer meus pulmões funcionarem. Isso estava acontecendo mesmo, ali, naquele momento?

— Ligue para Janine e encaixe na minha agenda. Enquanto isso, você deveria levar a Anna em casa para jantar na semana que vem.

Eu não podia decifrar a expressão de Marco, mas ele se virou para mim.

— Minha família planejou uma reunião e você será bem-vinda.

— Parece divertido! — Eu não conseguia identificar minha motivação aqui. Seria passar mais tempo com Craig? Com Marco? Interessar o pai dele em me ajudar a fundar uma empresa?

— É em Vermont — acrescentou Marco.

Marco vinha planejando ir para Vermont e não tinha me contado? Aquilo me incomodou. Talvez mais do que deveria.

— Ah. Bom, você sabe que minha agenda está livre.

— Acho que estaremos lá, então — disse Marco, num tom feliz que soou completamente falso para mim.

Eu não tinha o direito de me sentir incomodada. Marco não era meu namorado de verdade, e eu precisava me lembrar disso.

Depois de ir até Vermont com ele para passar um tempo com sua família toda.

— Que maravilha! — exclamou Tracie. Eu me perguntei se seria exaustivo manter uma fachada assim o tempo todo. — Ah, lá estão os Henderson. Deveríamos ir até lá dar um oi.

— Com licença — disse Ken.

Lindy parecia prestes a tentar fugir, mas Tracie a segurou pelo antebraço e a arrastou junto.

— Só para você ficar sabendo — falei —, sua madrasta olhou para o meu chupão. Funcionou.

Marco pareceu perplexo, como se estivesse tentando resolver um quebra-cabeça sem solução e minha declaração o distraísse de decifrá-lo.

— Desculpa por tudo aquilo.

— Tudo bem. Tracie foi interessante, mas já vi folhas de papel menos chatas do que ela. Fico surpresa por ela ter tido tempo para preparar esta festa tendo a agenda cheia como tem, atraindo crianças para sua casa de biscoito.

Aquilo me valeu um meio-sorriso.

— Ela é definitivamente interessante — concordou ele. — Está sempre tentando convencer a família de alguma moda em que tenha se metido. No momento, ela jura que óleos essenciais vão curar nossos problemas físicos e emocionais e nos fazer relaxar.

— O único jeito de um óleo essencial te fazer relaxar é se ele for clorofórmio.

Por essa, ele me deu um sorriso completo.

— Só estou feliz porque você estava aqui — falei para ele, voltando a me sentar. Ele se sentou na cadeira ao meu lado e seus joelhos encostaram nos meus, e me esforcei muito para ignorar os formigamentos se espalhando pela minha pele. — Fiquei preocupada que eu fosse dizer algo errado para ela. Não sei nada sobre anarruga ou montarias de polo ou seja lá do que for que ela goste. Provavelmente me deixa em pânico porque não é fácil para mim conversar com o Craig, e as coisas ficariam ainda piores se eu soubesse que a mãe dele me odeia.

— Por que você tem dificuldade para conversar com o Craig?

— Sei lá. Estou sempre preocupada em falar a coisa errada e espantá-lo para longe de maneira permanente. Ou que eu vá entediá-lo.

Dei uma olhada de relance pelo salão e encontrei Craig dando uns amassos com Leighton. Ele estava com a língua tão fundo na garganta dela que me perguntei se alguém teria que chamar uma ambulância para oferecer oxigênio a ela.

E não senti ciúmes.

Estava ponderando essa descoberta quando Marco disse:

— Anna, qualquer um que tivesse meio cérebro jamais te acharia entediante.

— Isso é fofo. — As palavras dele fizeram com que eu me sentisse melhor.

— Você já se sentiu assim comigo? Como se tivesse que se preocupar com o que está dizendo?

— Nunca. — Marco era literalmente a pessoa mais fácil de se conversar no mundo todo.

— Ainda bem — disse ele, sorrindo. Ele gesticulou para o prato que fizera para mim. — Está bom?

— Você teria sido expulso de uma sociedade de coletores e caçadores.

— Eu não tinha me dado conta de que precisava coletar mais.

— Com que frequência nós temos nos encontrado? — perguntei.

— É verdade. Fique aqui. Continue comendo. Vou pegar mais.

— Essa é a coisa mais bacana que um homem já me disse — respondi, suspirando.

Marco se levantou rindo e voltou para a mesa do bufê.

Dessa vez, ele retornou muito mais depressa e carregando três pratos. Pensei se eu deveria me importar com o que os outros poderiam achar. Ou se Tracie tentaria me cobrar por comer a mais, mas estava faminta demais para me incomodar. Marco colocou os pratos na minha frente e então tornou a se sentar.

Peguei um punhado de batatas fritas. Estavam salgadinhas e crocantes à perfeição.

— "Fritas" é minha palavra preferida com F.

— Isso é triste.

— Por quê? Qual é a sua palavra preferida com F?

O sorriso deslumbrante e lupino dele me avisou que eu tinha caído feito uma patinha nessa.

— Feriado — disse ele finalmente, mas entendi sua insinuação não verbal.

Dei uma olhada ao redor, me perguntando para quem ele pretendia nos exibir com aquilo, mas não havia ninguém por perto. Ele acrescentou:

— E você viu que eles têm ketchup aqui? Sabe como é, caso você queira um pouco.

Essa eu levei um segundo para entender, até me lembrar de que ele havia se comparado a ketchup em seu ardor para me convencer de que era o meu tipo.

Eu devia estar corando, mas, por sorte, Marco não tocou no assunto.

Peguei um mini-hambúrguer.

— Você acha que eles têm isso em um tamanho para gente que gosta de comer?

Ele ignorou minha pergunta e disse:

— Eu te vi falando com a Lindy.

— Ela é ótima. Eu gosto de como o cérebro dela funciona. Ela me lembra muito você. — Dei uma mordida no hambúrguer.

— Eu nunca a vi conversar com ninguém em eventos assim, tirando a família.

— Talvez você tivesse razão quando estava mentindo sobre mim para sua madrasta e eu seja especial mesmo.

— Aquilo não foi mentira, Anna.

Minha respiração ficou presa e, de súbito, eu não estava mais com tanta fome.

Pelo menos, não de comida.

— E você também papeou com o Craig. Completou o bingo dos irmãos Kimball. O que ele tinha a dizer?

De repente, me vi incapaz de lembrar muita coisa sobre o que Craig e eu havíamos conversado.

— Ele não sabia que eu tinha saído da Minx. Ah, e ele falou algo sobre eu ser um patinho feio.

Um lampejo de raiva passou pelas feições de Marco.

— Cadê ele?

— Por quê?

— Eu vou cometer um fratricídio de leve.

Tendo também sentido vontade de socar Craig hoje, eu entendia o impulso. E era, na verdade, um tanto emocionante que Marco quisesse bater em alguém por minha causa. Coloquei a mão no antebraço dele.

— Tudo bem. Acho que ele pretendia isso como elogio.

— Você é boazinha demais — disse ele, ainda soando zangado.

— Já fui acusada de muita coisa, mas tenho certeza de que *boazinha demais* não foi uma delas.

Ele colocou a mão por cima da minha, seu calor e sua força me envolvendo.

— Você é uma das pessoas mais bondosas, mais atenciosas... — Ele se interrompeu bem quando as coisas estavam começando a ficar interessantes. — Eu não deveria estar dizendo isso.

— Por quê? — Ele tinha permissão de dizer coisas bacanas para mim.

Marco, contudo, apenas balançou a cabeça.

— Não importa.

— Para mim, importa. Você importa para mim.

O olhar dele deslizou pelo meu rosto e se assentou nos meus lábios. Eu me perguntei se estaria suja de molho, mas essa não era a expressão no rosto dele. Prendi a respiração.

— Dance comigo — disse ele baixinho.

Meu estômago tentou protestar que eu ainda estava comendo, mas o resto de mim quis ceder àquele convite inebriante.

Fomos para a pista de dança, um pouco apartados do resto da multidão, e ele me pegou nos braços.

Tive um momento para contemplar que eu ficaria feliz em continuar daquele jeito para o resto da vida. Nos braços de Marco.

Eu realmente precisava superar esse crush.

O problema é que eu não queria.

E aí, numa aparente tentativa de conspirar contra mim, o universo e o DJ colocaram a pior música possível para tocar.

"When I fall in love" começou a tocar, e eu disse:

— Ah, não...

— O que foi?

— Essa era a música preferida dos meus pais. Às vezes, minhas lembranças vêm e vão. Tem dias que eu esqueço da risada da minha mãe ou da cor dos olhos do meu pai. Mas aí há memórias que são tão vívidas, tão leves, que acho que eu nunca vou esquecer. Meus pais dançavam juntos essa música todas as noites. Eu costumava me sentar na escada para assistir.

A mão dele se apertou em torno da minha.

— Isso é lindo.

Craig e Leighton se aproximaram do meu lado direito. Ele a rodopiou, como se a música fosse acelerada em vez de lenta. Ela quase trombou comigo.

— Ah, desculpa por isso — disse ela, soando sem fôlego.

— Você está bem, Anna Banana? — perguntou Marco, e foi como se todo o oxigênio tivesse sido sugado do salão.

— Era assim que meu pai me chamava — falei num quase sussurro.

— Eu sei — disse ele, beijando a ponte do meu nariz.

Craig e Leighton se afastaram dançando, mas eu ainda estava em choque. Ele não sabia; não tinha como saber. Eu não havia falado disso nem para Catalina. Era uma suposição razoável, considerando-se que as palavras rimavam, mas ainda foi um choque no meu organismo.

Marco parou de se mover e nós ficamos ali, abraçados um ao outro, nos olhando nos olhos.

Eu sabia que ele havia dito isso em benefício do irmão, para insinuar uma conexão, que estava fingindo. O problema era que... eu acreditava nele. Acreditava naquela conexão, apesar de logicamente saber que não era real.

— Eu tenho uma teoria — disse Marco numa voz grave e baixa que fez arrepios percorrerem minha pele. — Quer ouvir?

Mais do que tudo.

— Ahã — foi tudo o que consegui dizer.

— Quando seus lábios ficam desse tom de vermelho... acho que você quer ser beijada.

Outro choque no sistema nervoso.

— Digamos que você esteja certo.

— Digamos. Já que estou.

— Então... o que faremos a respeito?

Minha cabeça me disse para parar. Que eu não podia fazer isso. Mas meus ovários estavam defendendo um argumento convincente para eu continuar.

— Deveríamos testar minha teoria, não acha?

— Aqui?

— Aqui não — disse ele, e me perguntei por que, quando o universo deu a Marco cérebro, charme, beleza e músculos abdominais, ele ainda sentiu que precisava dar também a voz mais sensual do mundo.

Essa era a minha chance. De dizer não para ele, dizer que não podíamos fazer aquilo. Que era um erro.

Porque eu estava com medo. Medo de que esses sentimentos que eu tinha por ele só crescessem, e daí ele realmente empurraria Craig para fora por completo.

E Marco não gostava de mim desse jeito. Era meu amigo. Ele me dissera isso muitas vezes. Eu era esperta o bastante para saber. Não podia estar apaixonada por ele e ouvi-lo dizer compassivamente que lamentava muito, mas não se sentia do mesmo jeito sobre mim.

Uma parte minha temia que, se Marco partisse meu coração, ele talvez nunca se recuperasse.

Pensei que tinha chegado no fundo do poço quando pedi aquele chupão, mas eu estava prestes a sacar os explosivos e começar a cavar.

— Onde? — perguntei, me sentindo sem fôlego.

Os olhos dele se acenderam.

— Vem comigo.

Ele me pegou pela mão e me guiou para fora da pista de dança, atravessando o salão e saindo para um corredor. Tive a presença de espírito de jogar meu chiclete numa lixeira próxima. Ele testou a maçaneta de duas portas até encontrar uma que se abrisse. Era uma sala de reuniões escura, com mesas compridas e cadeiras de escritório. Marco fechou a porta depois de entrarmos e se postou perto demais de mim.

Claro, não perto demais a ponto de nos beijarmos, mas perto demais para minha paz de espírito atual. Isso não podia significar nada. Ele não podia saber o quanto eu queria desesperadamente que ele me beijasse. Todas as vezes que eu sonhara com isso.

Tentei expulsar esses pensamentos da minha cabeça. Isso era para satisfazer minha curiosidade. Eu o beijaria, e então saberia como era, e poderia parar de imaginar e seguir em frente.

Era nisso que eu focaria.

— Boa ideia. Nunca se sabe quando uma avó cheia de boas intenções ou um azevinho-surpresa teria nos forçado a entrar numa situação em que tivéssemos que nos beijar. É melhor já tirar isso do caminho.

Uma expressão confusa passou pelo rosto dele.

— Ninguém vai fazer a gente se beijar, Anna. Minha avó não está aqui, e estamos em janeiro.

— Pode ter algum azevinho perdido — falei, na defensiva.

Ele estava tão perto. Sem me tocar, mas emitindo todo aquele calor masculino que deixava a impressão fantasma dele contra minha pele. Esticou o braço para baixo e segurou minha mão, levando-a até a boca para poder depositar um beijo suave e quente nela. Eu estendi a outra mão e a pressionei no peito dele para continuar na vertical, confiando na força dele enquanto meu cérebro tentava desligar e deixar que as sensações assumissem o controle.

— Anna, a única razão pela qual deveríamos nos beijar é porque você quer.

— Eu quero. — As palavras escaparam de minha boca antes que eu pudesse pensar melhor. Meu corpo todo estava sensível com um desejo pesado, espesso. — Em nome da ciência — acrescentei, para não soar tão patética.

— Em nome da ciência? — repetiu ele, os olhos dançando. Marco soltou minha mão e colocou as dele nas laterais do meu rosto. — Deveríamos fazer anotações?

Eu não pude responder. Alguma parte minúscula do meu cérebro me disse de novo para ir embora, para não deixar aquilo acontecer. Mas não me importei.

Quando todo o sangue voltasse para os pontos corretos do meu corpo, talvez eu me importaria, mas naquele momento?

A única coisa que me importava eram os lábios dele tocando os meus.

— Tantas coisas para pesquisar — ponderou ele enquanto abaixava a cabeça até mim.

Prendi a respiração. Se ele não me beijasse logo, eu corria o risco de desmaiar.

Droga, acho que isso aconteceria de qualquer forma.

— Qual é o sabor? — Os lábios dele pairavam sobre os meus, tentadoramente fora de alcance. — Será grudento? Liso? Qual a durabilidade? — Ele virou a cabeça para a direita. — Será que ele vai acabar nos meus lábios?

O suspense era, ao mesmo tempo, dolorosamente doce e enlouquecedor.

Coloquei meus braços em volta do pescoço dele, fechando as mãos logo atrás.

— Se ele acabar em você, de que cor ficariam os seus lábios? — perguntei, sentindo-me um pouco mais corajosa. Como se ele estivesse me emprestando um pouco da sua confiança.

— Vermelho-escuro — disse ele.

Ele estava me provocando e esperando. Todas as minhas terminações nervosas que vibravam de antecipação e desejo. O ar estava elétrico ao nosso redor, como se um raio estivesse para cair. Então eu disse o que ele queria que eu dissesse. Que éramos apenas eu e ele. Isso não tinha nada a ver com qualquer experimento.

Tinha a ver comigo dizendo a verdade.

— Eu quero que você me beije, Marco.

Capítulo vinte e três

Era por isso que ele vinha esperando. Havia um sorriso muito presunçoso que deveria me deixar ultrajada, mas, de novo, eu não ligava. Só precisava que ele me beijasse.

Agora.

Eu meio que esperava que ele me devorasse, feito alguém faminto. Era assim que eu queria beijá-lo.

Em vez disso, Marco se aproximou aos poucos, estendendo o momento pelo que me pareceu uma eternidade. Meus lábios formigavam em resposta à sua proximidade, e um calor elétrico se acumulava em minha barriga.

Meu corpo todo pulsava com uma antecipação inquieta.

— Anna. — Ele sussurrou meu nome de encontro aos meus lábios e eu suspirei em resposta.

E então ele finalmente me beijou, com o mais leve roçar dos lábios contra os meus, e eu não pude mais sentir minhas pernas. Choques de um prazer crepitante dispararam sinapses que eu nem sabia que tinha.

Porém, assim que começou, já tinha terminado. O beijo foi hesitante, como se ele estivesse fazendo uma pergunta e esperando pela resposta.

Foi como vagar num deserto por três dias direto e então receber apenas uma única gota d'água.

Não era o bastante. Eu queria beber sem reservas. Estava morrendo de sede.

— O que você está fazendo? — perguntei, odiando o quanto soava sem fôlego. — Não para.

Aquele sorriso dele que podia ser classificado como uma arma estava de volta e, em vez de me beijar outra vez, Marco disse:

— Primeiro teste completo. Seu batom não é grudento.

— Eu mesma podia ter te informado isso — resmunguei.

— O que você está sentindo agora? — perguntou ele, os olhos reluzindo intensamente para mim.

Frustrada. Irritada. Com vontade de chutar a canela dele por me dar o mais breve gostinho de algo que eu estava morrendo de vontade.

— Eu… eu não sei.

Ele percebeu que era mentira.

— Nervosa? Empolgada?

Completamente excitada? Tudo bem dizer isso?

— Suas bochechas estão coradas. — Ele tocou uma delas e as pontas de seus dedos eram quentes e macias contra minha pele. — Sua pulsação está acelerada? Sua pele está quente.

Isso era mentira. Minha pele estava fria e arrepiada, e era Marco quem a estava aquecendo com seu toque, mas eu não conseguia formar as palavras para dizer isso a ele. Era difícil imaginar que um homem daquele tamanho pudesse ser tão gentil e cuidadoso.

— Quer que eu continue? — perguntou ele numa voz áspera carregada de uma emoção que eu não conseguia definir com precisão.

— Quero.

Fiquei na ponta dos pés para reduzir a distância entre nós, mas ele moveu a cabeça um pouco para trás, saindo do meu alcance.

— Se vai ser em nome da ciência, precisamos estabelecer alguns parâmetros.

Que se danem os parâmetros. Eu me perguntei se havia um jeito de dizer *preciso que você me prense contra aquela parede ali e me beije pra valer* em nome da ciência.

— Marco?

— Polo — respondeu ele, sorrindo para mim.

— Já entendi o seu ponto. Poderia, por favor, calar a boca e me beijar?

Ele voltou a pôr os lábios nos meus mais depressa dessa vez, mas foi uma pressão gentil. Então ficou imóvel por um instante, deixando que nós dois vivêssemos aquele momento. Novamente aquelas chamas elétricas lamberam minha pele, exigindo a liberdade. Eu precisava de um beijo de verdade. Fiz um som de protesto contra a boca de Marco e aquilo pareceu mudar a situação.

Agora ele se movia contra mim, causando uma deliciosa fricção com nossos lábios. Ainda era suave, gentil, me atiçando. Prometendo muito mais e disposto a me dar apenas essa fração ínfima por enquanto.

Estúpida, eu havia pensado que um beijinho desses saciaria a cobiça que sentia por ele. Nós nos beijaríamos, eu superaria e seguiria em frente... mas isso não estava acontecendo. O beijo estava piorando tudo.

Eu me pressionei contra ele, querendo mais. Ele estava sendo tão cuidadoso comigo, seu beijo intenso e gentil ao mesmo tempo.

Só que a gentileza começou a ceder. Pouco a pouco, e a paixão foi crescendo de modo inversamente proporcional, e ele me beijou com uma lentidão e uma meticulosidade devastadoras, que deixaram meus membros tremendo como se tivessem levado um choque e sido inutilizados.

O coração dele batia forte e rápido contra minhas mãos, o peito oscilando como se ele tivesse corrido. Percebi que era pelo controle que ele exercia sobre si mesmo. Tentando não me sobrecarregar.

Será que ele não sabia que eu aceitaria isso de bom grado?

Como algo podia ser tão lento e suave, e ao mesmo tempo intenso e sensual?

— Gosto. Bom — murmurou ele contra a minha boca, e uma parte de mim quis rir. Ele soava como um homem das cavernas. Eu gostava da ideia de ter esse tipo de efeito sobre ele.

Mas aí os dedos dele se emaranharam no meu cabelo, aninhando minha cabeça enquanto ele me beijava de novo e de novo. Meu córtex somatossensorial se acendeu feito um show de fogos.

De alguma forma, como se ele soubesse ou realmente conseguisse ler mentes, Marco me levou até a parede. Fiquei grata pelo suporte e pelo modo como ele me prendeu no lugar, me beijando como se tivesse todo o tempo do mundo e planejasse fazer um serviço completo, porém meigo.

E, a despeito do fato de ele estar se contendo e não me devorando sobre a mesa daquela sala de reuniões, o que dizer da conexão entre nós? Aquilo era real. Era quase... química. E de reações químicas eu entendia.

Por fora, Marco e eu parecíamos duas coisas que não deveriam combinar. Como vinagre e fermento. Mas quando combinados?

Aquilo criava algo novo. Algo potente.

Algo que fazia vulcões explodirem em feiras de ciências.

Ele inclinou a boca sobre a minha de novo enquanto mudava o ângulo da cabeça e a pressão sobre os meus lábios, me distraindo daquela linha de raciocínio. Beijá-lo era como beijar um fio desencapado, mas sem dor nenhuma. Chocante, estimulante e excitante.

Marco estremeceu contra mim e recuou do beijo. Ambos estávamos ofegantes, tentando voltar a respirar normalmente. Eu tinha gracejado antes que Leighton precisaria de oxigênio, mas se continuássemos assim era eu quem ia precisar daquela ambulância.

Ele pousou as mãos contra a parede ao lado do meu rosto.

— Que tal? — perguntou ele.

— Bacana? — Era, na real, a única palavra em que eu conseguia pensar. Mas parecia imprecisa e, como cientista, eu odiava imprecisão. — Não, bacana, não. Foi outra coisa. — Meu cérebro estava nublado demais para me concentrar.

Ele começou a traçar o contorno de meus lábios com o indicador.

— Elétrico? — perguntou ele.

— Isso. — Como é que ele sabia?

O deslizar suave da ponta de seu dedo contra os meus lábios sensíveis me fez soltar um ruído estrangulado e me pressionar contra a parede. O toque dele, leve feito uma pluma, fez as sinapses dispararem e vibrarem sob a minha pele.

Aí eu fiz o que quis fazer naquele dia no meu quarto — beijei a ponta do dedo dele. Ele perdeu o fôlego e aquele som me tocou de um jeito que eu não imaginava ser possível.

Os lábios dele logo substituíram seu dedo e, embora Marco ainda me beijasse com cuidado, ele o fazia minuciosamente, e eu estava gostando da exploração. Ele me pressionou contra a parede, a rigidez e a força de seu peito se espremendo contra minhas curvas macias.

Senti uma vibração na cintura que primeiro atribuí erroneamente a seja lá o que ele estivesse fazendo com a boca e depois percebi que era o celular dele.

Afastando um pouquinho a cabeça, falei:

— Acho que o seu telefone está feliz em me ver.

Ele parecia um pouco desorientado, o olhar desfocado. Enfiando a mão no bolso, ele puxou seu celular e conferiu a tela.

— Fui convocado — disse Marco. — Temos que ir.

Acho que assenti. Eu pretendia assentir, mas meu corpo todo parecia letárgico e não respondia a meus comandos internos. Deveria haver um sinal aparecendo na minha testa onde se leria ERRO 404 ANNA_ CEREBROFUNCIONAL.EXE NÃO ENCONTRADO.

Marco me pegou pela mão e me levou para fora da sala. As luzes do corredor não eram fortes, mas a sensação era ofuscante em comparação com a sala escura em que estávamos.

Reparei que ele estava com aquele seu sorriso destruidor de corações.

— Por que você está sorrindo?

— A análise final está completa. Seu batom passa com notas excelentes.

Ele limpou a boca, mas não estava com nenhum traço de cor. O batom não havia se transferido, ou seja, funcionou como deveria.

Passamos por um espelho e eu puxei a mão dele para parar.

— Olha para mim — falei.

Meu cabelo estava para todo lado e meus lábios pareciam inchados. Ainda havia um rubor em minhas bochechas, como se todo o meu sangue tivesse corrido para lá para garantir que eu não perdesse nada do beijo. Tentei ajeitar meu cabelo.

Ele olhou para mim no espelho e disse:

— As pessoas definitivamente vão saber o que acabamos de fazer. Isso é bom. Vamos.

Meus passos vacilaram por um segundo e ele precisou esperar para que eu o alcançasse. Era tudo parte de um plano. O plano de Marco. Eu tinha que me lembrar disso.

Mas ele tornava tão fácil esquecer...

Pensei que seu sorriso fosse uma arma, mas eu estava enganada. Era seu beijo.

E, assim como James Bond, Marco tinha licença para matar.

O resto da noite passou voando e foi como se eu não pudesse tirar meus olhos de Marco. As coisas tinham mudado entre nós. Ele me tocava o tempo todo — ou tinha um braço ao meu redor, ou estava segurando minha mão. Eu amava cada segundo e, mais do que tudo, queria lhe perguntar se ele queria fazer mais um pouco de pesquisa científica.

Ele me levou para casa e não conversamos de fato no carro. Não porque eu não tivesse nada a dizer; eu tinha coisas demais a dizer e não sabia o que fazer. Precisava de um tempo para digerir tudo.

Caminhamos até a porta da minha casa e eu esperava me despedir dele depois de destrancá-la. Entretanto, ele virou a maçaneta como se planejasse entrar.

— Isso pode não ser uma boa ideia — falei, entrando no vestíbulo.

Ele flexionou as mãos e então as enfiou no bolso.

— Ainda não aspirou o glitter?

— Aspirei, sim! — falei, indignada. Mas não tinha, não. — É só que meus avós não estão em casa.

Ele ergueu as sobrancelhas.

— Ah, é?

Por que aquelas duas sílabas soavam tão sexy?

— É.

Marco olhou para trás e disse:

— Pode haver um fotógrafo com lente de longo alcance por aí. Eu deveria entrar um pouquinho. Prometo guardar minhas mãos só para mim.

— Tá bom. — Assenti com a cabeça, deixando-o entrar e então fechando a porta. O que foi um erro enorme, dado que ele ocupava todo o espaço ao nosso redor e eu precisava tocá-lo para fechar a porta.

Pensei em como ele parecia à vontade na minha casa e no quanto Craig provavelmente não ficaria. Craig era um pavão manso. Um pássaro exótico, cheio de uma plumagem linda e feito para ser admirado, mantido como bicho de estimação e alimentado à mão. Marco era um gavião selvagem, no mundo lá fora fazendo as coisas sozinho, forte e feroz. Indo atrás do que queria.

Eu tinha começado a desejar que o que ele queria fosse eu.

Estávamos sozinhos. Bom, quase sozinhos. Os pássaros estavam todos chamando da outra sala.

— Mas você deveria saber que, da última vez que um cara veio visitar quando meus avós tinham saído, isso levou a uma mutilação aviária.

— Alguém mutilou uma ave?

— Não. Meu avô estava ajudando a reabilitar um ganso fêmea chamado Geese Witherspoon e ela correu atrás de Richie porque não gostava de ninguém além do meu avô. Eu tive de levá-lo para o hospital. Nós não saímos de novo.

— Sério? Talvez ela tenha corrido atrás dele porque ele é um homem adulto usando o nome Richie.

— Não foi isso. — Tudo o que eu estava dizendo não tinha importância, mas Marco olhava para mim como se fosse a coisa mais fascinante que ele já ouvira. Meu estômago parecia que ia levantar voo e fugir. — Gansos são uns grosseirões terríveis. Eles soam como um trompete alucinado e podem chutar feito uma mula e morder feito uma cobra. Não querem que você dê pão para eles comerem. Querem roubar a sua carteira e a sua vida.

— Então eu devo manter distância de gansos.

— A menos que queira que eles protejam o seu castelo. Eles são melhores do que cães de guarda.

— Vou avisar a segurança — disse ele com um sorriso.

— Espera aí. A sua família tem um castelo? — Isso poderia mudar tudo.

— Não. Apenas casas maiores do que a maioria dos castelos.

— Own. Porque, se você fosse secretamente um príncipe, isso deixaria nosso relacionamento falso muito mais divertido. — Um clichê da comédia romântica.

Algo lampejou nos olhos dele, mas Marco disse:

— Desculpa, não posso fazer de você a próxima princesa de Monterra.

— Porcaria.

Aquilo parecia uma conclusão natural para nossa noite. Ele tinha ficado dentro de casa por um tempo e deveria ir embora porque eu queria muito, muito mesmo beijá-lo de novo, e me restava tão pouco orgulho a essa altura que estava desesperada para mantê-lo.

— Por que todos os pássaros têm nome de artista? — perguntou ele. E, mais uma vez, eu podia estar projetando, mas parecia que ele estava perguntando não porque quisesse saber de fato, mas porque não queria ir embora.

Para ser justa, porém, aquele beijo tinha bagunçado seriamente meu cérebro, e eu sentia que ainda não operava com todos os cilindros.

— Coisa do meu avô. Minha avó não tem muita paciência para o que ela considera frívolo, mas ele sempre amou cultura pop. Metade do tempo, quando ele está lendo o jornal, está mesmo é olhando seu exemplar mais recente da *Us Weekly*.

Marco riu com isso e pensei no quanto eu gostava de compartilhar as coisas com ele.

— E, como minha avó é distraída, ela não faz ideia de quem os nomes dos pássaros homenageiam. Acho que meu avô faz isso porque o diverte ouvi-la gritar *Jimmy Talon*, e aí ele acrescenta algo como *o astro do The Tonight Show* baixinho.

Ele riu de novo e se inclinou para a frente, como se pretendesse chegar mais perto. Ficamos ali, olhando intensamente um para o outro, e eu não ligava mais para o que era certo ou racional, só queria que ele me beijasse de novo.

Mas então ele anunciou:

— Acho que eu deveria ir embora. Eu te ligo sobre aquele negócio em Vermont.

Antes que eu pudesse responder, ele abriu a porta da entrada e já estava no alpendre, descendo para a calçada.

Ele não ia me beijar de novo. Minha voz interna me lembrou de que ele dissera que ia manter as mãos para si mesmo.

Marco estúpido, sempre fazendo o que dizia que ia fazer.

Quando ele chegou à calçada, virou e disse:

— Ei, Anna?

— Pois não?

— Caso você não soubesse, o patinho feio não precisava mudar. Ele só precisava descobrir que era um cisne desde o começo. — Ele fez uma pausa, como se esperando uma resposta. Quando não a recebeu, disse: — Boa noite.

Meu coração estava martelando, os pés insistindo para que eu fosse atrás dele, meus lábios exigindo que eu fizesse isso naquele mesmo instante ou ia ver só as consequências. Em vez disso, fechei a porta e afundei até o chão. Esse homem ainda ia me matar.

Saquei meu celular e liguei para minha melhor amiga, que atendeu de imediato.

— Ele te beijou.

— Como você sabe? — exigi saber.

— Eu não sabia! Foi só um chute com base em dados e previsibilidade, e também eu sendo incrível em saber das coisas. E aí, como foi a pegada? Delicada como um elfo ou decidida feito um espadachim?

— Sendo sincera, foi quase uma experiência fora do corpo, só que eu ainda estava no meu próprio corpo e hiperconsciente e superestimulada, tudo ao mesmo tempo.

— Esse é o melhor tipo — disse ela com um suspiro contente. — Saiba que eu não poderia estar mais feliz a respeito. Não, provavelmente poderia, mas daí você teria que me levar para o hospital porque eu estaria tendo um infarto. Conte tudo.

Eu repassei a noite inteira e dessa vez entreguei todos os detalhes. Confiava no julgamento dela e queria uma perspectiva de fora. Sentia-me muito próxima de tudo para saber o que deveria fazer.

Ela estava estranhamente quieta quando eu terminei.

— A que altura você vai se dar conta de que Marco está apaixonado por você?

Aquilo fez lanças de choque atravessarem meu peito.

— Como é?

— Ele é o CEO de uma grande corporação internacional.

Confuso isso.

— E o que isso tem a ver com o resto?

— Como um homem assim tem tanto tempo livre só para ficar à toa com você? Você se ligou que ele está rearranjando toda a agenda dele para passarem um tempo juntos?

— Isso não é… — Mas parei. E se fosse verdade?

— E, antes que me diga *mas o Craig*, você também precisa perceber que o que você tem com ele é só um crush de longa data que é mais como uma sombra que desapareceria sob uma luz forte.

O que eu deveria responder? Eu mesma suspeitava que ela tinha razão.

— Não sei como eu me sinto. — Era o máximo de honestidade que eu podia expressar naquele momento.

— Você tende a desenvolver crushes em homens inacessíveis — disse ela suavemente, como se temesse me magoar. — Você quer um conto de fadas. E sei que está esperando pelo cavaleiro de armadura brilhante.

— Não estou, não — protestei na mesma hora.

— Está, sim. Você ama a ideia de ser resgatada. Sua avó fez isso com seu avô, seu pai fez com sua mãe e Craig te resgatou num estacionamento.

— Essa não é a única razão.

— Eu também gostaria de apontar que Marco meio que te salvou naquele banheiro. E, em vez de ir embora dez minutos depois, como Craig fez, ele continuou por perto.

Era tão desconcertante ter alguém próximo apontando algo que você nunca havia sequer considerado. Será que era verdade? Será que eu era tão obcecada por contos de fadas, felizes para sempre e ser salva que vinha esperando que algo acontecesse, em vez de ir atrás do que eu queria?

Como eu tinha resolvido fazer?

— Além disso, eu gostaria de registrar uma reclamação formal por você não estar beijando o Marco esse tempo todo. Deveria fazer isso a cada chance que tiver. Você pode beijá-lo. Não precisa esperar que ele tome a iniciativa.

— Eu não posso simplesmente beijar o Marco. — Ela não estava entendendo a situação. Nem de longe.

— Por que não?

— Porque ele não quer me beijar de verdade.

— Por quanto tempo ele te beijou essa noite? — perguntou ela.

Eu não sabia. Porque o tempo meio que havia parado quando a boca dele estava na minha.

— As pessoas não saem por aí beijando gente aleatoriamente sem nenhum motivo — acrescentou ela.

Nós tínhamos um motivo.

— Em nome da ciência? — sugeri sem convicção, mas já previa a resposta antes mesmo de ela dizer.

— E ninguém beija em nome da ciência.

— Isso não é verdade. Existem pessoas que estudam o beijo especificamente, como um campo de estudo, e...

— Você colocou todos os seus ovos numa cesta bem malfeitinha — disse ela. — Pelo menos uma vez na sua vida, seja ousada. Faça algo assustador. Diga para ele. Não é um bom agouro para o seu relacionamento falso se vocês não puderem comunicar o que estão sentindo.

A ideia de contar para Marco que eu tinha sentimentos por ele era demais.

— Eu fui ousada. Fui atrás do Craig.

— Não foi, não. Você e o Marco inventaram um esquema de jerico para fazer com que ele te notasse.

Era como se ela estivesse se esquecendo de todas as coisas assustadoras que eu havia feito recentemente.

— Eu me demiti do meu emprego!

— E aí arranjou outro poucas horas depois como consultora. Você nunca ficou sem uma rede de segurança. Funde a sua empresa. Vá arrumar o homem dos sonhos de todo mundo. Venda sua ideia para um investidor. Corra atrás.

Eu tinha a sensação de que ela estava certa. E talvez eu precisasse passar uma quantidade obsessiva de tempo pensando a respeito.

— O que está rolando com o Zhen? — perguntei, subindo para o segundo andar enquanto ela me contava tudo sobre o encontro deles da noite anterior e eu sorria ao ouvir.

Desejei, pela milionésima vez, poder ser mais como ela.

Porque Catalina seria ousada no que dizia respeito a Marco.

Talvez estivesse na hora de ser mais como ela.

Capítulo vinte e quatro

Marco continuou disponível para mim à noite. Durante o dia, eu refinava meu batom anel do humor e, à noite, ele e eu nos encontrávamos. Na maior parte, ficávamos na casa dele — supus que não houvesse necessidade de continuarmos sendo fotografados quando Craig estava cem por cento ciente de que éramos um casal.

Comíamos juntos, víamos filmes. Passamos três dias consecutivos assistindo a todos os três filmes de *O Senhor dos Anéis*. E, durante *O Retorno do Rei* e a fala de Gandalf para Pippin, percebi que Marco estava movendo a boca para acompanhar o diálogo, talvez sem nem notar que o fazia.

— Você sabe a fala toda — observei, deliciada.

— O quê? Não.

— Sabe, sim! Sabe, sim! — Bati palmas. — Talvez ame esses filmes mais do que eu.

— Não é possível. Eu não quero me casar com o Legolas, então você ganha.

Passamos muito tempo trabalhando num plano de negócios. Ele me deu uma lista de fornecedores e fabricantes, junto a todo tipo de projeções que eu provavelmente jamais conseguiria obter por conta própria. Parecia tão empolgado com a possibilidade de vender essa ideia para o pai dele quanto eu.

— Você já tem um nome? — perguntou ele na noite anterior à nossa viagem agendada para Vermont.

— Estava pensando em Aviary Cosmetics.

— Bonito — disse ele, pegando as projeções do primeiro trimestre. Um termo que agora eu entendia, obrigada, de nada. — Você tem um slogan para a empresa?

— Dê asas à sua beleza.

— Para ela poder fugir? Isso pode soar como algo negativo.

— Tá bom — falei, assentindo. Justo. — Que tal "Onde a beleza faz seu ninho"?

— Soa meio antiquado e parado. Mas tudo bem. Teremos um departamento de marketing para isso. — Ele ouviu o engano e se corrigiu. — Quer dizer, você. Você vai contratar o pessoal de marketing. Eu posso ajudar com conselhos ou... você pode fazer isso sozinha. Não quero me exceder.

Seria difícil ele se exceder, quando estava cuidando de tantos detalhes importantes para mim.

— Não está. Contratar uma consultoria de marketing seria inteligente. Mais cérebros para contribuir assim. Eu também estava pensando que seria divertido ter paletas com nomes de pássaros. Tipo Azul-pavão. Amarelo-canário. Laranja-corrupião. Vermelho-cardeal.

Isso chamou a atenção dele.

— Cardeal? Como o pecado?

Meu sangue ficou espesso e pesado.

— O quê? Não. Como o passarinho.

— Uma pena. — Marco colocou as projeções na mesa, focando toda a sua atenção em mim. — Pecados cardeais podem ser divertidos. Eu sou muito fã da luxúria.

Aquilo fez um calor brotar em minha nuca.

— Particularmente, gosto mais da preguiça e da gula.

Ele ignorou minha fraca tentativa de humor.

— Que cor seria esse vermelho-cardeal? Seria um vermelho profundo e escuro?

Nós não tínhamos nos beijado a semana inteira. Eu vinha ansiando tanto por Marco que andava até sonhando com ele. Era torturante passar tanto tempo com ele, estar tão perto e não poder tocá-lo.

Ainda mais agora que eu sabia o quanto ele era bom nisso.

Mas a pergunta dele agora — aquilo pareceu a deixa para algo que eu estava doida para aproveitar. Porque, a despeito dos sábios conselhos de Catalina, eu não havia me aproveitado nem um pouco disso. E deveria. Eu deveria ter tomado alguma iniciativa antes.

— Isso. Um vermelho profundo e escuro. — Assenti com a cabeça, empurrando a apresentação de slides para o lado.

— Pensei num teste que ainda não fizemos. Água.

— Água? — repeti, porque, de súbito, isso não estava tomando o rumo que eu havia pensado.

— O batom é à prova d'água?

— É.

— Isso eu tenho que ver com meus próprios olhos.

Marco pegou minha mão e me levou da mesa da cozinha para seu quarto. Tive um momento de alegria de fazer parar o coração com nosso cenário, mas ele me levou para dentro do banheiro.

Abrindo a porta de vidro para o chuveiro, ele abriu o registro. Entrou debaixo da ducha, totalmente vestido, e se virou para mim, sorrindo.

— Vejamos.

Eu entrei debaixo da água com ele, e gotículas caíram nos meus óculos. Mas me certifiquei de dar uma boa olhada em Marco. Ele empurrou seu cabelo escuro para trás e foi como se estivesse acontecendo em câmera lenta.

Se o Marco úmido era perigoso, o Marco encharcado era cem por cento letal.

Ele estendeu a mão e tirou meus óculos, depositando-os numa prateleira próxima. Comecei a tremer e ele presumiu, incorretamente, que fosse por causa da água.

— Não está quente o bastante? — perguntou ele, me tomando em seus braços e abraçando apertado.

Eu não sabia. Estava tão concentrada nele que não registrei mais nada.

A água continuava a cair sobre nós e eu observava como ela navegava com tanto amor pelo rosto dele, acariciando-o no caminho.

— Você é a minha crise existencial, Anna. Eu te beijo ou não te beijo?

Minha pulsação triplicou o ritmo.

— Se eu puder votar, voto para me beijar.

Só que não consegui dizer a última palavra, porque ele a devorou com seu beijo. Nossas roupas estavam tão molhadas que era como se eu pudesse sentir cada contorno do peito dele enquanto ele me segurava, cada planície e cada relevo nítido que eu queria tocar e explorar. Beijar e sentir a pele dele sob as palmas das minhas mãos.

Eu deveria estar congelando, mas não podia sentir nada além de calor. Quase esperava que vapor começasse a escapar devido à fricção de nossos corpos entrelaçados. A água preenchia todo vão que encontrasse, mas não havia muitos. As sensações eram esmagadoras — aquele calor feroz dele, seu beijo e a água fria nos cercando, nos cobrindo.

E ele ainda se continha. Eu não entendia o porquê. Deixei bem óbvio que estava gostando e queria mais, por favor. Mas havia um controle. Eu podia sentir a tensão nos ombros dele, ao longo de seu pescoço.

Era como se ele estivesse preparando um prato em que ia aumentando a potência pouco a pouco. Mas eu já estava pronta para o prato principal.

Beijá-lo era como flutuar e cair ao mesmo tempo. Eu não queria que ele parasse nunca. A eletricidade percorreu minha pele, acendendo meu corpo todo com desejo e uma ânsia para chegar mais perto de algum jeito, embora isso não fosse possível.

O que estava acontecendo no chuveiro dele era a coisa mais espontânea e honesta da qual eu já participara, apesar de ambos ainda estarmos totalmente vestidos.

Ele parou o beijo, nós dois respirando com dificuldade. Ele estendeu a mão e fechou o registro.

— Qual o veredito? — perguntou alegremente, enquanto afastava o cabelo empapado do rosto outra vez. Estávamos tão próximos que eu podia vê-lo com clareza, mesmo sem os óculos.

Minha boca secou, a despeito do fato de que eu também estava ensopada.

— Parece à prova d'água, sim — falei assim que consegui.

— Que bom. Me deixa pegar uma toalha e uma roupa para você.

Fiquei no chuveiro tremendo, tanto pelo frio quanto pela sensibilidade que me atormentava. Cruzei os braços e podia ouvir a voz de Catalina na minha cabeça dizendo para eu correr atrás do que queria.

Eu sabia que queria Marco. Desejava mais que tudo escalar aquele homem como se ele fosse uma árvore. Porém, a despeito das afirmações da minha melhor amiga, eu não sabia se isso era correspondido. Se eu era apenas um porto na tempestade. A mulher com quem ele estava passando algum tempo e que, portanto, era conveniente de beijar. Como se ele fosse um beijador em série.

Independentemente da frequência com que me beijava ou não, Marco nunca parecia ser afetado pelo beijo da mesma forma que eu. Ele parecia gostar; estava, sim, intrigado pela parte científica do ato, mas eu nunca tinha a sensação de que as coisas haviam mudado em nosso relacionamento. Ele me tratava da mesma forma de sempre.

Ele voltou e me entregou uma toalha e roupas que ficariam grandes demais.

— Eu posso colocar as suas coisas na secadora.

Assenti com a cabeça e ele saiu, fechando a porta do banheiro ao passar. Conforme comecei a tirar minha calça jeans molhada, me perguntei em que momento Marco se daria conta de que aquele teste era inválido, porque eu não estava usando meu batom.

Tive que pegar uma mala emprestada com Catalina, que me ameaçou de morte caso eu não telefonasse para ela todas as noites e contasse tudo o que havia acontecido em Vermont. Durante nosso voo, que foi de primeira classe e agora eu nem sabia como um dia voaria na classe econômica de novo, Marco explicou que a casa em Vermont tinha sido a preferida de sua mãe e que ela adorava esquiar. Então todo mês de janeiro a família ia para lá por uma semana para esquiar e passar um tempo juntos.

— Meu pai só conseguia ficar por, tipo, três dias no máximo; assim, nós mantivemos a tradição, mas apenas por alguns dias.

— Isso parece bastante esforço. — Toda essa gente fazendo as malas e atravessando o país de avião, quando moravam perto uns dos outros na Califórnia.

— Bom, minha família costuma brigar a maior parte do ano por mensagens de texto e e-mails, então é importante colocarmos tudo de lado por alguns dias para brigar pessoalmente.

Eu ri, mas podia ver que algo nisso o incomodava. Torci para que ele me contasse.

A casa ficava longe do aeroporto e Marco alugou um utilitário para nos levar até lá. Tinha sido um longo dia e acabei pegando no sono no banco do carona. Acordei com ele me sacudindo gentilmente.

— Chegamos.

Abri os olhos para um paraíso de inverno. Para todo lugar que eu olhasse havia um manto de neve branca e cintilante. Saí do carro e fiquei ali, olhando para cima. A neve caía sobre mim e eu girei em círculos, rindo. Marco saiu do carro e ficou na frente dele, me observando girar.

— Isso é incrível! — gritei. — Nunca tinha visto neve antes.

— Você nunca tinha visto neve? — perguntou ele, incrédulo.

— Não.

Ele ficou em silêncio, e foi aí que notei o quanto era quieto ali. Como se o manto de neve absorvesse os sons. Era tão lindo!

— Isto — disse Marco, e eu me virei de frente para ele.

— O quê?

— Isto é o que você deveria mostrar ao Craig. Essa parte sua. Cheia de espanto e deleite. Você é... encantadora.

As palavras dele me tocaram, mas ele não me queria para si. Estava pronto para me repassar para seu irmão.

Porque é o que ele acha que você quer, minha voz interna me censurou.

Ignorando essa voz, falei:

— Ninguém nunca me chamou de *encantadora.*

— Sério? Mesmo com aquela turma de D&D com quem você anda? Aposto que chamaram, e foi em alguma linguagem fantástica para você não saber. — Ele fez uma pausa e então disse: — *Gi melin, Undómiel.*

— O que foi que você disse? — perguntei. — Que língua era essa?

— Nada. Esqueça que eu falei alguma coisa. Não tem importância.

Tive a sensação de que era muito importante, mas fiquei com medo de arriscar parecer uma idiota patética naquele momento, então não falei nada.

— Vou pegar a bagagem — disse ele.

Foi então que me virei e notei a casa. Era menos uma casa e mais um chalé massivo, coberto de neve. Eu me perguntei como tinha deixado algo assim passar.

— Uau. Aposto que em algum ponto havia um fosso aqui. Vocês têm dinheiro nível Tio Patinhas.

— Não temos um cofre cheio de moedas de ouro onde nadar, se você esperava colocar isso na agenda — falou ele, carregando nossas duas malas. Seu telefone vibrou e ele o tirou do bolso. — É o meu pai. O avião particular deles foi desviado para a Filadélfia por causa da tempestade. Demos sorte de termos aterrissado naquele momento. Mas isso quer dizer que estamos sozinhos por esta noite.

Ora, ora, se não era o roteiro de metade das minhas comédias românticas preferidas.

— É agora que você me conta que só tem uma cama disponível?

Ele fez uma cara confusa e gesticulou para a casa.

— Tem, tipo, umas quinze camas aqui.

Agora era minha vez de dizer:

— Deixa pra lá.

Fui atrás dele, tentando pisar em suas pegadas porque, embora a neve fosse deslumbrante, também era fria de amargar. Uma garota do deserto como eu não estava acostumada com isso e eu não tinha me vestido apropriadamente. Marco se postou na frente da porta e esperou por um segundo.

— Espero que esteja preparada. Você acertaria acima da média se partisse sempre do pressuposto de que minha família é a pior. Abandonai toda a esperança, vós que entrais. — Então, inseriu um código, abriu a porta e eu entrei com ele, tentando ignorar a sensação de mau agouro que ele acabara de causar.

A casa também estava fria. Eu fiquei ali tremendo enquanto Marco tentava ligar o interruptor.

— Estamos sem energia.

— Ah. — Eu me aproximei dele um pouco. — Isso não é muito bom.

— Você não tem medo do escuro, né?

Fiz uma pausa antes de responder.

— Não tenho medo. Mas você deveria saber que ter medo do escuro é uma reação adaptativa evolucionária razoável — falei.

Ele riu.

— Deixe-me fazer um telefonema. O pessoal que trabalha aqui deve saber algo a respeito.

Esfreguei os braços enquanto ele caminhava de um lado para o outro, falando com alguém.

Marco encerrou a ligação.

— A empregada e o caseiro ficaram presos por causa da neve mais cedo. Parece que a tempestade vai arrefecer daqui a algumas horas e tudo deve estar pronto amanhã. Você e eu estamos por nossa conta hoje.

Então talvez houvesse quinze camas em vez de uma só, mas eu com certeza via a atração.

Estremeci de novo, intensamente.

— Por que você não vai lá para cima e coloca uma roupa quente, enquanto eu acendo a lareira?

— Você sabe acender a lareira?

Ele me lançou um olhar fulminante.

— Não é difícil.

— Você vai cortar lenha? — perguntei, esperançosa. Eu pagaria para ver isso.

— Já temos lenha.

— Ah. Que pena. — Peguei minha mala e perguntei: — Qual quarto é o meu?

Ele começara a empilhar achas na lareira.

— Nosso quarto fica na última porta à esquerda.

Travei no lugar.

— Nosso quarto?

— Minha família acharia estranho se você dormisse em outro quarto.

Ele tinha razão.

E eu não estava dizendo isso apenas porque a perspectiva de dividir uma cama com ele era muito, muito atraente.

Hum. No fim das contas, acabou que havia apenas uma cama.

Apesar da declaração de Marco, eu não tinha medo do escuro. Apenas ficava levemente desconfortável.

Como agora, por exemplo, quando tinha que subir a escada e caminhar por um corredor comprido e meio assustador. Peguei meu celular e liguei o aplicativo de lanterna. Tentei pensar só em coisas boas. Sobre Marco.

Cheguei ao fim do corredor sem incidentes e fui tão invadida por imagens de mim aninhada junto a ele que não consegui lembrar se ele havia dito que o quarto ficava à direita ou à esquerda.

Escolhendo a direita, abri a porta e entrei no que parecia ser o quarto de um adolescente. Soltei minha mala e comecei a explorar. Isso devia ser uma invasão à privacidade de alguém, mas não pude me conter. O quarto era organizado e bem-cuidado. Provavelmente pela empregada que Marco mencionara.

Havia toneladas de estantes de livros e eu levantei o celular para poder ler as lombadas. Vi *O Senhor dos Anéis* e *O Hobbit*, de Tolkien.

De quem era esse quarto?

Fui até um quadro de avisos e lá havia fotos de Marco adolescente. Exibindo um peixe. Na parte de trás de um quadriciclo. Brincando na grama com um cachorro. Sentado em frente a uma árvore de Natal com Craig e Lindy, ainda bebê.

Numa fantasia de Jedi com uma abóbora de plástico no Halloween.

Eu sabia! Comecei a vasculhar o quarto mais fervorosamente e encontrei outra prateleira que tinha um sabre de luz, um Ewok de pelúcia e uma réplica do capacete de Boba Fett.

Na prateleira abaixo dessa havia vários troféus e medalhas, e presumi que fossem esportivos. Mas, inspecionando com mais atenção, vi que Marco Kimball tinha vencido a feira de ciências estadual quando tinha treze anos. Todos os prêmios e medalhas eram acadêmicos. De ciências, para ser específica.

Havia um diploma na parede. Era de Harvard, e ele havia se formado em bioquímica.

Não era de se espantar que soubesse tanto sobre o meu trabalho.

Eu teria apostado uma boa grana que ele tinha se formado em finanças. Ou em administração. Mas não. Química.

Saquei meu celular e enviei uma mensagem para Catalina, porque eu tinha que contar para alguém ou ia explodir.

Marco é um baita de um nerd. Acabei de ver o sabre de luz dele.

Ela respondeu de imediato.

Isso foi um eufemismo?

Balancei a cabeça e escrevi:

Não. É um sabre de luz de verdade. Ele é um geek mesmo. E se formou em bioquímica!!!

Vi os três pontinhos na parte inferior da minha tela e eles continuaram lá por muito tempo, por isso fiquei surpresa quando a resposta dela foi curta.

É como se ele tivesse sido feito só pra você.

Meu coração palpitou com as palavras dela e olhei ao meu redor para o quarto dele de novo. Era mesmo.

Outra mensagem.

Diga para ele.

Eu queria dizer, mas era assustador demais. Não apenas porque eu estava tão perto de transformar a Aviary Cosmetics numa realidade, mas porque Marco tinha começado a significar muito para mim. Eu não queria arriscar nossa amizade e tinha medo de que, se confessasse que gostava dele, ele saísse correndo na direção contrária. Respondi para ela:

Talvez eu possa testar as águas.

Catalina respondeu:

Faça ou não faça; tentativa não há.

Balançando a cabeça, escrevi:

Tá bom, Yoda.

— Você se perdeu? — perguntou ele.

Soltei um gritinho quando Marco entrou no quarto. Ele cheirava um pouco a fumaça, o que era incrivelmente atraente e se somava àquela imagem de aventureiro rústico que eu andava imaginando para ele.

— Não consegui lembrar se você tinha dito para virar à esquerda ou à direita.

— Esquerda. — Ele entrou no quarto, olhando em volta assim como eu olhei, mas havia dor em seu rosto. — Eu não entro aqui há anos. A última vez foi para pendurar aquilo ali. — Ele apontou para o diploma de Harvard.

Aquele pensamento partiu meu coração por completo: Marco entrando ali somente para pendurar seu diploma. Como se estivesse tentando mostrar que ele importava, que suas realizações mereciam receber atenção.

— Pensei que você tivesse dito que sua madrasta havia empacotado tudo no seu quarto e deixado Craig se instalar nele.

— Isso foi na propriedade de Los Angeles, não na casa de Vermont. — Ele disse isso como se eu é que fosse estranha. Claro, na casa de Vermont. Que bobagem da minha parte.

Apanhei o sabre de luz.

— Lindy mencionou que tinha um irmão que se fantasiou para uma convenção de *Star Wars*, e eu pensei…

Ele completou minha frase:

— Você automaticamente presumiu que ela estivesse falando do Craig.

Foi. Porque eu queria que fosse Craig para que tivéssemos pelo menos uma coisa em comum.

— Meu irmão chama *Star Wars* de "aquele com o ursinho de pelúcia gigante e espadinhas que brilham". Desculpa por estourar sua bolha.

— Ah.

— Falando nisso, a lareira está acesa e eu trouxe meu notebook. Quer ver *A Ascensão de Skywalker* de novo só para reclamar e me dizer que Ben Solo está vivo no Mundo Entre Mundos, esperando que Rey o resgate?

— Quero. — E eu queria muito, muito mesmo.

Marco me levou até o quarto de hóspedes que deveríamos usar. O quarto era luxuoso, mas impessoal — como se estivéssemos num hotel. O que supunha que fosse o objetivo. Eu preferia o quarto nerd dele àquele. Ele me fazia pensar em todo o tempo que havíamos passado juntos, quando me provocava por causa das minhas obsessões, e o tempo todo Marco tinha as mesmas obsessões que eu.

Coloquei minha mala na cama e então reuni coragem suficiente para perguntar a ele:

— Por que você esconde essa parte sua? Todas as coisas de fã que você amava?

Ele deu de ombros.

— Meu pai achava que elas eram uma perda de tempo e que eu precisava focar em outras coisas.

— Você deveria desfrutar daquilo que gosta, Marco — falei, ecoando o que ele havia me dito. — Especialmente comigo.

Estava escuro, então eu podia estar enganada, mas pensei ver uma expressão acalorada e intensa nos olhos dele. Marco engoliu em seco e então disse:

— Vamos. Está frio aqui em cima.

Eu voltei ao térreo com ele e, pelo caminho, pensei em como tinha se desculpado por estourar minha bolha com relação a Craig.

Só que não era verdade. No máximo, eu estava me dando conta de que a bolha de Craig tinha estourado havia algum tempo.

Bolha era um termo adequado para os meus sentimentos por Craig, porque eles eram muito parecidos com bolhas de sabão no topo de uma mistura.

Leves, frívolos, capazes de voar longe com a mais leve brisa. Mas com Marco? Era como um fósforo raspando contra uma pedra — instantâneo, inflamável, ganhando vida com um rugido dentro de mim, com uma voracidade ardente a que eu já não sabia mais como reagir. Um fogo devorador com uma fonte ilimitada de combustível.

Um voaria para longe sem nunca fazer falta, enquanto o outro me consumiria, garantindo que eu nunca mais fosse a mesma.

Ter vindo para Vermont não tinha absolutamente nada a ver com Craig. Eu tinha vindo por Marco, e apenas por Marco.

Capítulo vinte e cinco

Havíamos pausado o filme e ido até a cozinha procurar algo para comer, porque meu estômago não parava de roncar.

— Por que as mulheres gostam tanto do Kylo Ren? — perguntou ele.

— Porque temos olhos. Quer dizer, é claro que há muito mais envolvido. Ele é o herói byroniano, o personagem moralmente cinza que se redime por amor. As mulheres gostam de um homem disposto a botar fogo no mundo e mudar a si mesmo para ficar com elas.

Havia uma foto de um barco na parede com Ken e Tracie de pé na frente. Perguntei:

— Esse é o barco da sua família?

— Iate — corrigiu Marco enquanto entrava na despensa.

— Tem diferença?

— Tem. — A voz dele soava abafada. — Esse aí é o *Tracie*. — Ele voltou da despensa com as mãos vazias. — Eu falei para o meu pai que, se ele queria colocar um nome no barco em homenagem à minha madrasta, devia tê-lo chamado de *Desbravadora dos 7 Bares*, mas ele não achou graça.

— Novamente você fracassou na coleta — falei para ele, apontando para suas mãos.

— O fogão é a gás, então deve estar funcionando. Só não sei bem o que você gostaria de comer. A equipe ainda não teve a chance de estocar a despensa.

— Pobre garoto rico. Não sabe nem cozinhar, porque tem uma equipe para fazer isso para você.

— Eu não tenho uma equipe na minha casa — disse ele, na defensiva.

— Não, lá você tem aplicativos de delivery. Aguenta aí.

Fui até a despensa ver o que podia encontrar. Nenhuma das minhas ideias daria certo porque elas exigiam coisas como manteiga ou leite, e, considerando que estávamos sem luz, acho que não era uma boa ideia confiar na comida que estava na geladeira.

— Você acha que eu não sei cozinhar? — perguntou ele, apoiado na bancada com os braços cruzados sobre o peito largo.

Peguei duas latas de sopa de galinha e as levei para a cozinha.

— Se eu tivesse que adivinhar, diria que não. Me deixa te ensinar o básico. Isso aqui é um fogão. Este é o botão que você usa para acender o fogo.

— Eu sei como acender o fogo — disse ele numa voz baixa que me deixou trêmula. — Quer que eu te mostre?

Mostra, por favor, meu corpo implorou. As palavras dele me fizeram sentir como se estivesse no meio de uma tempestade elétrica, sendo atingida por todos os raios de uma vez.

— Oi? — finalmente soltei.

— Quer que eu te mostre que eu sei cozinhar? — perguntou ele num tom quase sério, marcado por um toque de provocação. — Meus ancestrais sicilianos ficariam insultados pela sua insinuação.

Ele sabia muito bem o que havia feito comigo, aquele flerte que tinha quase me feito entrar em combustão espontânea.

— Tudo bem — falei, ainda sem saber muito bem o que acabara de acontecer.

Ele foi para a despensa e começou a reunir ingredientes. Eu me sentei no balcão para vê-lo trabalhando e tentar me acalmar.

Mas vê-lo cortar, picar, abrir latas, pegar temperos e juntar tudo numa panela grande não ajudou. Porque tudo isso era atraente demais.

— O que foi que você disse? — perguntou ele, e me dei conta de que eu devia ter resmungado algo baixinho.

Também não fui rápida o bastante para me censurar.

— Eu disse que há algo de atraente num homem que sabe se virar na cozinha.

Ele virou a cabeça para sorrir para mim por cima do ombro.

— E a cozinha nem é o meu melhor cômodo.

Avisei minhas partes íntimas que seria inapropriado pedir uma demonstração do melhor cômodo dele. Por que ele flertava comigo assim, automaticamente, mesmo quando estávamos sozinhos? Supus que talvez fosse tipo O Método para atores, em que se a pessoa se mantivesse no personagem o tempo todo, era mais fácil de entrar no clima quando necessário.

— Conte-me sobre a Comic Con e o Nerd de Outrora — falei. Eu precisava da distração.

Assim, enquanto ele terminava de preparar nosso jantar, contava para mim histórias sobre seu passado, que fora cheio das nerdices mais deliciosas.

Foi como se tropeçar no quarto dele tivesse derrubado uma muralha que ele havia erguido, e eu gostava de ver esse lado de Marco.

Ele tinha feito uma sopa com macarrão.

— Sopa cremosa de galinha sem a galinha — disse Marco, me entregando uma tigela. — Quer ir comer na sala de estar?

— Pode ser.

Eu o acompanhei, tentando ser muito cuidadosa e não derramar nada, porque sabia que Tracie me mandaria a conta por qualquer coisa e eu não podia bancar quebrar nem um castiçal daquela casa.

Quando nos ajeitamos, dei minha primeira colherada.

— Uau! Isso está bom mesmo! — falei.

— Você não precisa soar tão surpresa. Quer assistir ao final do seu filme?

— Não muito. Esse final tinha que ser julgado em Haia. Preciso que a Lucasfilm desfaça tudo e produza uma continuação. Um desenho animado, um livro, outro filme, não me importa, desde que tragam o Ben de volta.

— Talvez eu possa dar um telefonema — disse ele com uma piscadela.

Meu coração esqueceu como bater.

— Você conhece alguém de lá?

— Não, mas meu pai conhece. E, como o herdeiro aparente, talvez eu possa influenciá-lo um pouco.

Se Marco pudesse trazer Ben Solo de volta para mim, eu me casaria com ele amanhã mesmo. As conexões dele me lembraram de novo do quanto nossas vidas eram diferentes.

— Você vai herdar esta casa?

— Espero que sim. Minha mãe adorava isso aqui.

Eu mesma estava vendo o apelo.

— Você faz parte de toda essa coisa dinástica, que eu não entendo. As únicas coisas que vou herdar são aquela TV que mal funciona e a Feather

Locklear, que eu tenho praticamente certeza de que vai viver mais que todos nós.

— Não é tão bom como dizem por aí — disse ele, colocando sua tigela vazia na mesa de centro. — Às vezes eu não sei onde terminam as exigências do meu pai e onde começam os meus sonhos.

Coloquei minha tigela ao lado da dele.

— Acho que você terá que descobrir.

Ele me deu um meio-sorriso e voltou o olhar para a lareira. Pensei em como não nos conhecíamos há tanto tempo assim, mas a sensação era de nos conhecermos desde sempre.

Em como Marco parecia se lembrar de tudo a meu respeito, enquanto Craig não se dava ao trabalho de guardar nem meu nome.

— Você se lembra de quando nos conhecemos? — perguntei para ele.

Se Marco ficou surpreso com a pergunta aleatória, não demonstrou.

— Acho que nunca vou esquecer. Está gravado no meu cérebro.

— Seu irmão não se lembra de quando me conheceu.

— Azar o dele. Você seria alguém bem difícil de esquecer.

Aquilo embargou minha garganta, como se fosse impossível engolir. Eu também nunca, pelo resto da minha vida, me esqueceria de Marco.

Como se sentisse que eu estava um tanto emotiva, ele levou a conversa para um assunto neutro.

— Minha família vai querer esquiar amanhã. Você topa?

— Aff. Não gosto de fazer coisas em que preciso movimentar o corpo.

— É, eu te conheço.

Sorri para ele. Uma onda de cansaço se abateu sobre mim e apoiei a cabeça no encosto do sofá. A perna dele roçou a minha e eu estremeci com o contato.

— Está com frio? — perguntou ele.

O fogo na lareira deixara a sala bem confortável, mas menti por causa dos meus próprios interesses egoístas.

— Estou.

Ele abriu os braços e disse:

— Vem pra cá.

Não precisava falar duas vezes. Deixei que ele me envolvesse em seu abraço e me aninhei contra seu ombro forte. Coloquei a mão no peito dele, amando sua pulsação constante e firme. Suspirei, feliz.

— Que tipo de experimento é esse? — perguntei, bocejando em seguida.

— Experimento nenhum — disse ele, e pensei ter sentido os lábios dele tocarem minha testa. — E, além de quinze camas, temos dezoito duchas nessa casa. Caso você queira testar a repetibilidade daquele experimento em particular.

Sorri e pensei que nunca tinha me sentido mais segura, a salvo ou contente em toda a minha vida.

Eu nunca estivera tão feliz.

Nós nos abraçamos apertado e ele começou a afagar meu cabelo. Eu queria ronronar feito um gato e me esfregar contra ele.

Em vez disso, minha respiração desacelerou, ficando mais profunda, enquanto o sono nublava meus pensamentos.

A última coisa que pensei ouvi-lo dizer antes de adormecer foi:

— Meu irmão é um idiota.

— Oi!

Pisquei várias vezes, esquecendo temporariamente onde me encontrava. A luz do sol entrava em fachos pelas janelas enormes.

Lindy estava de pé acima de mim. Eu tinha dormido no sofá da casa de Marco em Vermont. E estava sozinha. Imaginei para onde ele tinha ido e a que altura me deixara ali sozinha.

— Oi — falei para ela, esfregando os olhos. — Que horas são?

— Já passa do meio-dia. Todos os outros foram esquiar, mas eu quis ficar aqui com você. — Ela começou a estalar os dedos e foi como fogos de artifício estourando.

Soltei um grunhido e ela perguntou:

— O que foi?

— Eu odeio esse som.

Ela levou um segundo para entender do que eu estava falando.

— Os dedos estalando? E como é que você não apunhalou o Marco ainda?

— O que você quer dizer?

— Ele estala os dedos o tempo todo. É coisa dos Kimball. Todos nós estalamos, mas o Marco é o pior. Ele estala tanto os dedos que soa como um tiro de canhão.

Aquilo fez eu me sentar direito.

— Marco? Ele nunca estala os dedos. Quer dizer, teve aquela única vez. — Na festa de Catalina. Quando eu pedi que não estalasse perto de mim. — Mas ele não estalou mais desde então.

Lindy pareceu impressionada.

— Uau. Ele deve gostar mesmo de você. Isso é o equivalente a uma sala lotada de rosas. Mas fico muito contente por você estar aqui. Tenho um relatório sobre o batom pra você. Eu o entreguei para algumas das minhas amigas testarem e anotei tudo. Depois, eu queria te mostrar todos os cosméticos que tenho e pedir para você explicar para mim como eles são feitos e o que eles fazem.

— Tudo bem, mas posso tomar banho e escovar os dentes antes? — perguntei.

— Claro. E venho te procurar depois!

Sem saber quanto tempo Lindy me daria antes de vir atrás de mim, corri para me arrumar. Eu me perguntei quantos membros da família Kimball tinham me visto dormindo no sofá, talvez até babando.

Lindy cumpriu sua promessa, e eu tinha acabado de pentear os cabelos molhados quando ela entrou no meu quarto com uma braçada de suprimentos. Passei o resto da tarde discutindo a ciência por trás dos produtos preferidos dela, mas o que mais pareceu impressioná-la foi a facilidade com que eu poderia recriá-los por uma mixaria.

Houve uma batida na porta e, quando eu disse "Pode entrar", fiquei surpresa ao ver Craig.

Não apenas surpresa, mas distintamente nada empolgada.

— Ei, Lindy, a mãe está te procurando.

Ela revirou os olhos e juntou suas coisas.

— A gente conversa mais depois — disse ela para mim.

Craig entrou no quarto e eu me senti embaraçada.

— Empolgada pelo jantar dessa noite?

Eu deveria estar? Presumi que fosse apenas um jantar em família.

— É algo importante? Tipo, eu deveria me arrumar? — Será que estavam celebrando o noivado de Craig outra vez?

— Não. Normalmente, nós usamos roupas casuais. Tenho certeza de que você não terá problemas com isso.

Olhei para minha calça de moletom e minha camiseta larga, e o encarei com uma expressão fechada. Ele era um cretino condescendente. Eu me senti estúpida. Como é que eu havia me imaginado apaixonada por esse cara? Porque ele tinha sido bacana comigo por dez minutos num estacionamento? Marco teria me acompanhado até em casa para garantir que eu chegasse a salvo em vez de ir embora.

Eu não sabia de nada sobre Craig. Os times e videogames favoritos dele não contavam. Eu nunca soubera de nada real sobre ele. E o pouco que descobri... destruiu qualquer pretenso sentimento que eu tivesse por ele. Esperava por um herói de comédia romântica. Queria o felizes para sempre de conto de fadas que meus pais e meus avós tiveram. Transformei Craig naquele herói, apesar de ele não se encaixar no papel.

Ele não era o que eu queria. Nunca tinha sido. Eu havia inventado essa pessoa que não existia e colocado o rosto de Craig nela.

Talvez esse homem, meu homem ideal, fosse aquele com quem eu vinha passando todo o meu tempo.

Pensei que queria o Legolas, mas esse tempo todo vinha esperando pelo Aragorn.

— Você parece estar se acomodando bem — disse ele, e notei um traço de veneno em sua voz que me lembrou de sua mãe. Se eu já não estivesse enojada pelo comportamento dele de forma geral, esse único atributo me teria feito bater o martelo. — Isso deve ser uma melhoria e tanto para você.

— Você precisava de alguma coisa? — perguntei, sem responder à sua cutucada. Aquilo que ele dissera para mim na festa não foram elogios equivocados. Ele pretendia me insultar, e eu tinha sido, como Marco dissera, "boazinha demais" para ver.

— Lindy me contou sobre o batom.

Aquilo era perturbador. Eu o estava usando naquele exato momento. Levantei a mão para tocar meu lábio inferior.

— E?

Ele se aproximou e se sentou na beira da cama, perto de mim.

— Pensei que tínhamos um trato. Que você traria esse tipo de coisa primeiro para mim.

— Por que eu faria isso? Eu não trabalho para a Minx.

Ele tentou pegar minha mão e eu a afastei. Não queria que me tocasse.

A porta se abriu e Craig deu um pulo, como se estivéssemos fazendo alguma coisa errada. Marco entrou no quarto e olhou de um para o outro, como se tivesse interrompido algo.

Eu me apressei até Marco e joguei os braços ao seu redor. Não só porque queria escapar de Craig, mas porque queria tocá-lo de novo.

Marco me deu um beijo intenso e forte, me deixando tonta, e então disse:

— Preciso tomar banho. Quer ir junto?

Ah, eu queria muito, mas dessa vez eu sabia com certeza que ele havia dito isso somente por causa do irmão.

Marco olhou para ele.

— Feche a porta quando sair.

Craig fez conforme instruído, mas parecia frustrado e confuso quando fechou a porta. Eu não sabia do que aquilo se tratava.

Assim que ficamos sozinhos, Marco relaxou o jeito como me segurava, mas eu não o soltei. Ele sorriu debilmente para mim.

— Eu estou um nojo.

Não, não estava. Ele estava quente e suado de esquiar, mas eu gostava disso. Queria puxá-lo até a cama e senti-lo me pressionando, e daí ver se a pele dele estava salgada e...

— Parece que as coisas estão andando conforme o plano — disse ele, me interrompendo.

Não havia plano, no que dependesse de mim. Eu não queria Craig. Mas se eu dissesse isso para Marco, e daí? Será que ele me enfiaria num avião e me mandaria de volta para casa? Ele ainda precisava de mim. Estava tentando impressionar o pai namorando alguém pé no chão, certo?

Mas, se ele queria que Craig e Leighton se separassem, eu não era a mulher para esse serviço.

O que ele faria se eu lhe contasse isso?

Eu sabia que não era boa o bastante para Marco, e não seria preciso muito para ele ver isso também. Eu simplesmente não conseguia derrubar essa muralha por completo. Estava presa nesse limbo em que queria proteger meu coração e tinha medo demais de perdê-lo. Ficaria nessa farsa se isso significasse poder estar perto dele. Então apenas assenti e falei:

— Pois é.

Ele me deu um sorriso triste.

— Vou tomar banho. Te vejo depois?

Em seguida, tirou a camisa enquanto ia até a porta, e fiquei dividida entre tapar meus olhos para lhe dar um pouco de privacidade e absorver cada segundo da visão de seu peito incrível e depois suas costas.

Ele fechou a porta do banheiro e encerrou meu dilema. Resolvi que eu precisava ir para o térreo.

De jeito nenhum eu poderia me sentar calmamente ali enquanto ele estava pelado no chuveiro com apenas uma porta destrancada entre nós.

Capítulo vinte e seis

Fui para a biblioteca. Até então, parecia ser o cômodo mais silencioso da casa, e eu precisava ser capaz de ouvir meus próprios pensamentos. A primeira coisa que fiz foi considerar o comportamento recente de Marco. Ele pareceu um pouco estranho no quarto, e eu não sabia bem o porquê. Talvez a atividade tivesse sido exaustiva e ele só precisasse relaxar um pouco. Sem mencionar o frio que fazia lá fora. Eu ficaria rabugenta se tivesse que passar muito tempo exposta a ele.

Aquilo me fez pensar na noite anterior, assim que chegamos. Aquelas palavras que ele dissera para mim. Agora que eu sabia que ele tinha uma carteirinha oficial de fã, isso na verdade dificultava descobrir que palavras eram aquelas. Eu presumira que fosse uma língua estrangeira. Italiano, talvez?

Mas agora podia ser qualquer coisa. Klingon. Orc. Na'vi. Dothraki. Não havia como afunilar. Tentei escrever foneticamente, mas aquilo também não trouxe resultado nenhum.

— Aí está você. — A voz rica de Marco preencheu a biblioteca e fez meu coração palpitar de antecipação.

— Aqui estou eu — concordei e me virei para olhar para ele enquanto colocava o celular na mesa. Embora eu já devesse esperar por isso, não esperava. Pela santa máscara estupidamente reconstruída e corrigida de Kylo Ren, Marco estava úmido.

Água e Marco combinados eram, com certeza, minha kryptonita. Pigarreei alto.

— Então... o jantar. Que estará acontecendo em breve. — Eu fiz uma careta por dentro. — Isso é uma situação tipo "se cobrir de diamantes e alta costura antes que o sacrifício de sangue comece"?

— Nada nessa linha — ele me tranquilizou, se sentando no sofá ao meu lado.

Muito perto, muitíssimo perto. Jogou o braço por cima do encosto e minha pele formigou em antecipação.

— Eu estava lá em cima pensando em você — disse ele.

No chuveiro? Alguém teria que me trazer os sais.

— Ah, é?

— É. Eu estava pensando que, entre os experimentos que conduzimos, nenhum incluiu um teste de durabilidade.

— Durabilidade? — perguntei, a voz aguda e sem fôlego.

Vi o pomo de adão dele subir e descer em resposta. Ele assentiu com a cabeça, como se não confiasse em si mesmo para falar.

A sugestão de Marco era muito razoável, muito lógica. Nós definitivamente deveríamos dar uns amassos. Em nome da ciência.

— Um beijo prolongado e contínuo. — Assenti com a cabeça. Porém, mesmo em meu estado embriagado de hormônios, reconheci que aquele era um argumento fraco e o motivo para isso. — Não se trata do batom, Marco. A única razão pela qual deveríamos nos beijar é porque você quer.

Os olhos dele se intensificaram com minhas palavras, escurecendo quase até o negror. Seu olhar desceu depressa para os meus lábios. Obviamente ele reconheceu suas palavras sendo usadas, porque repetiu as minhas como resposta.

— Eu quero que você me beije, Anna.

Eu me inclinei para a frente, ávida e disposta. Pousei a mão no peito dele. Tanto porque queria tocá-lo quanto para me dar um momento a mais. A respiração de ambos estava acelerada e forte, e fiquei contente por ele também se sentir afetado. Sejam lá quais fossem as razões dele para isso — impedir Craig, salvar a Minx, participar do que era basicamente um esporte e um lazer para ele —, fiquei contente por ele estar ali e desejar aquilo.

Desejar a mim.

— Vermelho-escuro — murmurou ele. A aspereza de sua voz fez uma eletricidade me percorrer, acendendo circuitos que eu não sabia possuir.

— Sim.

— E estamos sozinhos.

Tecnicamente, estávamos numa casa cheia de gente, mas eu ainda respondi:

— Sim. — Aquilo parecia ser a única coisa que eu conseguia dizer. Eu estaria bem encrencada se ele começasse a perguntar outras coisas. Sim, eu subiria com ele para o nosso quarto. Sim, eu tinha me esquecido por completo do irmão dele.

Sim, eu tinha me apaixonado por ele.

Essa última foi uma revelação para mim, especialmente considerando-se o quanto eu tinha combatido essa emoção. Mas era verdade. Eu estava apaixonada por Marco.

Aquele sentimento me dominou e me empurrou adiante. Eu precisava beijá-lo. Não podia lhe dizer que o amava. Ele não sentia o mesmo. Eu sabia que não. Mas podia ter esse momento com ele, esse beijo, antes que a realidade precisasse se intrometer. Porque eu sabia que isso ia terminar. Provavelmente mal, como Catalina previra. E não porque seríamos pegos ou porque Craig descobriu o nosso plano, mas porque eu fui burra a ponto de me apaixonar pelo melhor homem que já tinha conhecido.

Ele emitiu um som no fundo da garganta quando meus lábios pressionaram os dele. Eu queria mergulhar fundo, ser imprudente.

Porém, como sempre, podia sentir o quanto ele estava se contendo. Como se houvesse uma ponte que ele não ousava atravessar, uma linha que não queria cruzar. Eu queria que ela sumisse. Queria que a ponte explodisse, que a linha fosse apagada.

Recuei para poder olhar para ele. Os olhos de Marco se abriram devagar, confusos.

— Será que você pode me beijar pra valer? — perguntei.

— Como seria isso? — A pergunta pareceu evasiva e isso era irritante.

— Tenho que fazer tudo por aqui — resmunguei, passando os braços em torno do pescoço dele para que nossos corpos ficassem pressionados juntinhos.

Eu admitia que, no passado, havia sido uma participante mais passiva, porém muito ávida. Em grande parte porque ele me deixava em sobrecarga, mas naquela noite?

Eu planejava ser incrivelmente ativa. Estava mais do que disposta a tomar o volante e, a julgar pela reação de Marco, ele ficou contente em deixar que eu o fizesse. Coloquei meus óculos no encosto do sofá e então subi no colo dele para beijá-lo pra valer.

Ele gemeu e abriu a boca debaixo da minha, e o tamanho da vitória que senti foi maior do que minha primeira fornada bem-sucedida do batom anel do humor, e eu não sabia que podia me sentir mais triunfante do que aquilo.

Qualquer resistência a que ele vinha se apegando, seja lá por que motivo fosse, logo desmoronou. Ele era intenso, acalorado, desejoso. Seus beijos eram brutos, com uma voracidade impiedosa que chegava a ser chocante. Eu sabia que isso estava presente — se esgueirando abaixo da superfície —, só não estivera preparada para o quanto essa sensação seria incrível. Saber que ele me desejava tanto quanto eu a ele. A maneira como isso fazia raios correrem pelas minhas veias.

Registrei que havíamos mudado de posição e eu estava agora deitada no sofá, com ele por cima de mim. Mas se tinha sido ele quem me empurrou ou eu quem o puxou, eu não sabia; de qualquer forma, nenhum de nós pareceu se importar.

Os beijos dele eram ferozes, exigentes e absolutamente intensos. Era como se ele tivesse se transformado num fio elétrico caído, vibrando e se movendo, perigoso demais para tocar, capaz de sobrecarregar meu sistema nervoso e me destruir. A eletricidade que ele disparava se espalhava num padrão circular, feito um seixo jogado na água parada. A alta voltagem de seu toque parecia aumentar junto aos círculos. Ele me beijava e me beijava em movimentos longos, famintos.

E então, de súbito, ele parou de me beijar e foi como se o plugue tivesse sido desligado. Odiei o fato de ele ter parado e tentei protestar.

Mas ele havia apenas movido os lábios pela minha bochecha, subindo até a pálpebra, descendo para a mandíbula e depois descendo mais para depositar beijos suaves pelo meu pescoço. Uma parte perversa de mim queria lembrá-lo de que não havia batom para testar em nenhum desses novos locais, mas o resto a mandou calar a boca.

— Você acha que a gente devia ir devagar? — perguntou ele contra minha pele, antes de pressionar de leve a ponta da língua no ponto pulsante em meu pescoço e meus olhos se reviraram.

— Você quer ir devagar? — indaguei.

— Não particularmente — disse ele, antes de beijar o mesmo ponto pulsante com a boca. Minha pulsação errática e instável que parecia que ia me deixar na mão.

Eu me perguntei como era possível uma pessoa se sentir tão energizada e tão nebulosa ao mesmo tempo. Enquanto ele continuava a explorar minha garganta com a boca, eu puxava as costas de sua camisa para botar as mãos em alguns dos músculos que estava morrendo de vontade de tocar. Quando nossas peles entraram em contato, os movimentos dele pararam temporariamente e Marco respirou fundo. Sua pele era quente e macia, e ah, aqueles músculos rijos dele. Uma garota podia devotar sua vida a essa área de estudo específica.

E então ele estava me beijando de novo com aquele abandono selvagem que me fazia sentir como se meu cérebro estivesse tendo um ataque cardíaco. Ou uma série de mini-infartos. Mas aquilo que eu estava sentindo na barriga não eram borboletas, não. Eram águias. Águias massivas, dignas de *O Senhor dos Anéis* com uma envergadura gigantesca. E não apenas na barriga. Em todos os órgãos, debaixo de cada centímetro de pele que eu tinha.

Um nó elétrico apertado se formou nas minhas entranhas, implorando para ser liberado. De algum jeito, ele aprofundou nosso beijo, me deixando febril e frenética.

Falando de maneira simples, na química, uma reação de combustão era quando algo reagia com oxigênio e liberava como resultado energia na forma de calor e luz. Essa era a minha reação com ele. Completamente combustível.

Mas uma parte irritante do meu cérebro me lembrou de que Marco não sabia tudo sobre a nossa situação, e eu sentia que ele devia saber. Culpa idiota, se intrometendo em tudo!

Empurrei os ombros dele de leve.

— Eu me sinto meio mal.

Ele sorriu e me deu um beijinho.

— Isso é o contrário do que você deveria estar sentindo neste momento. Posso dar um jeito nisso.

— Não, isso é tipo... falso pretexto. — Era muito difícil me recompor mentalmente o bastante para poder me explicar. — Porque eu...

Eu estou apaixonada por você.

Eu não podia dizer isso para ele. Isso mudaria tudo. E relacionamento falso ou não, eu gostava de como estávamos. Estava disposta a aceitar migalhas se isso significasse que eu poderia continuar perto dele. Não queria afugentá-lo. Além do mais, minha boca traidora se recusava a formar as palavras, porque estava muito mais interessada em se fundir à dele.

Ele levantou a mão para gentilmente afastar alguns fios de cabelo do meu rosto, deixando os dedos roçarem minha pele, e eu me apoiei na mão dele, desejando mais de seu toque incendiário. Havia algo nos olhos de Marco — algo puro e forte —, e isso gerou uma onda de emoção em mim.

— Eu queria que você esquecesse... — Ele deixou sua voz sumir.

— Esquecesse o quê? — perguntei, desesperada para saber.

— Nada. — Ele balançou a cabeça. — Não importa.

Eu queria dizer para ele que importava, sim, mas ele estava beijando minha garganta de novo e, pelo visto, isso fazia minhas cordas vocais pararem completamente de funcionar. Sua boca quente disparou choques elétricos por mim, faiscando e estalando, até que tudo o que eu queria era me perder nele.

Quando voltou com os lábios aos meus, algo havia mudado. Ele se virou no sofá, me puxando para trocarmos de posição. Agora ele desacelerava nosso beijo, tornando-o gentil e cheio de uma ternura que me deixou ainda mais sensível. Aquelas chamas elétricas que ele causara ainda estavam ali, formando seus círculos concêntricos, só que mais devagar, indo mais fundo.

Eu queria poder me aproximar ainda mais dele e me remexi para garantir que o estava tocando em todo canto. Marco gemeu e estremeceu com isso, e mais uma vez fiquei deliciada por ter esse efeito sobre ele.

Agora era a vez dele de deslizar os dedos na pele das minhas costas, pressionando as pontas dos dedos em mim, definitivamente deixando marcas. Ninguém poderia vê-las, mas eu era dele e sempre seria.

— Sua pele é tão macia — murmurou ele junto da minha orelha, suas palavras me escaldando. — Você é macia assim em todo lugar?

— Não fiz uma análise completa — falei.

— Eu me ofereço como tributo — disse ele com um sorriso.

Eu tinha acabado de abaixar minha boca até a dele quando ouvi um ruído estranho.

— Eca! Por que todo mundo nesta casa está se pegando? — A voz de Lindy ressoou pela sala como um tiro.

Eu rapidamente me desvencilhei de Marco e foi como arrancar minha própria pele, deixando pedaços dela para trás.

Peguei meus óculos quando me levantei, sentindo-me um tanto instável, e me perguntei se deveria pedir desculpas para a irmã dele.

— Estou tão traumatizada — anunciou ela. — Isso é nojento. Era para eu anunciar que o jantar está quase pronto.

— Obrigada — falei, sem ar.

Ela deixou a biblioteca e eu não consegui evitar levar a mão até os lábios e tocá-los. Eles estavam supersensíveis, e, apesar das minhas habilidades consideráveis como química cosmética, eu duvidava de que ainda houvesse algum resquício de batom.

Eu não sabia o que dizer para Marco depois de basicamente abandonar todo o juízo como tínhamos acabado de fazer. Também passamos um tempão nos pegando, e eu não tinha me dado conta. Isso talvez porque, sempre que ele me tocava, fazia o resto do mundo desaparecer.

— Então, é melhor eu ir e, hã... me arrumar — falei, torcendo para que minhas pernas tivessem forças para me carregar para fora da biblioteca.

Ele era a imagem da tranquilidade — deitado ali no sofá com as mãos cruzadas sob a cabeça — e a única coisa que eu queria fazer no mundo todo era ir até lá e subir em cima dele outra vez.

— Eu subo daqui a alguns minutos.

Certo. Estávamos dividindo o quarto. O quarto onde poderíamos, quem sabe, ficar sozinhos e trancar a porta para que nenhuma adolescente nos interrompesse.

Mas isso seria ruim. Só depois que eu falasse a verdade a ele. Eu diria naquela noite. Depois do jantar.

— Tudo bem. — Fui até a porta, sentindo os olhos dele em mim. — Aliás, você mentiu.

Ele se sentou de leve diante das minhas palavras. Seria minha imaginação ou ele parecia um pouco preocupado?

— Sobre o quê?

— Sobre o seu coração ser de gálio. Acabo de fazer uma análise minuciosa e você pareceu estar num estado totalmente sólido.

Ele sorriu para mim e disse:

— Você também mentiu.

Meu coração saltou no peito. Ele sabia.

— Sobre o que eu menti?

— Você disse que não era sedutora.

As palavras dele deixaram meus membros pesados e espessos de desejo, e, se eu não deixasse a biblioteca naquele instante, ia cometer um grande erro.

— E eu nem precisei tirar a blusa — falei, provocando, e então saí de lá ao som da risada dele.

Eu praticamente corri para o nosso banheiro. Meus lábios sem dúvida pareciam inchados, a pele ao longo do maxilar avermelhada pela barba por fazer dele. Meu cabelo era uma bagunça total. Eu o escovei depressa e percebi que não tinha uma boa estratégia para contar tudo a Marco. Conversar sempre me ajudou a processar meus pensamentos.

Peguei meu telefone e fui para o antigo quarto dele. De alguma forma, era reconfortante estar cercada pelas coisas preferidas dele na infância. Eu me sentei em sua cama e liguei para Catalina, contando quase tudo para ela — só não meus sentimentos. Porque eu sabia qual seria a resposta dela.

Quando falei que tínhamos dado uns amassos, ela arquejou.

— Onde?

— Na biblioteca.

— Não, eu quis dizer onde no seu corpo? — indagou ela.

— Na região facial, na maior parte.

— Ah. — Ela soou um tanto decepcionada.

E, mesmo sem saber que eu estava apaixonada por Marco, ela me instou repetidas vezes a conversar com ele, me dizendo que ele não daria uns amassos em mim cercado por toda a sua família a menos que houvesse algo a mais ali.

— Confie no que as suas entranhas te dizem, Anna.

Aquilo parecia um mau conselho.

— Você está falando das mesmas entranhas que não conseguem nem tolerar lactose? — Elas não deveriam ser juízas de nada.

Levantei a cabeça e vi que tinha começado a escurecer. Falei para ela que eu precisava ir e então voltei para o quarto que eu dividia com Marco. Eu o ouvi cantarolando uma música consigo mesmo no banheiro e o som de um aparelho de barbear elétrico. Bati na porta.

— Estou descendo — avisei a ele.

— Estou logo atrás — disse ele.

Fui para o térreo, a cabeça ainda uma verdadeira confusão, e vacilei no último degrau. A família toda de Marco se encontrava ali e, a despeito da declaração de Craig, ninguém estava com roupas casuais. As mulheres usavam vestidos elegantes e os homens, camisas sociais e blazers.

Eu estava horrivelmente malvestida e não podia sequer ir trocar de roupa porque não tivera a previdência de trazer algo na mala para esse tipo de ocasião. Pensei que seria um jantar comum. Não sabia que planejavam receber a rainha da Inglaterra.

Todos se viraram para me encarar e eu me senti tão constrangida.

Marco parou no topo da escadaria, vestido de forma apropriada e muito elegante, mas parou de súbito quando me viu. Sua expressão mudou, ele deu meia-volta e saiu.

Ótimo. Eu o fizera passar tanta vergonha que agora ele estava fugindo da cena. Tive o impulso de segui-lo, mas fiquei. Eu podia fazer isso. Leighton se aproximou de mim com uma expressão gentil no olhar e falou, muito meiga:

— Acho que tenho um vestido que você pode pegar emprestado.

A menos que ela tivesse dois vestidos que eu pudesse desfazer e costurar juntos, não ia rolar.

— Obrigada. Estou bem assim.

Tracie começou a falar bem alto sobre uma viagem de férias que ela tinha feito com pessoas chamadas Bud e Mitzy que ficaram ridiculamente bêbadas, e aquilo me soou como uma excelente ideia. Eu beberia, e daí talvez não me lembrasse de nada disso.

Embora eu nunca quisesse me esquecer do jeito que Marco havia me beijado.

Fui até o homem de pé junto ao bar e pedi a ele que me desse o que houvesse por ali capaz de me deixar bêbada mais depressa. E então os braços de Marco se esgueiraram em volta de mim e ele me beijou no rosto.

— Desculpa, gente — anunciou ele. — Vamos lá?

Quando deu um passo para trás, me dei conta de que ele havia se trocado, colocando camiseta e calça jeans.

Se o coração dele não era de gálio, o meu era, porque tinha derretido por completo. Ele fizera isso por mim. Para que eu não me sentisse desconfortável.

Como eu poderia não me apaixonar por ele?

E como eu poderia não lhe contar isso?

Capítulo vinte e sete

— Marco, tem uma coisa... — Mas fui interrompida por todo mundo saindo para a sala de jantar.

Ele sorriu para mim e segurou minha mão para me levar até a mesa. Fui colocada entre ele e Lindy, o que era um ótimo lugar para ficar. A conversa sobre as férias recentes de Ken e Tracie continuou enquanto o primeiro prato era servido. Era uma sopa fria e apimentada, e, embora eu normalmente não me saísse muito bem com pimenta, estava deliciosa. Ela foi seguida por uma salada, o que pareceu familiar, mas me lembrou comida chinesa por causa dos ingredientes.

— Minha mãe está seguindo um tema — disse Lindy quando os pratos foram retirados. — Locais que ela e meu pai visitaram esse ano. Por isso México, China.

Garçons vieram com o prato seguinte e Lindy disse:

— Aqui está a França.

Caramujos. Eles colocaram um prato de caramujos cozidos na minha frente. Fitei Marco, boquiaberta, mas ele pareceu não reparar.

Talvez eu devesse pular esse prato. Mas todo mundo estava mandando ver e eu não queria ser a única a ficar de fora. Além disso, sempre segui a regra do meu avô de provar tudo o que me fosse oferecido.

— Você não precisa comer — disse Marco, mas estava tudo bem. Eu dava conta.

Provei. Era borrachudo, elástico e salgado. Eu me inclinei na direção de Marco depois de engolir um pedaço e disse:

— No mínimo, eu deveria receber um superpoder depois de comer isso.

Ele sorriu e falou:

— Acho que não é radioativo, mas, com a minha madrasta, nunca se sabe. — Daí acrescentou: — Desculpa não ter te avisado sobre o código de vestimenta.

— Tudo bem. Obrigada por ter se trocado.

— De nada.

Tomei um longo gole de água e comecei a empurrar as conchas pelo prato. O pai de Marco dirigiu-se a ele, dizendo:

— Janine acaba de confirmar que tive um cancelamento daqui a cinco dias, então poderei encaixar você e a Anna na minha agenda.

Cinco dias. Era ao mesmo tempo excitante e assustador.

— Obrigado, pai — disse Marco.

Ken dobrou as mãos e voltou seu olhar para mim.

— Você deveria me contar um pouco sobre si, Anna.

— Ah. Não sei bem o que dizer. — Eu odiava ser colocada contra a parede.

— Anna é brilhante — interveio Marco. — Muito talentosa. Muito meiga e bondosa.

Suas palavras estavam me aquecendo, cintilando pelo ar na minha direção. Eu tinha certeza de que ele estava só sendo gentil, mas eu acreditava no que ele dizia.

— Ela também é engraçada — disse Lindy.

— É? — falou Tracie. — Tem exemplos?

Nunca me considerei engraçada e não sabia bem como é que eu deveria provar isso. Exceto contando uma das minhas piadas de tiozão.

— Um cara entra num bar e pede: "Uma H_2O, por favor". O amigo dele diz: "H_2O? Dois!". O segundo cara morreu.

Marco riu, mas foi o único, e eu senti que precisava explicar.

— É que H_2O_2 é água oxigenada, e se você beber água oxigenada... — Minha voz foi morrendo enquanto o próximo prato era servido.

— Sabe o que você deve fazer se ninguém rir da sua piada de química? — Marco perguntou para mim, baixinho. — Continuar contando até obter uma reação.

Aquilo fez eu me sentir um pouco melhor e estendi a mão por baixo da mesa para apertar a dele. Ele apertou de volta em solidariedade.

— Devo passar esse fim de semana tentando amansar seu pai? — indaguei.

— Ele não é amansável. Mas posso te ajudar, se você quiser.

Apertei a mão dele em resposta. Por sorte, a conversa se voltou para outro tópico e eu pude comer o resto do jantar em relativa paz, sem reviver minha piada estúpida com demasiada frequência.

O telefone de Marco tocou e ele olhou para a tela.

— Com licença um momentinho. É do escritório.

Ele se levantou e saiu da sala de jantar. O último prato foi servido.

— Isso é um shrikhand de manga — disse Tracie. — Nós provamos esse prato em nossa última visita à Índia.

Colocaram uma tigela na minha frente e eu experimentei um pouquinho. Era delicioso — leve, cremoso, doce. Comecei a enfiar colheradas na boca. A textura era incrível, as especiarias e nozes faziam um contraste ótimo com o prato frio.

Marco voltou para a sala de jantar e se sentou ao meu lado. Ele colocou a mão sobre a minha e disse:

— O que você está fazendo?

— Comendo?

— Isso é feito com iogurte — disse ele. Marco olhou feio para Tracie do outro lado da mesa. — Eu avisei que ela era intolerante a lactose. Por que você serviria isso?

Lindy pareceu chocada, como se Marco normalmente não falasse assim com a mãe dela.

O prato levava iogurte? Não dava nem para identificar. Eu me censurei por não perguntar. Deveria ter perguntado. Mas queria tanto me encaixar...

— Eu esqueci — respondeu Tracie, na defensiva, e até eu pude ver que era mentira.

Um garçom veio retirar meu prato quase todo consumido, e tentei entregar a tigela para ele e errei. A tigela caiu no chão e se despedaçou.

Houve um momento de silêncio estrondoso e então Tracie disse:

— Minha porcelana!

— A porcelana da minha mãe — corrigiu Marco num instante.

— Sabe o quanto é impossível encontrar uma peça desse conjunto? — perguntou ela, ignorando a afirmação de Marco.

— Sinto muito — falei, me virando para Marco. — Era da sua mãe? Eu me sinto péssima. Posso pagar.

— Não tem problema — disse ele.

O jantar obviamente tinha terminado, e Marco me pegou pela mão e me levou para o nosso quarto.

— Você tem alguma coisa? — perguntou ele. — Ou devo mandar alguém buscar?

— Eu tenho remédio.

Tudo aquilo era ruim. Muito, muito ruim. Como eu ia me encaixar com os Kimball quando estava estragando as coisas deles e ficando doente durante as férias deles? Cavouquei na bolsa até encontrar minhas pílulas de lactase. Ken não ia querer se reunir comigo agora. Eu tinha arruinado tudo. Tomei dois comprimidos e me deitei na cama.

— Eu com certeza tornei as coisas interessantes esta noite, não foi?

Ele se sentou na cama ao meu lado e pegou minha mão.

— Você realmente acertou a mão no pouso de emergência.

Sorri.

— Eu nem tive tempo de retornar o assento e a bandeja para as posições originais. Seu pai vai me odiar, não vai?

— Ele não vai ligar.

— A sua madrasta não fará com que ele se importe?

— Dinheiro sempre vem antes da família. — Ele soava tão triste que me trouxe lágrimas aos olhos.

Pigarreei.

— Eu sou como aquela porcelana. Quebrada e difícil de combinar.

— Coisas quebradas podem ser consertadas. E existe mais de uma pessoa por aí que vai combinar.

Mas não ele. Ele não se via como uma combinação para mim.

Olhei para o teto para não chorar. Eu queria impressionar Marco, queria que a família dele gostasse de mim. Queria que seu pai me visse como uma cientista séria e uma mulher de negócios. Em vez disso, ali estávamos nós.

— Essa é a coisa mais previsível da qual já fiz parte.

— Como assim?

— Eu vesti a coisa errada, quebrei algo valioso e agora vou passar o resto da noite com cólica de gases e diarreia porque comi algo que não deveria ter comido. Pelo lado bom, o shrikhand de manga não me matou, então só vai me deixar mais forte, certo? — gracejei.

— O que eu posso fazer por você? — perguntou ele.

— Finja não ouvir o que vai acontecer ali? — falei, apontando para a porta do banheiro.

Ele sorriu e então se abaixou para beijar minha testa. Seus lábios pareceram outra vez me marcar, me queimar.

— Fechado — disse ele contra minha pele.

Passei a maior parte da noite no banheiro. Marco me levou panos frios para pôr no rosto e no pescoço, mas eu me sentia péssima. Levou algumas horas, mas finalmente comecei a me sentir humana de novo.

Eu precisava de um gole d'água, mas queria beber num copo. Fui para o quarto e Marco estava desmaiado na cama. Ele parecia tão pueril durante o sono, tão despreocupado. Não pude evitar. Eu me debrucei para dar um beijo suave em seu rosto. Ele se mexeu, mas não acordou.

Como essa noite teria sido diferente se a madrasta dele não tivesse basicamente tentado me envenenar.

Fechando a porta em silêncio, saí para o corredor. Estava perto da escadaria quando percebi que havia algo sob meus pés. Pisquei algumas vezes. Eram pétalas de rosas vermelhas. Em todo canto.

Como se alguém tivesse matado o anfitrião do *The Bachelor* no saguão. Ouvi um ruído e me virei, esperando ver Marco.

Mas era Craig saindo de seu quarto.

— Eu queria falar com você — disse ele. — Ouvi você saindo.

— Às três da manhã? — Aquilo pareceu meio bizarro.

Ele chegou mais perto de mim.

— Vamos direto ao assunto. Eu sei que você tem sentimentos sérios por mim. Que você pode até estar apaixonada por mim.

O quê? Como? O quê?

— Tinha — corrigi. — E estava bastante equivocada.

Ele tentou pegar minha mão e eu me afastei dele.

— Não acha que deveríamos explorar isso? — perguntou ele.

— Com a sua noiva fofíssima naquele quarto logo ali? No meio do que eu só posso supor que seja um gesto romântico da sua parte? — perguntei.

— Catalina tinha razão a seu respeito. Você é o boçal mais boçal que já boçalizou na vida.

Ela também tinha razão sobre ele ser um traidor. Ela ficaria insuportável de se conviver depois dessa.

— Leighton entende como as coisas são. — Ele tornou a se achegar.

Vi uma sombra se aproximar de nós. Marco.

Imediatamente, pensei em como aquilo pareceria. Como se eu tivesse tido um encontro secreto à meia-noite com o irmão dele. Como se eu tivesse dado uns amassos com Marco na biblioteca e depois me encontrado com Craig tarde da noite. Craig não sabia que Marco e eu não estávamos juntos de verdade. Ele estava disposto a trair Leighton e deve ter parecido que eu também estava disposta a fazer o mesmo.

Isso faria Marco pensar mal de mim. Meu coração bateu forte quando me dei conta do quanto isso me dava medo. A opinião dele era tão importante para mim.

— Vou pegar uma bebida — Marco disse num tom neutro, e fiquei com medo demais para me oferecer para ir com ele. Porque, quer saber? Eu me sentia um pouco como se o tivesse traído, sim, apesar de nada ter acontecido.

E jamais aconteceria.

Marco passou por nós em silêncio. Eu queria que ele fizesse contato visual comigo para eu poder mostrar que não estava acontecendo nada, mas não fez. Ele foi para o térreo e, quando estava longe o bastante para não nos ouvir, falei para Craig:

— Leighton merece coisa melhor.

— E Marco também — disparou ele de volta, e seu tiro foi certeiro, alojando-se bem no meu coração. Aquilo era doloroso.

E correto.

Voltei para o quarto e me encolhi na cama, esperando Marco retornar. Eu queria uma chance de explicar. De dizer para ele como meus sentimentos tinham mudado. Que era ele que eu desejava, não seu irmão.

Mas aí voltei ao ponto a que sempre voltava: meus medos e inseguranças. Só porque Marco era gentil e gostava de me beijar não queria dizer que ele tinha sentimentos por mim. O que ele faria quando eu lhe dissesse?

Se eu lhe dissesse. Apesar da minha decisão mais cedo, eu achava que não conseguiria cumpri-la. Não arriscaria perdê-lo. Ele era importante demais para mim.

Catalina estava certa. Se eu tivesse tempo suficiente, me convenceria a não fazer quase qualquer coisa.

Eu estava quebrada e não sabia como consertar a mim mesma ou meus relacionamentos. Não sabia como navegar uma conversa com ele em que eu fosse bagunçada, vulnerável e eu mesma. Na ciência havia regras. Você seguia as regras e as coisas saíam como deveriam sair. Mas, ali, eu não conhecia as regras. Como manter Marco na minha vida, ainda que ele não sentisse o mesmo que eu?

Este era o meu principal medo: que Marco nunca pudesse me amar como eu o amava. E ele dizer isso para mim me destruiria. Destruição total, devastando meu coração e minha alma.

Eu não sabia o que fazer. E odiava essa sensação. Não sabia como seguir adiante, não conseguia voltar atrás. Estava empacada.

Enquanto eu lutava com minhas escolhas, tentando decifrar qual a coisa certa a se fazer, acabei pegando no sono.

Na manhã seguinte, acordei com ele saindo do banheiro. Sua expressão era indecifrável.

— Marie-Angelique ligou ontem à noite. Surgiu um problema com um dos nossos fornecedores. Eu esperava que isso fosse se resolver, mas não aconteceu. Tenho que voltar para a Califórnia hoje.

— Ah. Tudo bem. — Pensei em como eu devia estar horrível e tentei ajeitar meu cabelo.

Ele parecia tão sério, tão diferente do meu Marco. Devia ser a isso que Catalina se referiu no começo, quando nós conversamos sobre ele pela primeira vez. Eu nunca conheci esse cara. Será que isso se devia apenas ao trabalho? Ou será que tinha algo a ver com Craig e eu na noite passada?

Será que ele estava com ciúme?

Isso era bom. Queria dizer que podia haver algo ali.

— Você é bem-vinda para ficar — disse ele.

— Não, eu não quero ficar. Quero voltar. Com você. — Não havia a menor chance de eu ficar na casa dos Kimball sem ele.

Isso pareceu surpreendê-lo.

— Ótimo. Bom, pode fazer as malas. O carro chegará daqui a uns vinte minutos.

Isso não era tempo suficiente, mas eu estava ansiosa para deixar tudo aquilo para trás. Talvez quando estivéssemos de novo em Los Angeles as coisas voltassem a ser como eram. Não totalmente como eram, porque eu não queria me esquecer daquele beijo na biblioteca, mas queria que as coisas fossem tranquilas e confortáveis entre Marco e eu outra vez.

Mas não foi o que aconteceu.

Marco foi educado, mas distante durante toda a viagem para casa. No carro, no avião. Ele me deixou na casa dos meus avós e nem sequer saiu para se despedir direito de mim.

Todo o resto da semana, ele estava ocupado demais para se encontrar comigo. Eu odiava isso. Sentia tanta saudade dele que doía fisicamente. Catalina estava certa outra vez: ele vinha limpando sua agenda para passar um tempo comigo.

Ou a estava lotando agora para me evitar. De qualquer forma, eu não gostava disso.

Ele sempre respondia às minhas mensagens, educado e encorajador em relação à reunião que se aproximava, mas o que nós tínhamos havia sumido.

Eu não fazia ideia de como fazer voltar, de por que as coisas tinham mudado. Eu precisava do meu Marco de volta.

Será que ele estava zangado por causa daquela situação com Craig? Catalina ficava me incentivando a conversar com Marco, mas eu não podia fazer isso quando ele estava distante assim.

Sem mencionar que eu não podia ser rejeitada por ele e depois ainda ter que oferecer minha empresa para sua família. Era melhor ficar nesse estado intermediário do que arriscar tudo pelo que ele e eu vínhamos trabalhando. Se Marco ia partir meu coração, ele podia fazê-lo depois que tivéssemos uma decisão sobre a empresa. Eu não queria arruinar isso para mim, mas também não queria arruinar as coisas para ele.

No entanto, isso não me impedia de pensar nele o tempo inteiro, querendo estar próxima dele outra vez.

Certa noite, enquanto eu soluçava vendo Aragorn e Arwen se reencontrando, liguei para Catalina.

— Quem eu preciso esfaquear? — perguntou ela quando ouviu minha voz.

— Estou apaixonada pelo Marco.

Era a primeira vez que eu dizia isso em voz alta.

— Bingo! Fechei a cartela aqui — disse ela, sarcástica. — Me deixa traduzir isso para você: *dã*.

— Você não vai me dizer "eu te avisei"?

— Não. Só *cabum*, como eu te prometi.

— Quando você disse que isso ia estourar na minha cara, pensei que queria dizer que Craig ia descobrir e era assim que meu coração seria destruído.

— Não. Eu podia ver o que estava acontecendo entre você e Marco, mesmo quando você não conseguia.

— Então por que ele está agindo assim? — choraminguei, me sentindo patética.

— Minha teoria é porque ele te ama e acha que você está apaixonada pelo irmão dele.

— Como alguém poderia pensar isso? O Craig é uma droga.

— Hã, sei lá, talvez porque você passou os últimos dois anos afirmando que estava?

Esse era um argumento excelente. Eu não havia contado a Marco que meus sentimentos por Craig tinham mudado. Ele ainda estava operando sob essa suposição. Será que faria alguma diferença?

— Mas por que você acha que o Marco me ama?

— Anna, você é uma pessoa incrível. Todo mundo deveria ser apaixonado por você. Até aquele babaca do Craig. Você precisa contar ao Marco como se sente para ele poder fazer uma escolha depois de conhecer todos os fatos.

Balancei a cabeça.

— Eu simplesmente não consigo acreditar que alguém como ele se sentiria assim por alguém como eu.

— Isso é apenas a coisa mais estúpida que eu já escutei, e olha que uma vez tive que ouvir Steve explicando que a WWE é real.

Aquilo me fez sentar mais aprumada na cama. Até agora, Catalina não tinha errado o gol nem uma vez. Uma expressão que eu só conhecia por causa de Marco. Talvez devesse confiar nela em vez de nas minhas próprias inseguranças.

— Não é você quem está sempre me dizendo para não ser a primeira a dizer *eu te amo*? A nunca puxar esse gatilho, a menos que alguém dispare antes?

— Isso é um conselho para mim — disse ela, exasperada. — Não para você. Acho que ele precisa ouvir isso.

Ele precisava ouvir tudo. Eu estava com medo, mas minha avó me disse certa vez que a coragem não é a ausência do medo, mas seguir adiante apesar dele. Precisava dizer para Marco que meus sentimentos tinham mudado. Ele não conhecia todos os fatos. Não podia tomar uma decisão se não tinha todas as informações.

Havia um nó gigante na minha garganta, mas eu podia fazer isso. Eu podia, sim.

— Certo. Então vou contar para o Marco. Farei a apresentação, e daí o pai dele vai me fazer uma oferta, e eu vou puxá-lo de lado e contar tudo para ele.

Parecia um bom plano. Principalmente porque de jeito nenhum eu conseguiria confessar meu amor para ele, ouvi-lo me dizer que não estava interessado e ainda me manter sob controle por tempo suficiente para fazer minha apresentação.

E se ele não correspondesse ao meu amor... bom, eu podia explodir essa ponte quando chegasse lá.

Capítulo vinte e oito

Era a manhã da reunião, e ela ia acontecer na Minx Cosmetics. Eu passara minha semana solitária ensaiando o que diria na frente do espelho e refinando minha fórmula. Sentia-me confiante nas duas coisas. Andava de um lado para o outro, repassando minhas palavras.

— Bom dia, senhores. Eu vim para cá hoje compartilhar com vocês a mais recente inovação para o futuro e como espero construir uma empresa com base na ciência dos neurocosméticos.

Olhando de relance para o relógio, vi que já estava quase na hora de começar. Marco não estava ali. Talvez não viesse. Não era típico dele não chegar cedo. Fiquei revisando minha fala, focando nisso. Atravessaria a próxima hora e depois me preocuparia com Marco.

— Cheguei.

Marco entrou na sala de espera e eu quase desabei de alívio ao vê-lo. Sem pensar, fui até ele e o abracei. Seu corpo estava rígido, mas foi tão bom vê-lo e tocá-lo que não me importei se ele me abraçava de volta ou não.

— Senti saudade de você — falei. Quis dizer tudo para ele bem ali, naquele momento. Mas ainda não. Eu diria depois. Naquele momento, já era o bastante apenas tê-lo perto de mim.

Os braços dele me envolveram e ele correspondeu ao abraço.

— Eu também senti saudade de você.

Descansei a cabeça no peito dele. Seu corpo ainda parecia tenso, ansioso. Olhei para ele.

— Está nervoso? — Deus sabia que eu com certeza estava.

— Um pouquinho — confessou ele.

— Estale os dedos — falei para ele enquanto o soltava e tapava meus ouvidos.

Ele me olhou com uma expressão estranha, mas daí obedeceu, me dando um meio-sorriso enquanto o fazia.

— Melhor? — perguntei quando ele terminou.

— Estou.

Aquela expressão estava de volta, a que me fazia querer contar tudo para ele. Ou talvez isso fosse somente o quanto eu precisava dizer que o amava.

— Tem tanta coisa que eu quero te dizer — falei.

Esse não era o plano, mas ele estava ali, e isso era tudo que me importava. Porém, antes que eu pudesse dizer mais alguma coisa, uma mulher séria de meia-idade se aproximou de nós.

— O sr. Kimball vai recebê-los agora.

Aquela devia ser Janine, a assistente de Ken. Marco a agradeceu e se virou para mim.

— Vamos?

— Eu também estou nervosa — confessei. Por vários motivos.

Ele se abaixou de leve para que nossos olhares ficassem no mesmo nível.

— Eu acredito em você, Anna. Você consegue.

Era a coisa perfeita a se dizer e me encheu com um otimismo que eu não estava habituada a sentir. Entramos na sala de conferências. Craig e Ken estavam à nossa espera. Tive um flashback momentâneo da última vez em que estive numa sala de reuniões com Marco, mas avisei meus ovários de que essa não era a hora para isso.

— Anna, que bom vê-la de novo.

O sr. Kimball apertou minha mão, mas Craig continuou sentado com um sorriso convencido na cara. Marco e o pai dele se sentaram um ao lado do outro, e eu me postei de pé próximo ao quadro branco. A hora tinha chegado. Eu podia fazer isso. Sabia as informações de trás para a frente. Eu conseguiria. Ignorei a energia nervosa que estava sentindo e me lancei na minha apresentação.

— Certo. Bom dia, senhores. Eu vim para cá hoje para…

Ken levantou a mão, indicando que queria que eu parasse. Ah, não, será que eu já tinha estragado tudo?

E então ele disse:

— Não é preciso ouvir a sua apresentação.

— Como é? — Eu tinha passado um tempão trabalhando nisso. — Tenho tabelas e gráficos.

Marco parecia furioso.

— O que está havendo? — ele exigiu saber.

Craig aparentemente decidiu que aquela era a hora de falar.

— O que está havendo é que a sua namoradinha é uma funcionária da KRT Limited. Ela assinou um contrato-padrão de consultoria. O que significa que nós somos proprietários do batom dela. Qualquer propriedade intelectual que ela desenvolva como consultora pertence a nós.

O quê? Isso era verdade? Eu me xinguei por não ler aquele contrato. Era como se Craig tivesse arremessado uma bigorna do outro lado da sala e me acertado direto no estômago. Eles eram proprietários do meu batom anel do humor? Isso seria a minha marca na indústria cosmética, aquilo que me tornaria conhecida.

E Craig agia como se estivesse prestes a tirar tudo isso de mim. Meu sonho.

Considerando o olhar que ele trocava agora com o pai, eles estavam juntos nessa. Eles podiam ter ligado para mim a qualquer momento durante a semana para destruir minha vida, mas não; ao que parece, queriam fazer isso em pessoa.

Marco parecia assustador.

— Vocês se preocuparam em ler o contrato dela?

A expressão convencida de Craig vacilou.

— De que isso importa?

— Importa porque Anna não assinou o contrato-padrão. Eu fiz algumas alterações. Incluindo o fato de que quaisquer produtos que ela desenvolvesse continuariam como propriedade intelectual dela e, especificamente, não pertenceriam à Minx nem à KRT. — Ele olhou para mim e me deu um sorriso triste. — Você não leu o contrato, né?

Não, eu não tinha lido. Pus a mão sobre o coração.

— Por que você faria isso? — perguntou o pai dele, claramente aborrecido.

O rosto de Craig se avermelhou e ele gaguejou, protestando.

Por que Marco faria isso? Meu coração saltou, esperançoso. Por que ele colocaria essa cláusula no meu contrato? A menos que… A menos que…

Ele sempre estivera tentando me proteger. Sempre cuidando de mim e dos meus interesses.

O que isso significava? Eu sabia que significava alguma coisa, mas era como se não conseguisse processar todos os pensamentos disparando pela minha cabeça em algo compreensível.

Eu sabia o que Catalina diria. Ela diria que Marco fizera isso porque também tinha sentimentos por mim.

E eu fora estúpida demais para enxergar.

Marco se levantou, abotoando o paletó.

— Anna, minha recomendação é que você não dê ouvidos a nada que esses dois tenham a dizer. Existem centenas de investidores que veriam o que você tem para oferecer e desejariam investir em você. Seu futuro é brilhante. — Ele fez uma pausa e então olhou para o irmão. — Espero que você seja feliz e consiga tudo o que quer.

Ele me lançou o olhar mais triste do mundo e então saiu da sala.

E eu simplesmente fiquei ali, congelada de medo.

Porque o único futuro brilhante que eu queria tinha acabado de ir embora.

Não. As coisas não iam terminar assim. Eu não permitiria. Comecei a juntar minhas coisas, pretendendo ir atrás dele. Eu tinha que contar tudo a Marco. As palavras dele haviam soado tão definitivas. Tão cansadas. Eu não podia deixar que isso fosse o fim.

Mas aí Craig estava de pé na minha frente.

— Espera. Não terminamos.

— Ah, terminamos, sim — falei.

E então Ken se juntou a ele.

— Podemos te fazer uma oferta de investimento. Nós lhe daremos o fluxo de caixa que você precisar para instalações, equipamento e uma equipe. Mas, em troca, ficamos com oitenta e cinco por cento da sua empresa.

Eles pensavam mesmo que eu era burra assim?

— Eu preferiria abrir essa empresa na garagem dos meus avós a entregá-la para vocês.

Eu acreditava em mim mesma. Marco acreditava em mim. E essas duas coisas já eram suficientes. O dinheiro chegaria em algum momento. Eu não precisava vender meus sonhos para fazer isso acontecer.

O celular de Ken vibrou e ele olhou para a tela. Sua expressão mudou, chocada.

— Marco acaba de enviar sua carta de demissão por e-mail. — Ele começou a apertar botões, zangado, e pelo jeito o número de Marco caiu direto na caixa postal. — Você vai me ligar. Eu não aceito a sua demissão. Esse comportamento é inaceitável.

Toda a postura de Craig se alterou.

— Você não precisa fazer isso, pai. Eu estou aqui. Posso assumir a Minx.

Ele era uma cobra. Como eu podia ter sido tão incrivelmente ruim em julgar as pessoas? Não apenas Craig, mas Marco também. Por que eu não dissera para ele antes? Por que havia esperado?

Ken olhou para seu segundo filho e o desprezou.

— Não pode, não.

Marco se demitiu? Por que ele havia feito isso?

A compreensão me atingiu como uma pedra. Tinha sido por mim. Ele havia deixado a amada empresa de sua mãe e seu emprego dos sonhos como CEO da KRT por minha causa. Porque seu pai e seu irmão tentaram me sacanear.

Era o mais grandioso dos gestos.

Eu precisava encontrá-lo. Por que ainda estava ali, ouvindo Ken e Craig brigarem? Saí correndo da sala e ouvi Craig dizer atrás de mim:

— Aquele contrato não era válido! Nós vamos te processar!

Percebi que eu não sabia onde ficava a sala de Marco. Perguntei à recepcionista daquele andar e ela me disse que ficava cinco andares acima. Agradeci a ela e abri caminho até os elevadores. Fiquei apertando o botão, mas estava demorando demais. Abri a porta das escadas e comecei a correr.

Subindo.

Cinco lances de escada.

Quando cheguei ao topo, estava tão ofegante que fiquei preocupada se ia desmaiar. Essa tinha sido uma má ideia. Perguntei à recepcionista para que lado deveria ir, e precisei de algumas tentativas, mas ela acabou entendendo minha pergunta e me indicou a direção para a sala de Marco.

Passei correndo por uma mulher pequena de cabelos escuros que perguntou:

— Posso ajudar em alguma coisa?

Entrei na sala de Marco, abrindo a porta com um empurrão.

Vazia.

Eu me virei e voltei até a mulher.

— Você é Marie-Angelique?

Ela parecia confusa.

— Sou.

— Marco se demitiu?

— Sim. — A expressão triste dela fez meu coração se torcer no peito. — Ele me disse pouco antes de enviar o e-mail para o pai dele.

O que queria dizer que ele tinha passado por ali. Eu devia tê-lo perdido por pouco.

— Aonde ele foi?

— Não sei se eu deveria dizer.

— Por favor. — Eu estava pronta para cair de joelhos se fosse necessário. — Preciso encontrá-lo.

— Ele falou alguma coisa sobre ir para a casa da mãe dele na Itália. Acho que ele foi para casa fazer a malas.

— Obrigada.

Eu a abracei e disparei para os elevadores. Presumi que descer as escadas correndo fosse mais fácil, mas eu já estava uma bagunça suada e nojenta, e não queria ter que piorar a situação.

O elevador chegou depressa e eu atravessei correndo o saguão, saindo no estacionamento. Entrei no meu carro e dei a partida.

E nada.

O motor não queria ligar.

— Vamos lá, Betty. Agora não. Você não pode fazer isso comigo agora — falei.

Eu não fazia ideia do horário em que o voo dele partiria. Catalina estava ali no prédio, mas trabalhando. Eu não sabia quanto tempo um carro de aplicativo demoraria e não podia arriscar não conseguir um motorista logo.

O Porsche idiota de Marco devia ser tão veloz que podia basicamente o teletransportar de volta para seu apartamento. E eu estava presa.

Fiquei preocupada que nunca fosse alcançá-lo.

Liguei para o meu avô.

— Vô? A Betty morreu.

— Quem morreu? — perguntou ele, soando preocupado.

— Meu carro. Preciso que você venha me buscar na Minx.

— Pensei que você tivesse se demitido de lá.

Fechei os olhos.

— E me demiti, mas eu tinha aquela apresentação aqui hoje. Tenho muito a explicar e vou explicar, mas agora preciso ir para a casa do Marco e meu carro não está funcionando, então preciso que você venha me buscar.

— Tudo bem. Chegarei aí o mais depressa possível.

Esperar aquela meia hora por ele foi pura tortura. Eu me preocupava que Craig fosse me escoltar para fora do estacionamento ou alguma outra coisa horrível, ou que Marco já estivesse a caminho do aeroporto e eu nunca mais fosse vê-lo de novo.

Sem saber quando ele partiria, tentei ligar e enviar mensagens. Não houve resposta para as minhas mensagens e as ligações foram direto para a caixa postal. Será que ele estava me evitando? Ou apenas tinha desligado o telefone?

Liguei para Catalina, para me tranquilizar. Contei para ela o que tinha acontecido.

— Quer que eu tire o dia de folga e te leve? — ofereceu ela.

— Não. — Eu não podia colocar o emprego dela em risco. Especialmente agora que não estaria em posição de oferecer um emprego novo. — Meu avô está vindo. Eu só estou... morrendo de medo.

— Medo de quê?

— Tenho medo de que ele vá embora antes que eu o alcance. Tenho medo de que não sinta o mesmo. — E de jamais me recuperar se ele me rejeitasse.

Ela fez um som compassivo.

— Eu sei que você sofreu perdas inimagináveis na sua vida e faz sentido que tenha medo de outra. Mas amar significa correr riscos. Será assustador, mas sei que você consegue. E, independentemente do que acontecer, eu sempre estarei ao seu lado.

Eu sabia disso. Agradeci e prometi informá-la quando tivesse a chance. Esperava que houvesse uma atualização feliz.

— E você devia furar os pneus do Craig na saída. Dane-se isso de ser superior.

Aquilo me fez sorrir e nós nos despedimos.

Meu avô finalmente chegou e me sentei no banco do carona, muito grata. Chick Norris e Feather Locklear estavam no banco traseiro, e eu ouvi mais uma vez que os Yankees eram uma droga.

— Muito obrigada — falei para ele.

Tínhamos percorrido cerca de seis metros quando o carro começou a emitir uns estrondos e o motor parou. Ele conduziu o carro para o meio-fio e então freou.

— Ah, não — disse meu avô.

Apoiei as mãos no painel. Isso não podia estar acontecendo. Era hora de dar um basta! Eu pegaria o dinheiro da consultoria e compraria um carro novo para todo mundo em casa.

— Estou sem gasolina — disse ele com uma expressão arrependida. — Desculpa. Eu deveria ter conferido.

— Tudo bem — falei. Eu não podia ficar com raiva. Esse era exatamente o tipo de coisa que meu avô fazia.

— Vou ligar para a sua avó. Ela está de folga hoje.

O que queria dizer mais meia hora. Sentia o tempo escorregando pelas minhas mãos, e era muito frustrante que não houvesse nada que eu pudesse fazer. Marco podia estar a caminho do aeroporto naquele exato momento.

O problema era que, sentada ali, eu não tinha nada além de tempo para considerar o quanto isso tudo podia dar errado. Marco não ia rir na minha cara. Eu o conhecia o bastante para saber que ele jamais seria tão cruel. Ele seria gentil se tivesse que me rejeitar, mas a ideia de desnudar minha alma para ele e ouvir de volta um *não, obrigado*... Como Catalina havia apontado, eu já sofrera muitas perdas. Não queria perdê-lo também.

Quando minha avó chegasse, estava tentada a dizer para ela me levar para casa e esquecer da coisa toda. Isso doeria, mas eu superaria, certo?

— Qual é o problema? — perguntou meu avô.

— Estou apaixonada pelo Marco e estou apavorada. E se ele não me amar também?

Havia tanta bondade nos olhos dele que na verdade acabei me sentindo pior.

— Minha menina meiga, mas e se ele amar? Seja corajosa.

— Não quero que meu coração seja despedaçado.

— Ninguém quer. Mas não vale a pena viver a vida se for para se esconder na casa dos seus avós e nunca correr atrás dos seus sonhos. Corra atrás desse.

Era a coisa mais profunda que ele já havia me dito. Aquilo também fez eu me sentir resoluta de novo. Ia contar ao Marco. Queria uma vida com ele. Uma empresa que fundaríamos juntos, adotar alguns pássaros, ter alguns bebês e acordar todas as manhãs com ele.

Se isso o afugentasse... bom, então ele não era o homem que eu pensava que fosse.

Meu avô acrescentou:

— Você não quer levar uma vida sem graça. Ou com garça. Garças são terríveis de cuidar.

Aquilo não me distraiu como ele provavelmente esperava.

— Mas isso tudo está acontecendo rápido demais. — Um último protesto da minha psique marcada.

— Você sabe a velocidade com que aconteceu para mim? — perguntou meu avô. — Na segunda hora no hospital depois de quebrar a perna. Eu sabia que a sua avó era a mulher para mim e que eu nunca mais amaria alguém do jeito que já a amava. Foi na primeira noite para os seus pais também.

Talvez não tivesse sido no primeiro dia, mas havia sido rápido e sem que eu sequer notasse. Eu estivera me apaixonando por Marco todos os dias e fiquei tão distraída pelo falso ouro de Craig que nem me dei conta.

Minha avó chegou, e meu avô me deu tapinhas na mão e disse:

— Vamos fazer como os flamingos e sair voando daqui.

Aquilo me fez sorrir, e eu saí do carro dele e fui para o da minha avó. Deslizei para o banco traseiro com as duas gaiolas. Prendi-as nos cintos modificados para pets e anunciei para minha avó:

— Estou apaixonada pelo Marco.

Meu raciocínio era que, para quanto mais gente eu contasse, mais fácil seria contar para ele. Acho que deveria ter dito primeiro para ele, mas pelo visto eu era uma burra.

— Polo? — perguntou ela, confusa, enquanto voltava para a rua.

— Não, o Marco com quem você não quer que eu passe meu tempo.

— Aquele que está tentando fazer você mudar?

— Não era isso que ele estava fazendo — falei. — O Marco sempre gostou de mim pelo que sou. Ele não queria que eu mudasse. Mas o amo tanto que se ele quisesse que eu usasse uma peruca roxa todos os dias pelo resto da minha vida, eu usaria.

— Eu sabia que isso ia acontecer — disse ela. — Vi quando ele te deu aquele chiclete.

— O quê? — Aquilo pareceu algo estranhamente específico a se dizer.

— Eu odeio levantar cedo. Sempre odiei. Seu avô sempre acorda cedo para fazer o café para mim porque sabe que esqueço na metade das vezes, e eu não deveria andar por aí pelo mundo descafeinada.

Rapaz, isso era uma verdade. E como é que eu não sabia que meu avô fazia isso toda manhã pela minha avó?

— Ele pensa em mim, no que eu preciso. Seu Marco faz o mesmo. Você só precisa se certificar de que ele te trate bem — aconselhou a minha avó, sacudindo o dedo para mim pelo retrovisor.

Finalmente chegamos ao prédio de Marco e meus avós se ofereceram para ficar e esperar. Acho que meu avô em particular estava muito interessado em ver como as coisas sairiam.

— Não, tudo bem. Podem ir. Eu volto para casa depois.

Assisti enquanto o carro deles se afastava. Saber que eles estavam do lado de fora esperando por mim seria apenas outra rede de segurança, e eu precisava fazer isso sem uma rede.

Era o único jeito de eu ser honesta.

Capítulo vinte e nove

Quando cheguei ao apartamento dele, a porta estava trancada. Bati e rezei para ele atender. Para não ser tarde demais. Meu coração estava na garganta, martelando tão forte que era difícil ouvir outra coisa. Eu não sabia dizer se ele estava lá dentro ou não.

O alívio me inundou quando a porta se abriu e lá estava ele. Marco havia se trocado e colocado roupas confortáveis, e vi uma mala no corredor atrás dele. Eu o amava tanto que meu coração chegava a doer, e mais uma vez pensei em como tudo o que era importante para mim dependia daquele momento.

— O que você está fazendo aqui? — perguntou ele.

Seja corajosa. Respirei fundo.

— Preciso falar com você. — Hesitei quando ele não me deixou entrar. Minha voz se entrecortou. — Por favor.

Seu rosto parecia cansado, mas preocupado. Ele anuiu e se afastou, fechando a porta depois de eu passar. Foi até a sala de estar e eu pensei em todo o tempo que havíamos passado juntos ali. No quanto nos divertimos. Por que eu tinha levado tanto tempo para entender tudo isso?

Marco se sentou no sofá, mas eu estava inquieta demais para me sentar e ficar parada. Continuei de pé. Eu havia antecipado tanto isso, recebido tanto encorajamento, tomado e retomado minha decisão, e agora que estava ali achava quase impossível ir até o fim.

— Por que você foi embora? Hoje. — perguntei.

Ele olhou para as próprias mãos.

— Percebi como estava sendo uma pessoa horrível.

Isso era praticamente a última coisa que eu esperava que ele dissesse.

— Vi como eles estavam prontos para brincar com a sua vida. Prontos para arruinar os seus sonhos. Tudo em que eu podia pensar era como estive disposto a fazer a mesma coisa. Como eu estava disposto a te usar para impressionar o meu pai. Por um cargo.

— Seu pai e seu irmão tentando roubar meu batom não chega nem perto de você tentar namorar alguém pé no chão para impressionar seu pai.

— Ainda assim, sinto vergonha.

Eu me sentei ao lado dele. Por que isso era tão importante para Marco? Estávamos nisso juntos. Eu me lembrei de ele ter dito que temia terminar como o pai.

— Você não é como Ken.

Marco engoliu em seco.

— Dei os primeiros passos. Tentando romper o relacionamento de Craig, estando disposto a usar você para isso.

— Eu estava totalmente ciente do que estava fazendo. Você não me enganou nem me usou. — Estava temerosa demais para tocar Marco, mas queria tranquilizá-lo. — Sou eu quem deveria te pedir desculpa.

Ele pareceu surpreso.

— Por quê?

— Lembra quando eu te disse que queria Craig mais do que quase qualquer outra coisa?

— Dolorosamente.

Levei isso como um sinal encorajador.

— Não era verdade. Eu não o amava. Nunca amei.

Seja lá o que eu estivesse esperando, não era Marco cruzando os braços sobre o peito e se recostando no sofá. Fechado.

— Pois você fez um belo show, muito crível.

Nisso ele acreditava?

— Ele não é a pessoa que eu julgava ser. Eu já sabia há um tempinho que não tinha sentimentos por ele. Sabe que eu minto muito mal. Você sempre foi capaz de enxergar a verdade, mesmo quando eu mentia para mim mesma. E para você.

Marco não disse nada. Minha boca ressecou e meu coração batia tão forte que fiquei com medo de ele ceder por completo. Alguma parte animal do meu cérebro me instigava a fugir, mas essa era a minha chance de dizer tudo a ele. Eu colocaria as cartas na mesa e seria honesta, como deveria ter feito há muito tempo.

Assim, continuei falando.

— Eu deveria ter te contado. Mas fiquei com medo.

— De quê?

— De não te ver mais. De você terminar nosso trato porque eu tinha quebrado nossa regra.

O silêncio era esmagador. Mas aí ele finalmente perguntou, baixinho:

— Que regra, Anna?

Mas eu sentia que ele sabia.

Havia esperança ali. Ouvi, apesar de uma parte minha querer negar. Mesmo agora. Eu tinha que parar de deixar minhas inseguranças me governarem. Não podia permitir que o medo tomasse decisões por mim.

Aquele era o momento. Eu podia fazer isso. As palavras saíram apressadas da minha boca.

— Aquela que dizia que eu não deveria me apaixonar por você.

Os braços dele relaxaram e ele pareceu aturdido. Ainda hesitante, ainda desconfiado, mas disposto a ouvir.

— Mais devagar, e com palavras mais específicas.

Ele não havia fugido correndo e gritando. Levei isso como um bom sinal. Minha adrenalina ainda estava disparada com o medo sempre presente, com a preocupação do que ele poderia fazer. Mas eu tinha que dizer.

— Eu te amo, Marco. Te amo há muito tempo. E entendo se você não sentir o mesmo. Também sei que você tem muita dificuldade para confiar nas pessoas. Que quase todo mundo de quem você gosta te decepciona. Mas isso é real. Eu te amo e sempre vou te amar.

Ele se manteve em silêncio, e eu podia ver as emoções passando pelo seu rosto, uma após a outra.

— Quando eu quebrei aquela tigela, lembra como você disse que seria fácil combinar comigo, que eu era consertável, a despeito de ter sido quebrada? O negócio é que eu acho que nós dois estamos quebrados e que podemos consertar um ao outro. Nossas peças se encaixam, e formaremos algo inteiro. Algo lindo. Eu te amo, e, se você não sente o mesmo, tudo bem. — Não, agora era a hora da honestidade total. — Retiro o que eu disse. Não ficaria tudo bem, não. Eu não só te amo. Eu quero uma vida com você. Uma empresa, bichos de estimação, filhos, a coisa toda.

Pronto. Eu tinha me exposto tanto quanto possível, e agora estava por conta dele.

A bola estava no campo dele.

— Você me ama?

— Sim, eu te amo. Você, esse homem maravilhoso, enfurecedor, charmoso, inteligente e bondoso. — Respirei fundo outra vez. Essa era a parte para a qual eu precisava de uma resposta. — Você acha que algum dia poderia sentir o mesmo por mim?

E então os lábios dele estavam nos meus, engolindo minhas palavras. Ele me beijou com força e atenção, e eu pude sentir suas emoções, ver que sentia o mesmo por mim. Puro júbilo brotou dentro de mim. Marco também me amava. Não havia como negar dessa vez. *Cabum*! Eu ia comprar um belo presente para Catalina.

Quando o beijo acabou, ele apoiou a testa na minha, as mãos no meu rosto. Eu me agarrei a seus pulsos, confiando em sua força.

— Isso não foi uma resposta — censurei, incapaz de reprimir meu sorriso extasiado.

Ele sorriu, minha coisa preferida no mundo todo, e disse:

— Não foi? Eu tenho uma hipótese de que ações são melhores do que palavras.

— Eu preciso das palavras.

Ele afagou a lateral do meu rosto com tanto amor e ternura que tive vontade de derreter.

— Eu me senti tão egoísta. Querendo te beijar, te tocar, ficar junto de você, e o tempo todo pensando que você estava apaixonada pelo meu irmão. Sabe como é duro estar apaixonado por alguém que ama outra pessoa? Eu me empenhei muito para ser respeitoso com você e seus sentimentos, Anna. E houve tantas vezes em que senti como se estivesse me aproveitando de você...

— Você nunca se aproveitou, nem uma vez — falei, pressionando a bochecha na dele.

— Lutei muito com a culpa. Usei aquela desculpa esfarrapada de um experimento para poder te beijar quando estava tão desesperado por você que mal me aguentava. Em Vermont, senti que tinha levado as coisas longe demais. Queria levá-las mais longe ainda. Se você não tivesse adoecido naquela noite... — Ele se calou, mas depositou um beijo no meu rosto. — Eu sabia que tinha passado e muito do limite. Que tinha que respeitar você e os sentimentos que eu acreditava que você tinha pelo Craig.

— Sentimentos que eu nunca tive — corrigi.

Ele me beijou com gentileza.

— Sei disso agora. Queria ter sabido antes. Porque eu era um ateu do amor. Nunca acreditei que fosse real. Mas você me transformou num crente. Porque de que outra forma eu poderia descrever o que sinto quando olho para você? É claro que eu te amo. Amo tudo em você, cada pedacinho perfeito e quebrado. Acho que te amei desde a primeira vez que te vi no seu vestido de cosplay naquele evento da empresa. Pensei: *Eis aqui alguém que precisa de mim.* Mas isso não era verdade. Eu precisava de você. Só percebi o que faltava na minha vida quando você a invadiu com tudo. Eu te amo e quero tudo o que você quer. Uma vida. Uma família. Uma empresa. O que você quiser, desde que estejamos juntos. Eu quero que você seja feliz, mas quero que seja feliz comigo.

Meu coração pulou e saltou, celebrando, o júbilo que eu sentia ameaçando me fazer irromper em cantoria. Eu não conseguia me lembrar de já ter me sentido tão feliz. Estava tão preocupada que ele não me amasse, e descobrir que ele amava... que sempre tinha amado...

E então foi minha vez de beijá-lo, de demonstrar para ele o que suas palavras significavam para mim. Talvez um pouco de ação fosse melhor do que palavras, sim. Quando estávamos ofegantes, falei:

— Eu deixaria que alguém colocasse lasers nos meus globos oculares por você.

— *Gi melin, Undómiel.*

— Foi isso que você me disse em Vermont. O que significa?

— É élfico. Bem, tecnicamente, são dois dialetos diferentes de élfico. Mas significa *Eu te amo, Estrela Vespertina.*

Estrela Vespertina. Era assim que chamavam Arwen em *O Senhor dos Anéis*. Ele era muito nerd, e eu amava isso nele. Eu amava tudo nele.

Dessa vez, pulei nele e ele ria enquanto caía no sofá, até eu garantir que ele não estivesse mais rindo.

— Eu deveria ter te contado antes — falei quando nos separamos em busca de ar, muito necessário. — Deveria ter me expressado e dito o que sentia.

O que eu queria. Isso sempre foi muito difícil para mim. Pensei que perderia algo se me expressasse, mas descobri que foi o contrário. Eu me arrependo de não ter feito isso antes.

— Tudo bem — disse ele, acompanhando o contorno do meu rosto com as pontas dos dedos, como se quisesse memorizá-lo. — Vamos nos certificar de sempre dizer um ao outro do que precisamos e o quanto somos importantes um para o outro. Porque, agora que eu tenho você, não planejo abrir mão nunca mais.

— Ainda bem. Porque eu não planejo deixar você escapar para lugar nenhum. Você é o meu pedido de cílio realizado.

Ele me beijou gentilmente, ternamente. Eu o amava tanto.

— Seu pedido era eu?

— Era. E eu não admiti nem para mim mesma. Hoje eu subi correndo cinco lances de escada na Minx para te procurar.

— Isso é amor. Por que você não esperou os elevadores? Eles são bem rápidos.

— Você acha que poderia, por favor, calar a boca e voltar a comprovar a sua hipótese?

— Eu faço qualquer coisa em nome da ciência — disse ele com um sorriso e então me beijou de um jeito que me mostrou tudo o que eu precisava saber.

Epílogo

SEIS MESES DEPOIS...

— Você vai ligar para ele amanhã? — perguntou Catalina, a voz estalando de leve no lado dela da ligação.

Marco parou no sinal vermelho para virar à esquerda. Eu quis perguntar de novo para onde estávamos indo, mas ele estava estranhamente silencioso quanto a isso.

Catalina soltou um som impaciente que me fez responder.

— Isso, vou ligar para Zhen e oferecer o emprego a ele. Mas só se você prometer que não vai assediá-lo sexualmente no serviço.

— Não prometo nada. Além do mais, isso seria muito hipócrita da sua parte, porque sempre que você e Marco estão no laboratório juntos eu me preocupo que tudo o mais ao nosso redor vai entrar em combustão espontânea.

Zhen e Catalina estavam namorando há quase tanto tempo quanto Marco e eu. Agora que a Aviary Cosmetics tinha garantido todo o seu financiamento, prometi que o tiraria da Minx e o contrataria.

Catalina, obviamente, foi minha primeira contratação.

Bom, depois de Marco. Mas ele era meu sócio, trabalhando como CEO, então eu não contava essa parte.

— E o que a gente fala pra nossa melhor amiga? — perguntou ela, e eu revirei os olhos.

— Catalina está sempre certa. Eu nunca mais vou duvidar dela. E vou colocar o nome dela na minha primogênita. — Isso começou depois que eu descobri exatamente o quanto devia a ela. Marie-Angelique e Catalina eram amigas, e, quando aconteceu todo o fiasco da apresentação e Marco se demitiu, Marie-Angelique ligou para Catalina na mesma hora para informá-la.

A essa altura, Catalina disse para ela fazer com que a coisa parecesse urgente, como se Marco planejasse partir de imediato, para que eu ficasse motivada a agir. O voo de Marco para a Itália na verdade estava marcado para quatro dias depois.

— Mas, se você soubesse disso, teria se convencido a não ir para lá, e daí não estaria tão feliz agora! — insistiu ela. — Não é um final de comédia romântica se você não o impedir de ir para o aeroporto.

E eu me sentia inclinada a concordar com ela. Imaginei que uma mentirinha não tinha problema, se as coisas tinham dado tão certo no final.

Catalina disse:

— Certo, bom, divirta-se muito no seu encontro. Com seja lá o que for que vocês tenham planejado.

Que coisa esquisita de se dizer.

— Tá bom, esquisitona. A gente se vê amanhã.

Quando desliguei o celular, Marco estendeu a mão para afagar minha nuca e eu sorri para ele.

— O que Catalina tinha a dizer? — perguntou ele.

— Ela estava verificando se nós íamos fazer aquela oferta para Zhen amanhã. Acho que ele vai se encaixar bem. É um ótimo químico e uma pessoa bacana.

— Eu quis dizer antes. Aquele negócio sobre a Leighton.

— Ah! A Catalina segue a Leighton no Instagram, e pelo jeito ela fugiu para se casar escondido com aquele professor de jardim de infância que estava namorando.

Craig e Leighton tinham se separado não muito depois da viagem a Vermont. O direct de Catalina para Leighton pode ter desempenhado um papel nisso, mas não tínhamos certeza. Craig declarou que eles tinham se separado porque Leighton tinha "problemas", e eu presumi que um desses problemas fosse que ela não queria se casar com um canalha traidor mentiroso.

Enfim, ela conheceu um cara ótimo que sua família não aprovava e eles a deserdaram por isso, mas ela parecia ridiculamente feliz. No final, Marco não era tão bom em julgar as pessoas como pensava ser. Eu me deliciava em provocá-lo por causa disso.

Enquanto isso, Craig pelo visto estava passando o rodo nas fraternidades do sul da Califórnia. Cada namorada parecia ser mais loira e mais jovem do que a última. Ken não fizera de Craig o CEO da Minx; em vez disso, contratou alguém novo. Aparentemente, Tracie estava furiosa, mas não fizera nada além de expressar sua raiva. De jeito nenhum ela deixaria seu marido ou seu estilo de vida.

Lindy disse para o pai que planejava se tornar uma química cosmética e no momento estava estagiando na Aviary durante o verão. Seu amor pela química era contagiante e ela era ótima de se ter por perto.

Também era bacana que ela pudesse trabalhar de graça. Marco havia alinhado vários investidores, mas nós parecíamos estar sempre nos preocupando com dinheiro. Ele tinha certeza de que, assim que nossa primeira linha de produtos fosse lançada, seríamos ridiculamente bem-sucedidos.

E eu aprendera há muito tempo a não duvidar de Marco.

— Você vai me contar para onde estamos indo? — perguntei.

— Não. Isso é algo que nós na indústria gostamos de chamar de surpresa.

— Tão irritante — falei, mas sem nenhuma convicção em minhas palavras.

Beijei a palma da mão dele e então Marco enfiou os dedos por entre meus cabelos para massagear o couro cabeludo. Ele sabia o quanto eu adorava isso e também que o gesto me impediria de fazer perguntas demais.

Ele estava correto.

Levantei meu celular para mostrar a ele a mensagem que meu avô tinha acabado de enviar.

— Meu vô tem um novo resgatado. Conheça o Eggolas.

Marco olhou rapidamente para a foto.

— Diga ao seu avô que estou decepcionado com o nome. Ele devia ter colocado Orlando Plume.

Eu ri e enviei a mensagem. Meu avô mandou um emoji de polegar para cima como resposta.

— Acho que você o convenceu.

Marco encostou o carro. Estávamos numa vizinhança bonita — do tipo com casas grandes e calçadas ladeadas por árvores.

— Onde estamos?

— Tantas perguntas. — Ele meneou a cabeça. — Vamos. Tem uma coisa que eu queria te mostrar.

Eu estava totalmente confusa e curiosa ao mesmo tempo, o que eu adorava. Saí do carro e o segui. Ele colocou uma mochila e pegou minha mão. Havia uma calçada que subia entre duas casas.

— Temos permissão para estar aqui? — perguntei.

Parecia o tipo de lugar que teria uma associação de moradores, e, com nossa linha prestes a ser lançada, não precisávamos de uma manchete anunciando que os donos da Aviary Cosmetics tinham acabado de ser presos.

Talvez esse fosse o objetivo. Marco estava tentando suscitar publicidade extra. Ele estava disposto a fazer tudo o que fosse necessário para tornar nosso sonho realidade, e eu o amava por isso.

Chegamos a um portão trancado e resolvi que, se Marco quisesse que eu o escalasse, eu provavelmente cairia fora.

— Isso é invasão, não?

— Não se você tiver a chave.

Ele destrancou o portão, que dava para um parque imenso. Havia um playground que parecia ser caro e lembrava um forte. Árvores por todo canto, gramado verde exuberante, flores deslumbrantes em todos os tons.

Tive que fazer sombra sobre os olhos enquanto caminhávamos até o meio do parque, e me dei conta de que no centro havia um grande lago artificial. A trilha em que estávamos seguia seus contornos.

— Isso é tão bonito — falei para ele.

Ele anuiu.

— Pensei que talvez você quisesse dar uma caminhada.

Passei os braços em torno do braço direito dele, repousando a cabeça contra seu ombro enquanto andávamos. Conversamos muito sobre o lançamento e sobre a diretora de marketing para a empresa. Prisha valia seu peso em ouro e eu disse a ele que provavelmente teríamos que oferecer um aumento para ela muito em breve, se quiséssemos mantê-la.

Ele interrompeu nossa conversa para apontar à nossa direita.

— Olha, um banco. Quer se sentar?

Foi aí que percebi o que estava acontecendo. Essa era a minha fantasia. Aquela que eu costumava ter com Craig e que logo passou a ser com Marco. Eu contara sobre ela para Marco no dia em que confessei que estava apaixonada por ele, mas não pensava nela havia muito tempo, já que eu tinha a realidade e não precisava fingir.

Estávamos juntos num belo parque, caminhando ao lado da água, nos sentando num banco para conversar.

Eu me sentei no banco enquanto ele tirava a mochila. Meu coração já batia a mil por minuto, mas eu não queria tirar nenhuma conclusão precipitada. Isso já era o bastante. Estar com Marco era o bastante.

Eu não precisava de mais.

Mesmo que, em segredo, quisesse.

Ele enfiou a mão na mochila e tirou de lá uma caixa grande.

— Hoje chegou o primeiro carregamento de paletas, e eu queria que você fosse a primeira pessoa a vê-las. — Nosso logo estava na lateral da caixa, e eu não sabia se algum dia me cansaria dessa visão.

Abri a caixa devagar e lá estavam as paletas, como ele havia prometido. Tentei não ficar desapontada, mas não pude evitar. Nós vínhamos falando de casamento desde que começamos a namorar oficialmente, mas concordamos em colocar nosso foco no lançamento da Aviary primeiro. Seria demais tentar começar uma empresa e planejar um casamento.

A paleta de cima estava embrulhada em plástico e eu o abri com cuidado. Nosso logotipo estava gravado no topo e eu deslizei os dedos por ele.

— Tão bonito.

— Como você.

Sorri para ele e então ergui a tampa.

Havia um anel em um dos recipientes onde deveria estar um blush. Peguei o anel. Não era um anel qualquer.

Era a aliança da minha mãe.

Olhei para Marco e ele se postou de joelho no chão.

— Eu venho planejando este momento há muito tempo. Sabe o dia em que você foi na minha casa e disse que me amava? Eu quis te pedir naquela hora. O que significa que tive tempo de sobra para pensar no que eu queria dizer. Para te contar tudo o que você significa para mim e como estou empolgado a respeito da vida que estamos construindo juntos. Como sou profundamente apaixonado por você. Mas não consegui pensar em nada perfeito. E é isto o que você merece: perfeição. Então pensei em usar a simplicidade. Anna Urban Decay Ellis, você me daria por favor a honra de se casar comigo?

Eu fiquei ali sentada, o queixo caído, temporariamente incapaz de responder. Ele pegou a aliança de mim e a colocou no dedo anelar da minha mão esquerda. Então disse:

— Aliás, eu fiz o que seu pai sempre quis fazer e substituí a zircônia por um diamante.

Ah. Aquilo colocou um nó na minha garganta e tornou difícil respirar.

— Eu não acredito que você achou que isso não era perfeito — falei, os olhos se enchendo de lágrimas. — Isso é perfeito. Você é perfeito. Eu te amo tanto!

— Você não chegou a responder.

— Aceito! Minha resposta é sim! — Joguei os braços em volta do pescoço dele e o beijei. Alguns momentos depois, levantei a cabeça, as lágrimas agora escorrendo pelo meu rosto. — Quando nos casarmos, podemos fazer uma cerimônia temática e nos fantasiar de Aragorn e Arwen?

Ele riu, enxugando as lágrimas de felicidade do meu rosto.

— Podemos conversar sobre isso depois.

Ergui a mão, admirando a aliança. Ela me fazia sentir como se meus pais tivessem participado desse momento, e eu o amava ainda mais por isso.

— Você se saiu tão bem — falei para ele.

— Eu tento — disse Marco, muito arrogante, deslizando para o banco ao meu lado.

Ele passou o braço ao meu redor e me puxou para perto. O sol começava a se pôr, refletindo no lago. Tudo em torno de nós assumiu um brilho dourado. Marco não teria arrumado as coisas de maneira melhor nem se quisesse.

— Algum dia, eu terei noventa anos e estarei sentada aqui com você — falei para ele.

— Eu topo. Não consigo pensar em ninguém com quem eu gostaria mais de envelhecer do que você. — Ele beijou a ponta do meu nariz. — Mas antes de ficarmos velhos demais para nos divertirmos, tenho alguns experimentos que gostaria de fazer. De natureza pessoal.

— Tipo?

— Eu te mostro mais tarde — disse ele, levantando e abaixando as sobrancelhas de um jeito que me fez rir. — Só prometa que será sempre minha parceira de laboratório.

Coloquei minha mão na dele.

— Prometo. Agora você vai ter que me aturar.

Ele beijou as costas da minha mão, minha aliança nova de diamante cintilando ao poente dourado.

— Então você está prometendo que será a minha adenina? — perguntou.

— Adenina por quê?

— Porque isso significa que estará sempre pareada com e-U.

Eu ri.

— Por favor, nunca deixe de fazer piadinhas científicas.

— Vamos colocar isso nos nossos votos. Mas, antes de chegarmos nesse ponto, eu tenho mais uma regra.

— Você sabe o quanto eu gosto de regras — falei.

Marco entrelaçou os dedos nos meus.

— Você tem que sempre ser você mesma, deixar que eu te ame eternamente e viver comigo feliz para sempre.

Beijei o rosto dele de leve.

— Tecnicamente, são três regras. Mas a minha resposta é sim. Sempre será sim.

Nota da autora

Obrigada por ler minha história! Espero que você tenha gostado de conhecer Marco e Anna, e de vê-los se apaixonando tanto quanto eu. Se quiser saber quando eu escrever algo novo, não deixe de se inscrever na minha newsletter em sariahwilson.com, e eu definitivamente não vou te encher de spam. (Fico feliz quando consigo enviar uma newsletter por mês!)

E, se você sentir vontade, eu adoraria que deixasse uma resenha na Amazon, ou no Goodreads, ou no blog da colega de quarto da prima da sua cabeleireira, ou escrita em fumaça no céu, em um grafite na lateral de uma livraria, na parte de trás da sua conta de luz ou em qualquer outro lugar que lhe apeteça. Eu ficaria muito agradecida. Obrigada!

Agradecimentos

A todos que estiverem lendo isso — muito obrigada. Quando tanta coisa no mundo tem sido sombria e difícil, significa muito para mim poder criar algumas histórias leves, divertidas e românticas que deem forças tanto para mim quanto para vocês. Obrigada por seu apoio e por me incentivarem. Isso é muito importante para mim.

Tenho que agradecer primeiro à minha editora, Alison Dasho — por acreditar em mim, por amar minhas histórias e minhas ideias, por sempre ter insights e sugestões tão boas, e por ficar tão entusiasmada quanto eu com histórias, filmes e séries. Sou muito grata por podermos trabalhar juntas. Sou grata a todos da Montlake que se esforçaram para fazer deste livro um sucesso (Anh Schluep, Tricia Callahan, Cheryl Weisman, Stef Sloma, Jillian Cline, Erin Calligan Mooney, Kris Beecroft). E a Charlotte Herscher — edições sempre me deixaram nervosa e me fizeram duvidar de mim mesma, mas você de algum jeito dominou a arte de dar sugestões que não parecem assustadoras e/ou esmagadoras, ao mesmo tempo que ainda faz com que eu me sinta ótima quanto ao que escrevi. Considero um privilégio imenso ter podido trabalhar com você e Alison por tanto tempo. Espero que as citações de filmes possam ficar!

Obrigada aos copidesques e revisores que encontram todos os meus enganos e erros de continuidade, e que gentilmente me guiam na direção certa. Uma menção honrosa a Philip Pascuzzo pela capa deslumbrante para este livro. Fizemos tantos livros juntos que eu já não preciso mais pesquisar para soletrar seu nome corretamente. Obrigada por toda a linda arte que você criou nos últimos anos para mim.

Para minha agente, Sarah Younger — você é a pessoa com quem eu conto para tantas coisas e sempre cumpre tudo de maneira impecável. Protegendo-me, encorajando-me, colocando-me na direção certa, sendo minha defensora e apoiadora número um. Sou muito grata pela série de eventos que nos uniu.

Obrigada a Dana, Julia, Jordan e Hailey da Dana Kaye Publicity por tudo o que vocês fazem, pelo jeito como me mantêm nos trilhos (especialmente as cutucadas/lembretes gentis) e por todos os seus conselhos fantásticos.

Tenho que dar um obrigada imenso para Krissie Gerrard da Envy Cosmetics Consulting (@bak2thelab). Você foi muito generosa com seu tempo e suas explicações, por detalhar coisas de uma forma que até uma pessoa nada científica como eu pudesse entender. Obrigada por permitir que eu compartilhasse algumas de suas experiências pessoais/profissionais com os leitores — o incidente do autobronzeador aconteceu com Krissie e me fez rir, então eu sabia que precisaria incluí-lo aqui. Ela ajudou a tornar este livro possível e me ensinou muito sobre química cosmética!

Obrigada, Jen Springer, por falar de tudo sobre maquiagens comigo e por me dar conselhos e dicas.

Rian Johnson — estou me empenhando muito para não fazer com que minhas redes sociais falem apenas do quanto eu sou sua fã, mas é verdade. Tudo o que você faz é brilhante e me inspira como escritora, então obrigada por isso. E estou dedicando este livro a você e lhe dando minha eterna gratidão por ser o pai de Reylo, um verdadeiro romance de inimigos a amantes que deveria ter terminado com um felizes para sempre. #BenSoloAindaMereciaCoisaMelhor #EReyTambém

Peter Jackson — você me fez amar *O Senhor dos Anéis*. Eu tentei ler os livros e simplesmente não consegui, então é um testemunho do seu talento que tenha feito eu gostar tanto desses personagens e de suas histórias. Tenho certeza de que alguém vai tentar refazer seus filmes, mas não consigo imaginar que isso ocorra tão já. Eles são clássicos.

Jim Henson — eu amo muito, mas muito mesmo os Muppets, desde que eu era criancinha (*Vila Sésamo* era a minha praia e me ensinou a amarrar meus cadarços). Sou muito grata por sua empresa continuar com seu legado, levando mais alegria e felicidade com os Muppets a uma nova geração (mal posso esperar para apresentar meu neto aos meus favoritos).

Para meus filhos — houve dias sombrios e difíceis, mas sei que vamos passar por tudo isso juntos. Eu amo vocês mais do que as palavras podem expressar.

E, Kevin, que nunca lê nenhuma palavra do que escrevo, eu te amo tanto que deixaria alguém colocar lasers nos meus globos oculares por você.

Sobre a autora

Sariah Wilson é autora best-seller do *USA Today* com os livros *The Paid Bridesmaid*, *The Seat Filler*, *Roommaid* e *Just a Boyfriend*, além das séries Royals of Monterra e #Lovestruck. Ela nunca pulou de um avião em movimento, nunca escalou o monte Everest e não é uma ex-agente da CIA. Contudo, já esteve loucamente apaixonada por sua alma gêmea e é uma adepta fervorosa dos finais felizes — e é por isso que escreve romances. Sariah cresceu no sul da Califórnia, formou-se na Brigham Young University com um diploma semi-inútil em história e é a mais velha de nove irmãos (isso mesmo, nove). Atualmente, ela mora com a supramencionada alma gêmea em Utah, junto aos seus filhos e três gatos chamados Pixel, Callie e Belle, que não se dão muito bem (os gatos, não os filhos — embora os filhos às vezes também tenham seus enroscos). Para mais informações, visite o site dela (em inglês): www.sariahwilson.com.